Christiane Bößel

Cole & Autumn – A San Francisco College Romance

Das Buch

Drei College-Studenten, eine WG und die ganz große Liebe

Cole Matthews hat es geschafft: Als erfolgreicher Footballer hat er ein Stipendium für die SFSU, die San Francisco State University, ergattert. Neben dem Sport und seinen beiden besten Freunden liebt Cole Frauen. Seine wechselnden Affären haben ihm einen Ruf als Bad Boy eingebracht. Als Cole jedoch bei einer Party auf Autumn trifft, ist er sofort fasziniert, denn sie strahlt eine unglaubliche Stärke aus. Cole muss die unbekannte Schöne unbedingt kennenlernen, doch Autumn weist ihn ab. Sie hat mit Männern abgeschlossen – besonders mit Sportlern. Bisher haben die sich alle als oberflächlich erwiesen. Aber so leicht gibt Cole nicht auf. Er spürt eine Verbindung zu Autumn und möchte ihr zeigen, dass in ihm mehr steckt als nur ein Footballspieler.

Von Christiane Bößel sind bei Forever by Ullstein eschienen:

Losing me (Stepbrother-Reihe Band 1)

Finding you (Stepbrother-Reihe Band 2)

Ethan & Claire - A San Francisco College Romance (College-WG-Reihe 1)

Cole & Autumn - A San Francisco College Romance (College-WG-Reihe 2)

Zane & Lennon - A San Francisco College Romance (College-WG-Reihe 3)

Madison & Sam - A San Francisco College Romance (College-WG-Reihe 4)

Die Autorin

Christiane Bößel, geboren 1975, hat ursprünglich als Krankenschwester gearbeitet, bevor sie Germanistik und Philosophie studierte. Sobald sie alle Buchstaben konnte, fing sie an zu schreiben. Mit ihren Erzählungen hat sie mehrmals den Augsburger Poetry Slam und einen Schreibwettbewerb gewonnen und ist in verschiedenen Anthologien vertreten. Seit 2014 schreibt sie Liebesromane und Fachbücher. Wenn sie nicht neue Geschichten erfindet, unterrichtet sie in der beruflichen Bildung Jugendliche und Erwachsene. Außerdem ist sie büchersüchtig, liebt Nudeln, ihren Garten und skurrile Bildunterschriften im Privatfernsehen. Sie lebt mit Mann, Sohn und zwei Katern als Landei in Bayern.

Christiane Bößel

Cole & Autumn – A San Francisco College Romance

Roman

FOREVER

Forever by Ullstein
forever.ullstein.de

MIX
Papier
FSC® C083411

Originalausgabe bei Forever
Forever ist ein Verlag
der Ullstein Buchverlage GmbH, Berlin
Februar 2019 (1)

Umschlaggestaltung:
zero-media.net, München
Titelabbildung: © FinePic®
Innengestaltung: deblik Berlin
Gesetzt aus der Quadraat Pro powered by pepyrus.com
Druck- und Bindearbeiten: CPI books GmbH, Leck

ISBN 978-3-95818-317-9

August

Cole

Nackte Männerärsche überall. Schwarze, weiße, behaarte, babyglatte, in allen möglichen Formen. Kerle, die lachen, Kerle, die schwitzen, Kerle, die gerade aus der Dusche kommen, Kerle, die sich über Titten und Bier unterhalten. Umkleide nach dem Football-Training eben.

Während die anderen über das heutige Frühtraining und das anstehende Spiel am Wochenende diskutieren, trockne ich mich ab und nehme meine Klamotten aus dem Spind. Irgendein Witzbold hat seine gebrauchte Unterhose in den Ärmel meines Hoodies gesteckt.

»Haha, sehr witzig«, brumme ich und schleudere die karierten Shorts weg.

Gavin, der zufällig am nächsten steht, bekommt sie an den Kopf, und die Shorts bleiben auf seiner Schulter hängen. Mit angewidertem Gesichtsausdruck wischt er sie hektisch herunter. Paul kichert wie ein kleines Mädchen und schlägt sich auf den nackten Schenkel.

»Warst du das?«, frage ich ihn, aber eigentlich spielt das keine Rolle. Fremde gebrauchte Unterhosen sind ekelhaft. Egal von wem.

Als Antwort grinst er nur. Das schreit nach Rache. Ich schnappe mir mein verschwitztes Trikot, sprinte die wenigen Meter zu Paul und nehme ihn in den Schwitzkasten. Dann rubble ich mit meinem Shirt über sein Gesicht. Er prustet und wehrt sich, will sich losmachen, rammt mir den Ellbogen in die Seite, aber ich bin stärker. Beinahe trifft er mich beim Herumzappeln in den Unterleib. Ein Glück, dass ich trotz meiner Größe und Masse so wendig bin und problemlos ausweichen kann. Meine Eier sind mir heilig. Die anderen scharen sich um uns und feuern mich an, einige klatschen und johlen, einer wirbelt sein Handtuch über dem Kopf wie eine Windmühle ihre Flügel und rotiert synchron mit seinem nackten Unterkörper.

»Schwanz-Hubschrauber«, brüllt Gavin und tanzt ebenfalls herum.

Irgendwer ist immer dran, verarscht zu werden. Heute war es eben ich. Eine College-Footballmannschaft ist nicht anders als ein Kindergarten. Nur dass sich hier in der Umkleide eins neunzig große, testosterongesteuerte Jungs ärgern statt einen Meter große Zwerge. Und wir spielen lieber mit Brüsten als mit Bauklötzen.

Coach Bendingsen betritt den Raum und brüllt eine seiner berühmt-berüchtigten Zurechtweisungen. Sofort sind alle still und huschen zurück zu ihren Spinden. Paul und ich verharren in der Bewegung, er immer noch unter meiner Achsel eingeklemmt. Der Coach blickt uns strafend an und bedeutet uns mit dem Daumen, uns zu trennen. »Los, anziehen und anschließend Spielbesprechung.« Dann verschwindet er wieder in sein Büro.

Widerwillig entlasse ich Paul aus seinem Gefängnis. Er richtet sich auf, schüttelt sich und stößt mich grob gegen meinen Spind. Sein Lachen ist nicht mehr so fröhlich wie vorhin.

»Musst du immer übertreiben, du Arsch? Aua!«, beschwert er sich und reibt sich seinen Nacken. »Man weiß nie, wann du zum Hulk mutierst.«

»Die Mädels mögen den Hulk in mir«, erwidere ich und grinse süffisant. »Und du bist eine verdammte Pussy! *Aua!*«, ahme ich seinen weinerlichen Tonfall nach.

Paul bewegt mit übertrieben schmerzverzerrtem Gesicht seinen Kopf, dreht ihn nach links und nach rechts und rollt ihn vorsichtig herum.

»Selber schuld, wenn man Cole provoziert.« Gavin schlendert zu uns, schlägt Paul mit der Handfläche auf den immer noch nackten Rücken, dass es klatscht, und lehnt sich neben mich an die Wand. »Man legt sich ja auch nicht mit einem Grizzly an.« Er lacht, woraufhin Paul beleidigt das Gesicht verzieht und die Tür seines Spinds aufreißt. Während er in sein T-Shirt schlüpft, grummelt er irgendetwas Unverständliches. Er hält einfach nichts aus.

»Hunger. Gehst du mit in die Cafeteria?«, frage ich Gavin.

Der schüttelt den Kopf. »Sorry, keine Zeit. Muss meine Schwester vom Flughafen abholen. Ist so ein Familiending. Meine Mom steht auf so was.« Er schultert seinen Rucksack und setzt sein Cap mit dem Schild seitlich auf. Ich hasse es, wenn er das tut. Es sieht einfach nur affig aus. Entweder nach vorne oder nach hinten. Aber doch nicht zur Seite. »Aber heute Abend Party im *Jack's*.«

Ich nicke meinem Teamkollegen zu und schließe den Reißverschluss meiner Mannschaftsjacke. »Logisch. Bin dabei.« Partys lasse ich mir nur selten entgehen.

Nach der Besprechung mit dem Coach lungere ich eine Weile auf dem Campus herum. Meine erste Vorlesung beginnt erst in einer Stunde. Pädagogik, bei Professor Chobanja. Unter uns Studenten wird sie nur Chewbacca genannt. Allerdings allein wegen des ähnlichen Namens, denn im Gegensatz zu ihrem Namensvetter aus *Star Wars* ist unsere Dozentin weder behaart noch groß, sondern für eine alte Frau – sie ist vierzig oder so – recht ansehnlich, und sie kann ganze, verständliche Sätze sprechen und nicht nur seltsam brummen. Pädagogik ist nicht mein Lieblingsfach, aber ich brauche die Scheine, wenn ich irgendwann mal Coach werden will. Mein eigentlicher Traum ist es aber, Profifootballer zu werden, so wie der der meisten anderen meiner Teammitglieder. Auf dieses Ziel arbeite ich seit Jahren hart hin. Leider bin ich nicht einmal Haupt-Quarterback, das ist Gavin, ich bin nur der Vize. Football ist das, was ich – wenn ich schon arbeiten muss – tun will. Sonst nichts. Ich lebe für Football. Warum also nicht Spaß mit dem Notwendigen verbinden? Cole Matthews, der neue Star der NFL. Das wär's. Trotzdem habe ich mich entschieden, neben dem Sport auch mein Studium zu beenden. Falls es aus irgendeinem Grund nicht mit der Profikarriere klappt, kann ich immer noch Footballtrainer werden. Plan B quasi. Aber eben nur B, nicht meine erste Priorität.

Viele von uns Sportlern machen das nicht – ernsthaft studieren meine ich –, verlassen sich darauf, dass sie schon irgendeinen Profivertrag ergattern werden. Und manche sind schlicht und einfach zu doof, um jemals ihren Abschluss zu schaffen. Es ist kein Klischee, dass der eine oder andere gute Sportler durchs College geschleust wird, der dort ohne den Sport eigentlich nichts zu suchen hätte. Dementsprechend denken auch eine Menge Leute, dass alle Sportler einfach gestrickt sind. Oberflächlich und dumm. Je schöner und fitter der Körper, umso weniger ist für das Gehirn übrig. Als könnte nicht beides zusammen existieren. Mir ist das egal. Ich weiß, dass mein IQ höher ist als der eines Footballs. Sicher bin ich nicht so schlau wie mein Mitbewohner Ethan, aber der ist auch kein Maßstab. Man muss es mit dem Schlausein ja nicht gleich so übertreiben wie er. Aber immerhin bin ich intelligent genug, ernsthaft einen tragfähigen Ersatzplan zu verfolgen. Auch weil meine Eltern mich nicht durchfüttern können, sei es im College oder später als arbeitsloser Footballer. Sie besitzen kein Firmenimperium wie die Eltern von Zane, meines anderen Mitbewohners, das sie mir irgendwann vererben könnten. Ohne das Stipendium müsste ich wie Ethan nebenbei echt viel arbeiten. So kann ich das Geld, das Mom und Dad für mich angespart haben, beim Feiern und Leben verprassen. Da es für den Beruf Coach kein extra Studium gibt, besuche ich nun verschiedene Kurse in Pädagogik, Personalführung und so 'n Zeug. Falls ich zwischenzeitlich für die NFL entdeckt werde, umso besser. Dafür würde ich, ohne zu überlegen, alle anderen Pläne wegwerfen. Wenn der Profivertrag winkt, schlage ich zu.

Nach einer Weile unnützen Rumhängens wird mir langweilig. Das ist eins meiner größten Probleme. Ich bin nicht gerne allein, muss mich immer bewegen, brauche Gesellschaft und Unterhaltung, sonst werde ich hibbelig. Mein Körper braucht immer etwas zu tun. Sport ist diesbezüglich eine hervorragende Therapie. Oder Sex. Nur dummerweise ist gerade keins von beiden verfügbar.

Man könnte meinen, dass ich mit den täglichen Trainingsstunden körperlich ausgelastet bin. Bin ich aber nicht. Meine deutsche Oma

Josefa hat mir immer vorgeworfen, ich hätte Hummeln im Hintern. Manchmal fühlt es sich tatsächlich so an. Wie jetzt. Also laufe ich, um etwas zu tun zu haben, zur Bibliothek. Soweit ich weiß, hat Ethan heute Frühdienst. Claire vermutlich dann auch, denn seit sie zusammen sind, sorgt Ethan dafür, dass sie auch gemeinsam arbeiten. Keine Sekunde gemeinsame Zeit vergeuden und so. Eine Zeit lang hat Claire in einem verranzten Supermarkt gearbeitet. Damals, als Ethan noch nicht gecheckt hat, dass er sie liebt, und sie im Gegenzug seine Gegenwart nicht mehr ertragen konnte. Mittlerweile hat sie dort wieder gekündigt und ist an die Bib zurückgekehrt. Zur Freude aller. Denn Claire ist toll. Ethan hat echt Glück mit ihr. Einen der beiden werde ich also vermutlich antreffen.

Und so ist es auch. Claire sitzt wie meist hinter der Ausgabetheke und tippt etwas am Computer herum. Als sie mich entdeckt, strahlt sie, hebt ihren Arm und dreht ihr Handgelenk hin und her.

»Hi, Cole!«

Ich hebe ebenfalls meine Hand und erwidere den albernen Queen-Winke-Gruß. Ist so was wie unser persönliches Ritual. Schon allein deswegen, weil Ethan sich immer furchtbar aufregt, wenn wir das machen. »Hi, süße Claire!«, sage ich und grinse.

Ich umrunde die Theke, ziehe Claire hoch und in eine Umarmung und drücke ihr einen lauten Schmatzer auf die Wange. Sie kreischt auf und windet sich, erwidert aber die Umarmung.

»He, lass deine Wurstfinger von meiner Freundin!«

Ethan kommt von irgendwo hinten, als hätte er sich spontan materialisiert. Wahrscheinlich hatte er sich mal wieder im Lager, seiner natürlichen Umgebung, verschanzt. Ich kenne niemanden, der Bücher mehr liebt als er. Es gibt nur eine Sache, die ihm noch wichtiger ist, als Wissen in sich aufzusaugen, und das ist Claire. Um ihn zu ärgern, presse ich sie noch fester an mich. Ich spüre ihr ausgelassenes Lachen an meiner Brust. Es macht so verdammt Spaß, Ethan eifersüchtig zu machen. Dabei weiß er ganz genau, dass ich ihm niemals die Freundin ausspannen würde. Selbst wenn ich für Claire mehr als rein freundschaftliche

Gefühle hätte. Die Freundinnen der Bros sind tabu. Abgesehen davon liebt Claire Ethan abgöttisch.

Nach ein paar Sekunden erlöst Claire ihren Liebsten und macht sich von mir frei. Sofort packt Ethan sie und schiebt sie hinter sich. Komm runter, Mann! Dafür, dass er bis vor Kurzem überhaupt keine Beziehung wollte, nicht einmal ein harmloses Date, verhält er sich jetzt ganz schön besitzergreifend. Claire schmiegt sich von hinten an ihn, verschränkt ihre Finger vor seinem Bauch und küsst ihn auf den Nacken. Genüsslich schließt er die Augen und legt den Kopf schief, damit sie besser an seinen Hals kommt. Die beiden sind so ekelhaft verliebt, dass es kaum auszuhalten ist.

»Nehmt euch ein Zimmer, oder verzieht euch ins Lager«, rate ich und stoße genervt Luft aus. Aber eigentlich freue ich mich, dass Ethan endlich sein Gegenstück gefunden hat und gecheckt hat, dass Liebe nichts Gefährliches ist.

»Du bist ja nur neidisch.« Ethan grinst, seine Augen leuchten.

Bin ich neidisch? Keine Ahnung. Kann sein. Gegen eine feste Freundin hätte ich nichts, aber ich suche auch nicht zwanghaft nach einer. Anders als Zane. Nicht, was das Suchen angeht, sondern das Beziehungsding an sich. Der wehrt sich so vehement dagegen, dass man meinen könnte, sobald man sich festlegt, wäre das Leben vorbei. Klar war ich schon verliebt, hatte die eine oder andere Beziehung, aber nie war *die Eine* dabei, mit der ich mein restliches Leben verbringen wollte. Und solange ich nicht diese Eine treffe, genieße ich mein Leben als Single und Sex ohne Verpflichtungen.

Ohnehin habe ich viel zu spät damit angefangen zu leben – frauenmäßig gesehen. An mir lag es nicht, eher daran, dass Mädchen nicht auf Fettsäcke stehen, sondern auf Typen, wie ich jetzt einer bin. Groß, muskulös, erfolgreich, witzig, immer gut gelaunt. Einer der Gründe, warum ich exzessiv mit Sport angefangen habe, war, dass ich endlich meine Jungfräulichkeit verlieren wollte. Das war in einem Alter, in dem Zane schon lange sexuell aktiv war – sehr aktiv – und sogar unser Dünnie Ethan schon erste Erfahrungen gesammelt hatte.

Vielleicht wäre ich ja ein noch besserer Footballspieler, wenn ich wie die meisten anderen Teamkollegen schon als Kind angefangen hätte. Aber ich trieb vorher schlichtweg keinen Sport. Gar keinen. Nie. Und das konsequent. Nicht einmal Bälle werfen in der Einfahrt. Ich liebe meine Eltern, aber oft wünsche ich mir, sie hätten mehr auf meine Ernährung geachtet, darauf, dass ich mich mehr bewege, und nicht immer gedacht, dass sich meine »Moppeligkeit«, mein »Babyspeck«, wie Mom es gern nannte, auswächst. Dabei war ich nicht nur moppelig. Ich war fett. Richtig fett. Mit Busen und Fettschürze und aufgescheuerten Innenschenkeln und Mondgesicht und allem Drum und Dran.

»Denk doch, was du willst, Arschgesicht. Ich bin nicht neidisch«, murmle ich. »Kommt ihr jetzt mit in die Cafeteria oder nicht?«

»Wir müssen noch zwei Stunden arbeiten.« Claire löst sich von ihrem Liebhaber, tritt zu mir und streichelt meinen Arm. »Du wirst auch noch die Liebe deines Lebens finden.«

Sie behandelt mich, als würde ich frustriert durch die Welt rennen und heulen, weil ich keine Freundin finde. Momentan bin ich ganz zufrieden mit meiner Situation. Ich habe regelmäßig Sex und auch kein Problem damit, geeignete Partnerinnen zu finden. Und wenn ich Gesellschaft will, wende ich mich an Zane oder Ethan oder irgendeinen anderen Kumpel. »Alles gut, Claire«, widerspreche ich deswegen. Sie sieht mich skeptisch an, zieht sich aber wieder zurück. Pech, wenn sie mir nicht glaubt. »Dann geh ich eben alleine was essen. Bis später!«

Claire winkt mir lächelnd wie die Queen hinterher, während Einsiedler Ethan ohne Verabschiedung schon wieder ins Lager verschwindet.

Autumn

Bin ich müde. In Flugzeugen kann ich einfach nicht schlafen. Vor allem nicht mit einem Extremschnarcher auf der einen Seite und einer Extremparfümbenutzerin auf der anderen. Dementsprechend entspannend waren die letzten Stunden.

Während ich auf mein Gepäck warte und die vorbeiziehenden Koffer und Rucksäcke betrachte, gähne ich so sehr, dass ich mir dabei fast meinen Kiefer ausrenke.

»Haben Sie noch nie etwas davon gehört, dass man beim Gähnen die Hand vor den Mund hält? Die jungen Leute wissen nicht mehr, wie man sich benimmt. So was Unhöfliches!«

Ohne hinzusehen, weiß ich, dass es meine Ex-Sitznachbarin ist, ihre Parfümwolke eilt ihr voraus. Bevor ich doch noch etwas erwidere, was wirklich unhöflich wäre, zum Beispiel, dass sie stinkt, als hätte sie Douglas überfallen, drehe ich mich nur weg und gebe vor, ich hätte sie nicht gehört. Die Dame macht ein abfälliges Geräusch, schnappt sich ihren goldenen Hartschalenkoffer und verschwindet mit klackernden Absätzen.

Natürlich hätte ich die Flugbegleiterin auch um einen anderen Platz bitten können, das Flugzeug war nur zu etwa zwei Dritteln gefüllt. Habe ich aber nicht. Dazu bin ich zu höflich. Wenn ich mich wegsetze, könnten die Mitreisenden schließlich denken, dass es an ihnen liegt. Stimmt ja auch. Trotzdem. Ich will niemanden verletzen. Das überlasse ich anderen. Ich weiß zu gut, wie es sich anfühlt, verletzt zu werden. Nämlich alles andere als schön.

Also halte ich lieber alles aus. Gestank, Lärm, sonstige Belästigungen. Und wenn man es genau nimmt, war der Parfümgestank nichts gegen das Leid, das ich die letzten Monate in Tibet erlebt habe.

Ja genau, Tibet. *Das* Klischee für Leute, die auf einem Selbsterfahrungstrip unterwegs sind. Wie alle meine Geschwister bin auch ich nach der Highschool für einige Monate in ein anderes Land gereist. Aber nicht, weil ich unbedingt wollte, sondern weil ich nicht die Energie aufbrachte, meinen Eltern zu widersprechen. *Denen* ist es wichtig, dass wir die Welt kennenlernen, reisen und uns amüsieren, bevor der sogenannte Ernst des Lebens beginnt. Wie kann man das ablehnen? Sie meinen es schließlich nur gut. Und so schlimm war es ja auch nicht. Eigentlich ganz okay, wenn ich ehrlich bin. Mich selbst gefunden habe ich trotzdem nicht, aber ich war auch nicht auf der Suche nach mir. Es ist schon schwer genug, ich zu sein, da will ich mich nicht noch tiefer mit mir beschäftigen.

Mein ältester Bruder Lennon ist damals mit seinem Freund durch Europa gereist, hat die alte Welt und seine neue Homosexualität erforscht. Meine große Schwester Ocean hat sich für ein Au-pair-Jahr in Südafrika entschieden, und mein Bruder Gavin für Work and Travel in Australien. Alle drei sind begeistert und voller Ideen, Energie und Plänen zurückgekommen und danach genauso enthusiastisch ans College gegangen, um ihre jeweiligen Karrieren zu beginnen und ihre Lebenspläne zu verwirklichen. Ich hatte nicht einmal einen Plan für die nächsten Tage.

Statt herumzureisen, wäre ich lieber zu Hause geblieben. Aber meine Eltern bestanden darauf, dass auch ich ausziehe, um das Leben und die Welt zu erobern. Wie in den Märchen, in denen arme Bauernkinder weggehen und als Prinzessin oder mit Gaben gesegnet ruhmvoll nach Hause zu ihren Liebsten zurückkehren. Ich bin weder zwischenzeitlich zur Prinzessin befördert worden, noch hat mir jemand einen Zaubertisch voller Edelsteine geschenkt. Oder eine goldene Gans oder so. Geflügel mag ich ohnehin nicht. Ich ernähre mich vegetarisch mit der Tendenz zu vegan. Und vom hässlichen Entlein in einen strahlenden Schwan bin ich auch nicht verwandelt worden. Mein Fluch blieb mir.

Mom und Dad wollten, dass ich mich nicht mehr so einigle, weil ich das die letzten Jahre oft genug getan hatte. Auf ihre Weise haben sie recht. Ich habe mich zurückgezogen. Aber nicht einfach so. Es hatte Gründe. Gründe, die mich seit meinem sechsten Lebensjahr verfolgen.

Letztendlich willigte ich also doch ein, meine »Initiationsreise« anzutreten. (Mom und Dad nennen das so, nicht ich.) Ich brauchte Abstand. Von meinem Ex Darren, von mir, von meinem Leben, von den ständigen mitleidigen Blicken der Menschen. Ohnehin hatte ich nichts anderes vor. Hatte keinen Freund mehr, wusste nicht, ob und was ich studieren sollte oder was ich stattdessen machen wollte. Jetzt weiß ich es zwar immer noch nicht, aber das Dreivierteljahr alleine hat mir tatsächlich gutgetan. Ich habe es genossen, nicht ständig reden und schön sein zu müssen und was man sonst in den USA zu sein hat. Nur ich. Allein mit mir. Das war besser als befürchtet.

Weil es mich nicht wie meine Geschwister in ein bestimmtes Land zog, schickten mich meine Eltern zu Freunden in eine Kommune nach Tibet, in der sie selbst einmal einige Jahre gelebt hatten. Die wirklichen Namen meiner Gastgeber Rashvan und Shiva habe ich in den neun Monaten dort nie erfahren. Allerdings waren sie mir auch egal. Wenn sie Spaß daran haben, sich seltsame Esoteriknamen zu geben, sollen sie das tun. Wenn man Eltern hat, die ihre ursprünglichen Namen John und Bessy abgelegt haben und sich nur noch Ambaya und Nagaraj nennen, ist man so einiges gewohnt.

Ja, meine Eltern sind Hippies, wie sie im Buche stehen. Mit allem, was dazugehört. Freie Liebe, Woodstock-Platten, Wallekleider, Achselhaare, Marihuana und Yoga. Stolz bin ich darauf nicht. Aber ich schäme mich auch nicht. Viel schlimmer fände ich es, wenn mein Dad an der Börse spekulieren würde oder in der Waffenlobby wäre oder Metzger. Oder wenn Mom ihre selbst gebackenen Haschkekse auch noch verkaufen würde. Es reicht schon, dass sie einmal welche aus Versehen mit zum Schulfest gebracht hat, weil sie sie mit den drogenfreien aus Schoko verwechselt hatte.

Endlich fährt mein Rucksack als einer der letzten heran. Ich hieve ihn vom Band und auf meinen Rücken und schlurfe in meinen Flip-Flops zum Ausgang. Vernünftig laufen kann ich vor lauter Müdigkeit nicht mehr. Obwohl ich so unfassbar müde bin, bin ich auch aufgeregt, weil ich gleich alle wiedersehen werde. Hoffe ich doch. Aber wie ich meine Familie kenne, werden sie gesammelt da sein, um mich abzuholen. Wir mögen eine seltsame Familie sein, aber wir lieben uns und halten immer zusammen. Ich habe sie alle wahnsinnig vermisst.

Sobald sich die Schiebetüren öffnen, stürmt Mom mit lautem Gekreische auf mich zu. Ihre lockigen Haare und ihr langer Rock wehen hinter ihr her. Die anderen Leute treten mit verschiedenen Gesichtsausdrücken zur Seite. Peinlich berührt, genervt, amüsiert.

Mom fällt mir in die Arme und drückt mich so fest, dass ich kaum mehr atmen kann. Im ersten Moment bin ich überrumpelt, dann lasse ich meinen Rucksack fallen und erwidere ihre Umarmung, stecke meine Nase in ihre Locken und sauge ihren tröstenden, vertrauten Geruch in mich hinein. Den Geruch von Sandelholz, Kuchen und Mom. Kurze Zeit später bin ich umringt von meiner ganzen Familie. Dad, meine Brüder Lennon und Gavin und meine kleine Schwester Eva. Ocean ist gerade auf einem Auslandssemester. Sie nehmen mich in ihre Mitte, und zusammen ergeben wir ein perfektes Familien-Umarmungs-Sandwich, belegt mit Liebe, Vertrauen und Zusammenhalt. Und eventuell ein wenig Kitsch.

Nach einer Ewigkeit lassen wir uns los. Mom ergreift meine Oberarme und schiebt mich ein Stück von sich weg. Mit schief gelegtem Kopf betrachtet sie mich, als wäre ich ein kostbares Gemälde.

»Oh, du bist so erwachsen geworden, Autumn.«

Gleich fängt sie noch an zu weinen.

»Quatsch. Sie sieht nur so alt aus, weil sie vom langen Flug so fertig ist«, findet mein immer ehrlicher Dad und legt seinen Arm um meine

Schulter. »Schön, dich wieder bei uns zu haben. Wir haben dich alle sehr vermisst.«

»Ich nicht. Ich find's scheiße, dass du wieder da bist«, feixt Gavin und zwinkert mir zu.

Ich verdrehe die Augen. Nichts hat sich geändert. Gut.

Lennon fährt, ich sitze neben ihm, Gavin auf dem Rücksitz. Mittlerweile bin ich so müde, dass mir immer wieder die Augen zufallen. Ich weiß, dass meine Brüder mich in Ruhe lassen werden. Im Gegensatz zu Mom, die sehnlichst auf ausführliche Erzählungen wartet. Einmal in der Woche haben wir geskypt, dafür musste ich dreißig Meilen in die nächste Stadt ins Internetcafé pilgern, eine halbe Weltreise in Tibet. Nicht oft genug für eine Bärenmama wie unsere, die uns, obwohl sie uns in die Welt hinausschickt, eigentlich nicht loslassen will. Wenn es möglich wäre, würde sie uns alle vermutlich immer noch stillen.

Eine Weile fahren wir schweigend durch die Straßen von San Francisco, mein Kopf ruht auf Lennons Schulter, im Hintergrund dudelt das Radio. Gavin tippt wild auf seinem Handy herum und beachtet mich nicht. Vielleicht hat er mich auch bereits wieder vergessen. Er ist toll und lustig und ein hervorragender Footballer, aber dass er sich gut konzentrieren kann oder vor Intelligenz strotzt, kann man nicht behaupten.

Ganz im Gegensatz zu Lennon. Er war schon immer mein Lieblingsgeschwisterkind. Sagt man das so? Eben der, den ich von allen meinen Geschwistern am liebsten mag. Wir standen uns immer am nächsten, obwohl er acht Jahre älter ist als ich. Damals war er immer für mich da, begleitete mich durch alle Höhen und vor allem durch alle Tiefen, von denen es ungleich mehr gab. Das alles tat er einfach so, ohne jemals eine Gegenleistung dafür zu verlangen. Dabei war er mit sich selbst, seiner verwirrenden Sexualität und später seinem Coming-out mehr als genug beschäftigt.

»Du siehst gut aus, Schwesterherz«, sagt Lennon mit seiner tiefen, beruhigenden Stimme und legt seine Hand auf meine. Stumm drücke ich sie. Zweimal fest und zweimal leicht. Unser geheimes Zeichen für *Ich liebe dich.* »Geht's dir auch gut?«

Ich nehme meinen Kopf von seiner Schulter und nicke. In der Gewissheit, dass wir uns immer die Wahrheit sagen, lächeln wir uns an. Den anderen gegenüber, vor allem Mom, gebe ich manchmal vor, dass alles gut sei. Lenny lässt sich jedoch nicht täuschen. Er hat einen untrüglichen Autumn-Gefühle-Radar. Von ihm geliebt zu werden ist Geschenk und Fluch zugleich.

»Und das hier? Alles okay?« Zart berührt er meinen Hals. Wieder nicke ich, und er zieht seine Finger zurück. »Ich habe Darren vor ein paar Tagen getroffen. Er hat sich verlobt. Ich wollte es dir lieber gleich erzählen, bevor du es von jemand anders erfährst.« Er verzieht entschuldigend die Lippen. »Es tut mir leid.«

Wieso? Er kann doch nichts dafür. Schließlich hat nicht er eine andere gefickt.

»Mit der Freundin, wegen der er mich verlassen hat? Weil sie kein Mängelexemplar ist, wie ich eines bin? Oder hat er schon wieder eine neue?«

»Sprich nicht so über dich!«, schnauzt mich Lennon an. »Du bist wunderbar. Kein Mängelexemplar.«

Tja, da sind unsere Meinungen mal ausnahmsweise verschieden. Aber da ich gerade erst angekommen bin, will ich nicht streiten. Er muss ja so positiv von mir denken. Er ist mein Bruder. Er müsste mich auch lieben, wenn ich Frankensteins Monster wäre. Na ja, manchmal komme ich mir tatsächlich so vor.

»Echt, Herbst-Girl«, mischt sich jetzt auch Gavin ein. »Für dein Aussehen würden andere Mädchen töten.«

Das bezweifle ich, Brüderchen.

Eins der Dinge, die ich in Tibet genossen habe, war, dass mein Aussehen völlig unwichtig war. Aber wir sind nicht mehr in Tibet. Wir sind in San Francisco, USA. Hier habe ich leider andere Erfahrungen gemacht. Und für viele Menschen hier hat man gefälligst schön zu sein, ohne Makel. Und wenn man welche hat, hat man sie wegzuoperieren.

Wäre ja noch schöner, wenn andere mit deinem unperfekten Aussehen belästigt werden. So ist die Realität, zumindest ist das mein Eindruck. Egal, wie sehr meine Familie mein Innerstes liebt, das Äußere ist das, was die meisten Menschen sehen und beurteilen.

»Und, was macht die Liebe?«, frage ich, weil ich weiß, dass ich mit diesem Thema meine Brüder immer erfolgreich ablenken kann.

»Apropos ...«, murmelt Gavin und wendet sich wieder seinem Handy zu.

»Und bei dir so? Was macht Sandro?«, frage ich Lennon.

Der zuckt die Schultern. »Mit *mir* macht er jedenfalls nichts mehr. Er ist Geschichte, Autumn.«

Wir halten an einer roten Ampel. Während wir warten, beugt sich Lennon vor und starrt aus dem Fenster, die Finger ums Lenkrad gekrampft.

»Muss es mir leidtun?«

Er verzieht die Lippen, überlegt kurz und fährt dann ruckartig los, weil es mittlerweile grün ist. Ich werde in den Sitz gedrückt und stoße mich an der Kopfstütze. »Nein, nicht wirklich. Es war einfach vorbei. Bye-bye, Latin Lover!« Er lacht, aber es klingt nicht sehr fröhlich. »Auf Dauer hätte ich ihm alleine ohnehin nicht gereicht. Außerdem bin ich seiner Meinung nach zu nett.«

Wie kann man denn zu nett sein? Lennon ist einer der wunderbarsten Männer, die ich kenne. Ich wünsche ihm, dass er endlich sein Gegenstück findet. Aber offensichtlich ist es für Schwule genauso schwer wie für Heteros, jemanden zu finden, der es wert ist, das Leben mit einem zu verbringen. Und der nicht alles wahllos beschläft. Wie Darren. Und sämtliche seiner Vorgänger. Männer sind eben so oder so Schweine. Ob homo oder hetero.

Wir seufzen synchron. Kurz schweigen wir und lauschen der Musik im Radio. Scott McKenzies *If you're going to San Francisco* .... Wie habe ich diese Stadt vermisst! Ich bin so froh, wieder zu Hause zu sein.

Ich drehe mich um und lehne mich über die Sitze zu Gavin.

»Und bei dir, Bruderherz?«

»Hm?«, fragt er bloß, hebt nicht einmal seinen Kopf und tippt weiter auf seinem Smartphone herum. »Was?«

»Deine Schwester will wissen, ob du eine Freundin hast. Gib ihr gefälligst eine Antwort!«, befiehlt Lennon mit strenger Großer-Bruder-Stimme.

Endlich sieht mich Gavin an. »Nein, ich habe aktuell keine Freundin«, klärt er mich auf. »Und ich will auch keine. Du weißt doch, ich lebe das Hippie-Erbe unserer Familie weiter. Freie Liebe und so. Warum auf *eine* konzentrieren, wenn man *alle* haben kann?«

Er zwinkert mir zu. Es könnte auch als Spaß gemeint sein, aber ich kenne meinen Bruder gut genug, um zu wissen, dass er das völlig ernst meint. Als Quarterback hat er keine Probleme, stets willige Frauen zu finden und sein Lebensmotto voll auszukosten. Da sind die Collegemädchen offenbar nicht reifer oder wählerischer als die von der Highschool. Oft bringt er seine wechselnden Bekanntschaften mit nach Hause, Mom und Dad sind diesbezüglich sehr entspannt. Da Gavins Zimmer neben meinem liegt, bekomme ich mehr von seinem Liebesleben mit, als ich möchte. Ich hätte doch Lennons Vorschlag annehmen und in sein Zimmer wechseln sollen, als er ausgezogen ist. Jetzt ist es zu spät, denn Mom hat es zu einem Frauen-Yoga-Näh-Meditations-Gästesofa-Raum umfunktioniert.

Warum eine, wenn man alle haben kann? ... Kotz. Sportler sind so oberflächlich. Nur an Sport und Sex interessiert. Schrecklich. Wie Darren, der sich gern mal mit anderen Frauen vergnügt hat. Mit welchen, die keine Narben auf Körper und Seele tragen.

Mom schimpft immer, wenn ich solche Sachen sage. Sie meint, man müsse jedem Menschen eine Chance geben. So wie nicht alle Sportler oberflächlich seien, seien auch nicht alle Männer Schweine. Mag sein, vielleicht hat sie recht. Aber ich habe nun mal diese Erfahrungen gemacht.

Ich trage zu viel Ballast mit mir herum, hat Darren zu mir gesagt, als ich ihn mit seinem Fremdgehen konfrontiert habe. Immer noch muss ich mit den Bildern von ihm und dieser Rothaarigen kämpfen. Als hätte ich nicht schon genug Albträume, die mich plagen.

Was soll ich auf Gavins Kommentar nun antworten? Am besten gar nichts. Also presse ich nur meine Lippen aufeinander und schlucke meine Worte hinunter, obwohl ich ihm so gern so vieles sagen würde. Zum Beispiel, dass man Frauen nicht behandelt wie Büchereibücher. Aussuchen, schnell konsumieren und wieder zurückstellen. Aber ich freue mich viel zu sehr, meine Familie wieder um mich zu haben. Selbst meinen doofen Playboy-Bruder. Er muss ja mit seinem nicht gerade frauenfreundlichen Leben glücklich sein und das mit seinem Gewissen ausmachen. Ich nicht.

»Er kommt schon noch drauf«, flüstert Lennon und legt mir beschwichtigend seine Hand auf den Unterarm. Er weiß genau, wie mich Männer wie Gavin aufregen. Gegen Spaß ist ja nichts einzuwenden, aber es sollte nicht auf Kosten anderer gehen. Niemals.

Gut, dass Lenny gerade vor unserem Haus einparkt. Ich bin zu Hause. Das erste Mal seit fast einem Jahr. Endlich.

Von außen hat sich nichts verändert. Unser Vorgarten ist immer noch wildromantisch-liebevoll-blumig. Die Rosenbüsche blühen in voller Pracht, der Efeu rankt sich am Haus und am Zaun entlang. Der Rasen ist wie meistens ungemäht, Gänseblümchen und andere bunte Wiesenblumen wachsen durcheinander, lassen alles lebendig, frisch und unbeschwert erscheinen. Ich liebe unser Haus und unseren Garten. Mom schafft es, mit wenig Arbeit ein Paradies voller Blumen, Grün und Leben zu erschaffen. Passend zu unserem Nachnamen Green. Manche würden unseren Garten als vernachlässigt und ungepflegt bezeichnen, andere als Cottage-Garten, ich schlichtweg als Mom-Style, denn er spiegelt ihr Wesen perfekt wider. Unter dem alten Apfelbaum hinter dem Haus habe ich viele glückliche Stunden verbracht. Gavin hat mich einmal gezwungen, mit ihm um die Wette zu klettern, und mich dann aus Versehen heruntergeschmissen, weil er sich mit Einsatz seiner Ellbogen den Sieg erkämpfen wollte. Drei Tage musste ich damals im Krankenhaus verbringen, noch wochenlang zierten schmerzhafte blaue

Flecken meinen Körper. Damals ist alles folgenlos verheilt. Anders als nach dem Unfall nur wenige Monate später.

Obwohl ich weiß, dass Mom mich am liebsten sofort in Beschlag nehmen würde, schleppe ich mich erst einmal ins Bett. Hier ist es elf Uhr vormittags, in Tibet aber mitten in der Nacht, mein Körper ist auf Schlafen eingestellt. Dads Warnung, dass ich später dann wach liege, ist mir egal. Wenn ich nicht ein paar Stunden schlafe, sterbe ich.

Ich schaffe es gerade noch, meine Schuhe und die unbequeme Jeans auszuziehen. Zu mehr bin ich nicht in der Lage. Erleichtert falle ich in mein Bett und kuschle mich unter meine nach Moms Bio-Lavendel-Waschmittel riechende Decke und schließe die Augen. Eine Weile lausche ich noch den gedämpften Alltagsgeräuschen meiner geliebten Familie, dann ergebe ich mich der Müdigkeit und dem wohligen Gefühl, wieder zu Hause zu sein.

Als ich aufwache, ist alles dunkel und das Haus still. Ein Blick auf den Wecker auf meinem Nachttisch zeigt mir, dass es bereits acht Uhr abends ist. Ich habe tatsächlich neun Stunden wie tot geschlafen. Und natürlich hatte Dad recht. Jetzt bin ich hellwach.

Keiner ist zu sehen. Aus der Küche höre ich es klappern, aber statt Mom, die mir – wie ich gehofft hatte – etwas kocht, steht Gavin am Waschbecken und trinkt aus dem Wasserhahn.

»Kein Glas?« Meine Stimme ist noch rau.

»Zu faul zum Abspülen. Bin sowieso gleich weg.«

»Wo sind denn alle?« Ich nehme mir meinen Lieblingsbecher aus dem Schrank und fülle ihn mit Moms selbst gemachtem Apfelsaft. Von unseren eigenen Apfelbäumen. Neun Monate musste ich auf den verzichten. Genüsslich trinke ich, und vielleicht stöhne ich dabei ein wenig.

»Woher soll ich wissen, wo die sind? Arbeiten, einkaufen, spazieren gehen, von Aliens entführt, in Luft aufgelöst. Keinen Plan.«

Das ist meine Familie. Im einen Moment hängen sie zusammen wie mit Superkleber aneinandergekettet, im nächsten stürmen alle wieder in verschiedene Richtungen und zelebrieren ihre eigenen Leben.

»Dad hat eine neue Tussi am Start, letztens war sie mal da. Ich glaube, Mom steht auch auf sie. Vielleicht sind sie bei der.«

Könnte gut sein. In Sachen Sexualität leben meine Eltern ihr Hippie-Sein exzessiv aus. Mehr, als es Kinder mitbekommen wollen. Oder sollten. Gavin und Ocean sind diesbezüglich weniger zart besaitet als ich. Beide führen die Tradition unserer Eltern fort, wechseln ihre Partner häufiger als andere Leute ihre Socken. Lenny und ich dagegen bevorzugen Monogamie. Dumm nur, dass es wenig Gleichgesinnte gibt. Und vor allem welche, die mich nicht als zweite Wahl ansehen. Klingt blöd, ist es auch, aber das ist nun mal die traurige Wahrheit. Ich bin beschädigt. Innen wie außen. Das kann ich nicht oft genug betonen.

»Ich geh was trinken. Kommst du mit?«, fragt Gavin und wischt sich mit dem Ärmel den Mund ab.

Wie bitte? Wann hat Gavin mich das letzte Mal gefragt, ob ich ihn irgendwohin begleite? Ich überlege angestrengt. Nie. Aber es gibt ja für alles ein erstes Mal. Vielleicht hat er mich doch ein wenig vermisst. Ich frage nicht nach, sondern sage spontan Ja. Alleine hier rumzuhängen habe ich keine Lust.

»Kann ich noch kurz duschen?«

Seine eben noch freundliche Miene verdüstert sich.

»Wenn's sein muss. Aber beeil dich! Ich warte nicht ewig.«

Er klingt genervt. Sein Pech. Nach Schlaf, Flugzeug und gebrauchten Klamotten müffelnd, gehe ich nirgendwohin. Trotzdem beschränke ich mich auf rekordmäßig kurzes Duschen, stecke meine noch nassen Haare zu einem lockeren Dutt und schlüpfe in Leggins und ein oberschenkellanges Longsleeve mit Stehkragen. Hier in San Francisco trage ich in der Regel nur langärmelige Kleidung, verdecke meinen Makel, so gut es geht.

»Hat ein Vogel ein Nest auf deinem Kopf gebaut?«, fragt Gavin mit hochgezogenen Brauen, als ich wieder zu ihm stoße. Als Antwort haue ich ihm mit voller Wucht gegen den Oberarm, aber weil mein Bruder mehr Berg als Mensch ist, zuckt er nicht einmal. Dafür schmerzt meine Hand, als hätte ich gegen eine Betonwand geschlagen. Hoffentlich trifft er sich nicht mit seinen ganzen Footballkumpels. Neben denen wirke ich mit meinen knapp eins siebzig wie ein Zwerg. Und besonders intellektuell sind die Gespräche untereinander meist auch nicht. Football, Frauen, Alkohol. Als gäbe es nichts anderes. Aber ich habe mir vorgenommen beziehungsweise meiner Familie versprochen, dass ich mich nicht mehr so einigle. Warum also nicht gleich heute damit anfangen?

»Werde ich das einzige Mädchen sein?«, frage ich trotzdem, um zu wissen, was mich erwartet.

»Ethan, der eine Mitbewohner von Cole, du weißt schon, der Cole aus dem Team, also sein Kumpel Ethan bringt sicher seine Freundin Claire mit, ohne die geht er nirgends mehr hin.« Nein, weiß ich nicht. Weder von Ethan noch von Claire habe ich jemals gehört. Und Cole kenne ich auch nur aus Erzählungen, ich weiß, dass er Vize-Quarterback ist und dass er natürlich nicht so gut spielt wie mein Angeber-Bruder. Hoffentlich ist auch jemand da, den ich kenne. »Ob die anderen alleine kommen, weiß ich nicht. Und ist mir auch dezent egal. Komm mit, oder lass es! Ich gehe jetzt auf jeden Fall.«

Er wendet sich zur Tür, und ich haste ihm hinterher.

Cole

Grace hängt an meinem Arm wie ein Oktopus. Eine Oktopussy. Haha! Sie nervt unfassbar. Obwohl ich sie nicht wirklich beachte, sondern stattdessen mein Bier trinke, den anderen bei ihren sinnlosen Diskussionen zuhöre und mich auffällig oft in der Bar umsehe, hört sie nicht auf, auf mich einzureden. Vom Studium, ihrer Mitbewohnerin, irgendeinem Unterwäschedings, das sie sich gekauft hat und das sie mir unbedingt heute noch vorführen will. Anfangs war Grace ganz nett, außerdem ist sie heiß und hervorragend im Bett. Aber ich will keine Beziehung mit ihr. Das haben wir gleich zu Beginn geklärt. Trotzdem fängt sie an zu klammern. Zwar versichert sie mir immer wieder, es sei für sie in Ordnung, nur gelegentlich miteinander Spaß zu haben, aber selbst ein Doofer kommt nicht umhin zu bemerken, wie viel mehr sie sich eigentlich erhofft. Heute habe ich sie nicht einmal hierher eingeladen. Sie ist einfach aufgetaucht, hat wohl irgendwie mitbekommen, dass sich die Clique hier trifft. Oder Zane hat es ihr gesteckt, um mich zu ärgern.

Auf ihr eindeutiges Angebot auf Sex gehe ich nicht ein. Obwohl ich sie nicht liebe, hat sie etwas anderes als einen schmutzigen Fick auf einem noch schmutzigeren Kneipenklo verdient.

Natürlich will ich sie nicht verletzen, ich bin nicht so ein Arsch, wie mir manchmal vorgeworfen wird. Aber sie muss endlich verstehen, dass aus uns nie mehr werden wird. Sie ist garantiert nicht *die Eine*.

Jetzt fängt sie an, an mir herumzufummeln, steckt ihre Finger unter mein Hemd und krault meinen Bauch, wandert weiter nach oben und zwickt mich in die Brustwarze. Doch ich halte sie auf, indem ich ihr Handgelenk packe. Sie zieht einen Schmollmund.

»Lass es, Grace!«, sage ich ein wenig zu schroff. »Hör bitte auf«, schiebe ich freundlicher hinterher. Sie wirkt verletzt. »Grace, du weißt, dass aus uns nie mehr wird. Wir sollten uns nicht mehr treffen. Ich schlafe mit niemandem, wenn die Zukunftsvorstellungen verschieden sind. Das hatten wir doch schon. Such dir jemanden, der auch in dich verliebt ist.«

Seufzend nimmt sie die Hand von mir und greift nach ihrem orangen Cocktail. Mit spitzen Lippen saugt sie am Strohhalm, fixiert mich dabei mit halb geschlossenen Lidern. Sie lässt einfach nicht locker. Ich wende mich ab und widme mich wieder meinen Freunden.

»Auf die Saison und dass wir gewinnen!«, brüllt irgendeiner in die Runde, und sofort stimmen die anderen grölend mit ein. Wir stoßen unsere Gläser aneinander und prosten uns zu. Sogar Ethan macht mit. Seit er Claire hat, gibt es Momente, in denen er richtiggehend fröhlich und entspannt wirkt. Sie lächelt ihn liebevoll an, und nicht zum ersten Mal wünsche ich mir, *mich* würde jemand so ansehen.

Ich nehme einen Schluck, gleichzeitig schlägt Zane mit der Hand auf meinen Rücken. Bier spritzt aus meinem Mund und über den Tisch. Grace kreischt und wedelt vor ihrem Gesicht herum, als hätte ich sie angespuckt. Dabei hat sie kein einziger Tropfen getroffen. Wenigstens zieht sie sich jetzt ein Stück zurück. Sie bereitet mir schlechte Laune. Und das will etwas heißen, denn ich bin dafür bekannt, dass ich quasi nie schlecht gelaunt bin.

»Weißt du noch, wie Ethan diesen furchtbaren Schnauzer hatte? Als er Claire rausgeschmissen hatte, weil er dachte, er liebt sie nicht?«

Wie kommt Zane denn jetzt auf dieses Thema? Er tätschelt Ethan den Kopf, als wäre der eine Puppe. Ethan zieht ihn weg, Claire kichert und küsst ihn auf die Oberlippe.

»Das war wirklich furchtbar, das stimmt. Gut, dass du ihn abrasiert hast.« Wieder küsst sie ihn. Diesmal auf die Nase. »Aber ich liebe dich trotzdem.«

»Wir alle haben doch unsere peinlichen Momente«, antwortet Ethan. »Zum Beispiel damals, als Zane sich für dieses Mädchen die ganzen Körperhaare abrasiert hat. Sogar die Augenbrauen. Dabei hatte sie ihn nur verarscht, als sie ihm erzählt hat, sie stehe auf komplett glatte Haut.«

Zane grummelt. Typisch, andere verarschen, aber wenn es um ihn geht, ist er schneller beleidigt als ein pubertierendes Mädchen. Ich lache, und Claire stimmt mit ihrer hellen Stimme mit ein. Ethan, der selten richtig aus sich herausgeht, gluckst und verschluckt sich beinahe an seinem Getränk.

»Jaja. Lacht nur. Ihr wisst ja gar nicht, was das für Schmerzen waren und wie das gejuckt hat, als alles nachgewachsen ist.« Zane stützt das Kinn auf seine Faust und schaut finster. »Außerdem war ich jung.«

»Wir waren im Abschlussjahr, sooo jung warst du also nicht mehr«, belehrt ihn Ethan und legt den Arm um Claires Schultern. Die schmiegt sich an ihn, und er küsst sie abwesend auf die Schläfe.

»Hmpf«, antwortet Zane nur und gießt sich aus dem großen Krug noch einmal Bier nach.

Kurz schweigen wir, dann prustet Ethan erneut los. »Peinlich war auch, als wir uns alle an Halloween als Superhelden verkleiden wollten. Sechste Klasse oder so. Zane war natürlich Batman. Was sonst, als weltgrößter Batman-Fan? Perfektes Kostüm, genäht von der Haushälterin. Meine Eltern hatten mal wieder verpennt, mir ein Kostüm zu besorgen und mich einfach in Mullbinden und Klopapier eingewickelt und als Mumie losgeschickt. Ich konnte kaum laufen.« Er streckt die Arme aus und macht Zombiebewegungen und Geistergeräusche. Claire kichert, und Zane nickt mit einem Gesichtsausdruck, als wäre er immer noch stolz auf sein Wahnsinns-Batman-Kostüm. Dann sieht er mir in die Augen, vor lauter Lachen kann er kaum weitersprechen. »Batman und Mumie, das war ja okay. Aber du ...« Er wischt sich die Lachtränen aus den Augen. »... du warst ganz begeistert von deinem Spider-Man-Anzug. Aber weil du so fett warst, hast du ausgesehen wie ein verdammter Apfel ...« Jetzt lacht er so, dass sein ganzer Körper zittert. Ich sollte mich freuen, dass mein immer so ernster und vergeistigter Freund ausnahmsweise so ausgelassen ist. Aber die Erinnerung an meine Moppelzeit ist nicht die schönste.

Zane mischt sich ein. »Die eine alte Frau, die mit den vielen Katzen, die dachte sogar, du wärst Papa Schlumpf!« Er brüllt vor Lachen. Haha! Dickenwitze sind ja sooo lustig.

»Du warst früher dick?« Grace lässt meinen Arm los, als stellte sie plötzlich fest, dass ich Krätze habe oder fürchterlich stinke.

»Ja, wo ist das Problem?«

»Nichts, nichts«, beeilt sie sich zu sagen und hüstelt. Nervös nestelt sie an ihrem Oberteil herum.

Zane zeigt mit dem Finger auf mich. »Das Problem? Du hast kaum durch die Tür gepasst. Wenn du mal wieder stecken geblieben bist, mussten wir dich von hinten durchschieben. Wie einen übergewichtigen Wal. Sei froh, dass du uns hattest, sonst würdest du immer noch in der Klotür bei den Physiksälen feststecken.«

»Unwahrscheinlich. Ohne Nahrung hätte er irgendwann automatisch an Gewicht verloren und sich selbst befreien können«, überlegt Ethan laut.

»Ich bin nie irgendwo stecken geblieben, ihr Arschkrampen!«, erwidere ich.

»Jetzt hört doch mal auf, ihn zu veräppeln.« Claire hat die Hände in die Hüften gestemmt wie eine schimpfende Mutti im Comic.

»He, wir waren das Dreamteam«, erklärt Zane. »Body and Brain, Beauty and the Beast in Personalunion. Du kannst dir aussuchen, wer was war.« Er zwinkert ihr zu und sie schnaubt und verzieht die Lippen.

Auf einmal steht Gavin am Tisch. Er hat ein Mädchen dabei, aber weil sie ein ganzes Stück kleiner ist als er und von ihm fast komplett verdeckt wird, kann ich nicht erkennen, wer es ist. Vermutlich eine neue Eroberung.

»Warum so spät?«, begrüßt ihn Mac.

Gavin antwortet nicht, sein Kopf ruckt nur nach hinten, und er verdreht die Augen. *Sie* ist schuld, will er uns wahrscheinlich damit sagen.

»Willst du sie nicht vorstellen?«, fragt Claire.

Die gute Claire. Immer darauf bedacht, dass sich alle wohlfühlen. Gavin zuckt mit den Schultern und zieht das Mädchen hinter seinem Rücken hervor. Sie sieht ein wenig eingeschüchtert aus. Kein Wunder, wenn zehn Augenpaare nur auf sie und acht männliche davon vor allem auf ihre wirklich ansehnlichen Brüste starren. Nur Claire lächelt.

Gavin legt seine Hände von hinten auf die Schultern seiner Begleiterin und dreht sie hin und her, damit sie jeder ansehen kann. Seltsam, wie er sie behandelt. Als wäre sie ein Ausstellungsstück auf dem Markt. Gar nicht seine Art. Normalerweise hat er mit seinen aktuellen Freundinnen anderen Körperkontakt. Sie schüttelt seine Hände ab und funkelt ihn an. Er lacht und schubst sie, sodass sie nach vorne stolpert. Rückwärts tritt sie ihm gegen das Schienbein. Die beiden wirken vertraut, aber nicht wie zwei Menschen, die miteinander Sex haben.

Dann fuchtelt er zwischen uns und ihr hin und her. »Leute, das ist meine kleine Schwester Autumn. Autumn, das sind die anderen.«

Seine Schwester. Alles klar, das erklärt ihre Vertrautheit. Und bei näherem Betrachten fallen mir auch Ähnlichkeiten auf. Die gleichen vollen Lippen, auch wenn ich Gavins nie als sinnlich bezeichnet hätte, ihre dagegen schon. Die gleichen Augen, allerdings zeigen Autumns mehr Verletzlichkeit. Gavin ist ein unglaublicher Quarterback, aber sensibel ist er sicher nicht. Im Gegensatz zu seiner Schwester, sie wirkt so zerbrechlich und schutzbedürftig, dass ich mich zusammenreißen muss, sie nicht sofort in Watte zu packen. Ich wusste, dass Gavin vier Geschwister hat. Aber bis jetzt habe ich nur seine große Schwester Ocean und seinen Bruder Lennon kennengelernt. Die beiden kommen inklusive der Eltern regelmäßig zu unseren Spielen.

Zane stößt mir den Ellbogen in die Rippen. »Lecker, oder?« Er wackelt mit den Augenbrauen.

Ich kann nur nicken. Lecker ist kein schöner, dafür ein umso treffenderer Ausdruck für Gavins Schwester. Sie ist unglaublich hübsch, nicht auf eine aufdringliche Art wie Grace, die sich viel zu sehr schminkt. Sondern auf eine zurückhaltende, und trotzdem strahlende

Art. Ihre langen Haare hat sie hochgesteckt, die Lippen glänzen verführerisch, ihre großen Augen hat sie nur mit ein wenig Kajal betont. Obwohl es hier drin gefühlte tausend Grad heiß ist, trägt sie einen Rollkragenpulli. Keine Frage, er steht ihr, umrahmt ihren kurvigen Körper perfekt, ist sexy, aber nicht billig. Trotzdem seltsam.

Meine Hände zittern, mein Hals ist trocken, mein Schwanz zuckt, mein Herz rast. Wenn es Liebe auf den ersten Blick gibt, dann muss sie sich genau so anfühlen. Entweder das, oder ich habe gerade einen Ganzkörperschockanfall mit unkontrollierbarer Penisversteifung. Oder was auch immer solche Symptome auslöst.

»Hi, ihr anderen«, sagt Autumn und winkt schüchtern lächelnd in die Runde. Ihre Stimme ist weich und hört sich an wie eine Gruppe zwitschernder Vögelchen in einem Beet voller Sommerblumen unter einem wolkenlosen Himmel an einem Frühlingstag. Echt jetzt? Was denke ich denn da? Seit wann benutze ich so schmalzige Worte?

Ich räuspere mich und trinke gierig von meinem Bier, beobachte aber weiter über den Rand des Glases Autumn, wie sie mit Claire und Ethan plaudert. Anscheinend hat jemand einen Witz gemacht, denn sie legt den Kopf ein wenig schief und kichert. Dann schaut sie immer noch grinsend zu ihrem Bruder. Offenbar ging es um ihn.

Zane stützt die Ellbogen auf den Tisch und beugt sich zu Gavin hinüber. »Warum hast du sie so lange vor uns versteckt, Alter?«

»Genau wegen so Idioten wie dir«, antwortet Gavin genervt. »Sie ist erst neunzehn und ...« Er stoppt und schaut verstohlen zu ihr. »Sie war fast ein Jahr im Ausland. Machen wir in der Familie alle nach der Highschool. Davor war sie viel zu jung, um sie von euch Vollpfosten verderben zu lassen. Und außerdem ...« Wieder hält er inne, schnauft und runzelt die Stirn. »Sie geht nicht so gern aus.«

Zane verzieht das Gesicht. »Hä, wieso denn? Sie sieht ganz normal aus. Nicht wie ein Sozialfreak oder so.«

Die Ausdrucksweise meines Mitbewohners ist mal wieder erstklassig. Zane klingt oft wie der letzte Idiot, ein reicher, verwöhnter Schnösel, aber im Grunde – und sonst auch – ist er nicht verkehrt. Loyal, ein guter, hilfsbereiter Freund, immer für Spaß und den größten Scheiß zu haben. Ohne ihn und seine bedingungslose Freundschaft hätte ich meine schlimmen Jahre als Fettsack nicht überlebt. Oder hätte zumindest einen größeren Schaden weg. Und er hat immer die beste Frisur von uns allen. Seine Haare sind ihm wahnsinnig wichtig. Mit den Pflegeprodukten in unserem Bad könnte man einen Friseur neidisch machen.

»Das geht dich einen Scheiß an!«, fährt Gavin Zane an. Was ist denn mit dem los? »Und wehe, du fasst sie an!«

Ob das Anfassverbot für uns alle gilt?

»Starr sie doch nicht so an! Das ist voll peinlich.« Grace. Ich hatte sie völlig ausgeblendet, obwohl sie sich immer noch an mich klammert, als würde sie ohne mich umfallen. »Außerdem bist du mit mir hier. Können wir jetzt gehen? Ich will nach Hause.«

»Wir sind nicht gemeinsam hier. Du bist unaufgefordert hier aufgetaucht und hängst an mir dran wie eine Klette. Wenn du nach Hause willst, kannst du gerne gehen. Ich halte dich nicht auf. Und ich kann anstarren, wen ich will. Wir sind nicht zusammen und werden es nie sein. Schon vergessen?« Ihre Unterlippe zittert, und ihre Augen werden feucht. War meine Ansage zu heftig? Ihrer Reaktion nach, ja. Fang bloß nicht an zu heulen! Ich seufze. »Ich wollte dich nicht so anschnauzen. Tut mir leid«, sage ich und löse sanft, aber bestimmt ihre Hand von meinem Arm. Es tut mir wirklich leid, andere zu verletzen, macht mir keinen Spaß. Doch sie verrennt sich da in etwas, das ich ihr nicht geben kann. Nicht geben *will*. »Aber du machst dir falsche Hoffnungen. Ich gehe gerne mit dir ins Bett. Aber mehr ist nicht. Das habe ich dir von Anfang an gesagt.« Ich hebe in einer entschuldigenden Geste beide Hände.

»Aber ich liebe dich!«, schluchzt sie.

Wie bitte? Sie liebt sich selbst, sonst niemanden. »Aber ich liebe dich nicht, Grace. Sorry!«

»Du bist so ein verdammtes Arschloch, Cole! Zum Ficken bin ich gut genug, aber zu mehr tauge ich nicht! Doch, ich hab's verstanden! Ruf mich bloß nie wieder an!«, kreischt Grace und weicht zurück.

Die anderen am Tisch glotzen zu uns herüber. Muss sie jetzt so eine Szene machen?

Sie schnieft, dann packt sie ihre Handtasche, dreht sich um und verlässt hoch erhobenen Hauptes die Bar. Autumns Blick ist eine Mischung aus Entsetzen, Resignation und Traurigkeit. Ich präsentiere ihr hier ungewollt gerade eine weitere Version ihres frauenverarschenden Bruders. So bin ich nicht. Ich will nicht, dass sie so über mich denkt. Aber schließlich behaupten viele oft von sich selbst, dass sie ganz anders seien, als es von außen scheint. Nur dass ich es wirklich bin.

Zane klopft mir auf die Schulter. »Gut gemacht. Die bist du endgültig los.«

»Leck mich doch!«, zische ich, in der Hoffnung, dass Autumn unser Gespräch nicht hört. Warum will ich unbedingt, dass sie keinen falschen Eindruck von mir bekommt? »Ich finde es beschissen, anderen wehzutun. Ich bin nicht du!«

Ich weiß, dass ich ihm damit unrecht tue. Ebenso wie ich spielt Zane immer mit offenen Karten. Er würde nie einem Mädchen Liebe vorgaukeln, wenn keine da ist. Und tatsächlich sieht er verletzt aus. Er zieht die Nase kraus und blickt mich für einen Moment ungewohnt verunsichert an. Nach außen hin mögen wir wie eine WG voller sexgeiler Arschlöcher wirken. Doch wir haben Prinzipien. Wir schlafen grundsätzlich nicht mit Frauen, die in uns verliebt sind (außer wir empfinden dasselbe), nutzen niemanden aus, lügen nicht, spannen niemandem die Freundin aus, nur weil wir scharf auf sie sind. Wir haben schlichtweg Spaß an Sex und Frauen und Party. Seit Ethan Claire hat, gehören zu unserem Team allerdings nur noch Zane und ich. Und ich habe den festen Plan, auch irgendwann meine Traumfrau zu finden. Nur Grace ist es eben nicht. So leid es mir tut.

Schnell fängt Zane sich wieder und verfällt in seinen üblichen Zane-kann-nichts-erschüttern-Everybodys-Darling-Modus. »Na Gott sei Dank bist du nicht ich. Nur ich bin wie ich. Ich bin schöner und cooler und sexier und habe einen größeren Schwanz und bin überhaupt viel besser.«

Er schlägt sich auf die Brust und fährt sich dann mit gespreizten Fingern durch seine immer perfekt gestylten Haare.

»Wer's glaubt ...«

»Komm, fühl mal!« Er packt so schnell meine Hand, dass ich sie nicht mehr zurückziehen kann, und presst sie an seinen Schritt.

»Ich weiß, wie dein Schwanz aussieht, wir wohnen zusammen und haben nur ein Badezimmer«, motze ich.

Zur Strafe krümme ich meine Finger und quetsche seine Hoden. Er jault auf und lässt mich sofort los.

»Du verfickter Idiot!«, brüllt er und hält seine Hände vor sein Skrotum. »Ich mach nur Spaß, und du willst mich kastrieren!« Ich lache und freue mich tierisch über meinen vorläufigen Sieg. »Das ist nicht witzig, Mann«, jammert Zane immer noch. Die anderen am Tisch johlen schadenfroh. Nette Freunde haben wir.

Autumn dagegen lacht nicht. Eher sieht sie aus, als würde sie mit Zane mitleiden. Als sie bemerkt, dass ich sie mustere, hält sie für ein paar Momente meinem Blick stand. Was sie wohl denkt? Nach langen Sekunden verfinstert sich ihr Blick, und sie trinkt hastig einen Schluck von ihrem Wasser, das ihr Gavin gerade hingestellt hat.

»Du musst den Schmerz umlenken«, rät unser Klugscheißer Ethan und schiebt Zane die Kerze hin, die zur Dekoration auf dem Tisch steht. »Halte deine Hand darüber und konzentriere dich ganz auf dieses Empfinden. Kanalisiere deine Gedanken. Sei Herr über deinen Körper.«

Zwar schaut Zane skeptisch und schüttelt genervt den Kopf, hebt aber die Hand von seinem Schritt und fährt mit ihr über die Flamme. Zuerst prüfend hin und her, dann verharrt er mutiger eine Weile darüber.

Auf einmal werden Autumns Augen groß, sie atmet schneller und flacher und taumelt zurück. Ihre Finger wandern an ihren Hals und mit abwesendem Blick streicht sie darüber. Sie schluckt hart und presst die

Augenlider zu, klammert sich am Tisch fest, als würde sie gleich in Ohnmacht fallen.

In zwei Schritten bin ich bei ihr. »Alles okay?«, frage ich leise und berühre ihren Arm. Sie zuckt erschrocken und reißt die Augen auf, starrt mich wie ein Reh im Scheinwerferlicht an.

Gavin kommt dazu, registriert, was gerade mit seiner Schwester passiert, und reagiert sofort. Hektisch sieht er sich um, entdeckt die Kerze und pustet sie aus. »Hört mit dem Kindergartenscheiß auf«, brummt er. Dann wendet er sich an Autumn, führt sie ein paar Schritte beiseite, umarmt sie vorsichtig und flüstert ihr etwas ins Ohr. Ich habe Gavin noch nie fürsorglich erlebt. Sie zittert in seinen Armen, beruhigt sich aber langsam. Nach einer Ewigkeit nickt sie ihm lächelnd zu, eher gequält als fröhlich, und macht sich von ihm los. Sie strafft ihre Schultern, atmet tief ein und aus und trinkt in großen Schlucken von ihrem Wasser. Außer mir hat niemand etwas mitbekommen. Ethan und Claire knutschen mal wieder, Zane redet wild gestikulierend auf Mac ein, und der Rest quasselt, trinkt und lacht. Unsensibles Pack!

»Ich gehe ein wenig an die frische Luft«, informiert Autumn ihren Bruder und dreht sich von unserem Stehtisch weg.

»Soll ich mitkommen?« Gavins Blick ist schon weniger besorgt.

»Nein, geht schon.«

Da bin ich mir nicht so sicher. Gavin, der nicht merkt – oder merken will –, dass sie immer noch zittert und völlig durch den Wind ist, nickt und wendet sich dann wieder seinen Kumpels zu. Fürsorglichkeit vorbei. Was für ein Arsch!

Ich blicke Autumn hinterher, wie sie Richtung Ausgang hastet. Ein paar Minuten warte ich, ob nicht doch Gavin nach ihr sieht, aber weil er keine Anstalten macht, sondern sich prächtig amüsiert und offenbar schon vergessen hat, dass es seiner Schwester nicht gut ging, folge ich ihr nach draußen.

Erst nach einigem Suchen entdecke ich sie in einer versteckten Nische. Sie sollte sich nicht in so uneinsehbare Ecken verkriechen. Man könnte ja sonst was mit ihr anstellen, und keiner würde es mitbekommen. Sie lehnt rückwärts an der Wand, die Augen geschlossen, die Arme um sich geschlungen, als würde sie frieren. Oder als wollte sie sich vor dem Auseinanderbrechen bewahren. Sie sieht unheimlich verloren aus. Ein Grund mehr, weshalb Gavin sie beschützen sollte, statt sich in der Bar volllaufen zu lassen.

Der Kies knirscht beim Laufen. Sie öffnet die Augen und drückt sich an die Wand, entspannt sich aber ein wenig, als sie mich erkennt. Trotzdem bleibt sie in deutlicher Habachtstellung, wie ein Footballspieler, der darauf wartet, dass der Gegner gleich angreift. Um sie nicht noch mehr zu erschrecken, halte ich in zwei Metern Entfernung an und stecke meine Hände in die Hosentaschen.

»Geht's dir gut?« Unsicher nickt sie. Ihre Lüge hängt deutlich in der Luft, aber ich hake nicht weiter nach. »Ich bin Cole.«

»Ich weiß, wer du bist.« Fragend ziehe ich meine Augenbrauen nach oben. Sie klingt eine Spur schnippisch. »In Gavins Zimmer hängt ein Teamfoto mit euren Namen. Außerdem erzählt Gavin ständig von dir.«

Aha! »Nur Gutes vermutlich.« Ich grinse sie an. Bitte sag ja. Hoffentlich hat der Arsch nicht nur Blödsinn über mich geredet.

Sie schweigt. Das ist Antwort genug. Mist!

»Was war das gerade da drin? Eine Panikattacke, oder? Hast du so etwas öfter?«

»Das geht dich nichts an!«, faucht sie. Warum reagiert sie so heftig? Ihre Augen sprühen regelrecht Funken. »Ihr Player seid doch alle gleich! Was interessiert dich, wie es mir geht? Denkst du, ich hüpfe gleich mit dir ins Bett, weil du so freundlich und besorgt tust? Vergiss es!«

Hä? Bevor ich antworten und mich verteidigen kann, ihr versichern, dass ich nichts vortäusche, sondern mich wirklich um sie kümmern wollte, rauscht sie an mir vorbei und zurück in die Bar. Kurz darauf kommt sie genauso schnell wieder heraus, diesmal mit Jacke und Handtasche, und winkt ein vorbeifahrendes Taxi heran.

Autumn

Im Taxi tut es mir bereits ein wenig leid, dass ich Cole so angeschnauzt habe. Aber nur ein bisschen. Vielleicht hat er sich ja wirklich Sorgen gemacht. Keine Ahnung. Gavins Freunde sind nicht gerade für ihre empathischen Fähigkeiten bekannt. Er eigentlich auch nicht. Dass er mich in aller Öffentlichkeit nach meinem Ausraster beruhigt und in den Arm genommen hat, war vermutlich nur, damit ich keine peinliche Szene veranstalte. Oder weil schlichtweg kein anderer da war, der das hätte übernehmen können. Aber vielleicht täusche ich mich ja auch, und meinem Bruder liegt tatsächlich etwas an mir. Wer weiß! Normalerweise versucht er, jeglichen Stress, ob emotionalen oder sonstigen, aus seinem Leben rauszuhalten. Dementsprechend oberflächliche Freunde schart er um sich. Außer für Football, Alkohol und Frauen interessiert er sich für wenig. Serien über Zombieapokalypsen zum Beispiel. Oder Sportsendungen. Wieso sollte ausgerechnet Cole da anders sein? Seine vorgetäuschte Fürsorge war sicher nur, um sich in gutem Licht darzustellen und mich dann flachzulegen, wenn ich ihm auf den Leim gegangen bin. Aber nicht mit mir. Ich kenne eure Tricks. Euch geht es nicht um Liebe oder Gefühle oder Bindung oder darum, jemanden kennenzulernen, als Mensch. Sondern darum, viele verschiedene Frauen abzuschleppen. Und möglichst makellos sollen die entsprechenden Sexpartnerinnen auch noch sein. Wenn sie das nur äußerlich sind, dann spricht man eben nicht mit ihnen und kommt gleich zur Sache. Wer will sich schon mit einem komplizierten, vielleicht sogar sensiblen, verletzten Inneren beschäftigen, wenn es einfacher geht?

Als ich nach Hause komme, liegt Mom mit einem Buch auf dem Sofa, ein halb leeres Glas Wein steht auf dem Tisch neben ihr. Vom hinteren Teil des Hauses hört man Stöhnen und das Quietschen von Bettfedern. Da Gavin noch in der Bar, Eva noch zu jung und Ocean auf einem Auslandssemester ist, kann es nur Dad sein.

»Hi, Schätzchen, schon zurück?« Mom knickt ein Eselsohr in ihre aktuelle Seite und legt das Buch auf das Kissen neben sich. Ohne zu antworten, lasse ich mich auf das andere Ende des Sofas sinken, lege meinen Kopf auf die Lehne und schließe die Augen. »Ist alles in Ordnung?«

»Ja, ich bin nur müde. Der Jetlag macht mich fertig.«

»Hm«, sagt Mom. Ich höre sie trinken und am Rascheln ihrer Kleidung, dass sie aufsteht. Dann spüre ich, wie sich das Sofa neben mir absenkt und wie sich ihre Hand auf mein Knie legt. Ihr Kopf landet auf meiner Schulter, meiner senkt sich auf ihren. So verharren wir eine Zeit lang.

»Morgen musst du mir unbedingt von Tibet erzählen.«

»Hm«, sage ich jetzt auch. Sonst schweigen wir. Meine Mom redet gern, aber sie weiß auch, wann sie ihren Mund halten muss.

In der Stille des Wohnzimmers hört man die eindeutigen Geräusche aus dem Elternschlafzimmer beinahe lächerlich laut.

Ich öffne die Augen und setze mich aufrechter hin. Mom nimmt ihren Kopf von meiner Schulter und sieht mich mit ihrem unvergleichlichen Mom-Blick an.

»Mom? Darf ich dich etwas fragen?«

»Klar, Schätzchen, alles, was du willst.« Sie drückt bekräftigend mein Knie.

»Macht dir das eigentlich wirklich nichts aus, wenn Dad ...? Noch dazu in eurem gemeinsamen Bett ...?«

»Dass er mit anderen Frauen schläft?« Ich nicke und merke, wie mir die Röte ins Gesicht steigt. Dabei müsste ich mich vor Mom nicht schämen, über Sex zu sprechen. Das Thema wurde bei uns in der Familie schon immer sehr freizügig behandelt.

»Nein, warum sollte es?« Sie lächelt ehrlich.

»Na ja, weil du ihn liebst und ihn nur für dich allein willst?«

»Liebe schließt nicht aus, dass man noch andere Menschen lieben kann. Und schon gar nicht, dass man mit jemand anders die Freuden der körperlichen Liebe erfahren und teilen will. Wir Menschen sind nicht für Monogamie gemacht. Was nicht heißt, dass Darren sich richtig verhalten hat. Eine offene Beziehung funktioniert nur, wenn alle Beteiligten einverstanden sind. Also Offenheit auf allen Ebenen. Auch in der Kommunikation der Wünsche und Begehren aller.« Offen war die Beziehung zwischen Darren und mir ganz sicher nicht. Nur sein Hosenstall. Arsch! »Darren hat sich dir gegenüber schäbig und unreif verhalten.« Ja, hat er wirklich. Nachdem er weg war, hatte ich niemanden mehr. Ich habe keine beste Freundin, bei der ich mich hätte ausheulen oder mit der ich hätte Mordpläne schmieden können. Ich habe nicht einmal eine gute Freundin. Gar keine Freunde, um genau zu sein. Früher ja, aber die sind alle weg. In anderen Bundesstaaten aufs College, aus den Augen, aus dem Sinn. Wenn ich einfach verschwinden würde, würde mich außer meiner Familie niemand vermissen. Abgesehen davon hoffe ich immer noch, dass so etwas wie Monogamie doch existiert. »Ihr hättet von Anfang an darüber reden müssen.«

»Jetzt bin ich schuld, dass er und alle seine Vorgänger mich betrogen haben? Weil ich ihnen nicht großzügig erlaubt habe fremdzugehen?«

»Nein, Schätzchen, natürlich nicht.« Sie seufzt. »Ich will ihn auch gar nicht in Schutz nehmen, es ist nur, ihr seid so jung, da ist es noch schwerer als ohnehin, sich nur auf eine einzige Person zu konzentrieren. Wir alle tragen so viel Liebe in uns, warum sollte die nicht vielen anderen Menschen auch zuteilwerden?«

Darren trägt keine Liebe in sich, sondern Gleichgültigkeit. Egal, wie oft Mom mir dieses Freie-Liebe-Ding schmackhaft machen will, ich finde, dass es nur eine schwache Ausrede dafür ist, dass man nicht treu sein will. Aber vielleicht sind Menschen tatsächlich nicht in der Lage, monogam zu leben. Schon gar nicht körperlich monogam. Verlange ich zu viel, wenn ich mir eine exklusive Partnerschaft wünsche? Ich glaube mittlerweile nicht mehr daran, dass es Männer gibt, die so etwas wollen. Außer Lennon. Denn bis jetzt hat mich noch jeder meiner Freunde betrogen. Der eine früher, der andere später. Ob es wirklich daran liegt, dass ich zu viele Probleme mit mir rumschleppe, wie Darren behauptet, weil ich zu entstellt bin, oder dass sie einfach Idioten sind, spielt in der Auswirkung keine Rolle. In der Ursache aber durchaus. Denn wenn es nicht an mir liegen würde, bestünde wenigstens ein Fünkchen Hoffnung, dass es irgendwo da draußen einen Mann gibt, der nett und treu und liebevoll ist und dem es egal ist, ob ich perfekt bin oder nicht. Aber es lag nun mal an mir. Da lässt sich nichts schönreden.

»Darren hat nicht aus den richtigen Gründen heraus gehandelt«, fügt Mom nach einer Weile hinzu.

Was sollen denn die richtigen Gründe dafür sein, seine Freundin hinterrücks zu betrügen?

Das Stöhnen und Quietschen steigert sich, bis es schließlich abrupt endet. Zeit, ins Bett zu gehen. Ich habe keine Lust, einem nackten Dad zu begegnen. Denn bestimmt verlässt er in ein paar Minuten das Schlafzimmer, um sich etwas zu trinken zu holen. Im schlimmsten Fall bringt er seine Gespielin auch noch mit. Darauf kann ich gerne verzichten.

Doch nichts davon passiert. Stattdessen ruft Dad nach Mom und will, dass sie sich zu ihnen ins Schlafzimmer gesellt.

Grinsend erhebt sich Mom, antwortet mit einem schnellen, geflöteten »Aber gerne doch«, küsst mich auf die Wange und verschwindet so schnell, dass sie beim Aufstehen das Weinglas umstößt.

Ich sollte Lennons Angebot annehmen und bei ihm einziehen.

In meinem Zimmer ziehe ich mich komplett aus und stelle mich vor den Spiegel. Konfrontationstherapie nennt das mein Therapeut. Die eigentliche Therapie ist seit Jahren vorbei, gebracht hat sie nicht wirklich viel, aber ein paar Dinge habe ich übernommen. Wie zum Beispiel mich mit all meinen Makeln jeden Tag mindestens einmal nackt im Spiegel zu betrachten und mir vorzusagen, dass ich trotz allem nicht hässlich bin. Nein, dass ich schön bin. Das Unterbewusstsein kennt ja angeblich keine Verneinungen. Vielleicht glaube ich es irgendwann selbst, wenn ich es mir nur lange genug einrede. Bis jetzt hat es nicht funktioniert. Darren hat meinen ungeschützten Anblick nur schwer ertragen. Ich frage mich, warum er überhaupt jemals mit mir zusammen war. Sex hatten wir nur im Dunkeln, am Strand oder im Schwimmbad waren wir nie, und wenn wir gemeinsam unterwegs waren, verlangte er von mir, dass ich nicht zu freizügig gekleidet bin. Er schämte sich für mich.

Meine Narben sind mittlerweile verblasst, aber immer noch deutlich zu erkennen. Die beschädigte Haut bedeckt meine gesamte rechte Seite, vom Hals abwärts, die Brust hinab bis zur Mitte meines Unterschenkels. Wie jeden Tag creme ich die Stellen sorgfältig ein, damit die Haut geschmeidig bleibt und ich weniger Schmerzen beim Bewegen habe. Das Cremen sollte wie eine Therapie sein, weil ich dann gezwungen bin, mich mit diesem Teil meines Körpers liebevoll zu befassen. Stattdessen habe ich in den Jahren gelernt, die rechte, unerwünschte Seite von mir abzukoppeln. Sie zu pflegen ist, als würde ich nicht mich selbst, sondern eine fremde, eine tote Person berühren. Manchmal widert es mich regelrecht an. Kein Wunder, dass keiner bei mir bleiben will. So jemanden wie mich kann man nicht lieben. Das einzige Glück ist, dass mein Gesicht damals nicht betroffen war. So kann ich wenigstens eine Zeit lang vortäuschen, normal zu sein. Solange man mich nicht nackt sehen muss. Und das weiß ich zu vermeiden.

Beim Betrachten meines Spiegelbildes kommt mir auf einmal wieder Cole in den Sinn. Warum fällt er mir gerade jetzt ein? Weil er der erste Mann seit Langem war, der mit mir gesprochen hat? Okay, in Tibet habe ich mit allen möglichen Menschen gesprochen, aber da war keiner dabei, der so eindeutige Absichten wie Cole hatte. Wenn er mein wahres Ich kennen würde, wäre er genauso schnell weg wie alle anderen zuvor auch. Abgesehen davon gefällt er mir gar nicht. Er ist ein typischer Footballer. Groß und breit und muskulös, ein freches Grinsen im objektiv gesehen attraktiv männlichen Gesicht. Doch was bringt mir eine ansehnliche Hülle, wenn der Inhalt Schrott ist?

Außerdem ist er ein Sportler. Jeder weiß, dass denen Äußerlichkeiten immens wichtig sind. Oberflächliche, kindische Proleten, so sind die Freunde meines Bruders.

Sollte ich mich jemals wieder auf einen Mann einlassen, dann muss es einer sein wie Lennon. Feinfühlig, gebildet, gepflegt, treu. Cole wäre schlicht ein weiterer Gavin oder Darren, nur in Grün. Darauf kann ich gerne verzichten.

Mein Handy vibriert, und eine unbekannte Nummer leuchtet auf.

> Bist du gut nach Hause gekommen? Cole

Sonst nichts. Woher hat er meine Nummer? Soll ich ihm antworten? Eigentlich habe ich keine Lust, mich weiter mit ihm zu beschäftigen, am Ende denkt er noch, ich gehe auf seine plumpen Anmachversuche ein. Aber wenn ich gar nicht reagiere, spornt ihn das vielleicht noch an. Jagdinstinkt und so.

Deswegen schreibe ich ein kurzes »*Ja*« und drücke auf »senden«. Spontan schiebe ich hinterher:

> Warum interessiert dich das?

Nur wenige Sekunden später antwortet er.

> Weil ich ein netter Mensch bin und mir Sorgen gemacht habe.

Er kennt mich doch gar nicht.

> Warum???

> Keine Ahnung. Weil du mir gefällst. Weil ich dich mag. Weil du Gavins Schwester bist und er sich nicht so um dich gekümmert hat, wie er sollte. Weil ... Such dir was aus!

Plumper geht's nicht. Warum antworte ich ihm überhaupt? Ich könnte ihn einfach auflaufen lassen. Nicht mehr antworten und quasi mit heruntergezogener Hose stehen lassen. Ich bin wieder einmal viel zu höflich. Blöd.

> Wenn ich mir was aussuchen soll, dann das: Bitte lass mich in Ruhe!

Statt meinen Wunsch zu respektieren, fragt diesmal er:

> Warum?

Ich antworte nicht. Er will wissen, warum? Weil ich kein Interesse habe, mich erneut verarschen zu lassen. Weil ich mich nicht wieder verletzen lassen will. Weil ich schlafen will. Aber nicht mit ihm.

Es folgt eine weitere Nachricht von Cole.

> WARUM???

Ich schalte das Handy aus und lege mich schlafen.

Es ist heiß. Und hell. Ich kann nicht atmen. Feuer. Das Baumhaus brennt. Die Vorhänge, die Wände, der kleine Tisch, alles brennt. Die Luke ist verschlossen. Ich kann sie nicht erreichen. Ich schreie. Hitze verbrennt meinen Mund und meine Zunge. Schmerzen. So viele Schmerzen. Die Flammen züngeln mein Bein hinauf. Fressen sich in meine Haut. Mami hat gesagt, wir dürfen keine Kerzen anzünden. Mami hat gesagt, es ist gefährlich.

Ich wache mit pochendem Herzen auf. Ich schwitze, als befände ich mich noch immer im Feuer. Die Träume verfolgen mich seit meinem Unfall. In letzter Zeit sind sie weniger geworden, in Tibet bin ich nur ein einziges Mal von ihnen heimgesucht worden. Warum heute? Weges des Jetlags, weil mein Körper und meine Seele erschöpft sind? Oder wegen dieser im Grunde lächerlichen Szene in der Bar, als Zane seine Hand über die Flamme gehalten hat? Werden die Panikattacken jemals aufhören?

Ich öffne das Fenster und atme die kühle, feuchte und klare, leicht salzige Nachtluft ein. Sie beruhigt mich. Nackt stehe ich am Fenster und betrachte den Mond. Es ist mir egal, ob mich jemand sehen kann. Unsere Nachbarn sind ganz andere Anblicke gewöhnt. Außerdem ist draußen alles still, die Straße leer, niemand ist unterwegs. Dunkler Frieden. Ich wünschte, er würde sich auf mich übertragen.

Cole

»Mit wem schreibst du eigentlich die ganze Zeit? Immer noch mit meiner Schwester?« Gavins Stimme klingt schon ziemlich verwaschen. Vermutlich hätte er nüchtern auch nicht so problemlos die Nummer von Autumn rausgerückt.

»Ja, pack mal das scheiß Ding weg. Wir sind zum Feiern hier«, mischt sich Zane ein und legt mir den Arm über die Schultern. Besser gesagt, hängt sich an mich, denn auch er ist mittlerweile so hinüber, dass er kaum noch allein stehen kann. Ich habe heute als Einziger wenig getrunken. Dementsprechend nerven mich die anderen mit ihrem sinnlosen Gerede und ihren dämlichen Witzen. Wenigstens ist Grace weg.

Autumn ist seit Langem die Erste, die mich über möglichen Sex hinaus interessiert. Nicht, dass ich nicht gerne mit ihr schlafen würde – sie ist so sexy, dass ich und mein Schwanz an nichts anderes denken können. Nein, es ist mehr. Keine Ahnung, was. Schockverknallt oder so. Ich weiß nur, dass ich sie dringend kennenlernen will. Doch sie blockt ab. Das verursacht mir noch mehr schlechte Laune. Und ich bin nicht gerne schlecht gelaunt. Zuerst Grace, jetzt Autumn. Frauen sind echt eine Plage.

»Ich hau ab«, brülle ich in Zanes Ohr, der immer noch an mir klebt, als wäre ich eine verdammte Boje. Deswegen schüttle ich ihn ab. Er schwankt, krallt sich am Tisch fest und sieht mich mit seltsamem Blick an. Er ist nicht nur betrunken. Da ist noch irgendetwas anderes. Etwas belastet ihn. Muss ich mir Sorgen machen?

Ich beschließe, mich heute ausnahmslos um meinen eigenen Kram zu kümmern. Zane wird schon klarkommen. Wie immer. Außerdem ist Ethan auch noch da. Ich klopfe auf den Tisch, exe mein Bier und verlasse die Bar und das besoffene Pack.

Draußen stehe ich genauso ratlos herum wie vorhin, als Autumn wie Aschenputtel um Mitternacht verschwunden ist. Nur dass sie keinen Schuh vergessen hat. Schade eigentlich. Dann hätte ich einen guten Grund, sie zu besuchen. Als Kind habe ich mich bei Märchen immer gefragt, wie man sich so schnell in jemanden verlieben kann, dass man anschließend alles tut, um den anderen wiederzufinden. Einmal auf dem Ball miteinander tanzen – bumm! Verlieben, heiraten, Königreich, Happy End. Jetzt weiß ich's. Autumn offenbar nicht. Sonst hätte sie mir mit ihren Nachrichten andere Signale gegeben.

Den Weg nach Hause gehe ich zu Fuß. Mein Körper und mein Hirn brauchen Sauerstoff. Und Bewegung. Wenn ich unruhig bin, muss ich meinen Körper beschäftigen. Ich lasse mir Zeit, nehme Umwege und versuche, meine Gedanken zu ordnen. Was mir aber nicht gelingen will.

Als ich zu Hause die Tür aufsperre, wuselt Rose mit wedelndem Schwänzchen freudig auf mich zu und springt an meinen Beinen hoch. Rose ist eigentlich Claires Hund. Vor ein paar Monaten hat sie ihn mit gebrochenem Bein gefunden und – weil sich niemand auf die Vermisstenanzeige gemeldet hat – behalten. Aber weil sie im Wohnheim keine Tiere haben darf, lebt das winzige Flauschemädchen seitdem die meiste Zeit bei uns. Es war einer der Auslöser, warum Ethan und Claire endlich zusammengekommen sind. Ich nehme sie hoch, drücke sie an mein Gesicht und begrüße sie. Als Reaktion reibt sie ihr Köpfchen an mir und leckt über mein Kinn. Mit ihr zusammen setze ich mich auf die Couch. Sofort rollt sie sich in meinem Schoß zu einer Kugel und schließt die Augen. Weil ich ihren Bauch kraule, brummt sie wohlig und dreht sich so, dass ich noch besser rankomme. Keine Ahnung, was Rose für eine Rasse ist. Irgendwas mit Wolke oder Schaf oder Wattebausch. Auf jeden Fall ist sie so winzig, dass sie fast unter meiner großen Hand verschwindet. Kleiner als eine durchschnittliche Katze und nichts im Vergleich zu unserem Familienhund in meinem Elternhaus.

»Soll ich dir was erzählen, Rose?« Sie windet sich und öffnet die Augen, sieht mich direkt an, als wollte sie mich auffordern weiterzusprechen. »Ich habe ein Mädchen kennengelernt.« Rose schließt wieder die Augen und gähnt. »Ich weiß, das ist nichts Neues.« Mann, jetzt rede ich schon mit einem Hund. Erbärmlich. »Sie heißt Autumn. Und sie ist wunderschön.« Wieder schaut mich meine Hundefreundin an und beißt mich leicht in die Hand. Ist sie eifersüchtig? Unwillkürlich muss ich lachen. »Nicht so schön wie du natürlich.« Mit einem Brummen legt sie ihren Kopf zurück auf mein Knie. Offenbar ist sie zufrieden mit meiner Antwort. Ich seufze. »Und nun?« Pause, aber keine weitere Reaktion von Rose. »Sie will, dass ich sie in Ruhe lasse. Aber ich will nicht. Sie könnte die Eine sein. Was denkst du? Du bist doch auch ein Mädchen.« Statt mir eine qualifizierte Antwort zu geben, schnarcht sie leise vor sich hin, völlig entspannt, völlig desinteressiert an meinen Ausführungen. Na toll! Sie ist mir auch keine große Hilfe.

Ich weiß nicht, wie lange ich so herumsitze, mit dem schlafenden Hund auf den Knien, und meinen Gedanken nachhänge. Irgendwann höre ich, wie jemand die Tür aufsperrt. Ethan und Claire stolpern, ineinander verhakt, ins Wohnzimmer und fummeln aneinander herum. Beide atmen schwer. Eine Weile beobachte ich die beiden, die offensichtlich nicht registriert haben, dass ich noch wach bin. Bevor es richtig losgeht – und das wird sicher in den nächsten Minuten passieren –, mache ich mich also doch bemerkbar. Schließlich bin ich ein höflicher Mensch. Manchmal jedenfalls.

»Wenn ihr mir noch Chips und Bier bringt, wär's noch besser.«

Die beiden fahren erschrocken auseinander.

»Mann, was hockst du denn wie ein Irrer im Dunkeln?«, motzt Ethan und legt Dramaqueen-mäßig seine Hand auf sein Herz. Selbst ohne Licht kann ich erkennen, dass Claire knallrot wird. Nervös nestelt sie an ihrer verrutschten Kleidung herum. Die sollen sich mal nicht so haben.

Ist ja nicht so, als hätte ich sie nicht schon tausendmal beim Ficken gehört.

»Alles okay mit dir?«, fragt Claire. Sie klingt ehrlich besorgt. Und ein wenig atemlos. Aber das sicher nicht wegen mir.

Ich zucke die Schultern. »Logisch.«

Ethan greift seine Freundin am Handgelenk. »Dann können wir ja ins Bett gehen.«

Aber Claire entzieht sich ihm und setzt sich zu mir auf die Couch. »Du siehst doch, es geht ihm nicht gut.«

»Er hat *Logisch* gesagt, was heißt, er hat kein Problem. Komm jetzt, ich will ...« Den Satz beendet er nicht.

Mir ist schon klar, was er will, und ich grinse ihn an. Claire hat dagegen andere Pläne. Sie wendet sich mir zu und legt ihre Hand auf meine. »Was ist los?«, fragt sie sanft. Ethan schnauft übertrieben genervt. Ich liebe es, ihn zu ärgern. Auch wenn ich tatsächlich alleine zurechtkommen würde, schaue ich Claire intensiv an und verziehe mein Gesicht, als wäre ich traurig. Bin ich ja auch irgendwie.

»Claire«, quengelt Ethan. »Ihm geht's gut. Komm einfach!«

Doch die Angesprochene ignoriert ihren Freund und seinen kleinen Freund und fängt an, meine Hand zu tätscheln. Ich grinse Ethan an, achte aber darauf, dass Claire es nicht mitbekommt.

Ethan verdreht die Augen und winkt ab. »Ich geh schon mal. Wenn du mit deiner Psychotherapie fertig bist, kannst du ja nachkommen.«

Claire nickt und winkt ihm kurz, während sie weiter meinen Unterarm streichelt. Obwohl ich mit meiner Aktion eigentlich nur Ethan ärgern wollte – was offensichtlich geklappt hat, denn er zieht beleidigt ab –, tut es unerwartet gut, von Claire getröstet zu werden. Auch wenn sie gar nicht weiß, was mit mir los ist. Automatisch sinkt mein Kopf auf ihre Schulter.

»Magst du drüber reden?«, fragt sie leise und legt ihren Kopf auf meinen. Ich hatte vor Claire noch nie eine Frau als rein platonische Freundin. Es ist schön, Claire zu haben, aber auch anstrengend. Männer sind nicht so anstrengend und neugierig und wollen nicht immer über alles reden, vor allem nicht über Gefühle.

»Warum bist du davon überzeugt, dass irgendwas ist?«

Sie setzt sich auf, sodass ich gezwungen bin, ein wenig von ihr wegzurutschen. »Seit du Gavins Schwester nach draußen gefolgt bist, bist du seltsam. Du bist sonst immer lustig und laut und oft auch echt nervig. Dass du als Erster von einer Party verschwindest, habe ich noch nie erlebt.« Claire ist einfach eine gute Beobachterin. Manchmal vergesse ich das. Trotzdem schweige ich. Es gibt schließlich für alles ein erstes Mal. »Gefällt sie dir?«, hakt sie nach. Wieder bleibe ich stumm. Was soll ich auch sagen? Sie denkt doch ohnehin, dass sie alles weiß. »Also ja.« Sie beugt ihr Knie, zieht den Fuß aufs Sofa und stützt ihr Kinn darauf. »Und wo ist das Problem?«

»Sie will nichts mit mir zu tun haben.«

»Hat sie das so gesagt?«

Ich seufze und nicke. »Wollen Frauen nicht immer genau das Gegenteil von dem, was sie sagen?«

Sie schiebt die Unterlippe vor und hebt die Augenbrauen, schüttelt leicht den Kopf. »Manchmal ja, aber manchmal wollen sie genau das, was sie sagen.«

»Da soll sich einer auskennen ...« Ich stoße genervt Luft aus, woraufhin Claire lacht. »Und woher weiß man, welcher Fall gerade aktuell ist?«

»Das wissen wir manchmal selbst nicht.« Claire kichert, und wegen ihrer Reaktion und weil die ganze Situation auch irgendwie lustig ist, stimme ich mit ein.

»Folgt jetzt kein toller, frauenerklärender Rat? Zum Beispiel, was ich tun soll?«

Sie zuckt mit einem entschuldigenden Blick die Achseln. »Ich kenne Autumn gerade mal so lange wie du. Ich kann dir leider nicht sagen, was sie möchte und wie sie reagiert. Nur weil wir beide Frauen sind, heißt das nicht, dass wir gleich ticken.«

»Leider«, brumme ich. »Wofür hat man denn dann weibliche Freunde, noch dazu welche, die Gender Studies studieren?«

Darauf weiß Claire auch keine Antwort.

Rose ist aufgewacht und begrüßt ihr Frauchen mit lautem Winseln. Mit ihren vor Freude wild trippelnden Pfoten quetscht sie meine Hoden, sodass ich sie von mir herunterschubse. Mein Protest ist Rose egal, sie wechselt einfach den Schoß, rollt sich auf Claire zusammen und schläft weiter, als wäre nichts passiert. Warum kann *ich* nicht einfach so relaxed sein? Sonst habe ich doch auch kein Problem damit.

»Vielleicht solltest du dir im ersten Schritt überlegen, warum du so deprimiert bist. Ob sie dich nur interessiert, weil sie dich nicht will, so von wegen Jagdtrieb und so, oder ob du tatsächlich *sie*, Autumn als Person, kennenlernen willst.«

Da muss ich nicht lange überlegen. »Klar will ich *sie*! Bin ich ein Neandertaler oder was?«, frage ich bestimmt. »Jagdtrieb ...«, füge ich leise grummelnd hinzu. »So was können sich echt nur Frauen ausdenken.«

Claire sieht mich mit einem dieser undeutbaren Frauenblicke an und hebt noch einmal die Schulter. »Dann ist ja gut«, antwortet sie bloß, steht mit Rose auf dem Arm auf und verschwindet in Ethans Schlafzimmer.

Autumn

Vier Uhr morgens. Obwohl ich erst ein paar Stunden geschlafen habe, bin ich topfit. Wieder hinlegen wäre sinnlos. Also schlüpfe ich in Slip und T-Shirt und gehe in die Küche. Dort nehme ich ein Glas aus dem Schrank, lasse Wasser aus dem Hahn hineinlaufen und trinke es in großen Schlucken.

Ein lautes Poltern erschreckt mich so, dass ich beinahe das Glas fallen lasse. Jemand flucht lautstark. Gavin. Ein eindeutig betrunkener Gavin. Er taumelt in die Küche, stolpert dabei gegen den Türrahmen und versucht gleichzeitig, seine Schuhe und seine Jacke abzustreifen. Was er natürlich in seinem Zustand nicht komplikationslos schafft und im Ärmel stecken bleibt. Soll ich ihm helfen? Ich entscheide mich dagegen. Er wird es schon schaffen, er ist schließlich nicht das erste Mal betrunken.

»Du«, lallt er, als er mich entdeckt.

»Ich«, antworte ich und muss mir ein Grinsen verkneifen. Gavin hasst es, wenn man ihn auslacht. Besser, ich rege ihn jetzt nicht auf.

»Cole.«

Was ist mit ihm?

Gavin runzelt die Stirn. Sein Konzentrationsgesicht. Er nickt wie ein Parkinson-Kranker und zeigt mit seinem Finger auf mich. »Er steht voll auf dich. Hat er mir selber gesagt.« Dachte ich mir schon. Ist mir aber egal. Er steht vermutlich auf jede Frau, die jünger als fünfzig ist. »Also, wenn du und er …« Er wedelt vor mir herum, als hätte er seine Hände nicht unter Kontrolle. »Meinen Segen habt ihr.« Aha, seit wann muss ich mir von Gavin die Erlaubnis holen, dass ich mich auf jemanden einlasse? Abgesehen davon, dass ich sowieso kein Interesse an Cole habe. »Er is 'n Guter.« Gavin holt quietschend Luft und stolpert dabei einen Schritt nach hinten. »'n ganz Guter ...«, murmelt er noch einmal und stößt wieder gegen den Türrahmen, an den er schief angelehnt stehen bleibt.

»Was, wenn ich ihn gar nicht will?«

»Dann nich'.« Er zuckt die Schultern, was aber in seltsames Schütteln ausartet, und stemmt sich vom Türrahmen ab.

»Danke, dass du heute für mich da warst«, sage ich leise, obwohl ich mir nicht sicher bin, ob meine Worte überhaupt in sein alkoholvernebeltes Hirn vordringen.

»Passt schon. Trotzdem. Komm mal klar mit der Sache. Das is' so ewig her.« So eine Aussage passt schon eher zu ihm als die Fürsorglichkeit von vorhin. Wenn sein Rat nur so leicht umzusetzen wäre. Er rülpst laut, ekelhafter Gestank weht zu mir herüber. »Ups«, brummelt er bloß, greift sich mit zitternden Händen mein Glas und fummelt am Wasserhahn herum. Weil er es nicht schafft, ihn aufzudrehen, helfe ich ihm. »Du bist auch 'ne Gute. Gut und gut. Passt doch.«

Jetzt fängt er schon wieder von Cole an.

»Ich werde sicher nichts mit ihm anfangen. Er will mich nur ins Bett kriegen.«

»Und wo is' das verdammte Problem an Sex?« Diese Antwort bestätigt meine Vermutung.

»Geh ins Bett, Bruderherz«, seufze ich und schiebe ihn Richtung Flur. Ohne ein weiteres Wort läuft er wie ein Roboter los, den man mit einem Rädchen aufgezogen hat. Wenn er aufwacht, weiß er sicher ohnehin nichts mehr von seinem betrunkenen Gerede.

In den nächsten Stunden taucht mein Bruder nicht mehr auf. Wahrscheinlich schläft er totengleich seinen Rausch aus. Wenn er aufwacht, wird er einen schrecklichen Kater haben. Nicht mein Problem, wenn er seine Grenzen nicht kennt. Ich kenne meine genau. Alkohol ist sowieso nicht so meins. Nicht weil ich offiziell noch nicht trinken darf, natürlich habe ich es ausprobiert, wie jeder andere Teenager auch. Aber es hat mir nichts gebracht außer Kopfschmerzen und Übelkeit. Statt lustig und gelöst wurde ich melancholisch und weinerlich. Wieso also sollte ich mich absichtlich in einen unangenehmen Zustand versetzen?

Man müsse den schlimmen Punkt überwinden, indem man weitertrinkt, bis der schöne Teil beginnt, hat mir Gavin erklärt. Betrinken trainieren – nein danke!

Alle anderen schlafen noch. Die Zeit vergeht quälend langsam, das laute Ticken der Wanduhr belastet meine ohnehin chronisch schwachen Nerven. Tick tack tick tack tick tack. Immer lauter und aufdringlicher. Könnte man hervorragend als Foltermethode einsetzen. Irgendwann kann ich das schreckliche Geticke nicht mehr hören, hole mir einen Stuhl, klettere darauf und nehme die Uhr vom Haken. Die Batterien zu entfernen, dauert länger als gedacht. Aber dann habe ich es geschafft, und endlich ist Ruhe.

Plötzlich vermisse ich Tibet. Nachts war es dort so still, wie es hier niemals auch nur annähernd wird. Immer hört man irgendwelche Geräusche. Autos, Hunde, Menschen, Sirenen, was auch immer. Nicht wie die wohltuende, vollständige, grenzenlose Stille in den Bergen Tibets. Sogar jetzt, wo die Uhr wenigstens ihre Klappe hält, ist es nicht komplett ruhig. Wenn ich meine Augen schließe, kann ich nicht nur meinen eigenen Atem hören, sondern auch Dads Schnarchen, das leise Quietschen von Bettfedern, wenn sich jemand umdreht, Gavins typisches Brummen, das er immer von sich gibt, wenn er zu viel getrunken hat, das Summen unseres in die Jahre gekommenen Kühlschranks. Draußen das Fauchen zweier Katzen und die ersten Vögel, die den nahenden Morgen begrüßen, Autoreifen auf Kies, ein tropfender Wasserhahn im oberen Stockwerk.

Ich schlurfe zurück in mein Zimmer, hänge herum, versuche zu lesen, kann mich aber nicht konzentrieren, wandere ziellos durchs Haus, bade und creme sorgfältig meinen Körper ein, decke den Frühstückstisch. Mir ist langweilig. Hoffentlich stehen die anderen bald auf.

Als ich, ohne etwas Bestimmtes zu suchen, im Internet herumsurfe, trifft eine Nachricht ein.

Du hast meine Frage noch nicht beantwortet.

Acht Uhr. So früh? Ich ignoriere Cole und lösche seinen Text.

Solange du mir keine Antwort gibst, lass ich dich nicht in Ruhe.

Obwohl mich niemand sehen kann, verdrehe ich die Augen. Bin gespannt, wie lange er durchhält. Cole hat keine Ahnung, wie lange ich etwas aussitzen kann. Ich habe vier Geschwister, wir alle sind Meister im Aussitzen.

huhu

Ich weiß, dass du das liest.

Mist, die blauen Häkchen. Ich schließe die App und lege mein Smartphone vor mich auf den Tisch.

Ich hör nicht auf.

Und nur einen Augenblick später:

Ich warte immer noch.

Ich drehe das Handy auf das Display. Vielleicht sollte ich ihn blockieren. Warum tue ich es nicht einfach? Ein Klick, und er könnte mich nie mehr belästigen. Zwar sehe ich jetzt keine Nachrichten mehr, gleichzeitig kann ich aber auch nicht mehr surfen und mich beschäftigen. Fernsehen will ich nicht. Dazu müsste ich ins Wohnzimmer wechseln und dafür bin ich momentan zu faul. Mein weiches Bett ist nach den Monaten auf einem dünnen Futon zu gemütlich. Also nehme ich das Handy wieder zu mir und schalte das Display an.

Drei weitere Nachrichten.

> Und?

> Ach komm schon. Lass mich nicht hängen ...

> Okay, dann frag ich eben deinen Bruder, warum du nicht mit mir reden willst.

Soll er doch. Mir egal. Was kann Gavin ihm schon erzählen? Dass ich einen Arschloch-Freund hatte, der mich für eine rothaarige Hexe beziehungsweise ihre willige Vagina abgeschossen hat? Was, wenn Gavin Cole ermutigt, mich weiter zu nerven? Das würde ich ihm durchaus zutrauen, und wenn es nur ist, um mich zu ärgern. Große Brüder sind die Hölle. Und Cole nervt auch. Wenn ich ihm jetzt antworte, bekommt er seinen Willen. Wie ein trotziges Kleinkind, das so lange vor dem Süßigkeitenregal Terror macht, bis Mama endlich nachgibt. Das kann er vergessen. Deswegen reagiere ich weiterhin nicht. Irgendwann wird er schon aufhören.

Es klingelt, und ich bin froh, dass ich von meinem Telefon und den unwillkommenen Gedanken an Cole abgelenkt werde. Ich habe wirklich andere Probleme, als einen lästigen Typen abzuwimmeln, der nur Sex will. Selbst wenn er mehr wollen würde, eine Beziehung kommt für mich momentan nicht infrage. Ich will nicht schon wieder betrogen werden. Und das wird über kurz oder lang passieren. Männer können nicht treu sein, das haben sie mir zuverlässig bewiesen. Und damit das bestätigt, was meine Eltern uns Kindern schon immer predigen. Ich bin erst neunzehn und habe schon die Schnauze voll von Männern.

Lennon steht, mit einer Tüte meines Lieblingsbäckers in der Hand, vor der Tür. Von ihm – und dem Gebäck, das er dabeihat – werde ich nie genug haben. Aber er will ja auch nicht mit mir ins Bett. Er zieht mich in eine feste Umarmung und betritt dann mit mir im Arm unser Zuhause.

»Na, Schwesterchen, gut geschlafen in deiner ersten Nacht in der Heimat?«

Er streckt mir die Papiertüte hin, setzt sich auf den Hocker im Flur und zieht seine Sneakers aus. Aus der Tüte duftet es himmlisch nach Frischgebackenem, und genüsslich stecke ich meine Nase hinein und atme tief ein. Lennon trägt bereits seine Praxiskleidung, eine grüne Stoffhose und ein kurzärmeliges Oberteil in der gleichen Farbe. Selbst in so unvorteilhafter Kleidung sieht er unverschämt gut aus. Er könnte locker die Hauptrolle in einer Ärzte-Telenovela spielen. *Doktor Lennon Green, der Tierarzt, dem Hunde und ihre Frauchen vertrauen.* Und ihre Herrchen. Seit er vor zwei Jahren seine eigene Kleintier-Praxis eröffnet hat, arbeitet er quasi pausenlos, nimmt sich aber regelmäßig Zeit für seine Familie und vor allem für mich. Er ist mein Bruder, mein Vertrauter, mein bester Freund, mein Beschützer, mein Alles.

»Geht so«, beantworte ich seine Frage nach meiner Nachtruhe.

Er nickt, als hätte er mit diesen zwei Worten alles verstanden. Manchmal denke ich, er kann Gedanken lesen. Meine zumindest. »Ich wollte vor der Arbeit noch kurz nach dir sehen.« Der Gute. Immer sorgt er sich um mich. Ein warmes Gefühl durchströmt mich, und spontan schmiege ich mich an ihn. Er drückt mich fest und küsst mich auf den Kopf. »Ich habe dich so wahnsinnig vermisst. Weißt du das?« Ich nicke, seine Brusthaare, die aus dem V-Ausschnitt lugen, kitzeln mich an der Nase. »Gibt's Kaffee?«

Als er den aufwendig gedeckten Küchentisch entdeckt, stutzt er und sieht mich mit hochgezogenen Augenbrauen an.

Ich hebe die Schultern. »Mir war langweilig. Ich bin schon seit vier auf«, erkläre ich.

Wir setzen uns, und er drapiert die Bagels in Moms selbst getöpferter Schale. Schweigend bestreichen wir uns beide unser Gebäck mit Butter und Erdbeermarmelade.

»Erzähl doch mal! Wie war's bei …? Wie heißen die noch mal?«

»Rashvan und Shiva«, murmle ich mit vollem Mund. Mein Bruder schnauft und schüttelt den Kopf. Er hält von dem Esoterikgetue meiner Eltern und ihrer Freunde genauso wenig wie ich. »Warte, ich zeige dir ein paar Fotos.«

Ich springe auf, um mein Handy zu holen. Lennon folgt mir mit unseren Tellern ins Wohnzimmer, lümmelt sich auf die Couch und klopft neben sich auf die Sitzfläche. Seiner Aufforderung nachkommend, setze ich mich und lehne mich an ihn. Mein Telefon halte ich vor uns, damit wir beide den Bildschirm sehen können.

»Siebzehn Nachrichten. Wer ist denn da so hartnäckig? Kaum bist du wieder da, hast du schon einen Verehrer?« Er stößt mich in die Rippen und lacht.

»Das ist nicht witzig«, motze ich. »Der Typ nervt dermaßen. Ich war gestern mit Gavin aus, und dieser Cole« – ich wedle mit meinem Handy herum – »war auch da. Einer seiner Footballkumpel. Einer von der Sorte wandelndes Footballerklischee. Du kennst die ja. Groß und breit und angeberisch und laut und voll von sich überzeugt.« Und verdammt gut aussehend und sexy. Aber das lasse ich vorsorglich weg. »Ich hatte einen kleinen Aussetzer, weil irgend so ein anderer mit einer Kerze rumgespielt hat. Cole hat nach mir gesehen, als ich zum Beruhigen draußen war. Und jetzt denkt er sonst was.«

»Du hattest wieder eine Panikattacke?«, hakt Lennon besorgt nach. Auf meine Cole-Ausführung geht er gar nicht ein. »Ich dachte, es wäre besser geworden.«

Nein, ist es nicht. Aber das weiß niemand. Nicht einmal er. Seit Darrens Verrat sogar noch schlimmer.

Ich hebe demonstrativ meinen Kopf und tippe geschäftig auf meinem Handy herum, um die Fotos zu öffnen. Aber Lennon lässt nicht locker. Typisch. Mit dem Zeigefinger streicht er mir zärtlich über die Wange und zwingt mich, ihn anzusehen.

»So geht das nicht weiter, Autumn. Du kannst dich nicht dein Leben lang mit diesen Ängsten herumplagen. Das hast du nicht verdient.« Ich will jetzt nicht darüber reden. »Und warum hat Gavin sich nicht um dich gekümmert?« Er klingt sauer.

»Hat er doch.« Lennon soll endlich damit aufhören. »Wolltest du nicht wissen, was das mit den Nachrichten soll?«, frage ich pampiger, als er es verdient hat.

Er sieht mich mit seinem strengen Großer-Bruder-Blick an. *Dieses Thema ist noch nicht beendet*, heißt das. »Also, was ist jetzt mit diesem Cole? Gefällt er dir?«, lenkt er ein. Sein Ton ist resigniert und besänftigend zugleich.

»Nein!«, schreie ich. Lennon zuckt zurück. »Nein«, wiederhole ich leiser. »Er schreibt mir seit gestern Abend ständig Nachrichten. Und weil ich nicht reagiere, nervt er weiter. Dabei habe ich ihm gesagt, dass er mich in Ruhe lassen soll. Macht er aber nicht. Stattdessen will er wissen, warum.« Ich greife mir den Rest meines Marmeladenbagels und stopfe ihn mir in den Mund.

»Und? Was hast du ihm geantwortet? Warum soll er dich in Ruhe lassen?« Lennon hebt eine Augenbraue und legt den Kopf schief. Er kapiert gar nichts. Dabei weiß er doch, was mit mir los ist.

Ich lasse mir Zeit, gründlich zu kauen und herunterzuschlucken. »Erstens ist er Sportler«, sage ich in einem Tonfall, der deutlich machen soll, dass das doch nicht so schwer zu begreifen ist. »Sportler sind dumme, oberflächliche Prolls, die nur Sex, Sport und Äußerlichkeiten im Kopf haben. Zweitens gefällt er mir überhaupt nicht. Und drittens.« Zur Verdeutlichung male ich eine Drei in die Luft vor Lennons Gesicht. »Du weißt selber, dass Männer nicht treu sein können. Und viertens lassen mich alle sowieso fallen, sobald sie sehen, wie ich unter den Klamotten aussehe. Und ich bin viel zu anstrengend. Wer will denn so was wie mich und diese Panikattacken auf Dauer aushalten?«

Ich klaue Lennons Bagelrest, er lässt es zu.

Er blickt mich lange an und kaut währenddessen an seiner Unterlippe herum. »Mich macht das so traurig, Auti.« So hat er mich schon lange nicht mehr genannt. »Dass du so eine schlechte Meinung von dir hast. Und von der Männerwelt. Ja, du hattest Pech. Du hattest lauter

Arschlöcher als Freunde. Aber wir sind doch nicht alle so. Es gibt auch nette unter uns. Stell dir vor, auch unter den Sportlern. Nette und kluge und nicht oberflächliche. Und ja, du hast Narben. Viele Narben. Innen und außen. Das macht dich noch lange nicht hässlich oder anstrengend. Wer das denkt, ist ein Idiot und hat dich nicht verdient. Du musst dich weder verstecken noch schämen. Vielleicht ist dieser Cole ja tatsächlich an dir interessiert. Wenn du ihm nicht einmal eine Chance gibst, wirst du es nie erfahren.«

Ich wische die Bilder, die ich eigentlich mit Lenny zusammen ansehen wollte, gedankenverloren hin und her, betrachte Berge und Menschen und Tiere und Situationen, als wäre es nicht ich, die das alles erlebt und festgehalten hat.

»Ich will ihm aber keine Chance geben.«

Lennon nimmt mir das Handy aus der Hand und legt es auf den Wohnzimmertisch. Dann verflicht er seine Finger mit meinen, die verkrampft in meinem Schoß liegen. »Und wieso nicht?«

»Hast du mir überhaupt zugehört?« Erbost entziehe ich ihm meine Hand. Jetzt werde ich sauer. Ich rede mir den Mund fusselig, und mein Bruder will immer noch wissen, warum.

Wütend ziehe ich den Ausschnitt meines Shirts weiter nach unten, bis Hals und Schulter freiliegen. »Darum«, fauche ich und deute auf meine von Brandnarben entstellte Haut. »Ich weiß, wie ich aussehe, Lennon. Ekelhaft! Ich bin ein Zombie!«

»Jetzt hör doch endlich mal auf, dich ständig damit rauszureden!« Mittlerweile schreit er auch. Gleich werden alle aufwachen. Gut, dann muss ich mir wenigstens nicht mehr seine Lügen anhören. »Du bist nicht hässlich oder abstoßend. Ich weiß nicht, wieso du das immer glaubst. Du bist hübsch, hast eine Hammerfigur, sogar ich als Schwuli und Bruder erkenne das. Du bist klug und nett und hilfsbereit und noch viel mehr. Aber du musst dich ja immer verstecken. Saudi-Arabien, das wäre das perfekte Land für dich. Von oben bis unten verhüllt, nur noch ein winziger Schlitz für die Augen. Das würde dir gefallen, stimmt's?« Seine Augenbrauen sind zusammengezogen, und seine Nase zuckt, wie immer, wenn er stinksauer ist. »Schon mal darüber nachgedacht, dass du genau deswegen die Aufmerksamkeit darauf lenkst? Weil du dich nur *darauf* reduzierst? Auf deine Narben?« Ich fange an zu weinen. Ich hasse es, wenn wir streiten. »Der eine hat Segelohren, der andere eine Steckdosennase, wieder andere haben schlimme Krankheiten oder sind drogensüchtig. Ich bin schwul, was selbst in einer Stadt wie San Francisco nicht immer einfach ist. Wir alle haben unser Päckchen zu schleppen, manche mehr, manche weniger. Es reicht doch, dass du immer noch wegen des Unfalls traumatisiert bist. Musst du dich dazu auch noch hassen? Schau nach vorne, Autumn.«

Er schnauft heftig, als hätte er einen Marathon hinter sich, seine Hände sind zu Fäusten verkrampft und pressen sich gegen seine Oberschenkel.

»Warum bist du so wütend auf mich?« Mittlerweile laufen mir die Tränen wie ein Wasserfall das Gesicht hinunter. Ich schniefe, ziehe lautstark den Rotz hoch.

»Weil ich mir Sorgen mache, verdammt!« Er springt auf und tigert brummelnd vor mir auf und ab. Mit einem gequälten Geräusch rubbelt er sich übers Gesicht, atmet tief ein und aus, versucht sich zu beruhigen. »Ich will doch nur, dass du glücklich bist«, schiebt er leiser hinterher. Dann setzt er sich zurück zu mir auf die Couch und zieht mich in eine Umarmung, streicht über meinen Rücken und lässt mich sein Shirt vollheulen. »Du kannst doch nicht dein Leben lang allein bleiben, nur weil du Angst hast, dass jemand dich nicht so akzeptiert, wie du bist. Wenn du dich endlich mal öffnest, würdest du dich wundern, wie viele nette Männer es da draußen gibt.«

»Ich hab doch dich«, murmle ich an seiner Brust.

Er schiebt mich von sich, senkt ein wenig den Kopf, damit er mir in die Augen schauen kann. »Auti.« Er seufzt. »Das ist nicht genug. Und das weißt du auch.«

Ich seufze ebenfalls. Auf einmal fühle ich mich unheimlich erschöpft. Am liebsten würde ich mich zusammenrollen und schlafen. Tagelang. Oder von mir aus auch monatelang. Oder jahrelang, in der

Hoffnung, dass irgendein Wissenschaftler ein Heilmittel für tote Haut entwickelt und ich dann auferstehe wie Frankensteins Monster, nur schön und makellos und mutig.

»Ich muss los, die Praxis aufsperren. Um neun kommt einer zum Kastrieren. Also, ein Hund.« Er lächelt schief, umschließt sein Gesicht mit seinen Händen und küsst mich auf die Stirn. »Tut mir leid, was ich gesagt habe. Du machst das schon, Schwesterchen. Schreib ihm zurück oder auch nicht. Allein du entscheidest.« Er klopft sich auf die Schenkel, steht auf und geht mit hängenden Schultern in den Flur.

Ich mag es nicht, ihn zu enttäuschen. Aber genauso wenig mag ich darüber nachdenken, ob er vielleicht recht haben könnte.

Es raschelt, dann fällt die Tür ins Schloss.

Cole

Warum antwortet sie nicht? Und warum stresst mich das so? Darf man sich keine Sorgen mehr um andere machen, ohne dass einem dabei Hintergedanken unterstellt werden? Okay, ich gebe es zu. Ich habe welche. Aber auch das ist nicht verwerflich. Sich auf den ersten Blick in eine tolle Frau zu verknallen, wird doch wohl noch erlaubt sein.

Natürlich habe ich mir über Claires Frage Gedanken gemacht. Und bin zu dem Schluss gekommen, dass ich Autumn nicht nur »jagen« will, weil sie schwer zu fangen ist. Es stimmt, ich mag es nicht, abgewiesen zu werden. Vor allem nicht, so vehement.

Autumn ist nicht auf klassische oder aufdringliche Weise schön, eher strahlt sie von innen heraus, setzt ihre vielen weiblichen Reize nicht gezielt ein wie Grace oder so viele andere Frauen. Sie interessiert mich, sie als Mensch, nicht nur ihr Körper. Das ist mir schon lange nicht mehr passiert. Einen Korb zu bekommen allerdings auch nicht. Sie ist ja geradezu vor mir davongerannt, als wäre ich ein verdammter Unhold oder so was.

Früher war das anders. Neins waren damals an der Tagesordnung. Man kann es sich nicht schönreden, Teenager – und Erwachsene im Übrigen auch – sind Arschlöcher. Auf Äußerlichkeiten und Ansehen fixierte Arschlöcher. Und ein kleiner, dicker Typ, so breit wie hoch, mit Pickeln und von Mami selbst geschnittener Topffrisur ist nun mal nicht dafür prädestiniert, dass man mit ihm angeben kann. Eher will man nicht mit ihm gesehen werden. Dick sein ist ein Makel, mit dem niemand etwas zu tun haben will. Denn dick sein bedeutet Schwäche. Sich nicht unter Kontrolle zu haben. Das Leben nicht im Griff zu haben.

Wir waren eine seltsame Truppe, Zane, Ethan und ich. Eigentlich seltsam, dass wir so gute Freunde wurden, denn Zane war einer derjenigen, die zu den Coolen und Wichtigen unserer Schule zählten und dementsprechend viele Mädels abschleppten. Trotzdem gab er sich mit uns ab. Er war der Grund, warum Ethan und ich unsere Schulzeit nicht mit dem Kopf im Klo verbracht haben, sondern weitgehend in Ruhe gelassen wurden. Für unsere Mitschüler waren wir einfach da, existierten, wie der Abfalleimer oder der Hausmeister oder die Tafeln. Mehr aber auch nicht.

Das änderte sich erst, als unsere Eltern in einem Sommer beschlossen, uns alle für zwei Monate in ein Sportcamp zu schicken. Wenn auch aus verschiedenen Gründen. Zanes Eltern wollten, dass er Disziplin und Gehorsam lernte, Ethans wollten ungestört auf Sommerfestivals rumhängen, und meine mussten arbeiten und hatten niemanden, der auf mich aufpasste. Dass ich mit fünfzehn keinen Babysitter mehr gebraucht hätte und gern allein geblieben wäre, ignorierte meine Glucken-Mom. Durch das Camp war ich sinnvoll beschäftigt. Warum es ausgerechnet ein Sportcamp war, weiß ich nicht und ist mir im Nachhinein auch egal. Aber es änderte quasi mein Leben, so pathetisch das auch klingt.

Bis dato hatte ich nie auch nur einen einzigen Gedanken an Sport verschwendet, aber die folgenden Wochen erwiesen sich als Offenbarung. In den ersten Tagen durften wir die verschiedenen Kurse testen. Von Reiten bis Ausdruckstanz wurde alles angeboten, was man sich vorstellen konnte – oder auch nicht. Manche Sportarten kannte ich nicht einmal vom Namen her. Racquetball zum Beispiel oder Aquaskipping. Während sich Zane auf Schwimmen konzentrierte, weil er dabei die Mädchen im Bikini anglotzen und seinen Oberkörper trainieren konnte, entschied sich Ethan bereits am ersten Tag für die Laufgruppe. Nur ich hatte keine Ahnung, was ich die nächsten Wochen tun wollte. Beim Abendessen sprach mich dann einer der Trainer an, ob ich mich nicht dem Footballteam anschließen wollte. Starke Jungs wie ich würden dort immer gebraucht, meinte er. Er sagte wirklich *stark*, nicht fett oder pummelig oder sonst irgendetwas, was meinen körperlichen Zustand treffender beschrieben hätte. Schnell stellte sich heraus: Ich hatte meine Bestimmung gefunden. Die folgenden zwei Monate trainierte ich wie besessen, fieberte jedem Training, jedem Spiel entgegen wie ein Kleinkind Weihnachten oder ich selbst noch kurz zuvor der nächsten Mahlzeit. Ich musste nicht mehr essen, um mich glücklich zu fühlen. Sieben Jahre ist das nun her. Und seitdem verging kein Tag, an dem ich nicht trainiert oder mich anderweitig mit meiner neuen Liebe Football beschäftigt habe.

Meine Figur profitierte als Erstes davon, natürlich auch meine Fitness, aber als Pubertierender ist es nun mal wichtiger, wie man aussieht – sprich, wie man auf Mädchen wirkt. Und das steigerte sich ständig. Mit jedem Kilo, das durch den vielen Sport schmolz, durch jeden Muskel, der sich stattdessen aufbaute, ein bisschen mehr. Plötzlich redeten die Mädchen nicht nur aus Mitleid mit mir oder weil sie über mich Zane kennenlernen wollten. Sie wollten mit *mir* ausgehen, sich mit *mir* zeigen, mit *mir* schlafen, alles das, was sich ein hormongebeutelter Teenager erträumte. Mit mir, dem neuen Footballstar unserer Schule. Oberflächlicher geht's kaum. Aber so war es nun mal. Quasi über Nacht hatte ich Erfolg, mutierte vom fetten, lediglich geduldeten Loser zum beliebten Champion. Wer würde das nicht genießen? Oder ausgiebig nutzen? Ich wäre ja blöd gewesen, es nicht zu tun. Anerkennung ist das, was uns Menschen antreibt, da schließe ich mich nicht aus. Zugute kam mir dabei, dass ich bis zum Ende der Highschool auch noch einen ordentlichen Wachstumsschub hatte, durch den ich die meisten anderen Gleichaltrigen weit überragte. Vom mickrigen Knödel zum perfekten Quarterback sozusagen.

Warum fällt mir das alles gerade jetzt so deutlich ein? Weil Autumn seit meiner Verwandlung die Erste ist, die sich mir praktisch nicht an den Hals geworfen hat. Abgesehen von Claire, aber mit der bin ich nur ausgegangen, um Ethan zu ärgern, und sie mit mir, weil sie diese doofe Hausarbeit über das Datingverhalten von verschiedenen Studenten schreiben musste und ihr ein Sportler fehlte. Claire hat mich von Anfang an nicht als Frau interessiert, denn es war klar, dass sie zu Ethan gehört.

Meine letzten Nachrichten hat Autumn nicht einmal gelesen. Trotzdem will ich nicht aufgeben.

Schon was vor heute?

Wieder keine Antwort. Nichts anderes habe ich erwartet.

Gehst du mit mir aus?

Wieder nichts. Natürlich. Sie ist wirklich konsequent im Ignorieren. Dann eben eine andere Strategie. Als guter Footballer bin ich trainiert, schnelle Entscheidungen zu treffen und spontan umzuplanen.

Keine Antwort ist auch eine Antwort. Ich hole dich um sechs bei dir zu Hause ab. Ich weiß ja, wo du wohnst.

Ich hasse Smileys, sie sind albern und sinnlos. Aber weil ich weiß, dass Frauen wahnsinnig gerne damit kommunizieren, schicke ich ein Grinse- und ein Zwinkeremoji hinterher. Und ein Herzchen. Oder war das zu viel? Auf jeden Fall muss sie irgendwie reagieren, wenn sie nicht will, dass ich später wirklich vor ihrer Türe stehe.

Du kannst dir das Benzin sparen. Ich werde nicht da sein!

Das reicht mir nicht als Antwort. Sie weiß nicht, wie hartnäckig ich sein kann. Ich gebe nicht so schnell auf. Wenn ich das täte, könnte ich meine Profikarriere bereits im Vorfeld vergessen.

Ich fahre einen Diesel. Dann morgen.

Auch dann nicht. Niemals!

Und jetzt lass mich endlich in Ruhe!

Selbst schriftlich spüre ich ihre Verärgerung. Trotzdem muss ich grinsen. Kennt sie nicht das Prinzip, je mehr man sich aufregt, umso mehr macht das Ärgern dem anderen Spaß? Sie hat vier Geschwister, solche Taktiken müssten ihr eigentlich vertraut sein. Aber ich sollte unsere gerade aufgeflammte Kommunikation nicht unnötig überstrapazieren, deswegen lasse ich sie tatsächlich erst einmal in Ruhe. Vorerst. Unterhaltung kann man unseren Schlagabtausch ohnehin nicht nennen. Und ich will mir nicht vorwerfen lassen, ein gutes Gespräch sei mir nicht wichtig.

Zane kommt aus seinem Zimmer geschlurft. Er sieht extrem fertig aus. Kein Wunder, bei der Menge Alkohol, die er gestern in sich hineingeschüttet hat.

»Kaffee«, krächzt er.

Ich deute in die Küche. Ethan hat, zuverlässig, wie er ist, bereits Kaffee gekocht und ihn in eine Thermoskanne gefüllt, bevor er zum Laufen aufgebrochen ist. Claire ist nicht da, Rose auch nicht. Offenbar traut sie Zane und mir nach dem gestrigen Abend nicht zu, dass wir uns anständig um ihren geheiligten Hund kümmern können. Für Zane mag das in seinem Zustand gelten, für mich nicht. Im Gegenteil. Oft bin ich derjenige, der Rose spazieren führt oder mit ihr spielt. Ich vermisse unseren Familienhund Rambo, der Rose zwar als Zwischensnack verspeisen könnte, aber immerhin ist dieses winzige Hundeflauscheding ein kleiner Ersatz.

Zane brummt nur etwas Unverständliches und schleppt sich zum Kaffee. Ich höre, wie er eine Tasse aus dem Schrank holt und flucht, weil die Klappergeräusche des Geschirrs seinem lädierten Hirn Schmerzen bereiten, wie er den Kaffee eingießt und stöhnend schlürft. Nach ein paar Minuten gesellt er sich wieder zu mir, die Tasse in der Hand, und lümmelt sich neben mich auf die Couch. Er wirkt tatsächlich ein wenig frischer. Was Koffein so alles schafft ... Sogar eine Alkoholleiche wieder zum Leben zu erwecken. Besser als Jesus. Ich lache. Wenn meine Granny das hören könnte, würde sie mir das nicht vorhandene Fell über die Ohren ziehen. Oder mich wahlweise, obwohl sie mindestens einen Meter kleiner ist als ich, übers Knie legen und mir den Hintern versohlen. Wenn es um Jesus geht, hört bei ihr der Spaß auf.

Zane rutscht so nah zu mir, dass ich seinen Geruch nach Schlaf, Nachtschweiß und altem Alkohol einatmen muss. Außerdem trägt er wie ich nur eine Unterhose, sodass wir nun wie ein Liebespaar halb nackt nebeneinanderhocken. Wir haben uns schon in allen möglichen Lebenssituationen gesehen, gehört, gerochen und beigestanden, da ist ein wenig Körperkontakt mit müffelnder Haut gar nichts. Drei Jungs, die sich seit hundert Jahren kennen und zusammenwohnen – und dazu nur ein einziges Bad teilen –, da kommt man nicht um solche Sachen herum.

»Was machst du denn?« Zane gähnt mit weit aufgerissenem Mund, rutscht noch näher zu mir und glotzt ungeniert auf mein Display.

»Lass mich in Ruhe«, liest er vor. »Hui, was ist denn mit der los? Warst du so schlecht mit deinem Minischwänzchen?« Er lacht und grapscht nach meinem Handy, aber ich strecke es weit von mir, sodass Zane nicht rankommt. »Wer denn überhaupt?«, will er wissen und richtet sich auf. Während er noch einen Schluck trinkt, schaut er mich über den Tassenrand an, die Augenbrauen fragend hochgezogen.

»Die Kleine von gestern«, gebe ich widerstrebend zu. Sonst gibt er ja doch keine Ruhe. Normalerweise reden wir frei und offen über unsere Frauengeschichten, oft auch sehr freizügig, so freizügig, dass Ethan dann manchmal den Raum verlässt, weil es ihm zu viel wird. Aber aus irgendeinem Grund will ich gegenüber Zane nicht zugeben, dass mir Autumn über das normale Sexinteresse hinaus gefällt.

»Gavins Schwester?«

Ich nicke.

Er schiebt die Lippen vor und runzelt die Stirn, als müsste er angestrengt überlegen. »Ja, ganz süß. Ein wenig strange vielleicht. Kannst sie von mir aus haben.«

Ich habe ihn nicht um Erlaubnis gefragt. »Sie ist nicht strange.« Autumn ist viel – sexy, hübsch, mysteriös, abweisend, schwer zu knacken. Aber ist das strange?

»Alle aus Gavins Familie sind strange. Wusstest du, dass die alle so seltsame Hippienamen haben? Gavin auch. Das ist nur sein erster Name, sein Rufname sozusagen. Aber alle haben noch drei weitere Namen.« Er fuchtelt beidhändig in der Luft herum und redet mit verstellter Esoterik-Stimme. »Namen, die ihre Persönlichkeit ausdrücken und was sie im Leben darstellen sollen. Gaben des Universums. Wünsche ans Leben.«

Aha, ist mir neu. Gavin hat nie etwas in der Art erzählt. War ihm vielleicht zu peinlich. Oder ist ihm egal. Persönliches reden wir nicht so viel im Team.

»Woher weißt *du* denn so was?«

»Hab letztes Jahr Ocean, Gavins große Schwester, ein paar Mal gedatet. Die hat mir nicht nur erzählt, dass sie freie Liebe für alle will – was mir sehr entgegenkam –, sondern auch das mit den Namen und dass ihre Eltern übrig gebliebene Hardcore-Hippies sind.« Er kratzt sich am Nacken. »Strange. Sag ich doch.«

Klingt tatsächlich ein wenig seltsam. Autumn allerdings wirkte nicht so, als stünde sie auf freie Liebe. Ohne zu wissen, warum, habe ich das Gefühl, dass sie mehr der Typ für nur eine einzige Person ist. An Ocean kann ich mich ehrlich gesagt nicht erinnern. Was aber nichts heißt bei Zanes Frauenquote. Jede kann man sich da beim besten Willen nicht merken.

Mitbewohner und Tratschtante Zane greift nach der Fernbedienung, schaltet den Fernseher ein und zappt durch die Kanäle. Fernsehen, eines seiner liebsten Hobbys. Bei einem Musiksender bleibt er hängen. Sein Musikgeschmack war noch nie der beste, aber Neunzigerjahre-Discosound ertrage ich momentan wirklich nicht. Also nehme ich ihm die

Fernbedienung weg und schalte kommentarlos um. Egal was, Hauptsache nicht mehr diese schreckliche Musik.

»He!«, beschwert er sich, kommt aber nicht an die Fernbedienung ran, weil ich sie wie vorhin mein Handy hoch über meinen Kopf halte. Statt aufzustehen, klettert Zane auf meinen Schoß, kniet sich links und rechts neben meine Oberschenkel und stemmt sich hoch. Aber seine Arme sind nicht lang genug. Seine Achselhöhle ist direkt vor meinem Gesicht, seine Brusthaare kitzeln mich an der Nase.

»Gib mir das Ding!«, knurrt er und reckt sich noch mehr. Dabei drückt er seinen Unterkörper so dicht an meine Brust, dass ich seinen weichen Penis spüren kann. Gott sei Dank hat er keine Erektion. Die Situation ist absurd. Warum stellt er sich nicht einfach hin, dann wäre er problemlos größer als ich, weil ich ja sitze.

»Bah, du solltest dringend duschen, Alter.«

Als Strafe oder was auch immer, reibt Zane seine feuchte Achsel über mein Gesicht. Ekelhaft.

Ich stoße ihn von mir, und weil er so lachen muss, bleibt er wie ein Käfer seitlich auf der Couch liegen. Auf einmal rollt er herum und schlägt mir mit voller Wucht eines der Sofakissen auf den Kopf. Er lacht, als hätte er gerade den witzigsten Streich ever veranstaltet. Danach legt er sich auf den Rücken, benutzt mich als Fußablage, verschränkt die Arme hinter dem Kopf und betrachtet mich zufrieden grinsend. Er denkt wohl, er habe gewonnen. Hat er aber nicht. Das gibt Rache. Betont unbeteiligt lehne ich mich zurück, will ihn in Sicherheit wiegen, dann springe ich unvermittelt auf und setze mich auf seinen Bauch. Das Geräusch, das er von sich gibt, klingt wie diese Badewannenspielzeuge. Die, wenn man ihnen auf den Bauch drückt, quietschen und Wasser spucken. Zusätzlich ruckle ich ein wenig hin und her, mache es mir bequem und verschränke nun ebenfalls meine Hände im Nacken und lehne mich an. Zane windet sich und wehrt sich, hat aber wie meistens keine Chance. Ich bin einfach stärker. Er sollte definitiv weniger rauchen und mehr Sport treiben. Nach einer Weile ergibt er sich der Situation und stellt sich tot.

»Schalt wenigstens was anderes ein«, keucht er von unten. Ich tue ihm den Gefallen und wechsle zum Sportkanal. Gemeinsam schauen wir uns ein Spiel der 49ers, der Footballmannschaft San Franciscos, an. Dort zu spielen, ist mein größter Traum. Football gehört zu mir wie Titten zu Frauen oder Käse zur Pizza.

Mein Handy vibriert, und das Display leuchtet kurz auf. Doch ich bin zu weit weg, um zu erkennen, wer es ist. Dazu müsste ich aufstehen, und die Genugtuung gönne ich Zane nicht. Andererseits – was, wenn es Autumn ist, die endlich antwortet?

Nur wenige Sekunden später blinkt Zanes neues, sauteures Angeber-Smartphone. Weil ich ein netter Mensch bin, erlöse ich ihn, erhebe mich und setze mich wieder gesittet neben ihn. Er stöhnt gequält jammernd, reibt sich seinen Bauch und kickt mit dem Fuß nach mir. Aber er trifft mich nicht. Immer noch übertrieben stöhnend, rappelt er sich in die Vertikale. Gleichzeitig lesen wir unsere Nachrichten. Leider sind sie nicht von Autumn. Dafür von ihrem Bruder.

»Cool. Später spontane Party bei Gavin.« Zane grinst bei der Aussicht auf weiteren Spaß, Alkohol und Frauen.

»Ich weiß«, sage ich. Schließlich habe ich gerade die gleiche Nachricht erhalten. »Wir sollen was mitbringen.«

Zane nickt und ruckelt seinen Sack in eine bequemere Stellung. »Wir holen einfach was auf dem Weg zu Gavin.« Damit ist seine Planung beendet, und er wendet sich wieder dem Fernseher zu.

Party bei Gavin. Das bedeutet, dass die große Chance besteht, Autumn zu treffen. Wenigstens ein Lichtblick. Live kann ich sie besser überzeugen, mit mir auszugehen. Auf einmal fühle ich mich beschwingt. Am liebsten würde ich durchs Wohnzimmer tanzen. Aber Zane würde das sicher seltsam finden und mich wieder monatelang damit verarschen und allen davon erzählen. Also bemühe ich mich um einen neutralen Gesichtsausdruck und verschwinde in mein Zimmer. Sobald ich die Tür geschlossen habe, lasse ich mich dagegensinken und grinse wie ein debiler Penner, strecke die Faust in die Luft und stoße einen stummen Triumphschrei aus. Dabei weiß ich nicht einmal, ob sie da sein wird. Aber allein die Aussicht, sie zu treffen, macht mich glücklich. Beim Gedanken an ihre vollen rosa Lippen und ihre Brüste, die sich unter dem engen Rollkragenpulli abgezeichnet haben, regt sich mein Schwanz. Um mich zu beruhigen, gehe ich erst einmal ins Bad und kümmere mich um meine Erektion.

Das heiße Wasser trommelt auf meinen Rücken. Ich lege den Kopf in den Nacken und wasche meine Haare. Dann seife ich gründlich meinen Körper ein, schließe die Faust um meinen Steifen und bewege sie. Vor und zurück. Pumpe, reibe mit dem Daumen über meine Eichel und denke an Autumn. Mit der anderen Hand stütze ich mich an den Fliesen ab. Mit der Vorstellung von Autumns Körper unter meinem dauert es nicht lange, bis ich komme und mich über meine Finger ergieße. Der Orgasmus ist so heftig, dass meine Beine für einen Moment zu versagen drohen. Mein Herz rast wie nach einem von Coach Bendingsens Extremtrainings. Ich will sie. Wenn ich schon allein durch meine Fantasie derart komme, dass ich beinahe ohnmächtig werde, wie muss es dann sein, in echt mit ihr zu schlafen? Mit zittrigen Händen drehe ich das Wasser ab und steige aus der Dusche. Aus dem Spiegel glotzt mich ein lächerlich grinsender Typ mit roten Wangen an. Ich sehe aus, als hätte ich zu viel Rouge aufgetragen.

Ich werde sie so lange nerven, bis sie zustimmt, mit mir auszugehen. Jetzt erst recht.

Autumn

Vor lauter Langeweile habe ich einen Kuchen gebacken, der jetzt auf einem Gitter auf der Anrichte abkühlt. Es wird wohl noch eine Weile dauern, bis ich mich wieder eingelebt und einen Rhythmus gefunden habe. Statt Backen sollte ich lieber darüber nachdenken, was ich mit meiner Zukunft anstellen will, aber ich kann mich nicht wirklich dazu aufraffen. Mom und Dad sind auch keine Hilfe. Das ist der Nachteil, wenn man in einer Familie aufwächst, in der sich jeder frei entfalten und damit seinen Lebensweg und Beruf ohne jegliche Beeinflussung wählen kann. Wenn ich gar nichts tun würde, würden sie auch nichts sagen. Vielleicht rufe ich später Lennon an und frage, ob er in seiner Praxis Hilfe braucht. Tieren ist es nämlich völlig egal, ob jemand attraktiv ist oder nicht. Ich wäre beschäftigt – noch dazu sinnvoll –, den ganzen Tag mit meinem besten Freund zusammen und könnte sogar noch etwas zum Familieneinkommen beisteuern. Oder sparen, damit ich irgendwann ausziehen kann.

»Cool, Kuchen.« Gavin stapft in die Küche, beladen mit mehreren Tüten Lebensmitteln. Hinter ihm seine Teamkollegen Paul und Curtis, beide tragen je zwei übereinandergestapelte Paletten Dosenbier. »Den können wir gleich für die Party heute nehmen.«

»Welche Party?«

»Ich habe spontan ein paar Leute eingeladen.« Er grinst, nimmt sich drei der Dosen und wirft je eine seinen Freunden zu.

»Wissen Mom und Dad davon?«

»*Wissen Mom und Dad davon?*«, äfft er mich mit verstellter Piepsstimme nach und verdreht die Augen. Als würde ich so komisch sprechen. Wie Miss Piggy. Manchmal hasse ich ihn. »Ja, tun sie. Aber es ist ihnen doch sowieso egal. Party hat sie noch nie gestört. Im schlimmsten Fall feiern sie mit.«

Was durchaus furchtbar werden kann, wenn meine Eltern anfangen, völlig high mit nach oben gereckten Armen und wellenartigen Bewegungen ihren Trancetanz vorführen. Oder wenn Mom sich mal wieder an Gavins Freunde ranmacht. Gott sei Dank ist bis jetzt keiner auf ihre Avancen eingegangen. Zumindest soweit ich weiß. Besser, ich hake nicht weiter nach.

»Na und? Deine Eltern sind cool, Mann, die können ruhig mitfeiern. Deine Mom ist heiß.« Paul und Curtis stoßen an, als wäre allein die Tatsache, dass man Eltern hat, die nicht spießig sind, feierwürdig. Ich finde es nicht cool, sondern peinlich.

»Kannst du bitte noch einen Kuchen backen, beste Schwester der Welt?« Weil ich nicht sofort jauchzend zustimme, sondern meine Hände vor dem Busen verschränke und ihn genervt anfunkle, schiebt er die Unterlippe vor, senkt seinen Kopf und klimpert mit den Wimpern. »Bitte, bitte. Dann hast du was gut bei mir«, schmeichelt er.

Ich seufze und gebe mich geschlagen. Übertrieben jubelnd klatscht er in die Hände und küsst mich auf die Wange. »Du bist die Beste, Herbst-Girl. Schoko bitte. Und nicht trödeln. Um sieben geht's los.«

Während ich also einen weiteren Teig anrühre, Schokolade rasple und Glasur vorbereite, tragen Gavin, Paul und Curtis immer mehr Tüten voller Knabberzeug, diverser Alkoholika und Plastikbecher herein. Wie viele Leute haben sie denn eingeladen?

»Denk gar nicht dran, zu Lennon abzuhauen oder dich in deinem Zimmer zu verschanzen. Du feierst mit. Du musst endlich anfangen, ein normales Leben zu führen. Hör auf deinen erfahrenen Bruder.«

Hat sich meine Familie in meiner Abwesenheit gegen mich verschworen? Warum wollen plötzlich alle, dass ich mehr Sozialkontakte habe? Aber ich weiß, dass man mit Gavin nicht zu diskutieren braucht. Wenn ich nicht freiwillig mitmache, wird er so oft in mein Zimmer stürmen, bis ich mich doch breitschlagen lasse. Eine Partymaus werde ich trotzdem nie werden.

»Klar bist du dabei«, pflichtet ihm Paul bei. Curtis, der gerade die Teigschüssel mit dem Finger auswischt und ihn genüsslich ableckt, nickt heftig. Seine für meinen Geschmack zu langen Haare fallen ihm in die Augen. Beim Wegstreichen schmiert er sich versehentlich Teig ins Gesicht, was er aber entweder nicht mitbekommt oder geflissentlich ignoriert. »Darren kommt natürlich nicht«, flüstert mir Gavin zu. »So ein Arsch bin ich dann doch nicht, dass ich ihn hierher einlade.«

Eine Zuneigungswelle durchflutet mich, und kurz lehne ich mich an ihn. Gavin ist oft ein Idiot, aber in solchen Momenten wird mir bewusst, dass ich ihm doch wichtig bin. Er drückt mich einarmig kurz an sich, klopft mir auf den Po und schiebt mich Richtung Herd. »Jetzt los und brav weiter Kuchen backen.« Dabei lächelt er, allerdings kann ich nicht hundertprozentig sagen, ob es nett oder stichelnd gemeint ist.

Ein paar Stunden später treffen die ersten Gäste ein. Mittlerweile habe ich mich umgezogen, meinen blauen Lieblingsschal umgelegt und mich sogar ein wenig geschminkt.

Ethan und Claire erscheinen zusammen mit Zane. Der Vierte im Bunde fehlt. Einen kurzen Moment denke ich – hoffe ich –, dass Cole nicht auftaucht. Doch nur wenige Minuten später platzt er polternd herein, die Tür schlägt dabei scheppernd gegen die Wand. Kann ein Riesenkerl wie er sich überhaupt leise und unauffällig bewegen? Er trägt einen Pappkarton, aus dem Chips und weiterer Alkohol herausragen. Bis jetzt hat er mich nicht entdeckt, noch habe ich also die Chance zu fliehen.

Nein, ich werde mich nicht verstecken. Ich wohne hier.

Richtig wohl fühle ich mich auf der Party allerdings nicht. Als wäre ich nicht eingeladen, lungere ich herum, trinke in Minischlucken von meinem Bier und stelle erneut fest, dass es mir schlichtweg nicht schmeckt. Also entsorge ich es kurzerhand auf einer Kommode und will mir in der Küche einen Saft holen. Auf dem Weg dorthin werde ich von

Claire aufgehalten, die mich wie eine alte Freundin umarmt und mich untergehakt zur Couch führt, die gerade eben frei geworden ist.

»So schön, dass endlich auch mal ein Mädchen in der Clique ist«, sagt sie und strahlt mich an. Ich mag sie. »Immer nur mit den Jungs ...« Sie verdreht die Augen. Dann senkt sie ihre Stimme und beugt sich verschwörerisch zu mir. »Zu viel Testosteron. Und so kindisch meistens.« Sie lehnt sich wieder zurück und nippt an ihrem Becher.

»Ethan kommt mir eigentlich nicht kindisch vor.«

Ihre Augen beginnen zu leuchten, als hätte bei seinem Namen jemand eine Lampe in ihrem Inneren angeknipst. »Stimmt. Was die anderen zu kindisch sind, ist er zuweilen zu ernst. Er ist mehr so der Typ vergeistigter Professor. Nur in einer verdammt sexy Version.« Sie zwinkert, und ich lächle unsicher. »Zane und Cole sind ganz anders. Die zwei sind wie alberne kleine Jungs in heißen Erwachsenenkörpern. Immer am Blödsinnmachen, immer Party, nie wirklich ernst. Man muss ja nicht unbedingt so verkopft sein wie Ethan, aber die beiden ...« Sie schmunzelt und schüttelt den Kopf, als wären die beiden schlichtweg zu groß geratene Lausbuben. »Ich mag sie trotzdem. Sie sind lustig. Bringen mich immer zum Lachen. Und sind die besten Freunde, die man haben kann. Vorausgesetzt man kann es aushalten, dass sie einen ständig ärgern. Sie meinen das nicht böse. Die beiden sind netter, als es den Anschein hat. Und auf ihre Art sensibel und tiefsinnig.« Sie lacht. »Irgendwie.« Sie zuckt die Schultern. »Jungs eben. Aber was rede ich da? Du hast Gavin als Bruder, du weißt, wovon ich spreche.« Oh ja. Und wie ich das weiß. Deswegen kann ich nicht wirklich glauben, dass Cole *irgendwie tiefsinnig und sensibel* ist. Gavin ist nämlich so weit von dieser Beschreibung entfernt wie Tibet von der Freiheit. »Und du? Hast du einen Freund?«

Bevor ich antworten kann, treten Zane und Cole zu uns. Sie bleiben so dicht vor uns stehen, dass wir die Köpfe in den Nacken legen müssen, um ihnen ins Gesicht sehen zu können und nicht auf den Schritt glotzen müssen. Cole lächelt mich von oben an. Während er mich schweigend mustert, quetscht sich Zane zwischen uns und legt seine Hände auf unsere Knie. Rechts Claire, links ich. Er riecht gut. Nach einem teuren, aber nicht aufdringlichen Aftershave.

»So, Mädels. Und? Alles klar?« Wir nicken gleichzeitig. Cole, der mit finsterem Blick Zanes Hand auf meinem Bein fixiert, zieht sich Moms Fußstütze heran und setzt sich vor uns. Der Hocker ist so niedrig, dass es sehr unbequem aussieht, wie Cole darauf kauert. Selber schuld, er hätte sich auch in den freien Sessel setzen können. »Gavin hat erzählt, dass du eine Zeit lang weg warst?«

»Tibet«, sage ich und rücke ein wenig von ihm ab, um unauffällig seinen Fingern zu entkommen.

»Das ist so cool«, schwärmt Claire, und ihr Gesicht bekommt einen sehnsüchtigen Ausdruck. »Was hast du denn da so gemacht in Tibet?«

Die nächste Stunde berichte ich Claire und Zane von der Freiwilligenarbeit, die ich dort geleistet habe, von der dortigen Schule und den Kindern, von meinen durchgeknallten, aber netten Gasteltern, von dem schrecklichen Essen, den Mönchen, dem Wetter, den Bergen.

»Kein Internet? Kein Fernsehen?« Zane sieht so entsetzt aus, dass ich lachen muss. »Unglaublich«, murmelt er vor sich hin und schüttelt unablässig dabei den Kopf. »Wie kann man das so lange aushalten?«

»Man gewöhnt sich dran«, antworte ich mit einem Schulterzucken. »Es ist auch mal schön, für sich zu sein.« Das ist nur die halbe Wahrheit. Oft ist es nämlich unerträglich, sich so intensiv mit sich selbst beschäftigen zu müssen.

»Zane ist fernsehsüchtig«, flüstert mir Claire ins Ohr, aber so laut, dass Zane es unweigerlich hört. Der kneift ihr zur Strafe ins Knie. Claire quietscht, schlägt nach ihm und rutscht ein Stück von ihm weg, lacht aber dabei. Es ist deutlich zu spüren, dass die beiden sich sehr mögen.

Während Claire und erstaunlicherweise auch Zane gespannt weiter meinen Ausführungen lauschen und immer wieder nachfragen, sitzt Cole schweigend auf dem Minihocker, die Arme auf den hochragenden Knien verschränkt abgelegt und beobachtet uns. Bin ich ein Tier im Zoo? Das Starren finde ich nicht nur unhöflich, sondern auch extrem unangenehm. Hat ihn Claire nicht als lustig und gut gelaunt und kindisch beschrieben? Momentan macht er keine Witze. Eigentlich macht er gar nichts, außer mich zu betrachten. Kann er nicht woanders seltsam sein? Meine Hände schwitzen, und unauffällig wische ich sie an meiner Hose ab. Vom vielen Erzählen ist mein Mund schon ganz trocken. Blöd, dass ich nicht mehr dazu gekommen bin, mir ein neues Getränk zu besorgen. Ob ich Zane bitten kann, mir eines zu bringen?

Ethan schlendert zu uns, die Hände in den Hosentaschen vergraben. »Hier bist du, Claire. Ich hab dich schon vermisst«, sagt er mit seiner ruhigen, angenehmen Stimme und platziert sich neben seine Freundin aufs Sofa. Sofort kuschelt sie sich an ihn, er legt den Arm um ihre Schultern und küsst sie. Die beiden sind entzückend zusammen. Nur leider sind Männer wie Ethan die absolute Ausnahme. Claire hat echt Glück.

»Autumn erzählt uns gerade von ihrem Jahr in Tibet. Total spannend«, informiert Claire ihren Freund, als sie zu Ende geknutscht haben.

»Hast du eigentlich auch den Dalai Dings getroffen?«, mischt sich Zane wieder ein.

»Der Dalai Lama ist bereits 1959 aus Tibet geflohen, du Vollpfosten«, belehrt ihn Ethan im Lehrerton und fängt an, die Gründe, den Buddhismus allgemein und das Verhältnis Chinas zu Tibet zu referieren. Zane wirkt eher genervt als interessiert und stellt immer wieder Fragen, die so dämlich sind, dass sie gar nicht ernst gemeint sein können. Außerdem muss er sich eindeutig ein Grinsen verkneifen, also vermute ich, dass Zane seinen Freund provozieren will. Cole dagegen steuert immer noch nichts zum Gespräch bei, sitzt weiterhin nur da, als wäre er selbst eine Buddhastatue und mustert mich mit diesem nicht deutbaren Blick. Ab und zu trinkt er von seinem Bier oder stopft sich eine Handvoll Chips vom Wohnzimmertisch in den Mund.

Mir reicht's. Ich bin doch kein Studienobjekt.

Ich hole mein Handy aus der Hosentasche und tippe eine Nachricht an Cole.

Warum starrst du mich so an? Hör auf damit!

Sein Smartphone piept, und er hebt kurz eine Pobacke, um es aus seiner hinteren Hosentasche zu ziehen. Beim Lesen verzieht sich sein Mund zu einem immer breiter werdenden Grinsen, dann lacht er laut los und schreibt eine Antwort.

Weil du so verdammt hübsch bist. Und weil ich aufpasse, dass Zane dich nicht belästigt.

Ich verdrehe die Augen, woraufhin er wieder leise lacht und einen Schluck trinkt. Die anderen sind so in ihre Tibet-China-Buddha-Diskussion vertieft, dass sie gar nicht mitbekommen, was Cole und ich treiben.

Ich kann auf mich selbst aufpassen!

Sein Blick wandert zu mir. Auf einmal grinst er nicht mehr, sieht eher besorgt aus. Fragend. Glaubt er mir etwa nicht? Kann mir eigentlich egal sein. Trotzdem will ich nicht, dass er denkt, ich sei schwach.

Außerdem frage ich mich, was wohl deine anderen Namen sind.

Mir fällt fast das Handy aus der Hand. Woher weiß er davon? Wir Green-Kinder sind nicht gerade stolz auf unsere affigen Hippienamen, die uns unsere Eltern verpasst haben, und gehen damit nicht hausieren. Schnell schalte ich das Gerät aus und schiebe es unter meinen Oberschenkel. Es ist schlimm genug, am ganzen Körper Narben zu tragen. Ich brauche nicht noch mehr Angriffsfläche, für die ich verarscht oder verachtet werden kann. Als Cole merkt, dass er mich nicht mehr anschreiben kann, steht er auf und setzt sich neben mich auf die Armlehne des Sofas. Er beugt sich zu mir und öffnet den Mund, will etwas sagen, da ruft Zane lachend: »Egal, was er sagt, glaub dem Fettsack kein Wort!«

Claire haut ihn auf den Arm und zischt: »Zane!«, was ihn aber nicht zu stören scheint. Keine Angst, ich bin nicht so naiv, wie ich vielleicht wirke. Ich glaube und traue niemandem. Oder nur sehr wenigen Menschen auf der Welt. Einem wildfremden Footballer, der zufällig ein Freund meines Bruders ist, dem ich im Übrigen auch nur bedingt traue, auf gar keinen Fall. Von irgendwoher ruft jemand Zanes Namen und dass er gefälligst seinen Arsch in die Küche zum Anstoßen bewegen soll. Ob er so folgsam ist oder ob ihn der Alkohol lockt, kann ich nicht beurteilen, aber sofort erhebt er sich und trabt los.

»Wir gehen dann nach Hause. Ich hoffe, wir sehen uns ab jetzt öfter«, sagt Claire und umarmt mich zum Abschied. Schade, ich hätte mich gern noch länger mit ihr unterhalten.

Sobald Claire weg ist, setzt sich Cole auf ihren Platz und macht es sich gemütlich, indem er die Arme auf der Lehne ablegt. »Winke, winke. Und viel Spaahaaß!«, flötet er seinen Freunden hinterher und grinst wieder dieses breite, kindische Grinsen. »Ich bleib noch eine Weile bei Autumn, ihr habt also sturmfrei und könnt ungestört vögeln!«

Claire wird rot, und Ethan stößt genervt die Luft aus. Offenbar bin ich nicht die Einzige, der Coles Gerede auf die Nerven geht. Wäre er nicht so eindeutig männlich und breitschultrig, würde ich mich fragen, ob er überhaupt schon aus der Pubertät raus ist. Ich bin mit zwei Brüdern aufgewachsen und weiß genau, dass Jungs in einem bestimmten Alter nur über Sex und Penisse und so 'n Zeug reden müssen, als wäre es ein Zwang oder ein ungeschriebenes Gesetz, dass in jedem Satz mindestens ein schweinisches Wort vorkommt. Nur, normalerweise hört das irgendwann auch wieder auf. Bei Cole und Zane scheint das nicht so zu sein. Ein Grund mehr, warum ich niemals auf ihn hereinfallen werde.

»Lass mich bitte nicht mit ihm alleine«, flehe ich Claire an. Doch sie erkennt meine Notlage nicht, lacht nur und winkt und zieht mit Ethan ab, der es plötzlich sehr eilig zu haben scheint.

Cole sieht mich erwartungsvoll an. Zum ersten Mal bemerke ich seine intensiv grünen Augen und die hellen Strähnen in seinem ansonsten dunkelblonden Haar. Sein Lächeln wirkt echt, nicht aufgesetzt einstudiert, wie ich es bei Gavin in Aktion oft erlebt habe. Auch Darren war Profi im Verführen. Darauf falle ich nicht herein. Von solchen Äußerlichkeiten lasse ich mich nicht mehr einlullen. »Und, was machen wir zwei einsamen Herzen jetzt?«

»Ich weiß nicht, was du machst, aber ich werde jetzt ins Bett gehen«, sage ich und stemme mich hoch.

»Okay, ich komme mit.« Er klopft sich auf die Oberschenkel und will tatsächlich aufstehen.

»Nein, das machst du nicht!«, fauche ich. Ist er wirklich so blöd, oder tut er nur so? Was soll das für eine Anmachmasche sein? Die Frau so lange zu bedrängen und zu nerven, bis sie zu schwach ist, sich weiter zu wehren?

Er legt den Kopf schief und zieht mich am Handgelenk zurück aufs Sofa. Weil er so kräftig ist und mich überrumpelt hat, falle ich auf seinen Schoß. Er hält mich fest, nicht so fest, dass es wehtut, aber fest genug, dass ich nicht ohne Zappeln freikomme.

»Lass mich los, Cole!« Er rührt sich nicht. »Das ist keine Bitte!«

Ich hole aus und boxe ihn mit Schwung in den Bauch. Er macht nur ein leises Geräusch und lässt Luft entweichen, bewegt sich aber sonst nicht. Ist er aus Beton?

»Wenn du mir deine Namen verrätst oder, wahlweise, warum du nicht mit mir ausgehen willst, lasse ich dich los. Du weißt, dass ich stärker bin.« Zwar wehre ich mich, aber das hat ungefähr so viel Wirkung, als wollte eine Banane aus den Fingern eines hungrigen Affen entkommen. »Ich habe mal ein Buch für ein Pädagogikreferat gelesen, da ging es darum, dass man bockige Kinder so lange festhalten soll, bis sie sich beruhigen.« Er wechselt in Vortragsstimme. Gleichzeitig verschränkt er die Finger vor meinem Körper, sodass ich komplett zwischen seinen Armen eingesperrt bin. »Also jemanden, der in seelischer Not ist, so lange in Liebe zu umarmen, bis er seine Wut und seine Traurigkeit überwunden hat und sich wieder frei dem Leben widmen kann.«

Klingt, als hätte er den Klappentext auswendig gelernt. Warum besucht er überhaupt Pädagogikvorlesungen? Ich dachte, er ist Footballer.

Mehrere Dinge verstören mich. Zum einen: Er hat ein Buch gelesen? Noch dazu ein Fachbuch? Meinen Bruder Gavin habe ich nie auch nur ein Buch aufschlagen, geschweige denn darin lesen sehen. Zum anderen – warum denkt er, ich sei in seelischer Not und voller Wut und Kummer? Der spinnt doch! Mir geht's gut! Abgesehen davon, dass mich ein Typ mit seinen riesigen Pranken auf seinem Schoß festtackert, als wäre ich ein lebendiger Football. Außerdem bin ich kein bockiges Kind. Wenn einer von uns beiden ein unreifes Kind ist, dann er. Ein Erwachsener hätte schon längst verstanden und akzeptiert, dass ich kein Interesse an ihm habe. Aber das Schlimmste ist: Seine Berührung fühlt sich unerwartet gut an. Beschützend, als könnte einem in seinen Armen nichts passieren. Ich will nicht, dass mein Körper so auf ihn reagiert.

»Okay, ich verrate dir etwas«, raune ich, zwinkere ihm zu und locke ihn mit dem Finger näher an mein Gesicht. Schmunzelnd hält er sein Ohr vor meinen Mund. »Das geht dich beides nichts an. Weder meine Namen, noch warum ich nicht mit dir ausgehen will.« In seinem Gesicht zeigt sich Enttäuschung. »Und jetzt lass mich los, sonst schrei ich.«

Mit hochgezogenen Augenbrauen hebt er beide Hände, als bedrohte ich ihn mit einer Waffe, und lehnt sich ein Stück zurück. »Ist ja gut, Baby, beruhig dich!«

Sofort rutsche ich von ihm herunter und baue mich vor ihm auf. Ich bin so sauer, ich würde ihm am liebsten eine Flasche über seinen Schädel ziehen. Nur weil ich kein Aufsehen auf der Party erregen will, verzichte ich darauf und wedle stattdessen mit meinem Zeigefinger vor seinem Gesicht herum. Normalerweise bin ich höflicher, aber Cole kapiert es offensichtlich anders nicht.

»Schreib mir nicht mehr, nenn mich nicht Baby, fass mich nicht an! Halt dich aus meinem Leben raus! War das deutlich genug?« Er nickt zwar, sieht aber nicht überzeugt aus. »Und wehe, du fragst Gavin über mich aus.« Ich schnaufe schwer, mein Herz rast wie nach einem Hundertmeterlauf.

Sein Blick wird weicher und ungewohnt ernst. Er streckt mir seine Hand hin. »Sorry, ich wollte dich nicht bedrängen. Frieden?« Ich zögere. Soll ich es ihm so einfach machen? »Lass mich dir beweisen, dass ich nicht so ein Arsch bin, wie du aus unerfindlichen Gründen glaubst.« Er klopft neben sich auf den freien Platz. »Komm, setz dich noch mal! Nur reden. Okay?«

Ich stoße resigniert die Luft aus. Reden kann ja nicht schaden. Bis jetzt hat er sich ja – bis auf das unnötige Festhalten – ganz passabel benommen. Und irgendwie tut es gut, umgarnt zu werden. Auch wenn er bei mir keinen Erfolg haben wird. In einem halben Meter Abstand lasse ich mich also wieder auf das Sofa sinken. Er lächelt mich an, wirkt auf einmal schüchtern und verunsichert. Geschieht ihm recht. Eine unangenehme Stille breitet sich zwischen uns aus.

»Also«, beginnt er. »Was willst du jetzt machen? Studieren? Arbeiten? Oder mir deinen Wahnsinnskörper schenken?«

Ich stemme mich hoch, aber er berührt mich am Ellbogen.

»Nur reden, nicht flirten. Tut mir leid. Bitte bleib!«, beeilt er sich zu sagen.

Langsam setze ich mich wieder hin, die Hände seitlich neben mir aufgestützt, damit ich jederzeit aufspringen kann. Letzte Chance, sonst bin ich endgültig weg.

»Kannst du dich nicht ein bisschen entspannen? Bin ich so abstoßend?«

Nein, kann ich nicht. Und ja, ist er. Nein, ist er nicht. Keine Ahnung. Objektiv betrachtet ist er durchaus attraktiv. Was nichts daran ändert, dass er nur ein weiterer gut aussehender Frauenverarscher ist. Warum gehe ich dann nicht einfach?

»Oh, Darling, da bist du ja!«

Eine stark geschminkte und genauso stark einparfümierte Blondine pflanzt sich auf Coles Schoß und drückt ihre Brüste an seinen Oberkörper. Dann presst sie ihre Lippen auf seine und küsst ihn. Gleich pinkelt sie ihn noch an, denn das, was sie tut, scheint mir eindeutig Revierabstecken zu sein. Keine Sorge, Püppi, du kannst ihn haben.

Er verspannt sich, erwidert aber den Kuss. Zumindest sieht es nicht so aus, als würde er sich vehement wehren. Doch nur wenige Sekunden später schiebt er sie von sich und wischt sich mit dem Handrücken über die glänzenden und lippenstiftverschmierten Lippen.

»Lass das, Grace! War das gestern nicht deutlich genug?«

Sie zieht eine Schmollschnute und ignoriert seinen Einwand, kuschelt sich gurrend an ihn und starrt mich die ganze Zeit demonstrativ grinsend an. Er packt sie an den Hüften und hebt sie von seinem Schoß, setzt sie auf die Lehne und rutscht aus ihrer Reichweite.

Will er mir damit zeigen, dass er nicht auf ihre Anbiederung eingehen will? Mir egal. Mir reicht's endgültig. Auch wenn er momentan nichts von dieser Grace-Tussi will, hatten sie eindeutig etwas miteinander, das über harmlose Freundschaft hinausgeht. Was will er mit mir? Soll er *sie* doch anbaggern, sie ist willig. Wortlos stehe ich auf und verlasse das lächerliche Schauspiel.

Im Gang lehne ich mich an die Wand, schließe die Augen und atme tief durch. Dafür, dass so viele Menschen da sind, die jedes Zimmer im Haus belagern, habe ich mich gut geschlagen, finde ich. Keine Panikattacke, Cole erfolgreich entkommen, und mich sogar ein wenig amüsiert. Ein paar Meter weiter fummelt Curtis an den Brüsten eines Mädchens herum. Er flüstert ihr etwas ins Ohr, woraufhin sie affektiert kichert und ihre Arme um seinen Nacken schlingt. Dann knutschen sie los, als wollten sie sich gegenseitig von Parasiten im Mundinnenraum befreien. Es ist eklig und faszinierend zugleich. Sicher hat er ihr irgendwelche Versprechungen vorgelogen, damit sie sich willig beschlafen lässt. Sie wird schon früh genug merken, wie sehr man den Worten eines Mannes trauen kann. Darren hat mir ständig gesagt, wie sehr er mich liebt und wie sexy er mich findet und dass er nur mich will bis in alle Ewigkeit. Mir wird schlecht. Ich habe ihm geglaubt. Bis ich ihn mit einer anderen erwischt habe. Männer sind Schweine. Allesamt.

Die Tür zum Badezimmer öffnet sich, und ein Mädchen auf schwindelerregend hohen Absätzen tritt heraus. Ihre Augen sind glasig, ihre Wangen rot, eindeutig hat sie schon einiges getrunken.

»Bist du nicht die Schwester von Gavin?« Sie lallt mehr, als dass sie spricht. »Kannst du das aran…ara…arrangieren, dass er mit mir ausgeht?« Warum sucht sie sich so schwierige Wörter aus, wenn sie ohnehin schon Probleme mit dem Sprechen hat? Sie seufzt übertrieben. »Er is' so süüüß. Und sein Hintern is' in diesen engen Footballhosen so …« Sie leckt sich die Lippen. Dann beugt sie sich vor und raunt. »Ich habe gehört, sein Ding ist riesig. Und er kann angeblich stundenlang.«

Das sind Dinge, die ich von meinem Bruder weder wissen will, noch habe ich Informationen dazu. »Ich bin nicht seine Sekretärin«, antworte ich steif und hoffe, dass sie mir nicht auf die Füße kotzt, denn sie schwankt bedrohlich und muss immer wieder hicksend aufstoßen. »Ich bin mir sicher, du schaffst das alleine.«

Sie versucht ein Lächeln, verliert dabei das Gleichgewicht und stolpert gegen mich. Dann nuschelt sie eine Entschuldigung, dreht sich um und wankt davon.

Kaum ist sie weg, betritt Grace die Szene. Mit zu Schlitzen verengten Augen, die Hände in ihre Modelhüften gestemmt, baut sie sich vor mir auf. Wenn ich nicht schon ganz an die Wand gepresst stehen würde, müsste ich zurückweichen. Furchterregend sieht sie aus. Niemand, mit dem ich mich anlegen würde.

»Lass Cole in Ruhe!«, zischt sie. »Er gehört mir! Außerdem steht er sowieso nicht auf hässliche, verklemmte Tussis wie dich, die sich anziehen wie ihre eigene Oma. Er mag vielleicht kurzzeitig nett sein, aber glaub mir, das ist er nur, weil er dich ficken will. Ein Spiel, verstehst du? Oder bist du zu blöd dafür? Wer knackt am schnellsten die hässliche Ex von Darren. Das bist du doch, oder?« Ihr Gesicht verzieht sich zu einer Fratze. Wie ein Gruselclown, schießt mir in den Kopf. »Ja, ich kenne Darren, stell dir vor. Ich weiß alles über deine erbärmlichen Komplexe und deinen widerwärtigen Körper. Mich hat er nämlich auch gefickt, während er mit dir zusammen war. Und weißt du was? Es war geil, wie er seinen Schwanz in mich gerammt hat. Immer wieder. Wie er meinen

Namen gestammelt hat, als er gekommen ist. Du hast ihn ja nicht oft genug rangelassen, kein Wunder, dass er sich da Ersatz gesucht hat.«

Mir wird übel. Die letzten Wochen unserer Beziehung hatten Darren und ich nicht mehr regelmäßig Sex. Aber ich hatte eben kein Bedürfnis, mich jemandem hinzugeben, der meine Narben als hässlich bezeichnet. Es tat so weh, mit welchem Widerwillen er mich ansah, wenn ich nackt war. Wie er es tunlichst vermied, mich an diesen Stellen zu berühren. Er wollte sich nur an mir befriedigen, mehr nicht. Es war erniedrigend und verletzend.

Die Worte dieser Frau wühlen all das wieder auf. Dass ich mich minderwertig fühle, nicht liebenswert, verabscheuungswürdig. Ohne dass ich es verhindern kann, kommen mir die Tränen. »Jetzt heult sie, ohh, du Ärmste!«, ätzt sie. Sie tritt noch näher, drückt mich gegen die Wand, ihr Gesicht ist meinem so nah, dass ich ihren Alkoholatem riechen kann. Ich schließe die Augen und hoffe, dass es bald vorbei ist. Als wäre ich in einer Art Schockstarre kann ich mich nicht wehren. »Du spielst nicht in meiner Liga, Schätzchen, und wirst es auch nie. Typen wie Cole sind so meilenweit über dir, nicht einmal träumen kannst du davon. Er wird dich genauso fallen lassen wie Darren. Also sprich nicht mehr mit ihm, außer du willst, dass er dich fickt und dann wegwirft. Aber zufällig will *ich* das nicht. Ich will seinen geilen Schwanz nicht mit deiner dreckigen Möse teilen. Haben wir uns verstanden, Schlampe?«

Ich wusste nicht, dass es Frauen gibt, die so derb sprechen. Ist ja wie in einer schlechten Unterschichten-Doku. Aber genau deswegen schüchtert sie mich so ein. Ich nicke schnell.

Dabei will ich ihn doch gar nicht. Auch ohne Drohungen. Jetzt erst recht nicht. Grace hat nur bestätigt, was ich ohnehin schon wusste. Dass Cole kein echtes Interesse an mir hat, sondern dass ich für ihn nur jemand bin, der seinen Jagdtrieb anfacht, weil er mich noch nicht flachgelegt hat. Ein neues Spielzeug, das nach einem Mal benutzen langweilig werden würde. Grace wird ihm sicher brühwarm erzählen, wie ich unter den Klamotten aussehe, dann bin ich ohnehin abgeschrieben. Ich sollte froh sein darüber. Wenigstens stellt er mir dann nicht mehr nach.

Aber warum bin ich dann nicht froh?

Grace stößt mich mit beiden Händen gegen die Brust, rückt ihre Brüste zurecht und stöckelt zufrieden grinsend davon. Durch meinen Tränenschleier kann ich erkennen, dass sie zurück zu Cole stolziert und wieder anfängt, ihn zu befummeln. Seine Reaktion warte ich nicht mehr ab, renne zu meiner Zimmertür und schaffe es kaum, sie zu öffnen, bevor ich mich in den Schutz meiner Höhle zurückziehen kann.

Cole

Grace ist ein verdammter Parasit. Aufdringlich und dumm, denn sie hat offensichtlich trotz meiner gestrigen Ansage nicht verstanden, dass unsere Affäre ein für alle Mal beendet ist. Mittlerweile ärgere ich mich, dass ich überhaupt jemals etwas mit ihr angefangen habe. Sie ist schuld, dass Autumn verschwunden ist, sie hat sie mit ihrem Besitzgehabe vertrieben. Gerade als ich dachte, dass Autumn sich einen Millimeter weit geöffnet hat. Scheiße! Jetzt muss ich wieder von vorn anfangen. Denn aufgeben werde ich trotzdem nicht.

Kurz nach Autumns Flucht ist Grace zur Toilette gegangen. Ihr Angebot mitzukommen habe ich abgelehnt. Nicht, weil ich etwas gegen einen Quickie im Bad einzuwenden hätte – wäre nicht das erste Mal –, sondern weil ich Grace nie mehr anfassen will. Sie widert mich an. Vor allem, weil sie bewusst gegen mich und Autumn arbeitet, als hätte sie irgendwelche Ansprüche auf mich.

Mit befriedigtem Grinsen kommt sie vom Klo zurück. Hat sie einen Ersatz für mich gefunden, der sie auf die Schnelle gefickt hat, oder hat sie im Lotto gewonnen?

»Nicht doch Lust auf einen Blowjob, Süßer?« Sie presst sich an mich und grapscht mir zwischen die Beine. Mein Penis reagiert zuverlässig, aber ich schiebe sie weg.

»Grace«, setze ich an.

Mit dem Finger auf meinen Lippen stoppt sie mich. »Schsch!«, raunt sie und packt mich am Handgelenk, will mich wegziehen.

Ich reiße meinen Arm heftiger aus ihren Fingern als nötig, denn

Grace ist so dünn, dass ihre Streichholzärmchen vermutlich nicht einmal einen Hamster bändigen könnten. Aber sie regt mich dermaßen auf! »Ich hab keinen Bock auf dich, Grace. Warum kapierst du das nicht endlich?«

Sie starrt mich schockiert an. »Es ist ihretwegen, oder? Du willst lieber mit dieser hässlichen Schlampe rummachen als mit mir? Weißt du überhaupt, wer sie ist?«

Was meint sie? »Autumn ist weder eine Schlampe noch hässlich.«

»Als ob!«, kreischt sie. Einige Leute drehen sich neugierig um. »Es hat Gründe, warum sie immer diese furchtbaren Klamotten und diese Schals trägt! Weil sie damit was verstecken will. Und sie ist die Ex von Darren. Was denkst du, warum er sie abgeschossen hat?«

Das wusste ich nicht. Ich kann Darren nicht ausstehen, deswegen hatten wir, obwohl wir Teamkollegen waren, nie viel miteinander zu tun. Mittlerweile ist er ohnehin nicht mehr dabei, er wurde rausgeschmissen, weil er – ganz College-Film-mäßig – die Tochter vom Coach flachgelegt hat. Natürlich habe ich von den Gerüchten gehört und auch immer wieder mitbekommen, wenn er über seine Freundinnen redete, aber ich kann mich nicht erinnern, dass er jemals den Namen Autumn erwähnt hat. Warum? Hätte ich eine Freundin wie sie, würde ich bei jeder Gelegenheit mit ihr prahlen.

»Darren ist ein Arsch«, antworte ich bloß.

Grace steht bebend vor mir, die Hände zu Fäusten geballt. Warum ist sie so wütend?

Plötzlich taucht Gavin auf. »Was ist denn hier los?«

Grace dreht sich zitternd zu ihm um. »Dein Freund hier«, sie fuchtelt in meine Richtung, »will lieber deine hässliche Psychoschwester poppen als mich. Sieh mich an und dann sie. Ich weiß alles über sie, Gavin. Sie spinnt. Ist total durchgeknallt mit ihren Aussetzern. Unter ihren Omaklamotten ist sie ein Zombie. Sie …«

Gavin wird rot. Äußerlich ist er ganz ruhig, aber ich kenne ihn. Er ist kurz davor auszurasten. So sieht er auch aus, bevor er auf dem Feld die Gegner gnadenlos niederwalzt.

»Du gehst jetzt besser«, sagt er leise und deutet zum Ausgang. Grace reckt ihr Kinn nach oben und verschränkt die Arme vor der Brust, bewegt sich aber nicht. Mehrere Atemzüge lang fixieren sich die beiden mit ihren Blicken. Im Raum ist es totenstill, alle warten, was als Nächstes passiert.

»Tu besser, was er sagt, Grace«, rate ich.

Sie macht ein abfälliges Geräusch und wendet sich mir zu. »Du hast mir gar nichts zu sagen, Arschloch!«

Ist ihr bewusst, wie lächerlich sie sich aufführt?

»Verschwinde!« Gavins ruhige Fassade bröckelt. Alle bis auf Grace scheinen das zu merken, denn sie verharrt immer noch standhaft. Ein Mädchen – ich glaube, sie heißt Amber – eilt zu ihr, zerrt an Grace' Arm und flüstert auf sie ein. Schließlich dreht sich Grace schwungvoll um und rauscht aus dem Raum.

Sobald sie weg ist, fällt Gavin in sich zusammen. Mit den Handflächen reibt er sich übers Gesicht und stöhnt gequält. »Keine Ahnung, wer die Bitch überhaupt eingeladen hat. Ich auf jeden Fall nicht. Sie macht nur Ärger.« Er sieht sich im Raum um. »Wo ist Autumn?«

Ich zucke die Schultern. »Wir haben uns unterhalten, dann kam Grace und hat sie vertrieben. Sie sagte, sie wolle ins Bett gehen.«

Amber nähert sich vorsichtig Gavin, als hätte sie Angst, ihn zu verschrecken und durch zu schnelles Bewegen zu provozieren, sodass er doch noch ausflippt. Gar nicht so abwegig. »Ich habe zufällig mitbekommen, wie Grace sie im Flur abgepasst und beschimpft hat. Dass Cole ihr gehört und er sowieso nie so eine verunstaltete Tussi auch nur mit der Kneifzange anfassen würde.« Sie redet noch weiteren Schwachsinn darüber, was ich angeblich bin und tun würde. Fuck! Hoffentlich glaubt Autumn den Dreck nicht.

»Verdammt!«, murmelt Gavin und fährt sich mit den Händen durch die Haare. »Was glotzt ihr denn so?«, brüllt er die umstehenden Gäste an. Die zucken zurück und schauen betreten zu Boden. »Feiert weiter oder verschwindet! Aber kümmert euch gefälligst um euren eigenen Scheiß!«

Nur zögerlich kommt die Party wieder in Gang, jemand schaltet die Musik an, Gespräche, wahrscheinlich über das eben Geschehene, branden auf.

»Ich sollte besser nach meiner Schwester sehen.« Gavin holt tief Luft, er wirkt besorgt, aber auch genervt.

»Ich übernehme das«, schlage ich vor. »Ich muss ein paar Sachen klarstellen.«

Er zieht seine Unterlippe zwischen die Zähne, mustert mich, als überlegte er, ob er mir Autumn anvertrauen kann, nickt aber dann. »Tu das. Aber wenn du sie verarschst oder verletzt oder ich rausfinde, dass du nur deinen Schwanz in sie reinstecken wolltest, brech ich dir beide Beine.«

Ich weiß, dass das keine leere Drohung ist.

»Klar. Hab ich nicht vor.«

Er klopft mir auf die Schulter. »Das Zimmer links neben meinem.«

Mit schwitzenden Fingern klopfe ich bei Autumn.

Keine Antwort. Also mache ich mich deutlicher bemerkbar. Weil wieder keine Reaktion kommt, öffne ich die Tür einen Spalt. Von innen dringt gedämmtes Licht heraus. Vorsichtig trete ich hinein, schließe die Tür und sehe mich um. Autumn liegt seitlich auf dem Bett, die Decke bis zum Kinn hochgezogen, in den Ohren Kopfhörer. Die Augen hat sie geschlossen.

Irgendwann merkt sie, dass jemand da ist, und schreckt auf, umklammert ihre Decke und presst sie vor ihren Körper. Hat sie etwa nichts an? Dann hätte sie besser absperren sollen, wenn draußen eine Horde sexgeiler Collegeboys rumhängt. Mein Mund wird trocken, und mein Schwanz pocht ungeduldig bei der Vorstellung an eine nackte Autumn nur wenige Meter von mir entfernt.

Sie nimmt die Kopfhörer aus den Ohren. »Was willst du?«, faucht sie. »Schon fertig mit Grace?«

Auf ihre seltsame Frage gehe ich nicht ein. Würde es sie stören, wenn ich mit Grace Sex hätte?

»Ich habe gehört, was Grace zu dir gesagt hat«, sage ich leise.

Autumn bleibt stumm, aber ihre Augen weiten sich ein wenig. »Egal, was sie über mich behauptet hat, sie lügt. Ich will nicht nur mit dir ins Bett. Also, will ich schon. Klar will ich das«, stammle ich und schlucke hart. »Aber ich will vor allem mit dir ausgehen. Mit dir Zeit verbringen. Dich kennenlernen.« Sie schweigt immer noch. »Ich weiß nicht, warum du dich so vehement dagegen wehrst, mir eine Chance zu geben.«

Sie kaut auf ihrer Lippe herum, knetet nervös die Enden ihrer Decke. Quälende Minuten vergehen, in denen wir uns nur gegenseitig mustern. Ich wünschte, ich könnte Gedanken lesen.

Auf einmal brüllt sie unvermittelt los. »Du willst wissen, warum ich nicht mit dir ausgehen will?« Sie gibt mir keine Chance zu antworten, schreit mich nur weiter ohne Pause an. »Weil ihr alle gleich seid. Sobald ihr wisst, wer ich bin, wie abstoßend ich bin, wendet ihr euch angewidert ab und fickt die Nächste.« Unter der Decke hebt und senkt sich ihr Brustkorb. Sie ist eindeutig wütend.

Jetzt schreie ich auch. »Ich weiß gar nicht, was du meinst! Grace ist eine verdammte Lügnerin. Du bist nicht hässlich! Du bist so verdammt sexy, dass ich nur noch an dich denken kann. Mit deinem Gesicht und deiner Figur könntest du Millionen verdienen. Was ist nur los mit dir, dass du dich so sträubst, mich kennenzulernen?«

Wortlos starrt sie mich an. Dann, unendlich langsam, lockert sie den Griff um ihre Bettdecke und lässt sie herabgleiten. Mit entschlossenem, beinahe verbissenem Gesichtsausdruck, zieht sie ihr riesiges Schlafshirt aus und entblößt ihren nackten Körper darunter. Nur wenige Sekunden, dann verhüllt sie sich wieder und wickelt sich in ihre Bettdecke, schlingt sie um sich wie einen Kokon.

Doch der kurze Blick hat gereicht, dass mir der Atem stockt.

Ihre gesamte rechte Seite inklusive ihrer rechten Brust ist vernarbt wie bei Brandopfern, teilt ihren ansonsten perfekten Körper in zwei Hälften.

Sie sackt in sich zusammen. Kraftlos. Mutlos. »Tja, jetzt weißt du's. Grace hat recht. Ich bin hässlich und abstoßend.« Sie senkt ihren Kopf.

Eine Welle der Wärme durchströmt mich. Wie ferngesteuert werde ich zum Bett gezogen, setze mich zu ihr und sehe ihr in die Augen.

»Grace täuscht sich. Du bist wunderschön, Autumn.«

Sie lächelt leicht, aber sofort wird sie wieder traurig, das Lächeln verschwindet. Sie schließt die Augen und schüttelt beinahe unmerklich den Kopf. Die Mauer, die sie immer um sich trägt und von der ich dachte, dass sie gerade ein wenig gebröckelt sei, zieht sich wieder sichtbar höher. Dichter und unüberwindbarer als vorher. Sie stopft die Decke fester um sich und dreht sich zur Wand. Von mir weg.

Dabei stimmt es, was ich gesagt habe. Sie ist wunderschön. Die Narben sind mir so was von egal. Ihre Brüste sind perfekt, fest und weder zu klein noch zu groß, der Bauch straff und flach, alles gepaart mit einer unwiderstehlichen Weiblichkeit, die sofort Sehnsucht und Lust aufkommen lässt. Sehnsucht, sie zu berühren, zu erforschen, ihr zu zeigen, dass sie sich nicht zu schämen braucht. Was hat der Arsch Darren ihr angetan, dass sie so eine schlechte Meinung von sich und der Männerwelt hat?

Ich würde sie gerne trösten, habe aber gleichzeitig Sorge, sie ganz zu verschrecken. »Erzählst du mir irgendwann, was passiert ist?« Sie rutscht weiter zur Wand, eingeschlossen in ihre Box aus Panzerglas. »Ich will immer noch mit dir ausgehen«, sage ich leise. »Bitte gib mir eine Chance. Gib *uns* eine Chance!«

Sie lacht tonlos. Glaubt mir nicht, dass ich sie nicht auf ihre Verletzungen reduziere, sie nicht fallen lassen werde.

»Ich kann dich immer noch nicht leiden. Du bist wie alle anderen. Männer sind das Letzte!«

Das glaube ich ihr nicht. Warum denkt sie so? Wie kann ich ihr beweisen, dass ich immer noch mit ihr zusammen sein will? Trotz oder vielleicht gerade wegen ihrer äußerlichen und inneren Narben.

Ohne sie um Erlaubnis zu fragen, schlüpfe ich neben ihr ins Bett, überlasse ihr aber die Decke. Lege vorsichtig meinen Arm um sie und halte sie, versuche, ihr die Liebe und das Vertrauen zu geben, die ihr abhandengekommen sind. Ich weiß, wie es sich anfühlt, nicht akzeptiert zu werden, sich selbst zu hassen, so sehr, dass man manchmal nicht mehr leben möchte, dass man es nicht mehr aushält, man selbst zu sein. Ich habe es überwunden. Und ich werde alles dafür tun, ihr ebenfalls herauszuhelfen und ihr zu zeigen, wie schön sie ist.

Sie kuschelt sich zwar nicht an mich, schickt mich aber auch nicht weg, entspannt sich sogar ein wenig. So liegen wir eine ganze Weile einfach nur da. Nie hat sich etwas so nach Zuhause angefühlt wie jetzt.

Irgendwann müssen wir eingeschlafen sein, denn ich wache mit einer schmerzenden Morgenlatte auf. Kein Wunder, wenn man die ganze Zeit neben einer wunderbaren, halb nackten Frau verbracht hat. Autumn liegt mir zugewandt, die Hände unter der Wange gefaltet, und betrachtet mich. Sie sieht aus, als würde sie angestrengt nachdenken. Ich wage es nicht, mich zu bewegen, um den Moment nicht zu zerstören. Außerdem will ich nicht die Aufmerksamkeit auf meinen harten Penis ziehen.

»Okay, ich gehe mit dir aus.«

Hat sie das gerade tatsächlich gesagt? Yeah! Ich stütze mich auf den Ellbogen und grinse sie von oben wie ein debiler Kuchen an. Ich muss mich zusammenreißen, sie nicht einfach zu küssen, an mich zu reißen und nie mehr loszulassen. Ich setze zum Sprechen an, um ihr zu zeigen, wie sehr ich mich freue, aber sie stoppt mich, indem sie schnell eine Hand unter ihrer Wange hervorzieht und mir einen Finger auf die Lippen legt. »Unter einer Bedingung.«

»Alles, was du willst.« Meine Stimme ist rau. Nicht nur vom Schlaf.

»Du wolltest doch meine anderen Namen wissen. Finde sie heraus, und du darfst mich zu einem Date einladen. Aber ohne Gavins Hilfe!«

»Du meinst, wie bei Rumpelstilzchen?« Sie kichert. Ich liebe dieses Geräusch. Zumindest habe ich jetzt ein Ziel. Sie weiß ja nicht, wie hartnäckig ich bei Dingen, die mir wichtig sind, sein kann. Schließlich habe ich mit Disziplin, Ausdauer und Hartnäckigkeit fast vierzig Kilo abgenommen. Mit dem Finger streiche ich ihr zart eine lose Wimper von der Wange. Sie schließt die Augen, schmiegt sich kaum merklich an meine Hand. »Wünsch dir was«, flüstere ich und halte ihr die Wimper hin. Sie überlegt kurz, spitzt dann die Lippen und pustet das Haar weg. »Verrätst du mir deinen Wunsch?«

Sie schüttelt empört den Kopf. »Nein, dann geht er nicht in Erfüllung. Weißt du das nicht?«

»Versuchen kann man's ja ...« Ich zwinkere ihr zu und lege mich wieder hin.

Minutenlang blicken wir uns in die Augen. Man kann geradezu sehen, wie es in ihrem Kopf rattert. Hoffentlich auf die gute Art.

»Ich habe Angst.« Sie ist kaum zu verstehen.

»Wovor?«, frage ich ebenso leise.

»Dass du meine Namen herausfindest.«

Ich weiß. »Angst ist nie ein guter Begleiter.«

Sie nickt leicht. »Dennoch ist sie immer da. Schon sehr lange.« Mit diesem einen Satz hat sie sich mir mehr geöffnet als je zuvor. »Du gehst jetzt besser.«

Ich will nicht gehen. Aber ich will sie auch nicht verscheuchen, indem ich sie weiter bedränge. Sie hat einen Schritt auf mich zu gemacht, nun ist es an mir, es nicht zu verbocken.

Ein letztes Mal streichle ich über ihr Gesicht, dann rolle ich mich aus dem Bett und lasse sie zurück.

Autumn

Jetzt ist er weg. Einerseits bin ich froh, wieder allein zu sein, andererseits fühle ich mich ohne ihn auf einmal seltsam einsam. Ich hätte ihn nicht so nah an mich heranlassen sollen. Ich dachte, wenn ich ihn mit meinem Monster-Körper konfrontiere, rennt er schreiend davon. Ist er aber nicht. Warum? Möchte er mich möglichst lange einlullen, bis ich mich ihm ganz öffne, weil er weiß, dass es dann umso mehr wehtut? Weil ich irgendwann zwangsläufig Gefühle für ihn entwickeln würde?

Es war schön, heute neben ihm aufzuwachen. Sein warmer, starker Körper so dicht an meinem. Seine Augen verwirrten mich, er hat mich angesehen, als wäre er wirklich in mich verliebt. Er hat mir nichts vorgespielt. Sein Interesse, seine Gefühle waren echt. Vielleicht ist er doch nicht nur der lustige, oberflächliche Proll. Oder er ist ein unglaublich guter Schauspieler. Und warum sollte er sich derart ins Zeug legen, mich doch noch rumzukriegen?

Es ist müßig, darüber nachzudenken, denn ich habe nicht vor, mich überhaupt auf einen Kerl einzulassen. Ich sollte mir ein anderes Mängelexemplar suchen, dann kann ich mir wenigstens sicher sein, dass ihm meine Narben egal sind. Wobei – selbst die unattraktiven oder sonst wie nicht perfekten Männer wünschen sich perfekte Frauen.

Was habe ich mir nur dabei gedacht, ihn mit diesem Namensrätsel zu ermutigen? Ohne Hilfe wird er sie vermutlich nie herausfinden, und das ist gut so. Das schützt mich. Einmal im Leben bin ich dankbar für meine durchgeknallten Eltern und ihren Namenswahn.

Nachdem ich gefrühstückt habe – alleine, weil es im Haus noch überall still und dunkel ist – klopfe ich energisch an Gavins Zimmertür. Bevor er antworten kann, stürme ich hinein.

»Wehe, du verrätst Cole meine Hippienamen«, warne ich ihn. Er grummelt, dreht sich auf den Bauch und zieht sich das Kissen über den Kopf.

»Wasnlossofrüh?«, höre ich gedämpft. Und: »Ichwillschlafen.«

»Ich lass dich gleich weiterschlafen, aber vorher versprichst du mir, nichts zu verraten, falls Cole dich darauf anspricht«, bläue ich ihm ein.

»Mmmhhggrph«, antwortet er bloß.

»Sag es!« Ich reiße ihm das Kissen weg, er schnappt danach, aber weil er so verkatert ist, erwischt er es nicht, und sein Arm fällt kraftlos aufs Bett zurück. »Versprich es!«, wiederhole ich eindringlicher. Statt zu tun, was ich will, stellt er sich tot. Also packe ich seine Bettdecke und werfe sie außer Reichweite auf den Boden. Sein nackter Hintern kommt zum Vorschein.

»Spinnst du?«, jammert er und rappelt sich mühsam auf. Er setzt sich an den Bettrand und rubbelt sich erst übers Gesicht und dann über die Haare. Dass er nackt ist und ich somit seinen halb erigierten Penis sehen kann, stört ihn nicht. Mein Bruder ist, genau wie unsere Eltern, nicht prüde. »Du bist eine Plage, Schwester.« Ich weiß, sein Pech, aber ich musste ihm das sagen, bevor er das nächste Mal auf diesen bestimmten Teamkollegen trifft. Ich habe immer noch die leise Hoffnung, dass Cole irgendwann aufgibt, wenn er bei der Lösung des Rätsels nicht weiterkommt. Gavin tastet halb blind am Boden nach seiner Unterhose, ich schiebe sie ihm mit dem Fuß hin, und er zieht sie stöhnend die Beine hoch. »Ich muss aufs Klo«, murmelt er und steht schwerfällig auf. Kurz schwankt er, dann fängt er sich und stolpert los. Als er zurückkommt wirkt er etwas wacher.

Ich sitze auf seinem Bett und warte auf ihn. »Versprich es«, sage ich noch einmal deutlich zu seinem Rücken, während er sich ein Shirt und eine Jogginghose aus der Kommode holt und in beides hineinschlüpft. Dann kommt er zu mir ans Bett und plumpst neben mich.

»Muss ich wissen, warum?« Ich schüttle den Kopf. Vermutlich wird er es ohnehin früh genug erfahren. Er holt tief Luft und stößt sie langsam wieder aus. »Okay, ich sage nichts. Zufrieden?«

Spontan umarme ich ihn und küsse ihn auf die Wange. »Du bist der Beste.«

»Jaja«, sagt er bloß gähnend, hebt seine Decke vom Boden auf und legt sich wieder hin.

Ich lasse ihn weiterschlafen und verziehe mich ins Wohnzimmer, wo ich Netflix aufrufe und unmotiviert irgendeine Mysteryserie anschalte. Statt den Tag zu verbummeln, sollte ich mir lieber einen Plan für meine Zukunft machen. Aber ich kann mich nicht dazu aufraffen. Konzentrieren kann ich mich auch nicht richtig, denn obwohl ich es nicht will, geht mir Cole nicht aus dem Kopf. Er nervt mich wahnsinnig, ist ein eitler, muskelbepackter, ständig grinsender Gockel mit dem Gemüt und dem Verhalten eines Kleinkinds. Aber auf eine Art berührt es mich, dass er sich anscheinend tatsächlich zum wiederholten Mal um mich gesorgt hat.

Das Telefon klingelt. Der Direktor von Dads Schule, an der er als Hausmeister arbeitet, ist dran. Ein Wasserschaden, Dad soll sofort kommen und ihm helfen, das Chaos zu beseitigen. Ich verspreche, Dad Bescheid zu sagen und ihn sofort loszuschicken. Also klopfe ich an die nächste Schlafzimmertür. Im Gegensatz zu Gavin sind Mom und Dad allerdings schon wach, liegen als Menschenknäuel unter der Decke und knutschen noch, als ich schon längst im Raum bin.

»Könnt ihr bitte kurz aufhören?«

Sie tun mir den Gefallen. Mom setzt sich auf, sodass die Decke herunterrutscht und ihre nicht mehr ganz festen Brüste freiliegen, Dad verschränkt die Arme hinter dem Kopf. Beide sehen mich erwartungsvoll an. Ich erkläre Dad, wer gerade angerufen hat und dass er sofort zur Arbeit muss.

»Ich muss gar nichts«, sagt er gelangweilt – oder vielleicht auch stoned, denn auf dem Nachttisch entdecke ich auf einem Teller zwei angebissene Brownies, die mir verdächtig nach Moms Geheimrezept aussehen. »Aber weil ich so ein netter Mensch bin und Bill ein ebenso netter

Chef, werde ich ihm helfen.« Sein Mund verzieht sich zu einem breiten, trägen Grinsen. »Aber nicht jetzt. Wir sind hier gerade beschäftigt.«

Wie ich meine Eltern kenne, machen sie gleich da weiter, wo ich sie unterbrochen habe. Deswegen trete ich schnell den Rückzug an. Dad muss das mit seinem Chef selbst ausmachen, wenn er zu spät kommt. Mein Auftrag, ihm Bescheid zu sagen, ist erledigt.

Nur wenige Minuten später höre ich das vertraute Quietschen der Bettfedern. Können die sich nicht endlich mal ein Bett kaufen, das keine Geräusche macht? Muss ja nicht jeder ständig mit ihrem Liebesleben belästigt werden.

Eins der Dinge, die ich in meinem Exil in Tibet vermisst habe, war Fernsehen. Und Netflix. Jeder hat schließlich seine geheimen Leidenschaften. Diesbezüglich kann ich Zane gut verstehen, auch wenn wir sonst nicht viel gemeinsam zu haben scheinen. Nach zwei kompletten Folgen der Mysteryserie stoßen Mom und Dad schließlich zu mir. Dad hat sich bereits seine Hausmeisterkluft angezogen, Mom trägt nur ihren bodenlangen Seidenbademantel und hat ihre Haare mit einem bunten Tuch zu einer Art Turban gewickelt. Dad verabschiedet sich und verschwindet im Flur, und Mom kommt zu mir auf die Couch.

»Warst du gestern nicht auf Gavins Party?«

»Doch, bin aber früh schlafen gegangen. Ich war müde«, weiche ich aus. Ich liebe meine Mom, und sie ist immer für mich da, aber wenn ich ihr jetzt von Cole erzähle, ermuntert sie mich nur, mich ihm hinzugeben. Das kann ich im Moment nicht brauchen. Mom versteht nicht, dass die Menschen heutzutage anders ticken als früher. Heute ist nicht mehr alles *Friede, Freude, Eierkuchen, wir haben uns alle so lieb*. Heute geht es um Schönheit und Ansehen und Besitz und Außenwirkung. Und Männern darum, möglichst viele Frauen flachzulegen. Nicht, weil man in allumfassender Liebe mit allen Menschen verbunden sein will, sondern um damit angeben zu können, was für ein toller, potenter Hecht man doch ist.

»Ich fahre heute Nachmittag zu dem Märchenfest drüben im Disneyland in Anaheim. Ich werde zwei Wochen bleiben. Eva nehme ich mit, sie hat ja noch Ferien. Dad schaut auch, dass er Urlaub bekommt und uns begleitet. Wenn du willst, bist du auch herzlich willkommen.«

Kurz denke ich darüber nach. Aber auf Disneyland habe ich ungefähr so viel Lust wie auf eine weitere Narbenoperation.

»Lieber nicht. Ich war so lange weg, ich genieße es, wieder hier zu sein.«

Mom lächelt liebevoll. Sie legt ihren Arm um mich und zieht meinen Kopf an ihre Schulter. »Magst du meine neuen Designs anschauen? Ich habe die letzten Monate viel mit anderen Materialien experimentiert. Upcycling-Schmuck verkauft sich momentan besser als meine anderen Sachen.«

Mom ist Schmuckdesignerin. So nennt sie sich jedenfalls. Oben im Dachboden hat sie ein kleines Atelier, in dem sie Ohrringe und Ketten aus Silber, Perlen, Federn und allen möglichen anderen Dingen herstellt. Mit fünf Kindern konnte sie so gut von zu Hause aus arbeiten, denn Dad war als Hausmeister oft bis abends eingespannt. Ihre Kreationen verkauft sie auf Märkten, Messen, Festivals und eben auch auf dem jährlich stattfindenden Märchenevent in Disneyland. Als Kinder haben wir sie oft begleitet. Damals liebte ich das. Zwar behauptet Mom immer, dass sie diesen Kommerz dort eigentlich nicht unterstützen will, aber die Verkaufszahlen sind schlichtweg zu gut, um das Fest auszulassen. So muss eben jeder seine Ideale zuweilen verleugnen. Oder sie zumindest so umdeuten, dass sie wieder ins Weltbild passen.

»Lade dir doch ein paar Freundinnen ein, macht eine Pyjamaparty oder was auch immer. Hab Spaß.«

»Ich habe keine Freundinnen, Mom.«

»Ja leider.« Sie seufzt. »Du bist viel zu viel allein.«

Sie streicht mir übers Haar. Abrupt ruckt sie hoch, sodass mein Kopf von ihrer Schulter rutscht, und schlägt die Hände vor den Mund.

»Oh nein! Nächste Woche ist ja auch dein nächster Termin bei Doktor ElMasry. Ich lasse dich ungern allein hingehen, Schätzchen. Soll ich an dem Tag nach Hause kommen und dich unterstützen?«

Einmal im Jahr gehe ich zu einer Kontrolluntersuchung zu einem

Brandnarbenspezialisten, Doktor ElMasry. Die letzten Jahre gab es keine Veränderungen, was bedeutet, dass mir weitere schmerzhafte Operationen und Hauttransplantationen erspart blieben. Ich bin auch nicht scharf darauf, noch einmal operiert zu werden. Wie oft ich als Kind in den Jahren nach dem Unfall im Krankenhaus war, kann ich schon nicht mehr zählen.

»Nein, alles gut, Mom. Wenn ich Begleitung will, nehme ich einfach Lenny mit. Oder frage Gavin.« Obwohl Letzterer sicher nicht mitkommen würde.

Mom lehnt sich mit einem erleichterten Geräusch zurück und drückt meine Hand. Zusammen schauen wir eine weitere Folge der Mysteryserie und unterhalten uns. Ich liebe es, wieder zu Hause zu sein.

Cole

Eigentlich bin ich froh, dass sonntags normalerweise kein Training ist. Heute wünschte ich mir, ich könnte mich damit von Autumn ablenken. Sie wird mit mir ausgehen. Ich spreche bewusst nicht im Konjunktiv, denn *dass* es passieren wird, ist so klar, wie dass ich sie nach der letzten Nacht endgültig will. Kann man das nach so kurzer Zeit sagen? Gibt es so etwas wie Liebe auf den ersten Blick? Wenn man meinen Eltern glauben mag, schon. Allerdings sind die in Sachen Liebe auch nicht die Norm. Denke ich. Meine Eltern haben sich auf einem Tanznachmittag der Gemeinde kennengelernt, verliebt und haben drei Jahre später geheiratet. Seitdem waren sie keinen einzigen Tag voneinander getrennt. Bis jetzt habe ich noch keinen Menschen getroffen, mit dem ich gerne rund um die Uhr zusammen gewesen wäre. Bis ich Autumn fand. Wenn sie nur nicht so schwer zu knacken wäre ... Autumn hat sich aus unerfindlichen Gründen in den Kopf gesetzt, dass sie wegen ihrer Narben hässlich sei. Wer hat ihr diesen Blödsinn nur eingeredet?

Nachdem ich sie auf ihren Wunsch verlassen habe, bin ich noch eine Weile ziellos durch die Straßen gelaufen. Müde war ich nicht mehr, obwohl es erst sechs Uhr morgens war. Aber wie könnte ich schlafen, wenn ich immer nur ihren Körper in meinen Armen spüre? Genau so müssen sich Phantomschmerzen anfühlen.

Ich werde ja richtiggehend sentimental. So kenne ich mich selbst gar nicht.

Zu Hause ist es still. Natürlich schlafen alle noch. Würde ich sonst auch. Zanes Zimmertür steht offen, wahrscheinlich verbringt er die

Nacht bei einer Eroberung von gestern. Wobei ich mich nicht erinnern kann, ihn mit einer Frau gesehen zu haben, aber ich war ja auch mit Autumn beschäftigt. Außerdem interessiert mich das Liebesleben meines Mitbewohners heute null.

Unschlüssig lungere ich am Wohnzimmerfenster herum und betrachte gedankenverloren die erwachende Gegend. Ein Mann führt seinen Hund spazieren, die letzten Partygänger torkeln, sich gegenseitig stützend, nach Hause, ein Polizeiwagen fährt mit Blaulicht und Sirene vorbei. Ich bereite mir einen Kaffee zu und setze mich auf die Couch. Wie soll ich diese doofen Namen nur herausfinden? Ohne Gavins Hilfe werde ich das unmöglich schaffen. Natürlich werde ich nicht so plump sein und ihn gleich nach der Lösung fragen – so doof bin nicht einmal ich. Ich habe versprochen, es nicht zu tun – aber vielleicht kann er mir ein paar unverfängliche Hinweise geben.

Aber zuerst schreibe ich noch einmal Autumn.

> Darf ich wenigstens wissen, wie viele zusätzliche
> Namen es sind?

Einen Versuch ist es wert. Auch noch die Anzahl herauszufinden, würde die Sache schier unlösbar machen.

> Wir Green-Kinder haben alle vier Namen, den
> Rufnamen und drei andere

Na also, geht doch. Das ist doch schon was.

Ich starte einen ersten Versuch. Vielleicht habe ich ja Glück und lande einen Treffer.

> Okay. Autumn Priscilla Heidi Maria

Sie antwortet mit einem tränenlachenden Smiley und einem seltsamen

Gif, in dem eine Zeichentrickfigur immer wieder empört den Kopf schüttelt.

Ethan kommt hereingestürmt. Er trägt lediglich eine Unterhose, seine Haare sind zerzaust, und er sieht ziemlich erhitzt aus. Ein Blick auf seinen Schritt bestätigt meine Vermutung, dass er gerade im Begriff ist, mit seiner Freundin Morgensex zu haben.

»Hast du Kondome? Unsre sind aus«, keucht er. Er klingt abgehetzt und hibbelt herum, als müsste er dringend aufs Klo.

»Klar hab ich welche.« Ich grinse, verschränke meine Arme vor der Brust und lehne mich gemütlich zurück. Nehme die Fernbedienung und schalte den Fernseher ein. Ich liebe es, ihn zu ärgern, weil es bei ihm zuverlässig funktioniert. Ausnahmslos.

»Und wo bitte?«

Ich zucke mit den Schultern, muss mich zusammenreißen, nicht loszuprusten.

»Ethan? Wo bleibst du denn?«, ruft Claire aus seinem Zimmer. Auch sie klingt echt ungeduldig.

»Der Arsch will mir keins von seinen scheiß Kondomen abgeben«, motzt Ethan und versucht offensichtlich, mich mit einem Laserstrahlen-Blick zu ermorden. Stimmt doch gar nicht. Natürlich kann er welche haben, ich will nur, dass er noch ein wenig leidet, einfach so, weil es Spaß macht und weil ich nicht allein leiden will.

»Bitte, Cole, quäl uns nicht«, höre ich Claire flehend.

Ich seufze übertrieben und zeige mit dem Kinn zu meinem Zimmer. »In der Box neben dem Bett. Aber lass noch welche übrig.«

»Du hast mir das Leben gerettet, Mann.«

Ich lache. »Wohl eher die Eier, oder?«

Ethan verdreht die Augen, hastet in mein Zimmer, wo ich ihn herumkramen höre, dann knallt eine Tür, und ich bin wieder allein mit meinen Gedanken.

Ich lümmle auf dem Sofa herum, glotze irgendein Programm, ohne dessen Inhalt wahrzunehmen, versuche, die Geräusche von Ethan und

Claire auszublenden, und trommle mit den Fingern auf meinem Oberschenkel. Der Kaffee ist mittlerweile eiskalt.

Eine Nachricht trifft ein. Leider nur Autumns Bruder.

> Lust auf Sonntagstraining ohne Coach? Wir zwei und Paul und Curtis.

Ohne zu zögern, sage ich zu. Sport ist das Einzige, was mir jetzt hilft. Und je eher ich Gavin ausquetschen kann, umso besser.

Eine Stunde später treffen wir uns in der Umkleide. Gavin hat als Quarterback einen eigenen Schlüssel und jederzeit Zugang zu allen Räumen – außer zum Büro des Coachs –, und das alles mit hochoffizieller Erlaubnis. Nicht immer nutzt er diese Freiheit zum Trainieren, sondern nimmt gern auch mal Mädchen mit hierher. Zum Leidwesen von uns anderen, weil wir regelmäßig gebrauchte Kondome unter den Bänken oder in der Dusche finden.

Heute allerdings sind nur wir vier Männer anwesend. Wir helfen uns gegenseitig, unsere Jerseys über die Schulterpads zu ziehen. Nur Paul stülpt wie immer zuerst sein Shirt über die Schützer und schlüpft dann in beides zusammen wie in eine Hülle hinein. Er findet es schwul, wenn Männer anderen Männern beim Anziehen helfen. Seit Gavin ihn einmal verprügelt hat, als Paul über Lennon und dessen Homosexualität hergezogen ist, hält er aber diesbezüglich den Mund. Besser so. Jeder kann ins Bett gehen, mit wem er will.

»Ich muss dringend Alk und Energie abbauen«, ächzt Gavin, als wir mit den Helmen unter dem Arm aufs Feld joggen. »Nach dem Desaster mit Grace und dir gestern Abend, war die Stimmung im Keller. Dementsprechend konnte ich keine mehr klarmachen.« Wir fangen an, uns aufzuwärmen. »Und dann kam auch noch Autumn in aller Herrgottsfrühe ins Zimmer gestürmt und hat mich zugelabert, von wegen, ich darf dir nichts von ihren Namen verraten und so 'n Zeug. Ich hab gar nicht kapiert, was sie wollte.« Er streckt sich und kommt dann zu mir auf den Boden. Wir gehen gleichzeitig in den Liegestütz, bei jedem Hochkommen klatschen wir uns mit den entgegengesetzten Händen ab. Er schnauft und ringt nach Luft und setzt sich zurück auf seine Fersen. »Mann, Alter, ich sollte aufhören zu saufen.« Ja, sollte er vielleicht. Ich habe gestern kaum was getrunken, weswegen ich ihn heute locker in die Tasche stecken kann. So wird das nichts mit seiner Profikarriere. Wenigstens ein Konkurrent weniger. »Sag mal, hast du eigentlich bei ihr gepennt?« Ich nicke. »Habt ihr gefickt?«

»Denkst du, ich schlafe mit deiner Schwester, wenn sie gerade von meiner verrückten Ex aufs Übelste beschimpft wurde? Nutze es aus, dass sie durcheinander ist? So mies bist vielleicht du, ich nicht. Außerdem will ich meine Beine noch behalten.«

Er grinst, zuckt mit den Schultern, rappelt sich wie ein alter Opa auf und macht Hampelmann. »Keine Ahnung, wie du bist. Warum bist du denn sonst bei ihr geblieben?«

»Sie brauchte einen Freund«, sage ich, während ich mich im Sitzen vorbeuge und meine Schuhspitzen berühre. Paul und Curtis rennen zwischenzeitlich ihre Runden um das Feld herum.

»Sie braucht vor allem jemanden, der sie gut behandelt. Die letzten Jahre waren nicht so leicht für sie.« Gavin hört auf herumzuhüpfen und sieht mich ernst an. Er schnauft wie ein Asthmatiker und stützt sich mit den Händen auf den Oberschenkeln ab. »Was soll das mit den Namen? Ist das irgendein scheiß Spiel, das du ausheckst?«

»Sie hat mir versprochen, mit mir auszugehen, wenn ich alle ihre Namen errate.« Ich lege mich hin und verschränke die Hände hinter dem Kopf.

Gavin prustet gackernd los. »Echt jetzt? No way, Alter. Unsre Namen sind so abstrus, das kriegst du nie raus.« Er klopft sich vor Lachen auf die Schenkel. »Geiler Trick, um dich abzuwimmeln. Meine Schwester ist echt der Hammer!« Er fängt wieder an, sich zu bewegen.

Ich blicke ihn von unten mit Hundeaugen an. »Kannst du mir wenigstens einen Tipp geben?«

»Ich habe ihr versprochen, nichts zu sagen. Ich bin vielleicht ein

Arsch, werde aber immer zu meiner Schwester halten. Also vergiss es!« Er wechselt die Stellung und macht Sit-ups. Sein Schnaufen klingt, als wäre er eine kaputte Dampflok. Das kann nicht gesund sein.

Scheiße, das habe ich mir leichter vorgestellt. Eine Weile machen wir nebeneinander unsere Bauchübungen. Anschließend stehen wir auf und werfen uns im Laufen gegenseitig den Ball zu. Heute könnte jede Pussy dem Star-Quarterback Gavin Green den Ball abluchsen. Ich hasse es, wenn Gavin derart verkatert ist, er trainiert dann wie ein Kindergartenkind.

»Und wenn du mir deine Namen verrätst, damit ich eine Ahnung bekomme, um was es geht?«, versuche ich eine andere Taktik.

Gavin überlegt, seine Stirn runzelt sich. Mit dem Finger tippt er sich ans Kinn. »Wozu?«

»Bitte«, sage ich flehender als beabsichtigt. »Ich schwör's dir, ich will sie einfach nur kennenlernen. Ich hab keine üblen Hintergedanken.«

Er schaut mich sekundenlang an. Denkt er etwa nach? Gavin und denken? Offenbar ist ihm seine Schwester sehr wichtig. Ein Grund mehr, warum ich es nicht vermasseln darf. Mit Gavin will ich es mir nicht auch noch verscherzen.

»Okay«, stimmt er schließlich zu. »Nur meine Namen. Sonst nichts. Das hat sie mir nicht verboten. Aber ich warne dich, wenn du das auch nur einem einzigen Menschen weitererzählst, kannst du meine Schwester vergessen. Und deine Eier auch. Kapiert?«

»Bleibt alles unter uns. Logisch«, bekräftige ich schnell. Autumn ist mir wichtig. Und meine Eier auch.

Er sieht sich um, aber Paul und Curtis sind zu weit weg, um uns hören zu können. »Gavin River Punjab Freedom«, murmelt er. Man merkt deutlich, dass es ihm unglaublich peinlich ist, das auszusprechen. Zu Recht. Lächerlichere Namen kann ich mir nicht vorstellen. Welche Eltern tun ihren Kindern so etwas an? Ich bin sprachlos, starre ihn mit offenem Mund an. Er zieht eine Schulter hoch. »Was soll ich machen? Hippieeltern mit Namenswahn.«

Okay, das wird echt schwierig. Mist! Ob es wohl Internetseiten mit komischen Hippienamen gibt? Gavin und Autumn können froh sein, dass ihre Rufnamen einigermaßen normal sind. Namenswahl scheint allgemein ein großes Thema zu sein. Ethan benutzt auch nicht den, den seine Eltern ihm verpasst haben. Wobei das bei ihm wie auch bei Gavin durchaus verständlich ist.

»Lass uns trainieren«, schlage ich resigniert vor und sprinte schon aufs Feld zu den anderen, bevor Gavin auch nur antworten kann.

Später gönnen Gavin und ich uns einen Drink in einem Café nahe dem Campus. Coke diesmal, kein Bier. Paul und Curtis sind bereits nach Hause gegangen, Paul hat ein Date mit seinem Bett, wie er sagt, Curtis trifft sich mit seiner Großmutter, die gerade in San Francisco Urlaub macht, zum Essen. Manchmal vermisse ich die Familiensonntage mit meiner eigenen Familie. Mom kocht hervorragend, ein Grund, warum ich so dick wurde. Und es ist immer schön, bei ihnen zu sein und von ihrer kompromisslosen Liebe empfangen zu werden. Mom wäre von Autumn sicher auch begeistert.

»Was ist eigentlich mit deiner Schwester los, dass sie so schlecht von sich denkt? Was ist ihr passiert? Woher hat sie diese Narben?«, frage ich, nachdem ich das halbe Glas hinuntergestürzt habe.

»Sie hat sie dir gezeigt?« Gavin reißt schockiert die Augen auf, als hätte ich ihm gerade eröffnet, ich sei in Wirklichkeit ein Alien. »Heftig!« Eine Weile sagt er gar nichts, nippt nur immer wieder an seiner Coke. »Das solltest du sie besser selbst fragen. Aber Darren hat einen großen Teil dazu beigetragen, dass sie überhaupt kein Vertrauen mehr in uns Männer hat. Er hat sie verarscht, ständig betrogen, mit was weiß ich wie vielen Frauen. Sie hat ihn erwischt, während er gerade unter der anderen lag, glaub ich. In flagranti sozusagen. Keine Ahnung. So genau habe ich das Drama nicht mitbekommen. Lenny weiß da mehr. Er ist ihre Vertrauensperson.«

Das erklärt einiges. Vermutlich denkt sie, Darren hat sie betrogen, weil sie diese Narben hat und nicht schön genug für ihn war. Dabei ist er schlicht und einfach ein mieses, egoistisches, schwanzgesteuertes Arschloch. Man betrügt keine Frauen. Selbst wenn man sie nicht mehr liebt. Dann macht man vorher Schluss. Ich spiele immer mit offenen Karten. Wenn ich eine Frau nur fürs Bett will, sage ich das genauso, wie wenn ich ehrliches Interesse habe.

Gavin betrachtet mich und schüttelt den Kopf. »Du bist heute seltsam.« Er beißt von seinem Schinkensandwich ab. »Dich hat's echt erwischt, oder?«, fragt er mit vollem Mund. Ein Stück Schinken fällt heraus und landet auf seinem Teller. Mit den Fingern stopft er es zurück in den Mund.

Ich stoße nur die Luft aus, was ihm wohl als Antwort reicht, denn er nickt und legt seinen Essensrest auf den Teller. Und jetzt? Hält er mir einen Großer-Bruder-kleine-Schwester-Vortag? Muss ich bei ihm auch irgendwelche Tests bestehen? Einen Fragebogen ausfüllen? Ihm meine ehrlichen Absichten erläutern? Er kennt mich lange genug. Doch er schaut mich nur nachdenklich an, während er kaut. Er schluckt laut, leckt sich die Lippen mit der Zunge ab und zieht die Nase hoch.

»Verschrecke sie nur nicht. An sie ranzukommen, ist nicht leicht.« Ein Stück Salat hängt zwischen seinen Zähnen.

»Du hast da was«, sage ich und deute auf sein Gesicht.

Er popelt in seinem Mund herum, fischt das Grün heraus und schnippt es mit den Nägeln weg. Trotz des langen Trainings fühle ich mich ruhelos, würde am liebsten nach Hause rennen und anfangen, nach möglichen Namen zu recherchieren.

Wobei, warum nicht gleich hier auf dem Smartphone? Gavin tippt gerade ohnehin selbst auf seinem herum und grinst dämlich. Wahrscheinlich irgendeine Eroberung von ihm.

Hippienamen gebe ich in das Suchfenster ein, und sofort öffnen sich mehrere Millionen Ergebnisse. Die meisten Seiten sind Schrott und bringen mich keinen Schritt weiter. Nur kurz hebe ich die Hand, als Gavin sich verabschiedet und fange an zu lesen. Furchtbare Namen sind darunter.

Was könnte zu Autumn passen?

Ich öffne die Nachrichten-App.

Autumn Flora India Daisy

Daisy? Im Ernst? Vielleicht noch Minnie Maus? Ich bin entsetzt!

Sie unterstreicht ihre Aussage mit einem wütenden Emoji und einem, das die Zunge rausstreckt.

So geht das eine Zeit lang hin und her, aber keiner meiner Vorschläge ist richtig.

Autumn Papaya Walnut Morgaine

Ich liebe Morgaine, »Nebel von Avalon« ist eines meiner Lieblingsbücher. Aber nein, auch falsch. Pech.

Ja, Pech. Fragt sich nur für wen. Für mich, weil ich nicht mit ihr ausgehen darf? Oder für sie, weil sie nicht in den Genuss meiner Gesellschaft kommt? Vielleicht spekuliert sie sogar darauf, dass ich genervt aufgebe. Das schreibe ich ihr auch.

Sie antwortet nicht. Sicher zehn Minuten verharre ich auf meinem Platz und starre auf das Display, als könnte ich allein durch Gedankenkraft eine Reaktion ihrerseits erzwingen. Doch nichts passiert.

Schließlich bezahle ich und verlasse das Café.

Zane lehnt am offenen Fenster, raucht und telefoniert. Als er mich hereinkommen sieht, nuschelt er etwas ins Telefon und steckt es hastig in die Hosentasche. Schämt er sich? Sonst ist es ihm völlig egal, wer zuhört. Bei sämtlichen seiner Tätigkeiten. Aber weil ich genug mit mir selbst beschäftigt bin, hake ich nicht weiter nach.

Rose kommt aus Ethans Zimmer gestürmt und springt bellend an meinen Beinen hoch.

»Hast du ihr schon was zu essen gegeben?«, frage ich Zane.

Der schüttelt den Kopf. »Nö. Ist ja nicht mein Job.«

Doch, ist es schon, wenn Ethan oder Claire nicht da sind. Also klopfe ich auf meinen Oberschenkel und laufe voraus in die Küche. Rose folgt mir hechelnd. Sobald ich ihr das Futter hingestellt habe, fängt sie an, es laut schmatzend in sich hineinzusaugen. In ihren Essgewohnheiten hat sie sich ganz der Männer-WG angepasst.

Als solche besitzen wir natürlich auch mehrere Spielekonsolen. Momentan ist mir nach dem guten, alten Super Mario Cart. Ich lege also das Spiel ein und frage Zane, ob er Lust auf einen Battle hat.

Zwei Stunden später habe ich Kopfweh, bin frustriert, weil mich Zane haushoch geschlagen hat, und muss dringend aufs Klo.

Autumn hat sich immer noch nicht gemeldet.

Autumn

Cole gibt einfach nicht auf. Ich weiß nicht, wie ich das finden soll. Fünf Tage sind mittlerweile vergangen, seit ich ihm die Aufgabe gestellt habe, meine Namen herauszufinden. Seit ich in einem schwachen Moment zugelassen habe, ihm eine Chance zu geben. Jeden Tag schickt er mir Dutzende Vorschläge, aber nie ist das Richtige dabei. Wenigstens hat Gavin sein Versprechen gehalten, und Cole nichts verraten.

»Kann ich dein Auto ausleihen? Ich muss zu Doktor ElMasry, und mit den Öffentlichen bin ich stundenlang unterwegs«, frage ich Gavin, der mit nassen Haaren, frisch rasiert und nach zu viel Aftershave stinkend in seinem Zimmer steht. Um die Hüften hat er nur ein Handtuch geschlungen. Sein Zimmer ist wie immer ein einziges Chaos. Klamotten liegen herum, Teller mit halb gegessenen oder verschimmelten Essensresten stapeln sich, die Schranktüren stehen offen.

»Kannst du nicht anklopfen?«, blafft er mich an. »Was, wenn ich nackt gewesen wäre? Oder gerade masturbiert hätte?«

»Dann hätte ich nichts Neues gesehen. Hör auf zu motzen, Bruder! Kann ich jetzt dein Auto haben?«

»Sorry, Schwester, ich habe ein Date am anderen Ende der Stadt. Ich brauche den Wagen selbst. Kann Lenny dich nicht hinbringen und wieder abholen?« Er zieht ein kurzärmeliges Hemd aus der Kommode und schlüpft hinein. Dann löst er den Knoten seines Handtuchs und lässt es einfach herunterrutschen. Und wieder einmal werde ich mit dem nackten Hintern meines Bruders konfrontiert.

»Nein, er ist auf einem Hunde-Kongress in Portland. Er kommt erst heute Abend zurück«, sage ich zu Gavins breitem Rücken.

Mist, wenn ich nicht bald eine Lösung finde, komme ich zu spät. Und dann muss ich wieder monatelang auf einen neuen Termin warten.

Er dreht sich zu mir – unten herum immer noch nackt – und hebt in einer entschuldigenden Geste die Hände. »Sorry! Kann dir leider nicht helfen.«

Es tut ihm gar nicht leid. Sein Date ist ihm mal wieder wichtiger als seine Schwester. Typisch. Gerade als ich dachte, wir würden uns ein wenig näher kommen, lässt er mich wie gewohnt hängen. Schnell schlüpft er in seine restlichen Klamotten, holt eine Handvoll Kondome aus der Schublade und steckt sie in die Hosentasche. Und dann ist er weg zu einem wesentlich erfreulicheren Termin als ich.

Bleibt nur eine Möglichkeit.

Nur wenige Minuten später klingelt es.

»Fahrdienst Cole Matthews, zu Diensten Mam«, begrüßt mich Cole in aufgesetztem British English. Er grinst breit und hat tatsächlich eine Chauffeurskluft an. Sie ist viel zu eng, spannt sich um seine Muskeln, die obersten Knöpfe sind offen, sodass man seine breite Brust und die feinen Haare darauf erkennen kann. Einen Moment habe ich die Vision, dass er heimlich als Stripper arbeitet und nun einen Hausbesuch bei mir macht und sich gleich die Uniform vom Leib reißen wird. »Steht mir gut, oder?«

Erst da merke ich, dass ich ihn zu offensichtlich anstarre, und senke beschämt den Kopf. Ich räuspere mich und zucke betont unbeteiligt die Schultern. »Geht so.«

»Sie gehört eigentlich Zane, der steht auf so alberne Rollenspiele. Deswegen passt sie nicht richtig. Ein bisschen eng im Schritt.« Nicht nur da. »Aber ich dachte mir, bei so einem Anlass …« Er deutet mit den Handflächen auf sich und mich. Welchen Anlass meint er? Dass er mich zum Arzt bringen darf? Er hört sich an, als wäre es eine Ehre, mich herumzukutschieren. Dabei habe ich ihn nur angerufen, weil niemand anders greifbar war. Leichtgefallen ist mir das beileibe nicht. Ich hoffe, er interpretiert nicht zu viel hinein.

Die Fahrt in seinem uralten Auto verläuft von meiner Seite aus weitgehend schweigend. Cole redet dagegen die ganze Zeit. Von seinem deutschen Opa Ernst, der ihm die Rostlaube, in der wir sitzen, vererbt hat. Wie stolz er darauf ist, dass der Golf immer noch nicht auseinanderfällt, trotz Baujahr 1983. Von deutscher Wertarbeit. Dass er gerne daran herumschraubt. Von hundertzwölf PS und wie viel besser – und vor allem cooler – es doch sei, mit richtiger Gangschaltung zu fahren. Er hat sichtlich Freude an seinem Auto. Schön für ihn. Wenn ich hätte raten müssen, was er wohl fährt, hätte ich eher an einen Angeber-Pickup oder einen SUV gedacht. So kann man sich täuschen.

Sein Kopf stößt in dem kleinen Wagen beinahe an die Decke und obwohl der Sitz nach ganz hinten geschoben ist, sieht es für Cole sehr unbequem und eingequetscht aus. Nicht einmal ein CD-Laufwerk gibt es. Er wollte alles im Originalzustand belassen, erklärt mir Cole, als ich unbeholfen am Kassettendeck herumfummle. Er drückt einen Knopf, und nach einem kurzen Rauschen fängt eine hohe, quäkende Stimme zu singen an. Hört sich nach einem Kinderlied an, aber die Sprache erkenne ich nicht. Deutsch vielleicht? Ich hatte in der Schule Spanisch und Französisch, nicht wie Lennon und Ocean Deutsch.

Cole kramt mit einer Hand im Handschuhfach herum. Dabei berührt er – zufällig? – meinen Oberschenkel. Ich zucke zusammen, was er aber nicht zu bemerken scheint. Auf der Hülle, die er mir reicht, ist ein gezeichneter kleiner Kerl mit wirren roten Haaren, grüner Hose und gelbem Shirt. Noch nie gesehen.

»Das ist eine alte deutsche Kinderserie aus den Siebzigern. *Meister Eder und sein Pumuckl* heißt die. Pumuckl ist ein kleiner Kobold und kommt durch einen Unfall zu einem Schreinermeister, weil er sich zwar normalerweise unsichtbar machen kann, aber wenn er wo kleben bleibt, wird er sichtbar. Und wenn ihn wer sieht, muss er bei demjenigen bleiben. Habe ich als Kind alle von Opa Ernst bekommen, ich kann sie fast auswendig. Ich höre mir das gern an, um meine Deutschkenntnisse aufzufrischen. Und einfach so, weil's Spaß macht. Der Typ ist super!« Wieder plappert er ohne Punkt und Komma. Ist er nervös? Sich unsichtbar machen wie dieser Pumuckl-Typ wäre praktisch. Nur leider kann ich das nicht. Nicht so, wie ich es gern hätte ... »Willst du wissen, um was es in dieser Folge geht?«

Er blickt mich erwartungsvoll und mit leuchtenden Augen an. Seine Fröhlichkeit und Begeisterung stecken an, und unwillkürlich muss ich lächeln. »Ja, gerne. Ich kann leider kein Deutsch.«

Er winkt ab. »Macht doch nichts. Ich kann's dir beibringen. Ist gar nicht so schwer, wie alle immer behaupten.«

Er sagt einen Satz, und natürlich verstehe ich kein Wort. Seine Stimme klingt ungewohnt weich.

»Was heißt das?«, frage ich. »Klingt schön.«

Er wird rot und schaut angestrengt auf die Straße. »Nichts Wichtiges«, murmelt er und schluckt. »Also, in dieser Folge bringt der Meister Eder, das ist der alte Mann, bei dem Pumuckl wohnt, Zwetschgen mit. Und er sagt noch zu Pumuckl, iss nicht so viele und trink dann auf keinen Fall Wasser, weil du sonst schlimmes Bauchweh bekommst. Und natürlich hört Pumuckl nicht auf ihn ...«

Während Cole mir die Geschichte erzählt, betrachte ich ihn unauffällig. Wenn er spricht, bilden sich auf beiden Seiten seines Mundes Grübchen, beim Schalten spannen sich die Muskeln an seinen kräftigen Unterarmen an, sein einer Oberschenkel zuckt unruhig. Der linke Ellbogen hängt lässig aus dem geöffneten Fenster. Es ist seltsam beruhigend, wenn er spricht. Nicht wegen seiner tiefen Stimme, zumindest nicht nur, denn die ist zugegeben wirklich schön und männlich und so, dass man ihm gern zuhört. Sondern wegen der Art, wie er spricht. Als ruhte er trotz seiner Hibbeligkeit und Lebendigkeit in sich selbst. In diesem riesigen, oft albernen Kind scheint ein zufriedener, ausgeglichener Mensch zu wohnen. Er strahlt eine Vertrauenswürdigkeit aus, die ich von Männern nicht gewohnt bin.

Außerdem bin ich froh, dass wir gleich da sind und dass die Fenster wegen der fehlenden Klimaanlage offen sind, denn sein Testosteron benebelt mich. In Büchern habe ich das oft gelesen, dass Testosteron wahrnehmbar ist und dass man davon verwirrt wird. Geglaubt habe ich das nie. Ich habe das immer als literarische Übertreibung betrachtet. Nun sitze ich hier gefangen in einem rostigen Kasten von anno dazumal und entkomme seinen Ausdünstungen nicht.

Beim Aussteigen hält er mir die Tür auf, verbeugt sich leicht und lüpft seine Kappe. »Mam mit den drei unbekannten Namen, darf ich Sie zu Ihrem heutigen Bestimmungsort begleiten?«

Langsam macht es mir sogar ein wenig Spaß, mit ihm zu schäkern. »Ich bitte darum«, antworte ich vornehm und mache einen leichten Knicks. »Vielen Dank, Charles!«

»Ich geb dir gleich Charles«, brummelt Cole, lacht aber und patscht mir zur Strafe auf den Po. Vor Schreck kreische ich. Ein Rentner-Ehepaar bleibt stehen und schaut zu uns herüber.

»So verliebt waren wir auch mal«, höre ich die Frau seufzend sagen.

Wir sind nicht verliebt, will ich widersprechen, aber die beiden sind schon außer Reichweite.

»Boah, mir ist echt heiß in dem Ding.« Cole nimmt die Kappe vom Kopf und wirft sie auf den Rücksitz. Das Jackett und die Krawatte folgen. Zum Vorschein kommt ein gut gebauter junger Mann in einem engen blauen T-Shirt. Seine Arme sind tätowiert, was ihn verwegen wirken lässt. Doch er trägt seine Tattoos mit einer Selbstverständlichkeit, als wäre er mit ihnen geboren worden. Nicht auf Poser-Art wie so viele. Die letzten Male, als wir uns begegnet sind, hatte er immer etwas mit langen Ärmeln an, deswegen sind mir die Tattoos bisher nicht aufgefallen. Ich liebe Tattoos, auch wenn mir bewusst ist, dass gerade die Bad Boys oft die sind, die uns Frauen betrügen und verarschen. Darren hatte auch Tattoos. Allerdings nicht so schöne wie Cole. Und er hatte nicht so definierte Muskeln.

Cole fängt an, mir zu gefallen. Das ist überhaupt nicht gut. Krampfhaft versuche ich, nicht auf seine sexy Arme zu starren, sondern stattdessen daran zu denken, dass mir eine unangenehme Untersuchung bevorsteht.

Wie selbstverständlich legt mir mein Fahrer leicht die Hand auf den Rücken und führt mich zur Eingangstür der Privatklinik. Es prickelt, wo er mich berührt.

»Oh, hallo, Miss Green, schön, dass Sie schon da sind. Sie können gleich zum Doktor durchgehen«, werde ich in der Praxis begrüßt. Ich unterschreibe den Aufnahmebogen und will der Schwester folgen. Cole lungert unschlüssig am Tresen herum, die Hände in den Hosentaschen. »Na kommen Sie schon! Ihre Freundin braucht Unterstützung«, ruft die schrecklich fröhliche Krankenschwester und winkt Cole zu sich. Die zweite innerhalb kurzer Zeit, die davon ausgeht, dass Cole und ich ein Paar sind. Ungewohnt unsicher sieht er zu mir, aber bevor ich etwas sagen kann, hat die Schwester ihn schon in meine Richtung geschoben. »Ziehen Sie sich bitte schon um, bis der Doktor kommt«, sagt sie im Behandlungszimmer und reicht mir eines dieser hinten offenen OP-Hemden. Dann tänzelt sie hinaus.

»Soll ich lieber rausgehen?«, fragt Cole leise und wendet sich zur Tür. Soll er? Vernünftiger wäre es.

Die Schwester kehrt zurück. »Husch, husch, Kinderchen, umziehen! Junger Mann, Sie helfen Ihrer Freundin, Doktor ElMasry wird gleich da sein.« Sie drängt uns hinter eine Faltwand und wartet mit verschränkten Armen davor. »Los, los!«, treibt sie uns an. Ich mache eine Drehbewegung mit der Hand, um Cole zu zeigen, dass er wegschauen soll.

»Schade«, flüstert er grinsend, befolgt aber brav meine Anweisung und wendet sich ab. Zusammen treten wir hinter dem Paravent hervor, wobei ich darauf achte, das hinten offene Hemd zuzuhalten, um Cole nicht meinen nackten Hintern zu präsentieren. Ich setze mich auf den Behandlungstisch, meine Füße baumeln, mir ist kalt. Cole steht einen Meter entfernt und fühlt sich sichtlich unwohl. Er wollte mir doch unbedingt näherkommen, jetzt hat er ausgiebig Gelegenheit dazu, mich und meine finstere Wahrheit kennenzulernen. Bis jetzt war das allen zu viel. Er wird da nicht anders sein. Vielleicht bin ich ihn danach endlich los. Aber ich bin mir nicht sicher, ob ich das überhaupt noch will.

Die Schwester, die sich mittlerweile als Berta vorgestellt hat, kommt mit einem Tablett, auf dem die Utensilien zum Blutabnehmen liegen. »Na los, Händchen halten.«

Sie lächelt Cole ermutigend an. Kurz sieht er mich an, aber weil ich nicht widerspreche, packt er entschlossen meine Hand und drückt sie, während Berta mir eine Schlinge um den Oberarm legt und unsanft eine Nadel in die Ellenbeuge rammt. Ich hasse Blutabnehmen, obwohl ich es mittlerweile nach unzähligen Untersuchungen und OPs gewöhnt sein sollte. Trotzdem tut es schlichtweg weh. Noch dazu ist Schwester Berta keine vorsichtige Person. Ihre Vorgängerin war mir lieber. Tränen treten in meine Augenwinkel. Cole beugt sich vor und küsst mich dafür umso sanfter auf die Haare, vermutlich, um mich zu trösten. Erstaunlicherweise wirkt es. Röhrchen um Röhrchen füllt Schwester Berta mit meinem Blut, als wollte sie damit alle Vampire San Franciscos versorgen. Ich lehne mich an Cole, er legt seinen freien Arm und mich und hält mich, gibt mir stumm die Unterstützung, die ich momentan brauche. Auf einmal bin ich froh, dass ich ihn nicht fortgeschickt habe.

Doktor ElMasry begrüßt mich freundlich, plaudert ein wenig mit mir, damit ich mich entspannen kann und bittet mich dann, meinen Kittel auszuziehen. Zuerst zögere ich, schließlich steht Cole immer noch neben mir. Aber was soll's! Er hat schon mehr nackte Frauen in seinem Leben gesehen. Mich auch, fällt mir ein, wenn auch nicht komplett.

Nachdem meine letzte Schutzhülle weg ist, versucht Cole sichtlich, mich nicht zu deutlich anzustarren, trotzdem wandert sein Blick immer wieder zu meinem halb nackten Körper. Vielleicht werden seine Augen ja auch nur von meinen Brüsten angezogen, Männer sind ja grundsätzlich busenfixiert. Und da meine relativ groß sind, ist es objektiv betrachtet wirklich schwer, sie zu ignorieren.

Der Arzt schlüpft in Gummihandschuhe und fährt vorsichtig über meine lädierte Haut. Ein wenig beobachtet komme ich mir schon vor, denn Cole verfolgt mit sichtlichem Interesse alle von ElMasrys Bewegungen und Untersuchungen. Der bittet mich gerade, meinen Arm so weit wie möglich zu heben, um die Beweglichkeit zu testen.

Er macht ein Geräusch, das wohl Zufriedenheit ausdrücken soll. »Sie machen weiterhin täglich Ihre Übungen?« Ich bejahe, und er nickt. »Auf jeden Fall dranbleiben, Sie wollen doch nicht mit dreißig schon so eingeschränkt sein wie eine Neunzigjährige, oder?« Nein, will ich nicht. Wenn ich mich nicht täglich dehne und bewege, verkürzt sich das Narbengewebe, und ich kann meinen Arm nicht einmal mehr zum Haarekämmen benutzen. Vor ein paar Jahren, als ich in einer besonders schlimmen Selbstmitleidsphase steckte, vernachlässigte ich wochenlang meine Übungen, was zur Folge hatte, dass ich mich nur noch unter Schmerzen anziehen und waschen konnte. Es dauerte lange, bis die alte Beweglichkeit wiederhergestellt war. Das tue ich mir nicht noch einmal an, so sehr ich meinen Körper auch hasse. Sprich, ich mache meine Übungen nicht aus Liebe zu mir selbst, sondern aus schlichter Notwendigkeit. So wie man sich die Nägel schneiden muss. Oder in die Schule gehen. »Und cremen Sie auch immer noch regelmäßig?«

»Natürlich, jeden Tag zweimal, morgens und abends.«

Er wackelt mit dem Kopf. »Die Haut am Rücken ist ein wenig in Mitleidenschaft gezogen.«

Logisch, ich habe ja keine Affenarme, an alle Stellen komme ich beim besten Willen nicht alleine heran. Und ich habe wirklich keine Lust, immer jemanden aus meiner Familie zu bitten, mich dort einzucremen.

Mit einer Handbewegung gibt er Schwester Berta zu verstehen, dass sie ihm etwas bringen soll. Sofort wuselt sie los und kehrt kurz darauf mit einer kleinen Dose zurück.

»Eine neue Salbe, die erst seit wenigen Wochen auf dem Markt ist«, erklärt er mir. »Hält die Haut geschmeidig und versorgt sie mit noch mehr Nährstoffen als Ihre alte. Sie ist recht ergiebig, reicht also lange. Probieren Sie sie mal aus, während ich den Status dokumentiere. Dann haben Sie das Cremen für heute schon erledigt, und ich kann sehen, ob Sie das Mittel gut vertragen. Ihr Freund hilft Ihnen sicher gern an den schwierigen Stellen.« Er zwinkert Cole zu und bewegt beide Hände in entgegengesetzten Kreisen. »Vorsichtig kreisförmig einmassieren.«

Er dreht sich zum Schreibtisch und tippt etwas in den Computer. Cole steht steif neben mir und sieht mir dabei zu, wie ich die neue Salbe auftrage. Ich bemühe mich wirklich, aber meine Arme sind einfach nicht lang genug, um auch an den Rücken zu kommen. Also gebe ich mich geschlagen und halte ihm das Döschen hin. Kurz zögert er, dann greift er hinein und holt ein wenig Creme heraus. Zart berührt er meinen Rücken, bewegt seine Hand langsam hin und her, als wischte er einen Tisch ab. Mit der Zeit wird er mutiger und übt mehr Druck aus. Seine Hände sind stark und warm, es tut gut, ihn zu spüren. Genau die richtige Mischung zwischen fest und weich. Beinahe zärtlich massiert er die Creme ein, und unwillkürlich frage ich mich, ob er sich auch beim Sex so viel Zeit lassen würde. Ich bin mir sicher, dass die Salbe schon längst verteilt und eingezogen ist, aber immer noch verweilen seine Finger auf meinem Rücken und streicheln mich, als wollte er jeden Zentimeter meiner Haut erkunden.

Es ist ewig her, dass mich jemand auf diese Weise angefasst hat. Plötzlich wird mir klar, wie sehr ich das vermisst habe. Nicht den bloßen Sex oder die Orgasmen, dafür gibt es diverse Hilfsmittel. Sondern die Hände eines Mannes zu spüren. Mein Körper fängt an zu kribbeln. Ich muss meine Arme vor meiner Brust verschränken, damit Cole nicht bemerkt, dass meine Brustwarzen hart werden. Sein warmer Atem streift meinen Nacken, sein Rücken berührt meinen. Ich höre, wie er schluckt und etwas auf Deutsch vor sich hin murmelt.

»Hach, muss Liebe schön sein«, haucht Schwester Berta und legt ihre Handflächen auf ihre Wangen, als wollte sie ein Emoji für »entzückt« darstellen. »Wie Ihr Freund Sie ansieht ...« Sie seufzt laut.

Aha! Wie sieht er mich denn an?

»Ich glaube, das reicht mit Eincremen«, sage ich. Meine Stimme ist seltsam rau, und ich muss mich räuspern. Cole nimmt die Hände von mir, hüstelt auch und wischt sich seine Handflächen an den Seiten seiner Hose ab. Schnell schlüpfe ich wieder in den schützenden Kittel, allerdings verkehrt herum, sodass die geschlossene Seite meinen Rücken bedeckt. Vorne halte ich mit beiden Händen zu.

Noch einmal begutachtet ElMasry alle behandelten Stellen. Er fährt mit seinem Bürostuhl nach hinten und klopft sich auf die Oberschenkel. »Ich bin allgemein zufrieden mit dem Ist-Zustand. Dann sehen wir uns in einem halben Jahr wieder.« Er hebt seinen Finger und bewegt ihn hin und her. »Aber immer schön eincremen.« Dann wendet er sich an Cole. »Ich baue darauf, dass Sie sie erinnern und sie tatkräftig unterstützen.« Er hebt fragend die Augenbrauen.

Wie Cole reagiert, kann ich nicht erkennen, weil er immer noch hinter mir steht. Aber ich kann seine Hände und den Druck der Finger auf meinen Schultern spüren. Bei ElMasrys Worten verkrampft er sich für einen Augenblick.

Der Doktor verabschiedet sich und eilt aus dem Behandlungszimmer. Schwester Berta räumt die Utensilien weg, während ich mich hinter dem Paravent wieder anziehe.

»Jetzt können Sie Ihre Freundin noch zum Essen ausführen«, höre ich sie sagen. »Gleich hier um die Ecke ist eine wunderbare kleine Pizzeria. Romantisch und lecker. Nur zu empfehlen.«

»Mal sehen«, antwortet Cole. Er klingt unsicher.

Werde ich Ja sagen, wenn er mich fragt, ob ich ihn zum Essen begleite?

Ich trete hinter dem Sichtschutz hervor. »Können wir?«

Cole nickt und streckt mir seine Hand hin, lässt sie dann aber wieder sinken, und wir verlassen in züchtigem Abstand die Praxis.

Im Auto sitzen wir stumm nebeneinander, anscheinend hat keiner von uns beiden das Bedürfnis, darüber zu sprechen, dass uns eine Liebesbeziehung angedichtet wurde.

»Hast du Hunger?«, fragt er in die Stille.

Hunger schon, aber nur weil er mich zum Arzt gefahren und seine Hände auf meine nackte Haut gelegt hat, mich berührt hat, als wären wir tatsächlich Liebende, werde ich nicht sofort alle meine Vorsätze wegwerfen.

»Cole …«, druckse ich herum.

Er schnauft und steckt den Schlüssel ins Zündschloss. »Schon verstanden. Erst Date, wenn alle Namen und so.«

Beinahe tut er mir leid. Zwar zeigt er mir, je länger wir miteinander zu tun haben, Seiten an sich, von denen ich noch vor ein paar Tagen nicht im Traum gedacht hätte, dass ein Kerl wie er auch nur ansatzweise so sein kann. Trotzdem, Sportler bleibt Sportler, Mann bleibt Mann, Player bleibt Player, Betrüger bleibt Betrüger.

Während der Heimfahrt schweigen diesmal auch er und Pumuckl. Es ist kein angenehmes Schweigen, und ich bin heilfroh, als wir endlich ankommen.

»Mach's gut, Autumn«, sagt er leise. Diesmal hält er mir nicht die Tür auf, er wirkt kraftlos, als wäre alle Spannung aus seinem massigen, sonst so aktiven Körper gewichen.

Ich bin versucht, etwas zu sagen, verzichte aber dann darauf und steige mit unerwartet schlechtem Gewissen aus.

Von drinnen kann ich durchs Fenster erkennen, dass er immer noch im Auto sitzt und auf unser Haus starrt. Aus der Ferne sehen wir uns an, warten darauf, dass sich der jeweils andere bewegt. Irgendwann startet er den Motor, wendet und rast mit quietschenden Reifen davon.

Aus einem spontanen Impuls heraus, hole ich mein Smartphone aus der Handtasche und schreibe ihm eine Nachricht.

Das Haus ist wie so oft still und leer. Immer noch fühle ich Coles Hände auf meiner Haut, überall, wo er mich berührt hat, prickelt es. Sogar zwischen meinen Beinen, obwohl er von dort weit entfernt war. Er hat mich nur eingecremt, wie Ocean oder Lennon oder Mom es schon eine Million Mal getan haben. Völlig harmlos.

Ich will nicht an ihn denken. Sicher habe ich nur deshalb dieses Gefühl, weil er mich daran erinnert hat, wie lange ich schon keinen Sex mehr hatte. Auch nicht mit mir allein. In Tibet hatte ich selten Gelegenheit dazu, obwohl natürlich auch ich Bedürfnisse habe. Ich bin ja nicht asexuell. Aber da ich mir das Zimmer mit drei anderen Mädchen geteilt habe, war Privatsphäre rar.

Jetzt allerdings bin ich ganz allein.

Ich wechsle in mein Zimmer, lege mich unter meine Decke und schnüffle daran. Coles Geruch hängt noch daran, aber vielleicht bilde ich mir das auch nur ein. Plötzlich ungeduldig, schlüpfe ich aus Hose und Slip, meine Finger wandern zwischen meine Schenkel. Seit Monaten habe ich das nicht mehr getan. Auch wenn ich keine Beziehung will, ist es nicht verboten zu fantasieren. Männer schauen Pornos, ich visualisiere mir eben einen muskulösen Körper. Dass der Coles Gesicht trägt, ist reiner Zufall. Ich tue also nichts anderes als Millionen andere Menschen auch. Warum muss ich mir überhaupt Rechtfertigungen dafür zusammenspinnen, wie ich masturbiere?

Langsam beginne ich, meine Klitoris zu streicheln. Erst sanft, dann immer stärker. Das Kribbeln verstärkt sich, und ich schiebe einen Finger in mich hinein, massiere mich von innen, bewege mein Becken meiner Hand entgegen. Gleich bin ich so weit. Meine Bewegungen werden schneller, hektischer, mit der anderen Hand umfasse ich meine Brust und ziehe an meinem Nippel, während ich mir vorstelle, dass Coles weiche Lippen auf meinen liegen, seine Finger mich stimulieren und mich zum Beben bringen. Mein Orgasmus entlädt sich explosionsartig, meine Beine zucken, während Welle um Welle meinen Körper erschüttert und ich mich dabei ertappe, wie ich Coles Namen stammle.

Danach fühle ich mich ausgelaugt, traurig und bin unfassbar sauer auf mich selbst, dass ich mich dazu habe hinreißen lassen, auf diese Weise an Cole zu denken. Energisch strample ich die Decke herunter, ziehe mich wieder vollständig an und flüchte aus meinem Zimmer und meinem Leben.

Cole

Erst als ich zu Hause bin, registriere ich, dass ich eine Nachricht von Autumn erhalten habe. Mein Herz macht einen Satz. Hoffentlich steht nicht drin, dass sie mich nie mehr sehen möchte. Doch das genaue Gegenteil ist der Fall.

> Vielen Dank für heute, fürs Fahren und die moralische Unterstützung. Dafür hast du dir einen Hinweis verdient:
> »Aus mir sind Gläser gemacht, mit einem zusätzlichen Wort werde ich zur Droge.«

Sie ist tatsächlich eine Droge, denn schon jetzt bin ich süchtig nach ihr. Aber das meinte sie sicher nicht. Gläser sind aus Glas hergestellt. Logisch. Allerdings kenne ich keine Droge, die etwas mit Glas zu tun hat. Ohnehin bin ich in Drogenkunde nicht so bewandert. Außer durch Kiffen habe ich noch nichts konsumiert, und das hat mich auch weiter nicht interessiert. Der Coach greift bei Drogenkonsum hart durch, und ich will mein Stipendium nicht verlieren.

Ich brauche meine Freunde, die wissen da besser Bescheid. Zane, weil er gern mal das eine oder andere ausprobiert, Ethan, weil er nicht nur Philosophie, sondern auch Biologie studiert und auf den Festivals, auf denen er als Kind rumhing, mit vielen Drogen in Kontakt gekommen ist.

Gerade als ich sie anrufen und fragen will, wo sie stecken, kommen sie herein. Beide sind verschwitzt und tragen Laufklamotten, Ethan zusätzlich noch seine obligatorischen Riesenkopfhörer. Während Zane kaum atmen kann, wirkt Ethan nicht sehr angestrengt. Kein Wunder, der Typ rennt auch fast jeden Tag meilenweit und ist dementsprechend trainiert. Besser noch als ich. Nach einer knappen Begrüßung verzieht sich Ethan ins Bad. Zane dagegen plumpst japsend aufs Sofa und legt seine Füße auf dem Wohnzimmertisch ab. Aus seiner Hosentasche holt er eine Packung Zigaretten.

»Sorry, Mann! Ich weiß, nicht rauchen in der Wohnung, aber ich bin viel zu schwach, um zum Balkon zu laufen.«

»Passt schon«, brumme ich, öffne aber vorsorglich das Fenster, damit der Gestank wenigstens abzieht. Zane zündet sich eine Kippe an, inhaliert tief und macht mit geschlossenen Augen ein genießerisches Geräusch. Weil er mir direkt ins Gesicht raucht, ziehe ich in den Sessel um.

»E-Mann spinnt komplett. Ich dachte, seit er Claire hat, ist er ausgeglichener und muss nicht mehr wie ein Irrer zum Energieabbau rennen. Aber nö, keine Chance.« Er sinkt noch tiefer in die Couch, gleich verschwindet er zwischen den Kissen.

»Du Pussy bist einfach nicht fit«, antworte ich schulterzuckend. »Weniger rauchen und mehr schlafen würden schon helfen.«

Er zuckt die Schultern. »Ist eben nicht jeder so ein Fitness-Hulk wie du, mein Bester. Außerdem bin ich jetzt jung, der Ernst des Lebens winkt früh genug.« Er stößt lange die Luft aus. Über die Zukunft redet Zane nicht gern. Würde ich auch nicht, wenn ich in absehbarer Zeit in solchen Verpflichtungen wie er stecken würde. Reich sein, schön und gut, aber wenn man sich dafür versklaven lassen muss, bin ich lieber arm. »Also, was soll's! Schlafen kann ich später noch genug.« Er zeigt auf mich. »Und überhaupt: Du musst gerade reden. Weil du ja so ein sittsames, geregeltes Vorzeige-Spießerleben führst.«

Er pfriemelt sein Handy aus der Hosentasche und wischt mit der kippenfreien Hand auf dem Display herum. Nach kurzem Warten meldet er sich mit Namen und bestellt etwas bei unserem Lieblingsgriechen. Fleisch ist genau das, was ich jetzt brauche. Ich liebe ihn.

»Von sittsam habe ich nie gesprochen.« Ich grinse und fahre mit den Händen vom Hals abwärts und wieder hinauf. »Dieser Körper braucht Aufgaben. Als guter Sportler muss ich *jeden* Muskel trainieren.« Ich greife mir in den Schritt, um zu verdeutlichen, was ich meine. Zane hebt gackernd die Hand für ein High five, ich schlage ein und denke dabei daran, ob ich wohl jemals mit Autumn diese Körperregion trainieren werde.

»Das ist überhaupt das beste Training. Der einzige Sport, in dem ich euch allen überlegen bin. Willst du meinen durchtrainierten Muskel mal sehen?« Er zupft an seiner Jogginghose herum, als wollte er mir tatsächlich seinen Schwanz zeigen. Wäre nicht das erste Mal.

»Schon wieder Schwanzvergleich?«, motzt Ethan, der sich geduscht und umgezogen zu uns gesellt. »Werdet erwachsen, Jungs.« Er verdreht die Augen. Verdammte Spaßbremse. Wie hält Claire das Genöle nur aus?

»Ich wollte Cole nur meinen besttrainiertesten Muskel zeigen«, sagt Zane kichernd und kratzt sich an selbigem.

»Der Penis ist kein Muskel, sondern ein Schwellkörper, und damit auch nicht trainierbar wie ein Bizeps zum Beispiel. Nicht umsonst gibt es Mittel wie Viagra«, belehrt uns Ethan.

»Spielverderber«, sagen Zane und ich synchron, sehen uns an und lachen gleichzeitig lauthals los.

»Wo ist überhaupt Rose?«, frage ich, und auch Zane sieht sich um, als wäre es ihm noch gar nicht aufgefallen, dass jemand fehlt.

»Bei Claire. Sie wollte mit ihr und Ellen einen Stadtbummel machen.«

Im Ernst? Ein Hund soll shoppen gehen? Hoffentlich geht Rose nicht im Getümmel verloren.

»Bekommt sie dann auch kleine High Heels? Und einen Mini-BH? Oder Strapse?« Zane lacht, Ethan schnauft wieder mal genervt. Alles wie immer.

»Stehst du neuerdings nicht mehr auf Frauen?«, ärgere ich meinen Mitbewohner.

Zane zuckt zurück, als hätte ich ihn geschlagen. »Was? Wieso?«

Hä? Was soll diese heftige Reaktion?

»Wenn du dir schon Hunde in Unterwäsche vorstellst, meint er«, erklärt Ethan und lacht jetzt auch.

»Ihr spinnt doch!«, brummt Zane und drückt heftig seine Zigarette auf dem Teller in dem Pizzarest von gestern aus. Was ist denn auf einmal los mit ihm?

»Jetzt mal im Ernst, Jungs ...«, beginne ich, und Zane prustet erneut los. Der hat aber heute heftige Stimmungsschwankungen. Ist er neuerdings schwanger?

»Was ist denn mit dir los? Woher kennst du das Wort ›ernst‹? Bist du der echte Cole?« Zane beugt sich zu mir hinüber und befummelt mich, kneift in meine Arme und Beine und knetet mein Gesicht. Ich schlage seine Hand weg, er lacht weiter als wäre er der witzigste Typ des Planeten.

»Lass ihn doch mal ausreden. Offensichtlich liegt ihm etwas auf dem Herzen.« Danke, Ethan! Wenn es um ernste Themen geht, kann ich mich auf ihn verlassen.

»Auf dem Herzen oder auf den Eiern?« Zane klopft sich auf die Schenkel. Haha! Trotzdem grinse ich unwillkürlich. Vermutlich hätte ich an seiner Stelle genauso reagiert. Zane und ich sind schließlich als unverbesserliche Kindsköpfe verschrien.

»Schieß los, Cole«, fordert mich Ethan auf und lächelt ermunternd.

»Was kennt ihr für Drogen?«, frage ich freiheraus.

Beide schauen mich verwirrt an.

Zane fängt sich zuerst. »Ich dachte, du willst wegen dem Coach und deinem anbetungswürdigen Prachtkörper keine Drogen nehmen?« Er stockt, dann reißt er Augen und Mund auf. »Kriegst du etwa keinen mehr hoch?« Er glotzt mir ungeniert zwischen die Beine. Ist ja klar, dass Zane nur an so etwas denkt.

»Überleg dir das gut, Cole, die ganzen Nebenwirkungen und …«, ergänzt Ethan mit strengem Blick.

»Jetzt hört mal auf!«, brülle ich los, um sie zu stoppen. »Ich will doch gar keine nehmen.« Ich fixiere Zane. »Mit meinem Schwanz ist im Übrigen alles in bester Ordnung. Ich brauche das für was anderes.«

»Und was, bitte? Eine Hausarbeit?« Ethan wirkt verwirrt. Er ist der, der immer fleißig studiert, und sich vorgenommen hat, seinen Abschluss zwei Semester früher zu machen. Warum auch immer.

»Nein, meine Pädagogik-Arbeit ist schon längst fertig und liegt beim Prof. Da war das Thema übrigens Empathie. Würde euch beiden auch mal guttun.«

In den nächsten Minuten erzähle ich meinen beiden besten Freunden von Autumn, ihren Narben, meinem Tag heute, ihrer schier unlösbaren Rumpelstilzchen-Aufgabe und von meiner Vermutung, warum sie Männer so verabscheut.

Zane holt sich ein Wasser aus dem Kühlschrank und bringt jedem von uns eines mit. »Stimmt, ich habe von Darren und seiner Ex gehört. Autumn ist das also. Darren hat sich echt mies verhalten. Unglaublich. So behandelt man keine Frauen.« Diesbezüglich sind wir uns einig. Er dreht den Verschluss auf, trinkt die halbe Flasche in einem Zug leer und rülpst leise. »Was macht der Vollpfosten denn jetzt? Ist er mit der einen noch zusammen?«

Ich zucke die Schultern. Mir ist es schnurz, was mit Darren ist. Er hat Autumn tief verletzt, das ist das Einzige, was zählt. Und damit hat er bei mir für alle Zeiten verloren. »Keine Ahnung, ich weiß nur das, was Gavin mir erzählt hat.«

»Ich habe gar nichts mitbekommen«, wirft Ethan ein.

»Ja, weil du nur über deinen Büchern oder über Claire hängst.« Zane lacht dreckig, Ethan wird rot.

»Können wir mal bitte bei meinem Problem bleiben? Das Sexleben von Ethan ist mir momentan scheißegal.«

Zane hebt die Hände, und Ethan bedankt sich. Er redet nicht gern über sein Sexleben oder Gefühle. Ganz Nerd eben. Erstaunlich genug, dass er beides hat und kein Roboter ist.

»Willst du dir das wirklich antun? Klingt, als würde sie eine Menge Ballast mit sich herumtragen.« Ausnahmsweise ist auch Zane einmal ernst. »Nicht wegen den Narben, das ist egal, sie ist der Hammer, da kann ich dich voll verstehen. Nur so, wegen dem ganzen emotionalen Mist und so. Wer weiß, was sie alles erlebt hat, ob sie nicht irgendwie traumatisiert ist oder so.«

»Du meinst, weil jemand nicht locker flockig durchs Leben hüpft wie du – und normalerweise auch ich, ich weiß –, ist sie es nicht wert?«

»Nein, so mein ich das nicht, Bro«, wiegelt er ab. »Es ist nur, du und so und sie und so ...« Er fuchtelt wild herum wie ein Darsteller in einem Stummfilm, lässt die Hände dann schlaff in den Schoß fallen.

Wie kann ich ihm nur verständlich machen, dass es irrelevant ist, wie viel sie rumschleppt? Ich will ihr helfen, alles zu überstehen. Ich will sie, mit allem, was sie ausmacht. »Sie ist die Erste seit Jahren, die nicht nur meinem Schwanz gefällt«, sage ich leise.

Zane sieht mich mit gerunzelter Stirn an und reibt sich die Augenbrauen. Ethan lächelt. Er kann besser verstehen, wie es ist, verliebt zu sein, auch wenn er es sich lange Zeit nicht eingestanden hat. Ob Zane überhaupt schon jemals verliebt war?

»Okay, lass uns mal strategisch vorgehen.« Zane knetet seine Unterlippe und runzelt die Stirn. »Marihuana, Haschisch, Badesalz, Heroin, LSD ...«, setzt er an. Wenn es drauf ankommt, ist er eben doch immer uneingeschränkt für mich da.

»Kokain, Ecstasy, Psychopilze, Peyote-Kaktus, Opium, Crack, Meth ...«, ergänzt Ethan.

Hm, nichts passt. So heißt doch niemand. Außerdem ist nichts daran ein Stoff, aus dem Gläser hergestellt werden.

»Das bringt nichts. Ich muss das irgendwie anders rauskriegen.« Ich erhebe mich schwerfällig. »Trotzdem danke«, sage ich und latsche in mein Zimmer.

Auf dem Nachttisch steht noch ein Wasserglas, eines, das ebenfalls aus dem Nachlass meines deutschen Opas stammt. Meine Mutter war der Überzeugung, dass wir in unserer WG-Küche auch schöne Gläser brauchen – für Gäste – und hat sie mir deswegen aufs Auge gedrückt. Als wäre es unseren Gästen wichtig, aus welchen Gläsern sie sich betrinken. Ich finde die schweren, geschliffenen Teile unglaublich hässlich, aber sie sind durch ihre Wuchtigkeit auch unglaublich robust, was in einer Männer-WG echt nützlich ist. Gedankenverloren drehe ich es in meinen Händen.

Natürlich! Kristall. Crystal. Zusammen mit Meth ergibt es eine gefährliche Droge. Vor allem so passend. Durchscheinend und wertvoll, strahlend glitzernd, auf eine andere Art aber wahnsinnig schnell süchtig machend.

Autumn Crystal. Hört sich schön an. Überhaupt nicht affig oder albern. Kein Grund, sich dafür zu schämen. Begeisterung und Freude überrollen mich.

Mist, mein Handy ist noch im Wohnzimmer. Mit klopfendem Herzen stürme ich zurück zu meinen Mitbewohnern. Zane zuckt erschrocken zurück, als ich mich neben ihm auf die Couch werfe und mein Smartphone grapsche.

»Ich hab die Lösung!«

»Heureka«, zitiert Ethan gewohnt klugscheißermäßig auf Altgriechisch.

Halt doch dein Maul!

Ich schreibe nur ein Wort, schaffe es wegen meiner zitternden Finger und meines Herumzappelns kaum, die Tasten richtig zu treffen.

Crystal

Dann lehne ich mich erleichtert und befriedigt zurück, in der Gewissheit, dass ich ein Drittel des Weges erfolgreich zurückgelegt habe. Autumn Crystal, zwei von vier Namen. Im Football wäre das Halbzeit. Aber zum Sieg ist es noch ein langer Weg.

Autumn

Am Morgen blinkt mir mein Verderben in Leuchtbuchstaben entgegen.

Ich starre auf die Nachricht. *Crystal.* Mein Name.

Beziehungsweise einer davon. Er hat es tatsächlich herausgefunden. Warum habe ich mich zu diesem Hinweis hinreißen lassen? Warum habe ich zugelassen, dass er mich berührt? Nicht widersprochen, als alle dachten, er sei mein fester Freund? Warum hat er nicht widersprochen? Mit ihm ist alles so verwirrend. Ich will das nicht. Denn er sorgt dafür, dass meine Vorsätze sich lächerlich anhören. Unerfüllbar. Wie konnte ich nur denken, dass ich nie wieder von einem Mann angefasst werden will, wenn es sich *so* anfühlt? Allein seine eigentlich harmlose Berührung beim Eincremen meines Rückens ließ in mir den Wunsch nach mehr aufkommen. Viel mehr. Nicht mehr nur harmlose Dinge. Dabei bin ich immer noch davon überzeugt, dass er ein oberflächlicher Idiot ist, der mich nur fürs Bett will. Nur leider bleibt er standhaft nett und hilfsbereit und auf unerwartete Weise süß. Auch wenn er die Bezeichnung *süß* vermutlich niemals für sich selbst verwenden würde.

Ich brauche dringend einen kompetenten Rat, denn alleine komme ich hier offensichtlich nicht weiter. Und wer ist kompetenter in Sachen komplizierte Liebesgeschichten als mein Bruder? Der gute Bruder natürlich, nicht der andere.

Der Weg zu Lennons Praxis dauert zu Fuß beinahe eine Stunde. Trotzdem nehme ich nicht den Bus oder ein Taxi, das Laufen ist eine willkommene Ablenkung. Ich lasse mir Zeit, betrachte Menschen, die mit gestressten Mienen vorbeihetzen, Sonderangebote und neueste Mode in den Schaufenstern, ein Mädchen mit engelsgleichen blonden Locken, das in einem gepunkteten Kleidchen und grünen Gummistiefeln in ein Pfütze patscht und dabei so glücklich aussieht, dass es in meiner Brust sticht. Eine struppige Katze zieht eine dreckige Papiertüte hinter sich her, zwei Obdachlose kauern aneinandergelehnt an einer Hauswand und schlafen. Ich fühle mich fremd und isoliert.

Ein wenig erschöpft von dem langen Fußmarsch und immer noch kein Stück weiter in meinen Überlegungen, betrete ich Lennons Praxis. Das Wartezimmer ist wie immer voll. Obwohl er noch nicht lange selbstständig ist, hat er sich schnell einen großen Kundenstamm aufgebaut – vor allem Frauen, die vermutlich nicht nur wegen seiner medizinischen Qualitäten kommen. Zwar verschweigt er nicht, dass er schwul ist, posaunt es aber auch nicht bei jeder Gelegenheit heraus.

Natalie, die Sprechstundenhilfe, begrüßt mich freundlich, als ich durch die Tür trete. Zum Telefonieren trägt sie ein Headset und sieht unheimlich beschäftigt aus. »Dein Bruder ist hinten, vorhin hat einer eine Kiste Katzenjunge gebracht. In einer Mülltonne gefunden. Schrecklich. Wer macht denn so was? Ich könnte da so ausrasten, bei solchen Menschen.« Sie ballt ihre Fäuste und schlägt damit auf die Theke, dass das Telefon wackelt und Tee aus ihrer Tasse auf die Tastatur des Computers schwappt. »Mist!«, murmelt sie, und versucht hektisch, die Sauerei wegzuwischen.

Tja, Menschen tun nun mal furchtbare Dinge. Nicht Gewünschtes wird einfach entsorgt. Kenne ich gut. Deswegen liebe ich Tiere. Ihnen ist es egal, wie man aussieht, welchen Status oder Abschluss man besitzt oder wie viel Geld auf dem Konto. Ihnen ist nur wichtig, dass sie geliebt werden und man sie gut behandelt. Und dass man ihnen regelmäßig Leckerlis gibt.

Bevor sie sich noch weiter aufregt, husche ich an Natalie vorbei in das hintere Zimmer, eine Art Aufwachraum mit Käfigen, in dem Tiere nach Operationen oder für längerfristige Behandlungen stationär bleiben und überwacht werden können.

Lennon blickt nur kurz über die Schulter und lächelt, dann beschäftigt er sich wieder mit seinen neuen Schützlingen. Er fragt nicht nach, warum ich hier bin. Ich bin ohnehin immer willkommen bei ihm, egal wann oder wo oder warum. Außerdem weiß er, dass ich mich bei ihm in der Praxis umgeben von Tieren und in seiner Gegenwart mit am besten entspannen kann. In einem Korb vor ihm taumeln vier Katzenbabys hin und her. Dem Aussehen nach sind sie noch keine zwei Wochen alt. Selbst auf die Entfernung kann ich erkennen, dass sie verfilzt und voller Flöhe sind, die Augen verklebt, drei jammern kläglich, eines fällt hin und bleibt apathisch liegen. Das fünfte Kätzchen hält Lennon vorsichtig wie ein Vögelchen in seiner Hand. Es ist so winzig, dass es darin beinahe verschwindet. Zart fährt er mit dem Zeigefinger über das Bäuchlein und spreizt die Beine ein wenig.

»Hallo, süße Maus! Du bist ja ein Junge«, flüstert er dem komplett schwarzen Kätzchen zu und setzt es zurück zu seinen Geschwistern. Sofort kuschelt es sich an die anderen. »Sie brauchen noch Namen.« Er stellt die Wärmelampe über dem Tisch an und schiebt den Korb darunter. Dann pflückt er sich einen Floh vom Arm und zerquetscht ihn zwischen den Fingernägeln. »Solche Leute sollte man einsperren. Wie kann man so wunderbare Wesen einfach wegwerfen? Wie Müll.« Er seufzt tief, zieht mich an sich und küsst mich auf die Wange. Er riecht vertraut nach nassem Hund und Desinfektionsmittel und ganz leicht nach seinem Weichspüler. Mom schimpft immer, weil er Weichspüler benutzt, da das so schlecht für die Umwelt sei, aber Lennon liebt nun mal flauschige Handtücher. Solange ich noch zu Hause wohne, muss ich mich mit kratzigen abfinden. Noch ein Grund, auszuziehen. Ich sollte mir endlich einen Job suchen.

Ich stecke meine Nase bei Lennon in die Kuhle zwischen Schlüsselbein und Hals und lasse mich von ihm halten. Mit dem Arm über meiner Schulter dreht er uns wieder zu den Kätzchen. »Und? Wie sollen wir sie nennen?«

Eines der Kätzchen, anscheinend das mutigste, kriecht zum Rand des Korbs und schnüffelt an meinen Fingern, die ich hineinhalte. Als ich ihm das Köpfchen kraule, schmiegt es sich an mich und gibt ein quietschendes Geräusch von sich.

»Das ist Pumuckl«, sage ich spontan.

Lennon runzelt die Stirn, nickt aber. »Lass uns über die anderen später reden, du hast ja sicher gesehen, wie voll die Praxis ist. Nicht, dass ich von den Herrchen und Frauchen gelyncht werde, weil sie so lang warten müssen.« Er grinst. Ich bezweifle, dass ihm ernsthaft etwas passieren würde. Lennon ist ein Typ, dem man alles verzeiht. Selbst stundenlange Wartezeiten mit einem kranken Haustier. »Kümmerst du dich um sie? Du weißt ja, wo alles ist und was du tun musst.«

Es ist nicht das erste Mal, dass Lennon Fundtiere aufnimmt. Ich helfe ihm oft dabei, sie wieder aufzupäppeln, selbst das Füttern alle zwei Stunden ist keine lästige Aufgabe, sondern bereitet mir eine Freude und Zufriedenheit, die ich sonst in meinem Leben selten empfinde. Würde Mom das Halten von Haustieren nicht als Einsperren und Tierquälerei verteufeln, würden bei mir vermutlich ähnlich viele Tiere wohnen wie bei Lenny, der sein Haus mit mehreren Katzen und wechselnden Pflegetieren teilt.

Ich nehme die Ersatzmilch und das winzige Fläschchen aus dem Schrank und beginne mit der Fütterung des ersten Kätzchens. Gierig stülpt es sein kleines Maul über den Minisauger und trinkt hastig. Danach streiche ich vorsichtig über den prallen Bauch, bis es sein Geschäft erledigt hat, und säubere es mit einem feuchten Tuch. Sichtlich müde schläft es noch in meiner Hand ein. Trotz meiner monatelangen Katzenabstinenz in Tibet habe ich nichts vergessen. Als ich mit dem letzten fertig bin, kann ich nur kurz Pause machen, weil die zwei Stunden zwischen den Fütterungszeiten schon fast wieder vorbei sind.

So verbringe ich den Tag zwischen Babygewimmer, Milch, Katzenkot und unheimlich flauschigen Bällchen, die abwechselnd saugen, raufen, herumkullern und zu einem Fellknäuel zusammengekuschelt schlafen. Pumuckl ist schon jetzt mein absoluter Liebling, genießt meine Streicheleinheiten und belohnt mich mit zufriedenem, mich ebenfalls beruhigendem Schnurren.

Es dämmert bereits, als Lennon wieder zu mir stößt. Er wirkt erschöpft, seine Haare sind zerzaust, er gähnt laut und dehnt sich, indem er die Hände über den Kopf streckt und sie hin und her bewegt. Wenn ich es nicht besser wüsste, könnte man fast meinen, er habe sich gerade mit einer seiner Patientinnen vergnügt – oder besser gesagt mit einem von deren Besitzern.

Er beugt sich über den Korb. »Na, wie geht's meinem Lieblingskätzchen?«

»Welches ist denn dein Liebling?«

»Du natürlich, Schwesterchen.« Er lächelt und streichelt abwesend den Kopf des rot getigerten Katzenjungen.

»Wir haben uns hervorragend verstanden«, erzähle ich. »Und ich habe allen einen passenden Namen gegeben.« Wieder erscheint das liebevolle, herzöffnende Lächeln meines Bruders. »Das ist Pumuckl«, beginne ich und zeige auf meinen pechschwarzen Lieblingskater. »Weil er so frech und neugierig ist.« Dem nächsten wuschle ich mit einem Finger über die Stirn. »Darf ich vorstellen: Donald, weil er so eine Frisur hat wie der, dessen Name in unserer Familie nicht genannt werden darf.«

Lennon wirft den Kopf zurück und lacht schallend. »Die arme Katze!«

»Die drei Mädchen heißen Red, Brownie 1 und Brownie 2. Nicht besonders kreativ, aber passend, finde ich.«

»Sie sind wunderbar, Autumn. Wie du.« Schweigend legen wir eine weitere Fütterungsrunde ein. »Hunger?«, fragt Lennon und legt die schlafende Brownie 1 neben ihren Klon Brownie 2. Mein Magen antwortet für mich mit lautem Knurren. »Ich muss die Bande sowieso mit nach Hause nehmen. Jemand muss sie ja auch nachts füttern. Natalie kann ich das nicht zumuten, die hat mit ihren eigenen Kids genug zu tun.«

Spontan biete ich an, ihm zu helfen, was er freudig annimmt.

»Das wäre mir eine große Hilfe, danke!«

Auf der Heimfahrt halte ich den Korb mit den Katzen auf meinem Schoß, flüstere immer wieder beruhigende Worte, denn die fünf quietschen und jammern um die Wette, schaukeln hin und her und versuchen, sich gegenseitig Halt zu geben. Nur Pumuckl sitzt mit wachen Augen in der Mitte und fixiert mich. Wenn ich es nicht besser wüsste, würde ich meinen, er will mir telepathisch etwas mitteilen.

Nach einer weiteren Fläschchenrunde sind wir zu müde, um selbst noch zu kochen und bestellen uns kurzerhand Pizza. Während Lennon duscht, warte ich auf seiner Kingsize-Couch, kuschle mich in die riesigen Kissen und scrolle durch meine Nachrichten. Wegen der Katzen habe ich den ganzen Tag nicht auf mein Handy geschaut. Ein entgangener Anruf von Mom, zwei von Cole, und außerdem zehn Nachrichten, in denen er mich immer wieder nach einem weiteren Hinweis fragt und wissen will, ob seine Antwort richtig war.

Ich schreibe ihm nur kurz zurück, dass er recht hatte. Es wäre nicht fair, ihn anzulügen. Sonst nichts. Sofort antwortet er mit einem Gif, in dem ein Mann seine Arme nach oben reißt und einen albernen Siegestanz aufführt.

»Was grinst du denn so?«, fragt Lennon, der in Jogginghose und Unterhemd aus dem Bad kommt. Eine Wolke seines herben Duschgels umhüllt ihn.

»Ich grinse doch gar nicht.«

»Doch, tust du.« Er lässt sich neben mich auf das Sofa fallen und legt die Füße auf den Wohnzimmertisch.

Nein, tu ich nicht. Aber ich habe keine Lust, schon wieder mit ihm zu streiten.

Er deutet auf das Handy in meiner Hand. »Ist *er* es wieder? Dieser Cole?«

Schnell lege ich das Smartphone beiseite. Mit den Händen fahre ich mir übers Gesicht und lasse sie über meinen Augen liegen. »Er hat den ersten Namen herausgefunden«, nuschle ich durch meine Finger.

»Was? Ich verstehe gar nichts.«

Ich lasse meine Hände sinken und wiederhole den Satz.

»Deine Worte habe ich zwar jetzt verstanden, aber ich habe immer noch keine Ahnung, wovon du redest«, sagt er mit verwirrtem Gesichtsausdruck.

Es klingelt, und Lenny schlendert zur Tür, um unsere Pizzen in Empfang zu nehmen. Ich höre ihn sprechen, dann lachen, dann fällt die Tür ins Schloss.

»Hast du gerade mit dem Pizzaboten geflirtet?«

Er stellt die Schachteln auf den Tisch, öffnet die obere, verzieht den Mund und schiebt sie mir hin. »Lenk nicht ab, Schwesterchen!«

Er greift sich eines seiner Stücke und beißt ab. Käse hängt herunter, er versucht, den Faden mit der Zunge zu fangen, aber weil er es nicht schafft, wickelt er ihn um den Finger und leckt ihn ab.

Kurz fasse ich für ihn zusammen, welche Aufgabe ich Cole gestellt habe und dass er mich zum Arzt begleitet hat.

»Und ist das jetzt gut oder schlecht, dass er den ersten Namen rausgefunden hat?«, fragt er mit vollem Mund.

Laut seufze ich und lege die angebissene Pizza zurück in den Karton. Der Appetit ist mir vergangen. Aber nicht wegen Lennons Essmanieren. »Wenn ich das wüsste ...«

Er schluckt und wischt sich mit einer Serviette den Mund ab. »Willst du denn mit ihm ausgehen?«

»Keine Ahnung. Das Dumme ist, dass ich es auf der einen Seite schon will. Ich glaube, er ist ganz nett und ...« Ich werde rot.

»Du kannst es ruhig zugeben, er ist verdammt heiß. Ich weiß, wie er aussieht. Zufällig spielt er mit unserem gemeinsamen Bruder im selben Team. Im Gegensatz zu dir unterstütze ich Gavin bei seinen Spielen. Und deswegen weiß ich zufällig auch, wie Coles Knackarsch in den engen Footballklamotten betont wird.«

Manchmal hasse ich meinen Bruder für seine ehrliche Art. »Okay, er sieht ganz gut aus«, gebe ich zu. »Wenn man auf große Kerle mit vielen Muskeln steht.« Lennon grinst und schiebt sich sein letztes Stück Pizza auf einmal in den Mund. Was Essen angeht, sind wohl alle Männer gleich, egal ob schwul oder hetero. »Aber ...«

Ich senke den Kopf, fummle nervös am Saum meines T-Shirts herum. Pumuckl maunzt leise, und ich nehme ihn aus dem Körbchen und setze ihn auf meinen Schoß. Mit seiner winzigen Reibeisenzunge leckt er meinen Zeigefinger ab und saugt daran.

»Hab nicht immer so viel Angst, Autumn. Ohne Hilfe bekommt er es sowieso nie heraus. Was ist dabei, ihm noch einen Tipp zu geben? Sieh es als Zeitvertreib. Wenn er dranbleibt, weißt du wenigstens, dass er sich wirklich für dich interessiert. Was ich, wenn ich ehrlich sein soll, ohnehin glaube. Denn kein Typ in seinem Alter gibt sich so viel Mühe, wenn es ihm nicht ernst ist. Noch dazu, wenn er problemlos anderweitig Sexpartnerinnen finden könnte. Allein darum kann es ihm also nicht gehen. Weder ist er nach dem Arzttermin schreiend davongelaufen, noch hat ihn deine Rumpelstilzchen-Aufgabe abgeschreckt.« Er leckt sich die fettigen Finger ab und zeigt auf meinen Karton, in dem noch mehr als die Hälfte der Pizza übrig ist. Ich nicke, um seine wortlose Frage zu beantworten, ob er ein Stück haben kann. Er nimmt sich eins, rollt es wie einen Pfannkuchen zusammen und beißt ab. »Bäh!« Er verzieht den Mund und legt die Pizza zurück. »Wie kannst du so was essen?« Er schüttelt sich leicht. Sooo eklig ist es nun wirklich nicht. Pizza Hawaii – ohne Schinken – ist nichts Abartiges. »Gute Idee übrigens. So haben unsere lächerlichen Namen endlich mal einen Sinn.«

»Stimmt, Mr Lennon Jewel Brahma Earth.« Gemeinsam lachen wir, wobei es eher resigniert klingt als wirklich fröhlich.

»Eine Garantie hat man nie, dass unter der netten Schale nicht doch noch ein Arsch steckt. Abgesehen davon, war Darren in der langen Zeit, in der ihr zusammen wart, nicht annähernd so zuvorkommend wie Cole schon jetzt im Vorfeld. Ich will dich zu gar nichts überreden, ich will nur, dass du dich endlich dem Leben öffnest. Nicht mir zuliebe oder Cole zuliebe oder sonst irgendwem. Sondern allein dir zuliebe. Vielleicht hast du ja endlich mal wieder geilen Sex, das hat er sicher drauf, selbst wenn sich rausstellt, dass er anderweitig zu nichts taugt.«

»Kannst du mal bitte aufhören mit deiner Moralpredigt? Ich denke, ich habe verstanden, was du mir sagen willst.«

»Hoffentlich. Man sollte immer tun, was große Brüder sagen.« Wir schauen uns an und prusten gleichzeitig los. »Okay, nicht alle großen

Brüder. Gavins Ratschläge sind eher grenzwertig.« Pumuckl beißt mir in den Finger, was trotz seiner Milchzähne erstaunlich schmerzt. »Der kleine Kerl hat wohl Hunger«, lacht Lenny, als er mein verzerrtes Gesicht sieht. »Ist es schon wieder so weit?« Sein Blick wandert zur Uhr, und er nickt. »Werden harte Nächte, Autumn. Gut, dass ich dich habe.«

Wir vereinbaren, dass wir abwechselnd zum Füttern aufstehen, so kann wenigstens jeder ein paar Stunden am Stück schlafen. Trotzdem bin ich am nächsten Morgen wie gerädert und bleibe standhaft liegen, als Lennon sich bereits inklusive flauschiger Fracht zur Arbeit aufmacht. Nach weiteren drei Stunden Tiefschlaf stehe ich schließlich auf, dusche und mache mir mit der aus Italien importierten Espressomaschine meinen ersten Kaffee des Tages. Luxus ist Lennon nicht wichtig, guter Kaffee dagegen schon. Was Lenny über Mut und Leben und Chancen und Liebe gesagt hat, geht mir nicht mehr aus dem Kopf. Haben große Brüder wirklich grundsätzlich recht?

In einer Schublade finde ich Papier und farbige Holzstifte und setze mich mit einem weiteren Espresso mit Milch zurück an den Küchentisch.

Cole

Warum schreibt sie mir nicht mehr? Habe ich mir nur eingebildet, dass sie sich langsam öffnet und sich für mich zu interessieren beginnt? Offenbar haben wir beide einen verschiedenen Status. Während ich schon schlimmer verknallt bin als ein pubertierender Teenager im ersten Hormonrausch, braucht sie noch Zeit. Viel Zeit, wenn ich ihre Zeichen richtig deute. Und genau das fällt mir schwer. Ich bin nämlich kein besonders geduldiger Mensch. Von Beziehungen und Liebe habe ich leider wenig Ahnung. Von zwanglosem Sex, Flirten und dem Kram schon, aber wenn es darum geht, das Herz einer Frau zu erobern, bin ich ziemlich unerfahren. Blöd eigentlich. Denn woher soll ich wissen, wie man ein Mädchen an sich bindet? Vor allem jemand Unberechenbares wie Autumn?

Im einen Moment ist sie fröhlich und offen und wirkt wie eine ganz normale junge Frau – wenn auch eine extrem heiße –, und im anderen Moment fährt sie in Lichtgeschwindigkeit ihren imaginären Rollladen runter und verschanzt sich dahinter. Zu schnelles Vorgehen oder zu offensichtliches Nachstellen würden sie nur noch mehr verschrecken. Dranbleiben. Wie beim Football. Nicht aufgeben. Das hat mich der Sport gelehrt. Man kann zu Beginn nie sagen, wie ein Spiel ausgeht. Oft gewinnt man in den letzten Augenblicken.

Über die Jahre habe ich gelernt, mich durchzubeißen. Zane würde jetzt sagen, das sei nicht sprichwörtlich zu sehen, sondern der Grund für mein früheres Übergewicht. Haha! Aber mir geht es darum, dass ich selbst bei den größten Demütigungen nie aufgegeben habe, auch wenn ich manchmal kurz davor war und mich einfach in Luft auflösen wollte. Schön war es nie, als Fettsack, Knödel, Schwabbel, Fußballkopf oder sonst wie beleidigt zu werden. Nur heimlich zu essen, damit man nicht ständig den Blicken und Tuscheleien der anderen ausgesetzt ist. Kein Mensch interessiert sich dafür, was und wie viel Dünne essen. Sobald man aber ein paar Kilos zu viel drauf hat, starrt jeder auf deine Ernährung, nach dem Motto »Kein Wunder, dass der so fett ist, bei dem, was der in sich reinstopft«. Erst recht, wenn man nicht nur ein paar, sondern eine ganze Menge Kilos zu viel auf die Waage bringt wie ich früher. Lange Zeit konnte ich es kaum ertragen, mich auf alten Fotos zu sehen, dick und rund, mit einem dümmlich grinsenden Krapfengesicht und Armen, die die Konsistenz von Hefeteig hatten. Mit Oberschenkeln, die so massig waren, dass meine Beine ab dem Knie x-förmig abstanden.

Immer wieder musste ich aufstehen. Im übertragenen Sinn, wenn ich mal wieder deprimiert wegen den Beleidigungen und mitleidigen oder abschätzigen Blicken der Leute war. Und wortwörtlich, wenn sie mich schubsten bis ich umfiel und sich halb tot lachten, wenn ich unbeholfen herumrollte und mich schwerfällig aufrappelte. Ich weiß nicht, wie oft Zane sich für mich geprügelt hat. Ohne ihn wäre meine Kindheit und frühe Jugend unerträglich gewesen. Vor ihm hatten alle Respekt, obwohl er ständig zwei Loser – mich, den Schaumstofftyp, und Ethan, den nerdigen Brillenfreak – im Schlepptau hatte.

Während ich darüber nachdenke, wie ich Autumns nächsten Namen herausfinden kann, trainiere ich. Sit-ups, Liegestütze, Hanteln, Bankdrücken, was man eben so macht. Ich habe mich erst vor knapp einem Jahr im Fitnessstudio angemeldet, nutze es aber seitdem mindestens viermal die Woche, zusätzlich zu dem fast täglichen Footballtraining mit dem Team. Ein angenehmer Nebeneffekt dabei ist, dass man hier leicht Frauen kennenlernen kann, gepaart mit dem Vorteil, dass man durch die knappe Sportkleidung gleich erkennen kann, was einen drunter erwartet. Mir ist es nicht wichtig, ob eine Frau Modelmaße oder Kurven hat, große oder kleine Brüste, kurze oder lange Haare, eine schiefe Nase oder eben Narben. Das Gesamtbild muss stimmen. Es gibt

Frauen, die nach gängigen Maßstäben nicht als schön gelten würden, die aber eine Ausstrahlung haben, dass es einen vom ersten Augenblick an umhaut. Andere dagegen sind äußerlich schön, aber innen hohl und sprechen nicht einmal meinen Schwanz an. Ich bevorzuge Ersteres. Wenn sich beides zufällig zusammen ergibt – perfekt.

Wie bei Autumn.

Das Abreagieren an den Geräten tut mir gut und lenkt zumindest meinen Körper von der Sehnsucht nach Autumn ab. Solche Worte wie Sehnsucht gehören normalerweise nicht zu meinem Wortschatz. Erst seit ich ihr begegnet bin. Ich vermisse sie, so sehr, als wären wir bereits ein Paar und seit Wochen getrennt. Verrückt. Danach dusche ich kalt, rubble mich extra grob ab und schlüpfe in meine Klamotten. Bis zum Footballtraining habe ich noch ein paar Stunden Zeit, heute ist Nachttraining. Der Coach will, dass wir uns daran gewöhnen, bei allen Witterungsbedingungen und Tageszeiten zu spielen.

Was mache ich bis dahin? Am liebsten würde ich Autumn anrufen und mich mit ihr treffen. Was ist harmlos genug, damit sie zustimmt?

Zu Hause werfe ich meine Sporttasche auf den Boden im Flur, streife meine Sneakers ab und laufe barfuß in die Küche. Dort mache ich mir ein dickes Sandwich mit Schinken und Käse und beidseitig gebratenem Spiegelei. Ich esse gleich im Stehen, die benutzte Pfanne lasse ich auf dem Herd. Ethan wird sie dann schon abspülen. Er ist der Ordnungsfanatiker in unserer WG. Meine Mitbewohner sind wieder einmal nicht da, ihre Türen stehen offen, sodass man Zanes Chaos und Ethans penibel aufgeräumtes Zimmer sieht. Nicht einmal der Hund ist zu Hause, der mir Gesellschaft leisten und mich von meiner Unruhe ablenken könnte. Momentan hat Rose mehr Sozialkontakte als ich.

Ich bin schon halb aus der Küche draußen, da fällt mir etwas auf. An einer Flasche Wasser auf der glänzenden, streifenfreien Arbeitsfläche lehnt ein Briefumschlag. *Cole* steht in einer geschwungenen, eindeutig weiblichen Handschrift darauf. Der Umschlag wurde schon geöffnet und nur dilettantisch wieder zugeklebt. Zane, du Arsch! Schon mal was von Briefgeheimnis gehört? Ethan war es sicher nicht, der respektiert Grenzen. Mein Herz klopft, ich bin aufgeregt wie vor meinem ersten Footballspiel. Nein, noch mehr. Denn damals wusste ich, dass ich etwas tun werde, was ich gut kann. In Bezug auf Autumn weiß ich gar nichts. Nur, dass ich sie will. Hoffentlich ist der Brief überhaupt von ihr.

Mit Schwitzfingern fummle ich das einzelne Blatt Papier heraus. Ein Bild, gemalt mit Holzstiften. Sieben Blumen oder Kreise oder was auch immer das darstellen soll, untereinander, oben beginnend mit Lila. Dunkel- und Hellblau folgen, dann Grün, Gelb, Orange und zuletzt Rot. Einhornscheiße? Regenbogenkekse? Ich habe null Ahnung, was das soll. In der rechten unteren Ecke steht in Klein:

Ich bin nur eins davon. XO Autumn Crystal ⁇ ⁇ Green

Sie schickt mir ein Küsschen? Obwohl ich solche Zeichen albern finde, grinse ich dämlich. Denn es bedeutet, dass ich ihr wohl auch nicht ganz egal bin. Trotzdem, was soll dieses seltsame Kindergartenbild? Sicher hat es irgendeine Bedeutung.

Google hilft mir nicht weiter, ich weiß ja nicht einmal, was ich eingeben soll. Schwulenparade? Buntstifttest? Ethan wäre jetzt nicht schlecht, er kennt sich mit Symbolen besser aus als ich.

Gerade als ich überlege, eigenständig in Ethans Millionen Büchern nach einem Hinweis zur Lösung zu suchen, klingelt es Sturm. Hat Zane wieder seinen Schlüssel vergessen? Genervt öffne ich die Tür und will schon zu einem Fluch ansetzen, doch statt Zane steht unsere Nachbarin Su davor. An der Hand ihren Sohn Max, der mich mit leuchtenden Augen anstrahlt.

»Mommy sagt, du gehst mit mir in den Zoo. Geht Rose auch mit?« Vor Freude zappelt er herum, reißt sich von seiner Mom los und rennt in die Wohnung, wo er sich sofort aufs Sofa wirft und den Fernseher anschaltet.

»Ich mache was?«

Su schaut mich mit großen Augen an. Sie wirkt gestresst. Außerdem trägt sie ihre Krankenschwester-Uniform.

»Könntest du bitte, bitte auf Max aufpassen? Ich muss kurzfristig zum Dienst. Wenn ich das zusätzliche Geld nicht so dringend bräuchte ...«

Ihr Blick ist so verzweifelt und flehend, dass ich nicke, ohne lange darüber nachzudenken. »Ja, logisch. Ich habe nur später Training. Aber da kann er auch zuschauen, wenn er will.«

Max liebt es, mich zum Training zu begleiten.

»Du bist ein Schatz. Du hast was gut bei mir. Du kannst ihn danach einfach ins Krankenhaus bringen.« Sie stellt sich auf die Zehenspitzen und küsst mich kurz auf den Mund. Ab und zu haben wir Sex miteinander, es ist jedes Mal gut, aber immer unverbindlich. Von beiden Seiten aus. Su ist unkompliziert, will keinen Freund – schon gar nicht mich –, sondern schlichtweg Spaß. Und den haben wir. Die zehn Jahre, die sie mir voraushat, spiegeln sich auch in ihrer Erfahrung im Bett wider. Ansonsten sind wir Freunde und Nachbarn. Ab und zu reparieren ich oder die Jungs Dinge in ihrer Wohnung oder passen eben auf Max auf. Normalerweise ist er in der Ganztagsschule, aber momentan sind Ferien, also gibt es niemanden, der sich außer Su um ihn kümmert.

Sie drückt mich zum Abschied, dann hastet sie davon.

Mit den Händen in den Hosentaschen schlendere ich zu Max, der wie paralysiert mit offenem Mund vor unserem Großbildschirm sitzt. Eigene Kinder wären im Moment für mich der Horror, später ja, irgendwann, wenn ich dreißig oder vierzig bin oder so. Aber jetzt – bloß nicht! Aber Max mag ich. Er erinnert mich an mich selbst in seinem Alter, nur in Schwarz und Dürr.

»Euer Fernseher ist so cool. Unserer ist so mini, da sieht man gar nichts.« Deine Mom und du, ihr habt ja auch keinen Zane, der solchen Luxus für euch finanziert. »Und? Wann gehen wir?«

»Wohin?«

Er boxt mich gegen den Arm. »In den Zoo, du Dummie.«

Ich reibe mir meinen Arm, obwohl es nicht wehgetan hat. Es hat sich eher angefühlt, als hätte er mich mit einem Wattebausch beworfen.

»Wer sagt, dass wir da hingehen? Wir könnten auch hierbleiben und einen Film anschauen oder Monopoly spielen oder so.«

Seine Augen werden feucht, seine Unterlippe zittert. Fang bitte bloß nicht an zu heulen! »Aber Mommy hat gesagt …«

»Jaja, von mir aus«, wiegle ich ab, bevor noch Tränen fließen. Max hat es perfekt drauf, seine Tränen wie im Comic theatralisch aus den Augen spritzen zu lassen, bis er bekommt, was er will. »Aber«, mir kommt eine hervorragende Idee, »ich will eine Freundin mitnehmen.«

»Okay.« Max springt auf und klatscht in die Hände. Seine Begeisterung steckt an, und beinahe freue ich mich auf den Zoobesuch. Seit drei Jahren lebe ich mittlerweile in San Francisco und habe es bis jetzt nicht geschafft, dorthin zu gehen.

> Liebe Autumn Crystal Regenbogenkekskette (dies gilt nicht als Namensvorschlag!!!) – ich hole dich in 30 min ab, weil du uns (= Nachbarskind Max und mich) in den Zoo begleiten wirst.
>
> Natürlich nur, wenn du magst …

»Also, dann los, Kleiner, lass uns Affen schauen.«

Sofort rennt Max los, ich trotte grinsend hinterher.

Autumn

Cole will mit mir und seinem Nachbarsjungen in den Zoo. Eigentlich will ich absagen, eigentlich finde ich Zoos schrecklich tierunwürdig, und eigentlich wollte ich mich nicht von Cole einwickeln lassen. Zu viele Eigentlichs. Aber ich habe auch keine Lust mehr, mich zu wehren. Ich *will* ihn treffen, *will* ihn kennenlernen, *will* noch einmal seine Berührungen spüren.

Kurze Zeit später holen mich Cole und ein entzückender, schätzungsweise fünf- oder sechsjähriger Junge ab. Cole mit dem selig lächelnden Max an der Hand zu sehen, der ihn von unten anhimmelt als wäre sein Begleiter der personifizierte Superheld, wärmt mich von innen. Warum will frau beim Anblick starker Kerle mit Tierbabys oder kleinen Menschen dahinschmelzen? Ein leises Seufzen entkommt mir, und schnell schlage ich die Hand vor den Mund und huste.

Cole scheint von meinem Schmelz- und Zuneigungsanfall nichts mitbekommen zu haben, denn er beugt sich gerade zu Max herunter. »Das ist meine Freundin Autumn«, stellt er mich vor.

Der Kleine mustert mich ernst. »Bist du so eine Freundin wie Mommy manchmal? Schläft er auch in deinem Bett?«

Coles Kopf ruckt herum, Röte steigt in sein Gesicht, er schluckt, sein Bein zuckt. Putzig, wie unangenehm ihm die Frage des Jungen ist. Einen kurzen Moment denke ich, dass Max Coles Sohn sein könnte. Genauso schnell verwerfe ich den Gedanken aber wieder. Erstens ist Max' Haut tiefschwarz, zweitens war Cole zum Zeitpunkt von Max' Zeugung noch gar nicht in San Francisco und wäre zudem noch extrem jung gewesen. Außerdem war Cole in den letzten Tagen immer ehrlich zu mir. Warum also sollte er es mir verschweigen, wenn er ein Kind hätte? Genauso gut könnte ich mich allerdings fragen, warum er es mir erzählen sollte. Denn selbst wenn, würde es mich nichts angehen, ich bin schließlich nicht mit ihm zusammen.

»Nein, so eine Freundin bin ich nicht«, sage ich zu Max und schiele zu Cole. Er wippt auf seinen Ballen vor und zurück und räuspert sich immer wieder. Aber in seinen Augen steht eine Bitte. Und Sehnsucht? Oder Leidenschaft? Und wem gegenüber? Mir oder Max' Mom? Mich hat schon ewig kein Mann mehr so angesehen, deswegen bin ich beim Blickedeuten etwas aus der Übung. Meine Haut prickelt, und Wärme breitet sich zwischen meinen Beinen aus. Cole hält meinem Blick stand, er lächelt leicht, beinahe schüchtern.

»Daddy war schon lange nicht mehr bei Mommy«, plappert Max weiter. Zumindest ist jetzt die Abstammungsfrage geklärt, was mich erleichtert. Während ich Jacke und Schuhe anziehe und meine Handtasche hole, erzählt Max noch weitere Dinge. Von seiner Mom und deren Job (Krankenschwester), von Cole, Zane und Ethan als Babysitter (Spaß, Spaß und Vorlesen), von dem Eis, das Cole ihm versprochen hat, von den Tieren, die er unbedingt sehen will, vom Wetter und allem möglichen anderen. Wann war ich das letzte Mal so unbeschwert wie dieser Junge?

»Willst du das anlassen?«, fragt Cole und deutet auf meinen obligatorischen Rollkragen. »Du weißt, dass Sommer ist?«

Ich nicke, jedoch zögerlicher als geplant. »Du musst dich nicht schämen. Und schon gar nichts verstecken.« Seine Stimme ist weich, als wüsste er genau, warum ich in der Öffentlichkeit möglichst wenig nackte Haut zeigen will. Er hat mich ja bereits in all meiner Nicht-Pracht gesehen.

»Okay«, stimme ich zu. Aber mein Herz klopft bei diesem Entschluss, als müsste ich komplett nackt nach draußen gehen.

Als ich mit einer fliederfarbenen Bluse – allerdings bis oben zugeknöpft – zurückkomme, weiten sich Coles Augen. Er strahlt und nickt anerkennend. »Du siehst toll aus«, sagt er leise. Vorsichtig öffnet er meine beiden obersten Knöpfe, dabei streift er wie aus Versehen mein Schlüsselbein. Es kitzelt, und ich muss ein wohliges Geräusch unterdrücken.

Dann zieht ihn Max von mir weg Richtung Haustür.

Auf der Fahrt zum Zoo hören wir wieder Coles Pumuckl-Kassetten, auch wenn außer Cole keiner die Handlung versteht. Dass ich ein Katzenbaby nach dem kleinen, frechen Kobold benannt habe, verschweige ich. Nicht, dass Cole noch hochnäsig wird oder sich zu viel darauf einbildet. Immer wieder lacht er laut auf, schüttelt den Kopf oder gibt auf Deutsch Kommentare ab. Es hört sich ungewohnt, aber schön – und irgendwie sehr sexy – an, ihn in der fremden Sprache reden zu hören. Mit verstellter, hoher Stimme singt er das Intro mit. Ein besonders guter Sänger ist er nicht, dafür ein umso enthusiastischerer. Mit der Hand vollführt er eine Drehbewegung, fordert uns zum Mitsingen auf. Zwar lache ich, halte mich aber zurück und drehe mich zu Max, der anfängt, lauthals ebenfalls »Hurra, Hurra«, zu rufen.

Sobald wir im Zoo ankommen, will Max als Erstes ein Eis und rennt mit leuchtenden Augen zum Kiosk, der gleich hinter dem Eingang aufgebaut ist.

»Willst du auch eins?«, fragt mich Cole, und ich bejahe. Ich habe schon lange kein Eis mehr gegessen. Tibet ist nicht wirklich für sein Eis berühmt.

Wenig später sitzen wir auf einer Bank vor einem kleinen Teich mit Enten. Max verdrückt glücklich seine riesige Waffel mit regenbogengestreiftem Einhorneis, Erdbeer und Schokolade, alles garniert mit bunten Zuckerperlen. Cole hat sich vier Kugeln Nuss in einen Becher füllen lassen, und ich lecke genüsslich an meiner Zitronen-Stracciatella-Mischung.

Auf einmal bemerke ich, wie mich Cole mit dunklen Augen mustert, der Löffel mit seinem Eis schwebt auf halber Höhe vor seiner Brust, seine Augen fixieren meinen Mund. Als er registriert, dass ich sein Starren mitbekommen habe, räuspert er sich schnell, und wendet sich Max zu.

»Na, schmeckt's, Kleiner?« Seine Stimme ist rau. Vielleicht vom kalten Eis. Dabei hat er noch gar nicht viel davon gegessen.

Max nickt begeistert. »Schau mal in deinen Becher«, weist Max Cole an.

Der runzelt die Stirn, tut aber, was Max will. »Ist da eine Bie...«, fragt er, kann aber nicht zu Ende sprechen, weil Max ihm von unten gegen den Becher schlägt, sodass das Eis in Coles Gesicht landet.

Max kichert. Zuerst ist Cole verdutzt, das Eis tropft von seiner Nase und seinem Kinn auf sein Shirt. Doch schnell fängt er sich, ein Grinsen breitet sich in seinem Gesicht aus, gleichzeitig verengt er die Augen.

»Na warte«, brummelt er, streckt mir seinen Becher zum Halten hin und stürzt sich mit einem lauten Knurren auf Max. Zwar wehrt der sich, hat aber natürlich gegen Cole keine Chance. Kurz darauf ist auch Max voller Eis. Fasziniert und seltsam berührt beobachte ich die beiden Jungs, der eine klein, der andere groß, wie sie sich gegenseitig ärgern und sichtlich einen Riesenspaß haben.

»So, jetzt reicht's.« Cole gluckst. »Autumn will weitergehen.« Will ich das? Er ergreift Max an der Hand. »Komm, wir gehen uns waschen.« Zusammen verschwinden sie im Männerklo.

Mit den beiden den Nachmittag zu verbringen, ist unerwartet entspannt und lustig. Schön. So schön, dass meine Vorsätze immer mehr schwinden. Immer wieder finden sich Coles und meine Finger, und ich lasse es zu, dass er wie selbstverständlich meine kleine, kalte Hand in seiner großen, warmen hält. Sein Daumen streichelt über meinen Handrücken, es prickelt, und ein Schauder überfällt mich. Ein Kribbeln, wie erschrecken, nur in Angenehm, den Arm hoch, die Wirbelsäule herunter und sich dann über den ganzen Körper ausbreitend. Ich lege meinen Kopf auf Coles Schulter, und sofort umhüllt mich seine Hitze und seine Stärke. Als schlüpfte man unter eine mollige Zauberdecke, die nicht nur wärmt, sondern alle Gefahren fernhält.

Max drängelt sich zwischen uns, trennt unsre Intimität und fasst auf je einer Seite unsere Hände.

»Mach Engele flieg«, ruft Max, und Cole gibt mir breit lächelnd ein Zeichen. Auf drei lassen wir Max immer wieder zwischen uns hochfliegen, er kreischt und lacht, will immer höher und höher. Wie mein Herz, das auf einmal auch fliegt. Cole lacht sein unvergleichliches, echtes, alle Sorgen vergessen lassendes Lachen, und auf eine ungewohnte Weise fühle auch ich mich leicht und glücklich, als wäre *ich* die, die herumgewirbelt wird, in dem Wissen, dass sie dabei nie losgelassen wird.

Bei den Seerobben bleiben wir stehen und beobachten, wie ein Pfleger Fische in die geöffneten Mäuler der Tiere wirft. Gebannt starrt Max auf die Seehunde, die elegant durchs Wasser gleiten, ihren Kopf herausstrecken, sich ihre Ration schnappen und in einem Happs herunterschlucken, bevor sie wieder untertauchen. Doch statt den Robben mustere ich lieber meine Begleiter. Den uneingeschränkt glücklichen Max, klein, dünn und dunkel, mit leuchtenden braunen Augen. Und neben ihm den ebenso glücklich und entspannt wirkenden Cole, groß, breit, hell, sein dunkles Blond schimmert in der Sonne golden. Er hat seine Unterarme auf dem Geländer abgestützt und lässt seine Hände baumeln. Die Muskeln an seinem Po spannen sich an, als er sich vorbeugt, um eine vorbeischwimmende Robbe zu verfolgen. Sein Hintern ist perfekt, knackig und fest. Eine Folge des Footballs.

Er wendet sich mir zu. Schnell drehe ich meinen Kopf weg von seiner Rückenansicht. »Wie würde dieses süße Robbenmädchen heißen, wenn es du wäre?« Er zwinkert einseitig.

»Netter Versuch, Cole«, sage ich und verdrehe gespielt genervt die Augen.

Als Antwort lacht er und zuckt mit den Schultern. »Man kann's ja mal probieren.«

Max wuselt zu uns und zerrt uns zum nächsten Gehege, wo eine Gruppe Pinguine planlos herumsteht und in die Gegend glotzt.

»Warum habe ich dich noch nie bei einem Spiel gesehen? Dein Bruder ist Quarterback, und der Rest der Familie kommt doch auch regelmäßig.«

Weil ich Darren nie mehr begegnen wollte. Weil mir im Stadion viel zu viele Menschen sind. Und weil Football furchtbar langweilig und aggressiv ist. Ein Spiel für Proleten. Dachte ich bis jetzt.

»Es ist mir zu brachial«, sage ich vage. »Und ...« Ich stoppe.

Er verschränkt die Arme im Nacken und mustert mich ernst. Dann stiehlt sich ein Lächeln in sein Gesicht. Mit dem Finger sticht er mir auf die Brust. »Du denkst, Footballer sind dumme, oberflächliche Idioten, und du willst nicht zusehen, wie sie sich gegenseitig verprügeln?« So ungefähr. Er schmunzelt. »Denk, was du willst, Baby, aber in dir drin weißt du, dass das nicht stimmt.« Rückwärts lehnt er sich an das Geländer und steckt die Hände in die Hosentaschen seiner Shorts. »Außerdem hat es wahnsinnig viele Vorteile, mit Footballern auszugehen.« Aha, welche denn? Er wackelt mit den Augenbrauen. »Wir sind sehr ausdauernd und können gut zupacken, zum Beispiel.«

Kann ich mir gut vorstellen. Und der Sport sorgt dafür, dass du einen wirklich sexy Körper hast. Aber das sage ich ihm natürlich nicht. Er ist schon genug von sich überzeugt. Begeistert erzählt er mir von Football und was so toll daran ist. In jedem Wort spürt man seine Liebe und seine Leidenschaft für diesen Sport. Dass er Profi werden will, erstaunt mich nicht, dass er trotzdem über Alternativen nachdenkt und die auch verfolgt, dagegen schon ein wenig.

Gavin hat den gleichen Profiplan, nur dass der keinen Plan B hat, falls es nicht klappt. Je mehr Cole von sich, seinen beruflichen Hoffnungen und Football redet, umso faszinierter bin ich. Cole ist weder dumm noch oberflächlich, noch sonst wie schlimm. Er ist ein kluger,– erstaunlich vernünftiger – Mann, der für Football lebt. Ich wünsche ihm, dass er irgendwann seinen Traum leben kann.

»Ich werde sie herausfinden. Alle«, sagt Cole, als wir vor einem Käfig mit Papageien warten, bis Max bereit zum Weitergehen ist.

Cole steht so nah neben mir, dass ich wahrnehmen kann, wie er nach Mann und Sonne riecht. »Ich weiß«, flüstere ich. Bei jedem Einatmen streift meine Brust ganz leicht seine. Meine Brustwarzen stellen sich auf, meine Atmung wird flacher, sein Blick scheint in mir zu versinken.

»Weißt du, dass ich mich verdammt zusammenreißen muss, dich nicht einfach zu küssen?« Er starrt auf meine Lippen, sein Zeigefinger fährt sanft die Konturen meines Gesichts nach. Er räuspert sich, schließt kurz die Augen, atmet tief ein und aus.

Ich erlöse ihn, lege meine Hand in seinen Nacken, ziehe ihn leicht zu mir herunter und drücke meine Lippen auf seine. Er stöhnt leise auf, nur wenige Augenblicke später packt er mich mit beiden Händen an der Hüfte, presst mich an sich und schiebt seine Zunge in meinen Mund. Küsst mich hungrig und leidenschaftlich und so, als hätte er lange darauf gewartet. Hat er im Prinzip ja auch. Er ist ein guter Küsser oder, besser gesagt, ein Wahnsinnsküsser. Keiner hat mich je so geküsst. Keiner hat mich mit nur einem einzigen harmlosen Kuss dazu gebracht, alles um mich herum zu vergessen. Max, die anderen Menschen, den Fischgeruch der Pinguine, das Brüllen der Löwen. Die Welt steht still, während Cole mich in seinen Armen hält und küsst. Ich schmiege mich an ihn, schiebe meine Hände unter seinen Armen hindurch und klammere mich an ihn. Ich kann nicht genug bekommen von seinem harten Körper an meinem, seinen weichen Lippen, seinem leisen Brummen, seinen stummen Versprechungen. Eine Hand wandert auf meinen Po und holt mich noch dichter zu sich. Er ist hart, und es ist unglaublich zu wissen, dass ich ihn derart errege. Lust breitet sich in mir aus, ein Gefühl, von dem ich dachte, dass ich es bereits vergessen hätte und nie wieder fühlen würde. Das ich mir selbst verboten habe, weil es nur Lügen und Verrat nach sich zieht. Doch seit Coles Lippen meine berührt haben, scheinen alle Probleme der Welt verschwunden zu sein. Verstand und Erinnerungen rufen noch irgendwo in meinem Hinterkopf, ringen mit mir, ich solle aufhören, ich dürfe mich nicht verlieben. Doch je länger mich Cole küsst, umso schwächer werden sie, bis sie nur noch leise krächzen. Herz und Körper und Lust haben gesiegt. Für den Moment. Keuchend lösen wir uns voneinander.

Cole starrt mich an, auch ich kann meinen Blick nicht abwenden. Will mit ihm verschmelzen. Oder ihn wahlweise ins nächste Toilettenhäuschen zerren, um da weiterzumachen, wo wir eben aufgehört haben. Wenn ich seine Reaktion und sein momentanes Erscheinungsbild richtig deute, wäre es nicht schwer, ihn zu überzeugen.

»Was war das denn?«, flüstert Cole. »Das war …« Er schüttelt den Kopf.

War der Kuss für ihn so furchtbar? So hat er sich aber nicht angefühlt. Für mich auf jeden Fall nicht.

»Schau nicht so verunsichert, Autumn Crystal wie auch immer.« Er legt eine Handfläche an meine Wange und lehnt seine Stirn an meine. Ich schließe die Augen und schmiege mich an seine Finger, die zärtlich mein Gesicht umfassen. Schlucke und wappne mich für das, was er jetzt sagen wird. Dass er sich jetzt sicher ist, dass er doch lieber eine unversehrte Frau küssen will. »Es war unglaublich«, sagt er leise. »Ich …« Er lacht, küsst mich wieder, lacht, küsst mich, mein Gesicht hält er jetzt in beiden Händen. »Bitte sag mir einfach deine anderen Namen. Lange halte ich es nicht mehr aus, dich nicht offiziell ausführen zu dürfen.« Ist das jetzt noch wichtig?

»Cole und Autumn sind verliehiebt, verliehiebt«, singt Max, der auf einem Bein um uns herumhüpft. Er stolpert, aber Cole fängt ihn auf und wirbelt ihn herum, nimmt ihn hoch und drückt ihn an seine Brust.

»Ja, das bin ich, Max, das bin ich! Sehr sogar!« Er lacht und setzt Max, der sich aus Coles festem Griff freistrampeln will, wieder auf den Boden.

Er ist verliebt in mich? Oder sagt er das bloß, um mich endlich rumzukriegen? Es hat sich so echt angefühlt, als wir uns geküsst haben. Nach mehr. So viel mehr.

Cole hebt den Arm, stoppt ihn aber im letzten Moment und sieht mich fragend an. Ich nehme ihm die Entscheidung ab, momentan fühle ich mich viel zu gut, um die verletzte und ängstliche Autumn wieder herauszulassen. Ich lege seinen Arm um meine Schultern und kuschle mich an ihn. Ich passe genau darunter, meine Schulter fügt sich in seine

Achselhöhle, ein perfektes Cole-Autumn-Puzzle. Meinen Kopf bette ich an seinen Hals, meine Hand schiebe ich von hinten in seine Gesäßtasche.

Max rennt voraus, wir folgen ihm Arm in Arm.

»Willst du meine Namen jetzt wissen?«, frage ich, als wir bei den Enten anhalten und Max eine Handvoll Pellets, die er aus dem Automaten gezogen hat, ins Wasser wirft.

Cole presst die Lippen aufeinander, überlegt. »Nein, sag's mir nicht. Irgendwie macht es mir Spaß zu rätseln.« Er lässt mich los und dreht mich zu sich. »Ich will alles richtig machen. Für dich. Und wenn das Namensding deine Bedingung ist, dass ich die Chance bekomme, dass du dich in mich verliebst, dann soll es so sein.«

Zu spät. Ich glaube, ich habe mich bereits verliebt. Aber das behalte ich lieber für mich. Ich habe schon genug damit zu kämpfen, dass wir uns geküsst haben und dass dieser Kuss der beste meines Lebens war. Wie würde dann erst der Sex mit ihm sein?

Trotz meines plötzlichen Hochgefühls bleiben ein Rest Zweifel und Angst. Ich fühle mich wie im Comic, wenn auf je einer Schulter Engelchen und Teufelchen sitzen. Nur dass das Engelchen in meinem Fall ein hundert Kilo schwerer sexy Footballer ist. Und dass er bisher garantiert kein engelsgleiches Leben geführt hat. Immer noch weiß ich nicht, ob ich ihm trauen kann. Doch für heute, für den Moment, will ich einfach nur genießen. Schließlich will ich ja auf meinen großen Bruder hören.

»Spielplatz«, brüllt Max und rennt mit wildem Indianergeschrei los. Gleichzeitig zucken wir die Schultern, grinsen uns an und folgen Max, allerdings in gemächlicherem Tempo.

Auf dem Spielplatz rennt Max schnurstracks zu den Klettertürmen. Cole und ich setzen uns auf eine Bank, behalten unseren Schützling aber im Auge.

Wir sprechen nicht, hängen beide unseren Gedanken nach, unterbrechen aber keine Sekunde den Körperkontakt. Cole hält meine Finger in seinen auf seinem Schoß fest, als befürchtete er, dass ich plötzlich abhauen könnte. Wahrscheinlich gar nicht so abwegig, der Gedanke.

Ich wundere mich ja selbst, dass ich ihm gestatte, mich zu erobern. Und das tut er gekonnt. Auch ohne Worte. In seiner Gegenwart kann man sich nur wohlfühlen. Seine Größe sorgt dafür, dass ich mir unheimlich beschützt vorkomme. Selbst wenn einer der Löwen spontan ausbrechen und sich auf mich stürzen würde, hätte ich keine Angst, wenn Cole bei mir ist. Sicher könnte er einen Löwen mit bloßen Händen erwürgen. Wie Herkules. Oder mich wenigstens als guter Footballer wie den Ball unter den Arm klemmen und wegrennen und mich in Sicherheit bringen. Solange er keinen Touchdown mit mir versucht, soll mir das recht sein.

Seine Schulter ist so bequem, dass ich mir überlege, ihn zu bitten, sie mir zu schenken, damit ich statt meines Kissens darauf schlafen kann. Aber bestimmt braucht er seinen Körper ganz. Schade eigentlich. Das, was Männern am wichtigsten ist, würde ich ihm ja netterweise lassen. Das will ich nicht alleine haben. Nur wenn der ganze Cole mit dranhängt.

Max' strahlendes Gesicht ist rot erhitzt, als er zu uns zurückhüpft und zu Cole auf den Schoß krabbelt.

»Bist du dafür nicht ein bisschen zu alt?«, fragt der, schiebt ihn aber nicht herunter, sondern pikst ihn in die Seite. Max quietscht und windet sich, findet es aber sichtlich toll, was Cole mit ihm anstellt.

»Kommt ihr mit schaukeln?« Max wartet gar nicht unsere Antworten ab, rutscht von Cole herunter und rennt wieder los. Woher hat er so viel Energie? Der Zoo ist nicht übermäßig groß, aber nach dem vielen Laufen bin ich trotzdem wirklich erschöpft.

Cole macht eine Kopfbewegung zu den Schaukeln, aber ich schüttle den Kopf und gähne. »Bin gleich wieder da, Baby.«

Er drückt mir einen schnellen Kuss auf den Mund und joggt Max hinterher. Trotz seiner Masse wirken seine Bewegungen nicht plump, sondern geschmeidig, männlich und sexy. Vielleicht sollte ich meine Abneigung gegen Football noch einmal überdenken und doch zu einem Spiel gehen. Nur um Cole und seinen Knackarsch beim Rennen angaffen zu können.

Baby. Mich hat noch nie einer Baby genannt. Nicht sehr originell, aber es gefällt mir trotzdem. Wie Cole, der mir auch immer besser gefällt.

Ich beobachte, wie Max auf eine der Schaukeln klettert und Cole ihn anschubst. Wie Max jauchzt und Cole anfeuert, ihn noch höher fliegen zu lassen. Wie Cole ihn anstößt und dann plötzlich festhält, sodass Max kopfüber in fast zwei Metern Höhe hängt, sich an der Kette festkrallt und kichernd strampelt. Wie Cole ihn lachend wieder loslässt und Max zurück- und wieder hochschwingt, die Beine gestreckt, das Gesicht voll unbändiger Freude.

»Traust du dich abzuspringen?«, ruft Cole ihm zu, und Max schüttelt mit aufgerissenen Augen den Kopf. »Ich zeig's dir, ist gar nicht so schwer.«

Max lässt sich ausschwingen, hüpft von der Schaukel und wechselt mit Cole den Platz. Der passt beinahe nicht zwischen die Metallketten. Es sieht aus, als würde er auf einer Zwergenschaukel sitzen. Geübt streckt er die Beine aus, stößt sich ab, schaukelt sich hoch, so hoch, dass er beinahe waagrecht in der Luft steht.

»Jetzt schau genau hin. Schwung ... und im richtigen Moment abspringen ...«

Und das tut er. Fliegt in hohem Bogen und laut lachend in den Sandkasten vor ihm.

Dann ein Schrei. Cole! Und gleich darauf ein höherer von Max.

Offenbar hat Cole sich bei der Landung verletzt, denn dieses martialische Brüllen kann nicht gespielt sein. Erschrocken sprinte ich zu ihm. Er liegt seitlich zusammengekrümmt auf dem Boden, krallt seine Finger um sein rechtes Knie, wackelt in Embryostellung hin und her. »Fuck! Fuck! Fuck!«, flucht er. »Es ist ab, ich hab's reißen gehört. Verdammt!« Ich kauere mich zu ihm auf den Boden, Max steht mit schreckgeweiteten Augen daneben und weint.

»Alles gut, Max, ich hab mir nur das Knie verdreht. Alles in Ordnung.« Nein, nichts ist in Ordnung. Cole ist blass, auf seiner Stirn stehen Schweißperlen, er atmet hektisch. Er muss höllische Schmerzen haben. Trotzdem versucht er, seinen Freund zu beruhigen. »Komm her, Max!« Der Junge kniet sich zu Cole, der rappelt sich mühsam und um Fassung bemüht auf, das verletzte Bein von sich gestreckt und zieht Max in eine einhändige Umarmung. Die andere Hand hat er um sein Bein gekrampft. »Mir geht's gut. Wirklich. Hör auf zu weinen. Siehst du? Autumn weint auch nicht. Weil sie weiß, dass alles wieder gut wird.« Max schaut unsicher zu mir. Ich bemühe mich um ein zuversichtliches Lächeln, was ihn zu beruhigen scheint, denn tatsächlich hören seine Tränen auf zu fließen. Dabei wird nichts gut. Man muss kein Sportmediziner sein, um zu wissen, dass ein kaputtes Knie das Aus für eine Profikarriere bedeuten kann. Sicher ist Cole das auch bewusst. Football ist schrecklich, aber Cole liebt ihn nun mal. Niemand hat es verdient, von einem Moment auf den anderen das zu verlieren, was er abgöttisch liebt. Dass sich das Leben von jetzt auf gleich ändert. Niemand. Ich spreche aus bitterer Erfahrung.

»Du musst mich ins Krankenhaus fahren, Baby. Machst du das?«, presst er hervor.

Ich nicke. Wenn ich nur wüsste, wie ich einen gehbehinderten Hundertkilo-Koloss zum Parkplatz bekomme. Schließlich schaffe ich es mit der Hilfe zweier netter Familienväter, Cole in seinen Golf zu verfrachten und Max nicht aus Versehen auf dem Spielplatz zu vergessen. Cole lotst mich ins Saint Francis Memorial Hospital, eines der besten Sportmedizinzentren der Stadt. Außerdem arbeitet Max' Mutter dort, sodass wir zwei Fliegen mit einer Klappe schlagen können und uns nicht auch noch länger um Max sorgen müssen.

Im Eingangsbereich hole ich einen Besucherrollstuhl, hieve Cole mit viel Ächzen und Stöhnen von beiden Seiten hinein und schiebe ihn zur Notaufnahme.

Cole

Fuck! Eins meiner Bänder ist gerissen. Ich weiß es. Vielleicht auch mehrere. Auf jeden Fall tut alles so fucking weh, dass ich mir am liebsten das verdammte Bein ausreißen würde.

Ich bin so froh, dass Autumn da ist.

Im Krankenhaus müssen wir am Empfang warten. Eine Schwester schickt uns in ein Zimmer, in dem ungefähr eine Million Menschen rumsitzen. Einer hält sich ein blutiges Handtuch an die Stirn, das sichtbare Auge ist rot und geschwollen. Schlägerei vermutlich. Ein anderer hat eine Pappschale in der Hand. Immer wieder würgt er, muss aber Gott sei Dank nicht kotzen. Eine alte Frau liegt wimmernd auf einer schmalen Pritsche, an Händen und Füßen festgebunden. Es stinkt nach Pisse und Schweiß und Parfüm und anderem Zeug, überall hört man es piepen und schreien. Leute laufen herum. Max drückt sich an meine Seite und blickt mit erschrockenem Gesichtsausdruck umher.

Auch wenn die Vorstellung, ohne Autumn in diesem Wartezimmer der Hölle sein zu müssen, schrecklich ist, schicke ich sie mit Max zurück zum Empfang, damit die Mitarbeiterinnen dort Su benachrichtigen können. Vielleicht kann sie ihren Sohn im Schwesternzimmer parken oder so. Irgendetwas wird ihr schon einfallen. Hier kann er auf keinen Fall bleiben, ist ja schlimmer als in einem Horrorfilm.

Autumn zögert, führt Max aber nach einigem Drängen dann doch hinaus. Als sie ohne ihn zurückkommt, greife ich nach ihrem Handgelenk und ziehe sie so ruckartig zu mir, dass sie auf meinem Schoß landet. Ein scharfer Stich schießt mir in mein ohnehin schon heftig schmerzendes Knie, und unwillkürlich schreie ich auf. Sie will aufstehen, aber ich halte sie fest. Lieber Schmerzen als noch einmal ohne sie. Es mag egoistisch sein, aber ich stehe das alleine nicht durch. Die Schmerzen an sich sind schon schlimm genug, aber ich brauche sie, um nicht ständig daran zu denken, dass ich footballmäßig weg vom Fenster bin. Auch ohne MRT oder sonstige Diagnose weiß ich, dass es vorbei ist. Das Reißgeräusch war zu eindeutig.

Mein Knie ist mittlerweile auf Monstergröße angewachsen. Während wir warten und warten, sprechen wir nur wenig. Ich wüsste sowieso nicht, was ich sagen soll. Ich bin deprimiert und sauer. Auf die Schaukel, auf mich, dass ich so leichtsinnig war und so dämlich gelandet bin. Auf mein scheiß Knie, das mich im Stich lässt. Auf die Ärzte und Schwestern, weil sie mich so lange rumsitzen lassen. Und gleichzeitig bin ich glücklich, dass Autumn endlich mir gehört. *Sie gehört mir.* Dass ich klinge wie ein Höhlenmensch ist mir egal. Momentan will ich nur zwei Dinge: Dass die Schmerzen endlich aufhören oder wenigstens erträglich werden – sprich: eine Pferdedosis Schmerzmittel! Und dass Autumn es sich nicht doch noch anders überlegt und mich nach nur wenigen Stunden wieder verlässt.

Irgendwann, ich weiß nicht, nach wie langer Zeit, stoßen Zane und Ethan mit Claire zu uns. Schließlich auch Gavin, ein paar Teamkollegen und der Coach. Dabei habe ich nur Ethan und Zane Bescheid gegeben. Zwar stutzen alle kurz, als sie Autumn auf meinem Schoß entdecken, aber sie sind höflich genug, keinen fucking Kommentar abzugeben. Danke! Doofe Bemerkungen sind das Allerletzte, was ich jetzt brauchen kann. Wem es nicht passt, der kann gleich wieder gehen. Vor allem Gavin blickt immer wieder zu uns herüber, seine Augenbrauen zusammengezogen, er kratzt sich am Nacken. Sieht so ein denkender Gavin aus? Hat er seine Schwester noch nie mit einem Kerl gesehen? Er sollte froh sein, dass sie endlich mit einem zusammen ist, der kein Arschloch ist. Claire lächelt uns an, sie freut sich sichtlich für uns. Zane klopft mir auf die Schulter und streckt den Daumen nach oben, Ethan sagt gar nichts, was auch schon mal ein gutes Zeichen ist, wenn er sich die Klugscheißersprüche spart. Egal ob bezüglich Autumn oder des Knies.

Natürlich will der Coach genau erfahren, was passiert ist. Für große Erklärungen habe ich keinen Nerv. Aber er muss Bescheid wissen, schließlich ist morgen das nächste Spiel. Also fasse ich den Unfall kurz zusammen. Er holt tief Luft, stößt sie langsam wieder aus und reibt sein glatt rasiertes Kinn. Glücklich sieht anders aus. Ich kann seine Reaktion nur zu gut nachvollziehen.

»So ein Mist, und das mitten in der Saison.«

Ja, ich hätte auch gerne darauf verzichtet. Auch die anderen Teamkollegen fangen an, auf mich einzureden, wie scheiße das alles ist und so einen Müll. Als wüsste ich das nicht selbst.

»Jetzt lasst ihn doch verdammt noch mal in Ruhe! Denkt ihr, er findet es toll, dass sein Knie kaputt ist? Oder dass er das absichtlich getan hat? Ihr macht alles nur noch schlimmer!«, ruft Autumn auf einmal. Aller Augen richten sich auf sie. Keiner redet mehr, sogar die anderen Patienten und Wartenden schweigen. Autumns Gesicht läuft rot an, aber sie sitzt aufrecht und mit vorgerecktem Kinn da und funkelt die anderen an. »Ich muss mal aufs Klo«, murmelt sie schließlich, senkt den Kopf und rutscht von mir herunter.

»Ich komme mit.« Claire löst sich von Ethan und hastet Autumn hinterher, die offenbar plötzlich nicht schnell genug flüchten kann.

Ganz nach Murphys Law werde ich, sobald meine Stütze weg ist, von einem Pfleger abgeholt und in eins der Behandlungszimmer gerollt. Der Arzt, ein tausend Jahre alter, aber Gott sei Dank kompetent wirkender Typ mit Augenbrauen, die einem Angst machen könnten, tastet mein Knie ab, beugt es – was kaum und nur unter höllischen Schmerzen funktioniert –, nickt und schnauft dabei wissend. Anschließend schickt er mich zum MRT.

Wieder muss ich warten, diesmal alleine, bis ich die Diagnose bekomme, die ich schon befürchtet habe. Vorderer Kreuzbandriss, schnellstmöglich operieren. Fuck! Mein Dad hatte das mal, als er beim Skifahren unglücklich aus dem Lift gestiegen ist und sich das Knie verdreht hat. Hat ewig gedauert, bis alles wieder einigermaßen stabil war. Football kann ich für das nächste halbe Jahr vergessen. Mindestens. Vielleicht sogar für immer.

Also hocke ich hier wie ein scheiß Invalide in diesem fucking Rollstuhl, stütze den Kopf in meine Hände und flenne wie ein Baby. Die alte Schwester, die in der Radiologie die Patienten empfängt, kommt hinter ihrer Theke hervor und drückt beruhigend meine Schulter. Sie ist eine gute Schwester, denn statt unnützer, vermeintlich aufmunternder Kommentare zeigt sie mir nur stumm ihre Anteilnahme. Und so lehne ich mich an den riesigen weichen Busen einer wildfremden Frau und lasse mich von ihr trösten.

Mir ist kalt und schlecht, mein Mund ist taub und der Geschmack darin schlimmer als nach drei durchgesoffenen Nächten. Mein ganzer Körper fühlt sich dumpf an, als wäre er in Watte gepackt, mein Bein pocht und schmerzt. Meine Hand brennt, ein Schlauch mit durchsichtiger Flüssigkeit führt zu einem Beutel an einem Ständer.

Im ersten Moment weiß ich nicht, wo ich bin und was mit mir los ist, dann fällt es mir wieder ein. Mein Knie ist kaputt. Ich bin im Krankenhaus. Ich wurde operiert. Autumn und ich haben uns geküsst. Meine Augen fallen von selbst wieder zu, aber ich will nicht schlafen. Vorsichtig taste ich unter meiner Decke mein Bein ab. Es ist dick verbunden und liegt erhöht auf einer Schiene. Indem ich mich an dem Dreieckding über meinem Kopf festhalte, ziehe ich mich ein wenig höher, damit ich mich umsehen kann. Ein Einzelzimmer. Gut. Danke, Mom und Dad, für die gute Krankenversicherung. Wo ist Autumn? Kurz gerate ich in Panik, dass sie mich verlassen hat. Da entdecke ich sie. Mein Mädchen. Sie hat sich in einem Sessel am Fenster zusammengerollt und schläft. Ihre Haare umrahmen ihr schönes Gesicht, bedecken die Narben auf ihrem Hals. Draußen ist es dunkel. War sie die ganze Zeit hier?

Jetzt merke ich auch, dass ich dringend pissen muss. Ich versuche mich aufzusetzen und an den Bettrand zu rutschen. Aber ich weiß nicht einmal, wo das Klo ist. Vermutlich darf ich sowieso nicht aufstehen.

Ist mir auch recht. Allein die kleine Bewegung hat gereicht, dass mir schwindlig und noch übler wird. Ich konzentriere mich auf das Atmen, um nicht zu kotzen. Also drücke ich notgedrungen den Rufknopf am Bettrahmen.

Wenig später erscheint eine junge Pflegerin. Sie muss etwa in meinem Alter sein, ist objektiv gesehen hübsch, hat lange, zu einem geflochtenen Zopf zusammengefasste Haare, und einen athletischen Körper. Beim Laufen wippen ihre kleinen Titten. Hat sie überhaupt keinen BH an? Noch vor Kurzem wäre sie genau mein Beuteschema gewesen, und selbst in diesem desolaten Zustand hätte ich sie angebaggert, egal ob Krüppel oder nicht. Jetzt will ich nur noch Autumn. Aber momentan will ich nur eines: pinkeln.

»Oh, Cole, Sie sind ja wach. Wie fühlen Sie sich?« Warum redet sie mich mit Vornamen an? Gibt es nicht irgendwelche Vorschriften dazu?

Geschäftig wuselt sie zu mir, wiegt ihre Hüften und zwinkert mit ihren langen, eindeutig angeklebten Wimpern. Lächelt schief und streckt ihre Brust raus. Sie flirtet mit mir? Echt jetzt? Mit einem Patienten, der gerade operiert wurde? Außerdem ist meine Freundin hier.

Die Schwester legt mir eine Manschette um den Arm und misst meinen Blutdruck. Dann meinen Puls. Ich bin sicher, sie müsste sich dabei nicht auf mein Bett setzen, schon gar nicht so nah, und auch nicht meinen Arm streicheln. Beide Werte schreibt sie in ein Formular auf meinen Nachttisch. Sie hebt die Decke und kontrolliert meinen Verband, und ganz sicher müsste sie dabei nicht mit der Hand meinen Oberschenkel hochfahren. Entschlossen halte ich die Decke fest und stoppe sie. Was ist los mit der? Gibt es so etwas wie sexuelle Belästigung von Schutzbefohlenen im Krankenhaus? Die spinnt doch.

»Ich muss mal«, informiere ich die aufdringliche Tussi und ignoriere ihre aus so vielen Gründen unpassenden Annäherungsversuche. Sie greift unter das Bett und holt ein weißes Plastikding hervor. Entsetzt schüttle ich den Kopf. No way. Da pinkle ich nicht rein. Und wenn ich zum Klo kriechen muss. Aber sie hat kein Erbarmen.

»Tut mir leid, Sie dürfen noch nicht aufstehen. Soll ich Ihnen helfen, es anzulegen?«

Öhm, nein? Ein Blick zur Seite bestätigt mir, dass Autumn noch tief und fest schläft. Seufzend stopfe ich also den Pissbehälter unter die Decke und fummle meinen Penis in die Öffnung. Die Schwester wartet, gibt mir nicht das kleinste bisschen Privatsphäre, indem sie sich umdreht oder wenigstens ein paar Schritte entfernt. Stattdessen glotzt sie mich an, als könnte sie mit Röntgenblick erkennen, was ich unter der Decke tue. Pissen, sonst nichts. Die volle Urinflasche, oder wie auch immer das Schnabelding heißt, reiche ich der Schwester, die es wie eine Trophäe nach draußen trägt. Endlich ist sie weg und meine Blase leer. Zwei positive Dinge. Das dritte und beste regt sich gerade, reibt sich die Augen und gibt wunderbare, leise Geräusche von sich. Autumn gähnt, dann sieht sie zu mir.

Sie lächelt. Ich lächle zurück.

»Hi, du«, flüstere ich.

»Hi, du«, sagt sie ebenso leise. »Wie geht's dir?«

Gut, will ich automatisch sagen. Aber ich will immer ehrlich zu ihr sein, also horche ich in mich hinein, bevor ich antworte.

»Keine Ahnung. Den Umständen entsprechend wahrscheinlich.«

Sie rappelt sich auf, streckt sich wie eine Katze und überbrückt die wenigen Meter bis zu mir, bleibt aber unschlüssig vor mir stehen. Mit der Handfläche klopfe ich aufs Bett. Ich brauche sie so nah wie möglich bei mir. Kurz zögert sie, dann legt sie sich neben mich, schmiegt den Kopf an meine Schulter und streichelt mit den Fingern meinen Oberkörper. Sie darf gerne mit unter meine Decke und ihren sexy Körper an meinen drücken, aber ich will sie nicht bedrängen. »Ich habe mir Sorgen gemacht«, murmelt sie in meine Achselhöhle. Wenn sie das tut, muss sie wirklich in mich verliebt sein, denn sicher stinke ich wie ein Büffel.

»Ich würde dich gerne küssen, aber so wie sich mein Mund anfühlt, wäre das wahrscheinlich kein Vergnügen für dich.«

Sie kichert. »Zane hat dir ein paar Sachen gebracht. Klamotten und Zahnbürste und Waschzeug und so.«

Was ist denn *und so*? Zane traue ich es zu, dass er auch Kondome eingepackt hat.

Plötzlich bin ich gehemmt. Das ist ein ganz neues Gefühl für mich. »Könntest du ... Also, wäre das ein Problem für dich, mir beim Umziehen zu helfen?«

Sie stützt sich auf den Ellbogen und sieht mich an. »Und wenn ja?« Sie schmunzelt, aber ihre Augen zeigen, dass sie auch unsicher ist.

»Dann mach ich es selbst, und du bist schuld, wenn ich aus dem Bett falle oder mich überanstrenge.«

Außerdem wird sie mich hoffentlich ohnehin bald nackt sehen. So zumindest mein Plan. Auch wenn ich mich frage, wie ich mit ihr schlafen soll, wenn ich mein Knie nicht belasten darf. Dann müssen wir eben kreativ sein. Gut, dass es so viele Stellungen gibt. Bei der Vorstellung regt sich mein Penis. Aber notgedrungen muss ich wohl noch ein paar Tage warten. Zum einen, weil wir gerade mal einen Tag zusammen sind und unseren Beziehungsstatus noch gar nicht geklärt haben. Abgesehen davon sollte ich vernünftigerweise wohl tatsächlich mein Knie eine Weile in Ruhe lassen.

Sie öffnet den Mund, aber ich stoppe sie. »Wehe, du rufst die Schwester, damit sie mir hilft. Außer du willst, dass sie mich unsittlich betatscht.«

Nur *sie* soll mich zukünftig unsittlich betatschen.

Autumn lacht leise und küsst mich auf die Schulter. Dann schlüpft sie aus dem Bett und holt meine Sporttasche aus dem Schrank.

»Der Tag im Zoo war schön. Und ich habe alles ernst gemeint. Den Kuss und dass ich verliebt in dich bin ... Ich will mit dir zusammen sein. So richtig. Ich will, dass du das weißt.«

Sie lässt die Tasche sinken, legt den Kopf ein wenig schief und mustert mich. »Fragst du mich gerade, ob ich mit dir gehen will?«

»Kann man so sagen.« Sie muss sich ein Grinsen verkneifen und gräbt in meiner Sporttasche herum. »Und? Wie ist deine Antwort?«

Mit einem T-Shirt in der Hand richtet sie sich auf. »Mal sehen«, sagt sie, schiebt ihre Unterlippe vor und tippt mit dem Zeigefinger darauf. »Du hast immer noch nicht alle Namen herausgefunden.«

Das kann nicht ihr Ernst sein. Ich lasse mich zurück ins Kissen fallen. Sie ist echt anstrengend. Und hartnäckig. Wenn sie nicht sie wäre, hätte ich schon längst aufgegeben. Nervös knüllt sie mein T-Shirt zusammen und beißt auf ihrem Fingernagel herum. Warum quält sie sich so? Wovor hat sie solche Angst?

»Du brauchst jemanden, der sich in der nächsten Zeit um dich kümmert. Alleine wirst du schwer zurechtkommen. Denkst du, Zane und Ethan helfen dir?«

Das ist mir momentan so was von egal. Ich will eine Antwort.

Das Shirtknäuel legt sie auf das Bett zwischen uns und holt meine rosa gepunkteten Shorts aus der Tasche. Mann, warum hat Zane gerade diese alberne Unterhose eingepackt? Mit ihr kommt sie zurück ans Bett und setzt sich wieder. Allerdings an den äußersten Rand der Matratze. Ein Wunder, dass sie nicht runterrutscht.

Ich ziehe mich wieder an der Halterung hoch. »Lenk nicht ab, Baby«, sage ich sanft und lege meinen Finger an ihr Kinn, damit sie mich ansieht. »Lass es uns versuchen. Ich will dich nicht wieder hergeben.«

Sie ringt sichtlich mit sich. Dann endlich nickt sie leicht.

»Okay.« Sie ist kaum zu verstehen. »Aber, bitte, gib mir Zeit. Es ... es fällt mir schwer zu vertrauen.«

Ach, sag bloß! Als hätte ich das nicht bemerkt.

Ich ziehe sie zu mir, bis sie wieder neben mir sitzt. Ihr Blick ist gesenkt, sie knetet ihre Hände, etwas beschäftigt sie.

»Was haben die Idioten vor mir nur mit dir gemacht, dass du so viel Angst hast?«

Eine Träne löst sich aus ihrem Augenwinkel und tropft auf meine Hand. Zärtlich wische ich mit dem Daumen über ihre Augenringe. Kurz schließt sie die Lider, dann schaut sie mich so schmerzerfüllt an, dass meine körperlichen Schmerzen, das fucking Knie, irrelevant erscheinen.

»Was findest du an mir?«, fragt sie ernst. »Ich bin Ausschussware, voller Psychomüll. Warum keine Einfache, Unkomplizierte, Unversehrte? Warum ich?«

Ich muss nicht lange überlegen. »Weil sie alle nicht du sind.« Ich nehme ihre Hände in meine und drücke sie an meine Brust. »Ich finde dich wunderschön. Innen und außen.« So verharren wir eine Weile. Sie öffnet ihre verkrampften Finger und spreizt sie auf meiner Brust, als spürte sie meinem Herzschlag nach. Mein Herz, das schnell gegen meine Rippen pocht und das ich ebenso schnell an sie verloren habe. Hoffentlich glaubt sie mir. Ich muss ihr beweisen, dass ich anders bin. Langsam führe ich ihre Finger an meine Lippen und küsse jede einzelne Fingerkuppe. Sie lässt es zu, schließt die Augen und seufzt leise.

»Du solltest dir wirklich die Zähne putzen«, sagt sie irgendwann und entzieht mir ihre Hände. Ganz zart umfasst sie mein Gesicht und berührt mit ihren Lippen meine. Der Kuss ist unschuldig und leicht, mehr kann ich mir mit diesem Atem auch nicht erhoffen, aber er entfacht ein Verlangen in mir, das ich von so schlichten Berührungen nicht kenne. Besser, sie hebt die Decke die nächsten Minuten nicht hoch. »Komm, lass uns dich umziehen.«

Geschickt öffnet sie in meinem Nacken die Schleife des OP-Hemds und streift es mir konzentriert und mit dunklen Augen ab, als wären wir nicht in einem Krankenhaus, sondern kurz davor, miteinander zu schlafen. Ihre Fingerspitzen streicheln meine Haut, zeichnen jeden Muskel nach, sie schluckt. Mein Schwanz zuckt immer ungeduldiger.

»Arme hoch«, weist sie mich an, obwohl ich auch selbst mein T-Shirt anziehen könnte, denn schließlich bin ich nicht am Oberkörper operiert worden. Mein Herz klopft, als hätte ich dringend einen Bypass nötig. Bevor sie mir das Shirt überstülpt, küsst sie meine Schultern. Erst die eine, dann die andere, dann beide Bizeps. Gänsehaut und ein Schaudern durchfahren meinen Körper. Und das sind keine Nachwirkungen der Narkose, das ist allein sie. Als das T-Shirt über meinem Gesicht ist, verlieren wir für einen Moment den Augenkontakt.

»Was ist denn hier los?«, höre ich. Ich lasse mich nicht hetzen und stecke seelenruhig meine Arme in die Ärmel und ziehe mir das Shirt herunter. Die schlimme Schwester von vorhin steht mit verschränkten Armen im Türrahmen und glotzt uns missbilligend an. »Sie dürfen nicht auf das Bett. Das ist unhygienisch. Und der Patient braucht Ruhe.«

Autumn steht hastig auf, aber ich halte sie auf.

»Sie bleibt. Ich brauche keine Ruhe, ich brauche sie.« Das klang unfreundlicher als geplant. Aber die Schwester nervt. Die verzieht den Mund zu einem Strich. »Könnte ich bitte eine Waschschüssel haben, damit ich mich waschen und die Zähne putzen kann?«, frage ich versöhnlicher.

»Warten Sie auf den Frühdienst. Für so etwas habe ich im Nachtdienst keine Zeit.« Sie sticht mit einer Spritze in den Gummipfropfen meiner Infusion, hantiert an dem Rädchen herum und rauscht wieder hinaus.

Autumn streicht mir über die Wange. »Schlaf noch ein bisschen! Du musst dich ausruhen. Ich bleibe hier.«

Einen Scheiß muss ich. Ich habe genug geschlafen. Ich will lieber mit ihr fummeln. Trotzdem fühle ich mich plötzlich wahnsinnig müde. Bestimmt hat die blöde Schwester irgendwas an den Medikamenten manipuliert. Bevor ich weiter darüber nachdenken kann, fallen meine Augen zu.

Autumn

Die nächsten Tage wohne ich quasi bei Cole im Krankenhaus, fungiere als lebende Krücke, helfe ihm beim Aufstehen und Umziehen, schleppe ihn ins Bad, schüttle seine Kissen auf, puste seine Suppe kalt und erinnere ihn daran, dass er sein Bein schonen muss. Gavin zieht mich schon damit auf, ob ich endlich meinen Traumberuf gefunden habe. Aber ich will keine anderen Leute pflegen, nur Cole. Obwohl er ein ungeduldiger Kranker ist und am liebsten sofort mit der Reha beginnen würde. Auf meine Frage, ob es ihm denn nicht auf die Nerven geht, wenn ich ständig bei ihm rumhänge, selbst wenn er anderweitigen Besuch hat oder telefoniert, hat er mich nur gepackt und geküsst, bis meine Zweifel beseitigt waren.

Ich fahre nur nach Hause, um selbst frische Klamotten anzuziehen. Coles Angebot, mit ihm zusammen in dem winzigen Waschraum seines Krankenzimmers zu duschen, habe ich abgelehnt, auch wenn mich die Vorstellung an einen komplett nackten Cole grinsen lässt. Bei meiner »Pflege« habe ich ohnehin schon alles von ihm gesehen, selbst seine obligatorische Morgenerektion. Prüde ist er auf jeden Fall nicht. Abgesehen davon darf er so kurz nach der OP noch gar nicht duschen.

Nach der ersten Nacht in dem unbequemen Sessel hat Cole darauf bestanden, dass ich mit in seinem Bett schlafe. Es ist ziemlich eng, und die Schiene nimmt zusätzlich Platz weg, aber wir arrangieren uns. Und ich schlafe erstaunlich gut, wenn er mich im Arm hält. Das Personal ist nicht begeistert davon, aber wenn er will, kann Cole wirklich rabiat sein. Jetzt widerspricht ihm niemand mehr, und alle nehmen stillschweigend hin, dass wir sämtliche Hygiene- und sonstigen Vorschriften einfach ignorieren. Ich wundere mich, dass ich es schaffe, mich auf ihn einzulassen. Ich fühle mich wohl mit ihm. Wir brauchen die Nähe des anderen gleichermaßen. Nur für Cole bleibe ich standhaft hier, denn Krankenhäuser wecken keine schönen Erinnerungen in mir. Zu viel Zeit habe ich in meinem Leben in diversen Krankenzimmern verbracht, Schmerzen ausgestanden, OPs überlebt, unfreundliche Schwestern ausgehalten, mieses Essen in mich hineingewürgt.

Es ist noch früh, die Nachtschwester hat ihren Rundgang gerade beendet, der Frühdienst wird erst in einer Stunde auftauchen. Zeit, die nur uns beiden gehört. Wie wird es sein, wenn Cole entlassen wird? Ihm geht es täglich besser, und der Arzt meinte, wenn es weiter aufwärtsgeht, kann er übermorgen nach Hause zurückkehren. Unter der Voraussetzung, dass er zeitnah mit den Nachbehandlungen und der Reha beginnt. So seltsam es klingt, es gefällt mir hier mit ihm. In unserer Blase, in der er schwach ist und ich stark bin. Ich will nicht in den Alltag zurück. Alltag zerstört alles.

»Ist die doofe Kuh weg?«, grummelt Cole und zieht mich noch näher an sich. Was kaum möglich ist, denn durch die Enge des Betts kleben wir quasi aneinander.

Schwester Olivia ist die schlimmste Nachtschwester, die selbst ich mit jahrelanger Krankenhauserfahrung je erlebt habe. Und sie interessiert sich für meinen Geschmack zu viel für meinen Freund. Mittlerweile kann ich sogar ohne Panikattacken zugeben, dass Cole genau das ist und dass ich wahnsinnig in ihn verliebt bin. Wenn er mich hält oder küsst oder berührt oder am liebsten alles gleichzeitig, frage ich mich, warum ich mich gegen ihn gewehrt habe und warum ich ihn anfangs nicht ausstehen konnte.

»Hm, ja«, antworte ich verschlafen und stecke meine Nase in meinen Lieblingsort. Coles Halsbeuge. Ich liebe es, zu spüren, wie sich sein Oberkörper beim Atmen hebt und senkt, sein kräftiger Puls an meiner Wange, sein Herzschlag unter meinen Fingern, und wie er sich verändert, wenn ich meine Hände über seinen Körper wandern lasse. So wie jetzt. Sein Herz stolpert und wird dann immer schneller, je mehr ich ihn streichle. Bis jetzt waren unsere Berührungen meist harmlos, eher wie von Teenagern als von Erwachsenen. Aber es ist eindeutig, dass er mehr will. Viel mehr. Ich im Übrigen auch, obwohl ich mir einen romantischeren Ort für unsere Entdeckungsreise wünschen würde.

In den Tagen hier hat er sich einen Bart wachsen lassen. Zane meint, er sehe damit aus wie ein Penner-Holzfäller. Mir gefällt es aber. Es lässt ihn noch männlicher und wilder wirken. Ganz Mann. Er grummelt wohlig, als ich sein stoppeliges Kinn kraule. Dann fahre ich über seinen Hals, kreise um seine Brustwarze und folge der Spur Haare, die in seinen Shorts verschwindet. Am Hosenbund stoppe ich, kitzle mit dem Fingernagel am Rand entlang und lege dann meine flache Hand auf die Stelle unter seinem Bauchnabel. Gierig küsst er mich, rollt sich halb herum und fällt über meinen Hals her.

»Pass auf, dein Knie«, warne ich.

Stöhnend dreht er sich zurück, zieht mich dabei aber mit sich, sodass ich auf seinem gesunden Bein zu liegen komme. Mit seinen großen Händen packt er meine Pobacken und drückt meinen Unterkörper an seinen. Ich spüre seine Erektion. Lasziv grinsend bewegt er sein Bein unter mir, reizt uns damit beide, weil ich mit meinem Oberschenkel seinen Penis stimuliere. Noch habe ich ihn nicht dort angefasst, aber meine Mauern bröckeln zunehmend. Seine Augen sind dunkel und voller Lust, er brummt und küsst mich erneut. Schiebt seine Zunge in meinen Mund. Jeden Stoß seiner Zunge spüre ich zwischen meinen Beinen, als würde er mich dort lecken.

»Leg dich auf den Rücken«, flüstert er atemlos, und ich tue, was er sagt, gespannt und voller Vertrauen.

Er muss ein wenig herumruckeln, bis er eine Stellung gefunden hat, die ihm nicht allzu sehr wehtut und in der die Schiene nicht so stört. Dann beugt er sich seitlich über mich, blickt mir tief in die Augen und zeigt mir stumm, was er für mich empfindet. Seine Finger umfassen meine Wange, mit dem Daumen streichelt er mich sanft. Wenn er mich so ansieht, bin ich mir ganz sicher, dass ich kein krankes Experiment für ihn bin. Ich hebe meinen Kopf, und will seinen Mund einfangen, aber er weicht zurück. »Halt still!« Seine Hand liegt auf meinem Bauch, mit dem anderen Arm stützt er sich ab, um Gewicht abzufangen. »Und schließ die Augen!« Er küsst zart meine Augenlider.

Dann zieht er die Decke bis zu unseren Hälsen hoch und löscht das Deckenlicht, sodass nur noch die kleine Leselampe über dem Bett leuchtet. Zusammen mit der Dämmerung draußen zaubert er eine beinahe romantische Stimmung. Seine Hand fährt langsam zwischen meinen Brüsten nach unten, verharrt vor meinem Slip und streicht am Rand hin und her, quält mich, wie ich es vorhin auf die gleiche Weise bei ihm getan habe, erregt mich, wartet und gibt mir Zeit zu protestieren. Als ich ihn nicht aufhalte, schlüpft seine Hand in meinen Slip und fährt unendlich zärtlich über meine Spalte, bewegt seine Finger hin und her, reibt leicht über meine Klitoris.

»Du fühlst dich so gut an, Baby.« Er stöhnt, drückt seinen Mund auf meinen, seine Zunge im Gleichklang mit seinen Bewegungen an meinen Schamlippen. Ich winde mich unter ihm, biege mich ihm entgegen, kralle meine Finger in seinen Rücken und bettle stumm um mehr. Meine Geräusche erstickt er mit seinen Lippen. Langsam und vorsichtig schiebt er einen Finger in mich hinein, krümmt ihn und stimuliert von innen diesen einen Punkt. Noch stärkere Erregung baut sich in mir auf, durchflutet meinen ganzen Körper. Er bemerkt mein Zittern, lässt einen zweiten Finger folgen und drückt gleichzeitig seinen Handballen auf meine Scham. Er weiß genau, was er tut. Nach wenigen Augenblicken explodiere ich, klammere mich an seinen Schultern fest, mein Oberkörper hebt sich, gleichzeitig presse ich meinen Unterleib gegen seine Hand. Atemlos und völlig ermattet falle ich zurück aufs Kissen, mein Puls und mein Atem erholen sich nur langsam. Er lächelt mich an. Wenn man Glück und Liebe im Gesicht eines Menschen ablesen kann, dann muss es so aussehen, wie Cole mich in diesem Moment betrachtet.

»Danke«, sagt er leise und streicht mir eine Haarsträhne aus der verschwitzten Stirn. Ich kann meine Nässe an seinen Fingern riechen.

»Wofür?« Meine Stimme ist rau.

»Dass du mir diesen Augenblick geschenkt hast. Du bist unglaublich, wenn du kommst.«

Trotz der schönen Worte und der Intimität, die wir gerade geteilt haben, werde ich verlegen. Mein Gesicht wird heiß, noch röter, als es wegen des Höhepunkts vermutlich ohnehin schon war.

Ich bedanke mich auf gleiche Weise und liebkose mit meinen Fingern seinen Penis, umfasse ihn mit festem Griff. Er ist voll erigiert, pocht in meiner Hand, die Haut ist weich, die Spitze bereits feucht. Ungeduldig hebt er seinen Po, sodass ich seine Shorts herunterziehen und seine Erektion freilegen kann. Mit dem Daumen verteile ich die ersten Tropfen auf seiner Eichel. Er stöhnt gequält und lässt sich auf den Rücken sinken, und nun bin ich es, die ihn verwöhnt. Fest bewege ich meine Faust auf und ab, immer wieder, und genieße, was ich in ihm auslöse, wie seine Erektion noch dicker und härter wird, wie Coles Beine zittern, die Hoden und seine Bauchmuskeln sich anspannen. Es dauert nicht lange, dann ergießt er sich zuckend und meinen Namen stammelnd über meine Finger und seinen Bauch.

Wir küssen uns atemlos und sehen uns lange an. Plötzlich fangen wir gleichzeitig an zu kichern.

»Wir sollten das wegwischen, bevor die vom Frühdienst reinkommen und schimpfen, wenn sie die Sauerei bemerken«, schlage ich vor.

»Na und? Sollen sie doch. Ist mir egal. Ich will nicht, dass du jetzt aufstehst.« Er rubbelt mit einem Taschentuch seinen Bauch ab, zieht sich einhändig seine Shorts hoch und grinst mich an. »Wird Zeit, dass ich endlich entlassen werde.«

Stimmt. Trotzdem verlasse ich das Bett, um mir die Hände zu waschen.

Nach dem Mittagessen und unserem obligatorischen Spaziergang – Spazierhumpeln – über den Gang, hieve ich Cole zurück ins Bett. Ich streiche ihm über seinen Verband, fühle, ob er kalte Zehen hat, und ziehe die Decke über seinen Prachtkörper. Bevor ich mich wehren kann, packt er mich am Unterarm und zieht mich ruckartig zu sich herunter. Dann drückt er mir einen Kuss auf den Mund, fährt mit der Zunge über meine Lippen, seine Hand wandert unter mein T-Shirt zu meiner Brust.

»Ich kann einfach nicht meine Finger von Ihnen lassen, Schwester Green. Schade, dass Sie Ihr Häubchen zu Hause gelassen haben.« Er kitzelt mich an den Rippen, beißt mich in den Hals und saugt daran. »Aber ich weiß, wo man eine komplette Krankenschwesterkluft bestellen kann.« Sicher keine echte, sondern eine mit ultrakurzem Minirock und Häubchen, aber dass ihn die Vorstellung von mir als heißer Krankenschwester so anheizt, erregt mich auch. Als seine Hand zur anderen, zur vernarbten Seite wandert, drehe ich meinen Kopf weg. Ich will nicht, dass er sich zu viel damit beschäftigt. Sonst wird ihm irgendwann doch noch bewusst, wie eklig ich bin. Er merkt meine Abwehr nicht oder ignoriert sie, fängt wieder an, mich zu kitzeln, krallt seine Finger in meine Hüfte und vergräbt seine Nase in meinem Dekolleté. Dabei macht er ein schmatzend-brummendes Geräusch. »Lecker«, murmelt er, zieht mein T-Shirt ein Stück herunter und pustet auf die Stelle zwischen meinen Brüsten. Ich kichere dämlich, aber ich liebe es, dass er so verrückt nach mir ist.

»Ich habe schon wieder Hunger, Schwester«, sagt er mit seiner tiefen sexy Stimme und leckt sich die Lippen.

»Gut, dass wir auf dem Rückweg Kuchen mitgenommen haben«, sage ich, obwohl ich genau weiß, dass er einen anderen Hunger meint.

Aber er spielt mit. »Schwester, könnten Sie mich bitte füttern?« Er zuckt mit den Augenbrauen, öffnet seinen Mund und streckt beide Arme von sich, als bedrohte ich ihn mit einer Waffe. Also nehme ich schmunzelnd die Gabel, steche ein Stück Kuchen ab und halte es ihm hin. Er schnappt danach, aber im letzten Moment ziehe ich die Gabel weg und schiebe mir den Kuchen selbst in den Mund. Dazu gebe ich ein genießerisches Geräusch von mir. »Das gibt Rache«, flucht er, reißt mich an sich und küsst mich wild, sucht mit seiner Zunge in meinem

Mund nach einem Rest Kuchen. Aber ich habe schon heruntergeschluckt. Unser Kampf um den Kuchen ist schnell vergessen, und unser Kuss geht in wildes Knutschen über. »Mmhh. Schön süß. Erdbeercreme«, murmelt er und leckt die Sahne von meinen Lippen. Den übrigen Kuchen teilen wir uns brüderlich. Oder paarlich oder wie auch immer das heißt, wenn man sich etwas als Liebespaar teilt.

Sobald wir fertig sind, fängt er sofort wieder an, mit seinen Händen meinen Körper zu erforschen. Obwohl wir erst wenige Tage zusammen sind, fühlt es sich so an, als wären wir es schon ewig. Vielleicht liegt es daran, dass wir in der Kürze mehr Zeit zusammen verbracht haben als andere Paare in Wochen. Trotzdem brandet immer wieder die Angst auf, dass er mich bald gegen eine andere, eine schönere, austauschen wird. Momentan ist es vermutlich angenehm, mich ständig um sich zu haben und sich von mir umsorgen zu lassen, mich anfassen zu können, wann immer ihm danach ist. Wie es sein wird, wenn wir wieder draußen sind, in der Realität, ist eine ganz andere Sache.

Unwillkürlich versteife ich mich. Seine Bewegungen stoppen sofort. »Was ist los, Baby? Habe ich etwas falsch gemacht? Du bist nicht nur meine Krankenschwester. Ich hoffe, das weißt du.« Er zieht die Hand unter meinem Shirt hervor und schiebt sie in meine Haare. Ich senke den Kopf und schließe die Augen, versuche, meine klopfenden Dämonen zu vertreiben. Versuche, das dumpfe Gefühl niederzuringen, die Panik, die Angst, wie es sein wird, wenn auch er sich angewidert von mir abwendet. Wenn ich herausfinde, dass er mich betrügt. Wie alle anderen. Weil ich es nicht wert bin, dass man nur mich liebt. Weil ich nie genug sein werde. Weil ich zu beschädigt bin. »Sieh mich bitte an, Baby!« Weil ich nicht reagiere, wiederholt er. »Bitte.« Als er meine Tränen entdeckt, wird sein Blick weich. »Was haben sie dir nur angetan? Egal, was es war. Ich bin nicht wie sie.« Ist er das nicht? Ich hoffe so sehr. Sanft küsst er mich auf die Stirn. »Rede mit mir! Hab keine Angst.«

Aber ich schüttle langsam den Kopf. Ich kann nicht.

Es klopft, aber bevor Cole *Herein!* sagen kann, öffnet sich die Tür, und eine Frau betritt mit strammem Schritt das Zimmer. Schnell mache ich mich los, rutsche aus dem Bett und fummle an Coles Bettdecke herum, stopfe sie um ihn fest, bis er wie eine Raupe nach dem Verpuppen eingewickelt ist.

Die Frau ist klein und unglaublich dick, beinahe würfelförmig, ihr ausladender Busen wackelt auf und ab, während sie auf Cole zueilt. Ein viel größerer, mindestens zwei Meter großer Mann, aber nicht weniger voluminös, folgt ihr, die Hände in den Hosentaschen vergraben. Er wirkt seltsam vertraut. Ein paar Schritte dahinter trottet ein Junge, schätzungsweise zehn oder elf Jahre alt, der der Frau wie aus dem Gesicht geschnitten ist, nur in der männlichen Version, und zwar moppelig, aber nicht ganz so dick.

»Mom? Dad?« Cole reißt die Augen auf. »Was macht ihr denn hier?«

»Warum hast du uns nicht informiert, dass du operiert wirst?«, sagt die Frau vorwurfsvoll, statt seine Frage zu beantworten.

Cole rappelt sich im Bett auf, indem er sich mit einer Hand am Bettgalgen festhält. »Hat der Coach euch angerufen?«

»Ja, das hat er. Gott sei Dank! Das wäre *deine* Aufgabe gewesen, Coli. Oder wenigstens die deiner Mitbewohner. Als Eltern sollten wir über solche Dinge Bescheid wissen, findest du nicht?« Er sagt nichts, fährt sich nur durch die Haare und schnauft. Er wirkt genervt. »Es muss sich doch jemand um dich kümmern. Dein Dad und ich haben uns solche Sorgen gemacht.« Sie schaut zu ihrem Mann hoch, der nur die Schultern zuckt.

»Hallo, Sohn«, sagt Coles Dad mit faszinierender Bassstimme und patscht Cole unbeholfen auf den Kopf. Seine Hände sind so riesig, dass sogar Cole neben ihm wie ein Kind wirkt.

»Danke, Schwester, ich kümmere mich jetzt um meinen Jungen. Sie können gehen.« Sie wedelt mit der Hand in meine Richtung.

»Mom, das ist keine Schwester.« Cole schmunzelt, wahrscheinlich weil er daran denkt, dass er mich am liebsten als Krankenschwester verkleidet vernaschen würde. »Das ist meine Freundin Autumn.« Er winkt mich zu sich. Ich habe ein wenig Angst vor den beiden Fremden und komme seiner Aufforderung nur zögerlich nach. »Denkst du, ich lasse die Schwestern in mein Bett?«

Coles Dad prustet los. Offenbar gar nicht so abwegig, der Gedanke. Er kennt seinen Sohn wohl gut.

»Deine Freundin?« Coles Mom klingt höchst verwirrt, was nur beweist, dass Cole es bis jetzt mit festen Freundinnen nicht so hatte. Zumindest haben seine Eltern wohl keine kennengelernt. Hätte er mich über kurz oder lang auch vorgestellt, wenn sie nicht ungeplant hier aufgetaucht wären? Jetzt ist er ja sozusagen gezwungen dazu.

»Ja, meine Freundin. Ich liebe sie.«

Wie bitte? Er liebt mich? Hat er das gerade wirklich vor seinen Eltern gesagt? Verlegen kratze ich mich am Hals, versuche, meine Narben und meine Überraschung zu verdecken. Coles Arm ist um meine Taille geschlungen.

Sein Dad mustert mich von oben bis unten und nickt anerkennend. »Gut gemacht, Cole.«

»Seine Freundin«, murmelt Coles Mom vor sich hin, schüttelt immer wieder den Kopf, als könnte sie es nicht glauben. Oder als hätte er ihr gerade erzählt, dass er von Aliens entführt und sein Gehirn gewaschen wurde. Schließlich hellt sich ihre Miene auf. »Wenn das so ist: Willkommen in der Familie, Liebchen! Wenn mein Sohn dich liebt, musst du etwas ganz Besonderes sein. Wenn er dich liebt, werde ich dich auch lieben.« Sie wuselt zu mir und zieht mich schwungvoll von Cole weg und an ihre Brust. »Ich bin Barbara, und das ist mein Mann James und unser Nesthäkchen Benjamin.« Ihr Blick wandert im Zimmer herum auf der Suche nach der dritten Person. Der vermeintliche Benjamin sitzt vornübergesunken in einem Sessel am Fenster und spielt mit seinem Handy. »Benjamin«, weist sie ihn mit strenger Stimme an. »Sag Guten Tag zu Coles Freundin.«

Der Angesprochene hebt nur kurz seinen Kopf, murmelt ein lustloses »Guten Tag, Coles Freundin« und beschäftigt sich weiter mit seinem Handy.

Barbara schiebt mich ein wenig von sich, mustert mich, packt mich erneut und küsst mich rechts und links auf die Wangen. Mit einem Handzeichen gibt sie ihrem Mann zu verstehen, dass er ihr den Stuhl vom Esstisch ans Bett schieben soll. Zwar verdreht er die Augen, befolgt aber brav, was sie will. Sie nimmt je eine Hand von mir und von Cole in ihre und lächelt uns an.

»Eine Freundin, das ist so ... Hach ... Jetzt erzählt mal, wie habt ihr euch kennengelernt? Ich will alles wissen. Und vor allem: Warum hast du sie uns bis jetzt vorenthalten?« Mit gerunzelter Stirn schaut sie ihren Sohn streng an. Diesen Blick hatte sie sicher auch aufgesetzt, wenn er als Kind irgendeinen Blödsinn veranstaltet hat.

»Mom«, sagt der bloß und fällt ein wenig in sich zusammen.

»Jetzt lass doch die Kinder in Ruhe«, bellt Coles Dad. »Das geht uns überhaupt nichts an. Willst du plötzlich nicht mehr wissen, warum unser Sohn im Krankenhaus ist?«

Sie ruckt herum. »Ach so, ja, natürlich. Wie geht es dir denn, mein Kleiner?«

Kleiner. Sie ist nur halb so groß wie ihr Sohn und ihr Mann, und nennt ihn Kleiner? Wie hat der Riesenkerl überhaupt in ihr Platz gehabt?

Cole fasst für seine Eltern die Geschehnisse noch einmal ausführlich zusammen. Bei einigen Stellen zuckt seine Mom zusammen oder gibt ein ersticktes Geräusch von sich.

»Du Armer«, sagt sie immer wieder und tätschelt seine Hand. Gleich fängt sie noch an, sein Knie-Aua wegzuwischen und aus dem Fenster zu schmeißen. Mütter machen so etwas doch. »Bekommst du denn auch genug zu essen hier?«

»Mom, ich komme schon klar. Außerdem habe ich Autumn.«

»Ja, das hast du, Spätzchen.« Sie lächelt uns beide an, als wären wir der Zwanzig-Millionen-Dollar-Jackpot, den sie gerade gewonnen hat.

»Wann wirst du denn entlassen?«, wirft James mit seiner Brummstimme ein. Immer noch hält er sich im Hintergrund, steht ans Fensterbrett gelehnt und betrachtet die Szene aus der Entfernung. Eine unheimlich quirlige winzige Kugelfrau und ein in sich ruhender Riese.

Gegensätze ziehen sich wohl tatsächlich an. Ich fühle mich ihm sofort verbunden, denn seine Art, die Dinge erst einmal abzuwarten, gefällt mir. Er zwinkert mir komplizenhaft zu und verzieht sein Gesicht zu einem schiefen Lächeln. Sicher war er früher ein ähnlicher Frauenheld wie sein Sohn. Das Fröhliche und Aktive hat Cole allerdings eindeutig von seiner Mom.

»Wenn alles gut geht, kann ich morgen oder übermorgen heim«, informiert er seine Mom.

»Aber du brauchst jemanden, der dich pflegt. Du kannst Zane und Ethan nicht zumuten, dass sie dich baden und bekochen und ...«

»Mom, ich bin nicht sterbenskrank. Ich kann und soll mich bewegen. Ich kann mir auch selbst den Arsch abwischen oder beim Pissen meinen Schwanz halten, falls du dir darüber Sorgen machst.« Sein Dad lacht leise.

»Machen Sie sich keine Sorgen, Mrs Matthews. Ich kümmere mich um ihn«, mische ich mich ein. Vielleicht hätte ich Cole vorher fragen sollen, ob er das überhaupt möchte, aber er strahlt mich so an, dass keine Antwort nötig ist.

»Nenn mich bitte Barbara, Liebes.« Sie spricht den Namen auf ungewohnte Art aus. »Meine Eltern waren Deutsche«, erklärt sie ungefragt. Ach ja, ich erinnere mich. Der VW Golf vom deutschen Opa Ernst. Per Schiff für den geliebten Enkel in die USA verfrachtet. »Ich bin ebenfalls in Deutschland geboren. Habe mich aber dann, damals, als noch viel mehr Soldaten in Deutschland stationiert waren, in diesen Mann verliebt.« Sie schaut zu ihrem Ehemann und wirft ihm ein Luftküsschen zu. Der fängt es mit einer Hand auf und steckt es in seine Hosentasche. »Als schließlich seine Kaserne aufgelöst wurde, hat er mich gebeten, ihn in seine Heimat zu begleiten. Tja, und hier bin ich.« Sie wirft die Hände in die Luft wie ein Schachtelteufel. »Ein paar Jahre später vervollständigte Cole unser Glück. Und wieder ein paar Jahre später stieß unverhofft noch unser Nesthäkchen Benjamin zu uns.« Sie beugt sich ein wenig vor, als wollte sie ein Geheimnis ausplaudern. »Er war eigentlich gar nicht mehr geplant, Cole war ja schon fast zwölf und ich weit über vierzig. Aber wenn die Natur will ...« Cole verzieht das Gesicht, als hätte seine Mom gerade das Ekligste ever erzählt, und wehrt ihre Worte mit beiden Händen ab. »Er war so süß als kleiner Junge.«

Sie seufzt und wühlt in ihrer Handtasche herum. Sie zieht ihr Portemonnaie hervor, klappt es auf und hält es mir hin. Auf dem Foto ist ein Junge zu sehen, etwa so alt wie Benjamin jetzt. Er hat unverkennbar Coles Gesicht. Und er ist dick. Nicht nur ein bisschen Babyspeck-pummelig, sondern richtig fett. Zwar hat Cole bereits angedeutet, dass er früher auch wegen seines Körpers Hänseleien ausgesetzt war, aber dass es so massiv gewesen ist, war mir nicht klar.

»Mom, das interessiert kein Schwein. Autumn kennt dich gerade mal eine halbe Stunde, und du sülzt sie schon mit deiner Lebensgeschichte voll.« Er verdreht die Augen. »Und pack das furchtbare Bild weg!«

Mit enttäuschtem Blick steckt sie die Geldbörse zurück in ihre Handtasche. Ich finde nicht, dass sie sülzt. Vielleicht redet sie einfach gerne und ist ein wenig aufgedreht, aber sie ist nett. Das ist für Eltern gar nicht selbstverständlich.

»Wenn du meinst«, sagt sie steif. »Ich freue mich eben so. Wann habe ich schon mal die Gelegenheit, deine Freundin zu treffen?«

Ich mag Coles Familie auf Anhieb. Trotzdem habe ich das Bedürfnis, mich eine Weile zurückzuziehen. Also frage ich Cole, ob es in Ordnung ist, wenn ich ein paar Stunden nach Hause fahre, um mich frisch zu machen. Zwar ist er nicht begeistert, lässt mich aber ziehen, nachdem ich ihm verspreche, bis spätestens zum Abendessen wieder da zu sein.

Cole

Mom starrt Autumn strahlend hinterher. Sie seufzt und schlägt die Hände vor den Mund. »So ein reizendes Mädchen. Und so hübsch. Ich freue mich so für dich, Cole.« Sie wuselt zu mir und küsst mich auf die Stirn. Dann richtet sie sich wieder auf und fuchtelt vor ihrem Hals herum. »Aber was hat das arme Ding denn da mit ihrer Haut?«

»Sie ist nicht arm. Und es geht dich nichts an. Wenn sie es dir erzählen will, wird sie es schon tun.«

Mom verzieht enttäuscht und beleidigt das Gesicht. Ich sollte freundlicher zu ihr sein, aber momentan ist sie mir schlicht zu neugierig.

Dad brummt nur und verdreht wieder die Augen. Im Gegensatz zu Mom lässt er mir meine Privatsphäre. Benjamin reagiert gar nicht, sondern spielt weiter mit seinem neuen Smartphone, das er von mir zum Geburtstag bekommen hat. Ich finde es ja schön, dass Mom sich für mich freut, aber wie ich sie kenne, plant sie bereits im Stillen meine Hochzeit.

»Bist du dir sicher, dass ich nicht ein paar Tage bleiben soll? Das Mädchen kann dich doch nicht ganz alleine pflegen. Sie ist so zart und zerbrechlich.«

»Mom. Alles ist gut. Selbst wenn ich Autumn nicht hätte, würde ich nicht wollen, dass du mir beim Duschen und Anziehen hilfst. Das haben wir Gott sei Dank hinter uns. Ich fände es höchst seltsam, wenn meine Mutter mich nackt sehen würde.«

Sie tätschelt meinen Arm. »Ich habe deinen Pullermann schon so oft gesehen, Schätzchen, da …«

»Mom!«, brülle ich und halte mir die Ohren zu. Erstens habe ich keinen Pullermann, und zweitens möchte kein erwachsener Mann, dass seine Mom ihn behandelt, als wäre er immer noch ein Kleinkind, am besten noch inklusive Waschen und Füttern. Zumindest will das kein psychisch gesunder.

»Wenn er sagt, er kommt zurecht, ist das so«, mischt sich Dad ein. »Lass ihn doch endlich mal mit deinem übertriebenen Geglucke in Ruhe. Das nervt.« Er tritt an mein Bett, drückt meine Schulter und nickt einmal. Seine Art, mir seine Unterstützung zu zeigen. Ich liebe meine Mom, aber in der Tat ist sie manchmal – oft – immer – etwas überfürsorglich. Es hat Gründe, warum ich sie nicht gleich informiert habe.

Dick und rund ist gleich gesund, ist das Motto meiner Mom. Gutes Essen und Verwöhnen ist für sie ein Ausdruck von Liebe. Wie zum Beweis packt sie aus einer riesigen Tasche, die mir erst jetzt auffällt, mehrere bunte Tupperdosen aus und öffnet sie. Eine ist bis oben voll mit ihrem berühmten Kürbisauflauf, in einer anderen sind knusprig panierte Hähnchenteile, in der dritten Schokomuffins.

»Vor lauter Freundin hätte ich beinahe vergessen, dass ich dir dein Lieblingsessen mitgebracht habe.«

Nein, hätte sie sicher nicht. Aus der Seitentasche holt sie ein kariertes Tischtuch, breitet es über meinem Schoß aus, legt Besteck und eine passende Serviette dazu und belädt einen Teller mit Essen.

Hunger habe ich nach dem Kuchen zwar keinen, aber sobald mir der Geruch von Moms Kürbisauflauf in die Nase steigt, knurrt mein Magen, was Mom mit einem zufriedenen Gesichtsausdruck zur Kenntnis nimmt. Brav fange ich also an zu essen. Fuck, ist das lecker! Trotzdem gut, dass ich sie überzeugen konnte, nicht noch länger zu bleiben, sonst würde ich, vor allem da das Training in den nächsten Wochen ausfallen muss, innerhalb kürzester Zeit wieder zum Mops mutieren. Gut und gesund kochen widerspricht sich für meine Mom. Von den Kalorien ganz zu schweigen.

Sosehr ich es genieße, von Mom versorgt zu werden und mich mit meinen Eltern über alles Mögliche zu unterhalten, so froh bin ich dennoch, als ich endlich wieder alleine bin. Mom ließ es sich nicht nehmen, mir das Versprechen abzunehmen, sie möglichst bald mit Autumn zu besuchen. Möglichst bald ist ein dehnbarer Begriff. Ich bezweifle nämlich, dass Autumn schon zu so einem Schritt bereit ist, denn ich merke, dass es ihr immer noch schwerfällt, sich ganz auf mich einzulassen und diese sinnlosen Ängste endgültig wegzuwerfen. Ich werde sie nicht verlassen oder sie verletzen. Das muss sie nur noch verstehen und glauben und verinnerlichen. Obwohl sie erst ein paar Stunden weg ist, vermisse ich sie bereits. Um sie nicht zu nerven oder wie ein irrer Stalker zu wirken, verkneife ich es mir aber, sie anzurufen, um sie zu fragen, wann sie wiederkommt.

Als es klopft, rutsche ich aufgeregt im Bett höher und setze mich aufrecht hin, um mein Mädchen begrüßen zu können. Doch sie ist es nicht. Statt ihr stöckelt die Person ins Zimmer, die ich am wenigsten erwartet hätte und die ich vor allem am wenigstens sehen will.

»Was willst du, Grace?«, blaffe ich statt einer Begrüßung.

Sie verzieht ihre grell geschminkten Lippen zu einem Schmollmund, was nicht sexy aussieht, wie sie vermutlich denkt, sondern wie ein Fisch, dem man die Lippen zusammengeklebt hat. Sie klimpert mit ihren falschen Wimpern und setzt sich ungefragt an das Fußende.

»Ich wollte dich besuchen und aufheitern.«

Ihre Hand fährt unter die Bettdecke, mein Bein hinauf. Ich kann mir genau vorstellen, was sie vorhat. Und bis vor ein paar Wochen hätte ich anstandslos mitgemacht und mir von ihr schamlos unter der Decke einen runterholen lassen. Jetzt bin ich nur noch angewidert.

»Lass das.« Grob wische ich ihre Finger weg. Sie ignoriert mich, und ihr Griff wird nur noch fester. »Sag mal, kapierst du es nicht? Nimm deine Griffel von mir!«, wiederhole ich deutlicher. Ich drehe mich seitlich, setze mich unter Schmerzen an den Bettrand und hüpfe einbeinig aus ihrer Reichweite. Hoffentlich kommt Autumn nicht herein, bis ich

Grace los bin. »Verschwinde, Grace! Ich bin jetzt mit Autumn zusammen.«

Sie erstarrt und glotzt mich mit aufgerissenen Augen und Mund an. »Mit dieser hässlichen Schlampe?« Ihre Augen verengen sich zu Schlitzen. »Du wirst schon noch draufkommen, dass sie ein verklemmtes, abartiges Miststück ist. Sie ist ein Psycho. Darren hat sie nicht umsonst betrogen. Mit ihr kann es keiner aushalten.« Sie verschränkt ihre Arme vor ihren operierten Brüsten. Wie konnte ich diese unnatürliche Frau jemals auch nur ansatzweise anziehend finden? Mir wird schlecht. Sie lehnt sich ein wenig zurück und lächelt mich falsch an. »Früher oder später wirst du kapieren, wie verkorkst sie ist. Dann kommst du angekrochen. Du wirst mich anflehen, dich zurückzunehmen. Ich kann warten, es wird sicher nicht lange dauern. Ich werde da sein, mein Lieber, und dich trösten. Ich kann dir das geben, was sie dir verweigern wird.«

»Das wird nicht passieren, Grace«, sage ich beherrscht und imitiere ihre arrogante Körperhaltung. »Autumn verweigert mir gar nichts. Sie hat im Gegensatz zu dir Stil und Klasse. Nur weil sie nicht wie du für jeden die Beine breitmacht, ist sie nicht verklemmt.«

Grace schnaubt. »Das wird dir noch leidtun, Cole. Irgendwann gehörst du mir. Das verspreche ich dir.«

Ich schüttle nur den Kopf. Keine Ahnung, warum sie so besessen von mir ist. Zu keinem Zeitpunkt unseres Arrangements habe ich ihr Hoffnung auf mehr als nur belanglosen Sex gemacht. *Sie* ist der Psycho, nicht Autumn. »Ich will, dass du jetzt gehst.«

»Keine Sorge, ich verschwinde. Für heute. Aber dieser Körper und ich sind immer bereit für dich und warten.« Sie wiegt ihre Brüste und leckt sich die Lippen.

Was zum Teufel ist mit ihr los?

Sie tänzelt zu mir und drängt sich an mich. Ich weiche zurück, aber weil hinter mir Wand ist, bin ich von ihr regelrecht eingesperrt. Dann presst sie ihre Lippen auf meine und schiebt ihre Zunge in meinen Mund. Die eine Hand reibt meinen Schwanz. Kurz bin ich überrumpelt, dann stoße ich sie von mir und wische mir angewidert mit der Hand den Mund ab.

»Du hast sie doch nicht mehr alle!«

Sie lacht, drückt noch einmal meine Hoden und verlässt hoch erhobenen Hauptes das Zimmer. Erschöpft humple ich ins Bad, putze mir meine Zähne, als müsste ich einen Hygienewettbewerb gewinnen, und sprühe mich von oben bis unten mit Deo ein, um Grace' widerliches Parfüm zu überdecken. Dann schleppe ich mich zurück ins Bett und schließe die Augen.

Zwei Tage später darf ich endlich nach Hause. Ich habe Autumn unter einem Vorwand in den Klinik-Minimarkt geschickt, denn gleich kommt der Arzt zum Abschlussgespräch, und ich will ihn ungestört ein paar wichtige Dinge fragen. Die schlimmste Nachricht hat er mir gestern schon überbracht. Nämlich die, dass die Wahrscheinlichkeit, je wieder Football spielen zu können – zumindest wenn es mehr als ein Hobby sein soll –, verschwindend gering ist. Erst einmal werde ich mich auf eine monatelange harte Reha einstellen müssen, extremes Trainieren wie vor meinem Unfall ist vorerst gestrichen. Was bedeutet, dass ich für mindestens diese Saison raus bin. Wenn nicht für immer. Was das für meine Karriere als Footballer und fürs College allgemein bedeutet, habe ich mich noch nicht getraut, mir einzugestehen. Mein Stipendium hängt von meinen Erfolgen als Spieler ab. Mein gesamtes Leben ist auf diesen Sport aufgebaut. Ich wollte Autumn nicht nur um mich haben, weil ich sie liebe und es ohne sie kaum aushalte. Ich wollte schlichtweg nicht mit meiner Zukunft konfrontiert werden. Sie und ihr Körper konnten mich erfolgreich von der drohenden Katastrophe und der fucking Wahrheit ablenken. Aber irgendwann werde ich mich der Realität stellen müssen.

Mit meiner Hass-Krankenschwester im Schlepptau betritt der Doc mein Zimmer. Er hält mir den Entlassungsbrief hin und hebt dann wortlos die Decke, um mein Bein ein letztes Mal zu untersuchen.

»Bitte machen Sie alles wie bereits besprochen. Das ist wichtig für die Heilung. Und kommen Sie zuverlässig zu allen Nachuntersuchungen.« Ich nicke. »Dann ist ja alles geklärt. Ich würde Sie bitten, in der nächsten Stunde das Zimmer zu räumen, wir brauchen es schnellstmöglich für neue Patienten«, schnappt Schwester Monster und rauscht aus dem Zimmer.

Der Arzt will ihr folgen, aber ich stoppe ihn. »Doc? Kann ich Sie noch was fragen?«

Er dreht sich um und lächelt freundlich. »Natürlich. Entschuldigen Sie, ich dachte, wir hätten gestern alles besprochen. Aber fragen Sie ruhig.« Er faltet die Hände vor seinem Bauch.

»Wann darf ich wieder Sex haben?«, frage ich ungeniert. Er ist ein Mann, er wird mich verstehen.

»Sobald Sie sich fit genug fühlen«, antwortet er neutral. Also sofort? »Sie sollten nur aufpassen, dass Sie Ihr Knie nicht belasten oder abknicken. Beugen ist ganz schlecht. Wegen der Schmerzen und vor allem wegen der frischen OP-Wunde. Eine erneute Ruptur sollten Sie für ein paar Minuten Spaß nicht riskieren.« Ein paar Minuten? Meint er das ernst? »Aber es gibt ja genug alternative Stellungen, die ich Ihnen sicher nicht weiter erläutern muss.« Nein, muss er nicht. Trotzdem fügt er hinzu: »Wenn die Partnerin oben ist zum Beispiel. Oder Löffelchen. Oder sie stehen vor ihr, während sie zum Beispiel auf einem Tisch sitzt. Allerdings wäre das einbeinig nicht ganz einfach. Aber Sie haben bestimmt genug Ideen.« Ja, die habe ich. »Frage beantwortet?«

»Ja, Danke!«

Er klopft mir auf den Oberschenkel oberhalb des Verbandes. »Dann alles Gute Ihnen! Ich kann es nur noch mal betonen, wie leid es mir für Ihre Footballkarriere tut. Sie haben so unglaubliches Talent.« Er seufzt. »Ein herber Verlust für das Team.«

Gestern hat er mir nicht nur eröffnet, dass ich vielleicht nie mehr werde spielen können, sondern auch, dass sein Sohn bis vor fünf Jahren selbst unter Couch Bedingsen gespielt hat und er deswegen unsere Erfolge immer noch verfolgt.

»Und viel Spaß bei ... Ihren sonstigen Aktivitäten!«

Werde ich garantiert haben.

Wenig später kommt Autumn zurück.

»Was grinst du so?«, fragt sie, küsst mich zur Begrüßung auf die Nase und legt mir Taschentücher und das Sportmagazin hin, das ich sie alibimäßig habe besorgen lassen.

»Nur so, bin eben glücklich, dass ich endlich heim darf.«

Sie lächelt und holt meine Sporttasche aus dem Schrank, um zu packen.

»Cool, endlich habe ich meinen eigenen Cyborg«, sagt Zane mit Blick auf die Metallschiene um mein Knie. Idiot. Auf seine Schulter gestützt humple ich durch unsere Wohnung, Autumn folgt mit meinen Krücken und meiner Tasche. Zane lässt mich unsanft aufs Sofa plumpsen, bleibt selbst aber stehen.

»Kommst du zurecht, Alter? Ich muss dringend mal wieder an die Uni, wenn ich das Semester noch bestehen will.«

Das Studium habe ich die letzten Tage erfolgreich verdrängt. Hoffentlich verliere ich mein Stipendium nicht. Der Coach hat zwar versprochen, dass er sich für mich einsetzen und meinen Platz im Team freihalten wird, aber sicher nicht bis in alle Ewigkeit. Jetzt, da ich aus dem Krankenhaus raus und zurück im Alltag bin, überfällt mich meine Realität plötzlich schlagartig. Trotz Autumn, trotz der Aussicht, endlich Sex mit ihr haben zu können. Schließlich kann ich mich nicht für immer mit ihr in meinem Bett verschanzen. Ich lege meinen Kopf in die Hände und versuche, nicht in Panik zu verfallen. Was soll ich ohne Football tun? Football ist mein Leben, das, was ich liebe, was ich kann, worauf ich meine Zukunft ausrichte, trotz Plan B. Ich brauche den Sport, sonst flippe ich aus. Momentan kann ich nicht einmal alleine aufstehen, kann nur mit ausgestrecktem Bein – abknicken ist ja strengstens verboten – und einer verdammt unbequemen Schiene sitzen oder humpeln, brauche Krücken, um nur ein paar Meter weit zu kommen. Selbst auf dem Klo brauche ich Hilfe.

»Scheiß Knie!«, brülle ich und wische in einem Wutanfall die

Sachen vom Wohnzimmertisch. Zeitschriften fliegen herum, ein Glas zerspringt, die Fernbedienung donnert gegen die Wand. Autumn keucht auf und fängt hektisch an aufzuräumen. Dann, als hätte dieser Ausbruch alle meine Kräfte geraubt, falle ich wieder in mich zusammen und heule wie ein Baby.

»Wow, Alter, alles klar?«, fragt Zane. Er kratzt sich mit hochgezogenen Augenbrauen am Kopf und wirkt genauso ratlos, wie ich mich fühle.

»Du siehst doch, dass nicht alles klar ist«, zischt Autumn. »*Alter*«, fügt sie mit Ätzstimme hinzu. Sie eilt zu mir, kniet sich vor mich auf den Boden und legt ihre Hände auf meine Schenkel. Stumm streichelt sie mich, sieht mich liebevoll und besorgt an.

»Ist ja gut«, murmelt Zane. Er setzt sich neben mich und klopft mir unbeholfen auf den Rücken. »Das wird schon wieder, Bro.« Nein, wird es nicht. Trotzdem schätze ich seinen Tröstungsversuch. »Soll ich dir eine heiße Privatschwester spendieren?«

Man kann nicht alles mit Geld lösen. Außerdem habe ich die beste und heißeste Privatschwester, die man sich vorstellen kann. Warum traut ihr niemand zu, dass sie mich besser versorgen wird als irgendjemand anders? Weil sie so zerbrechlich und verletzlich wirkt? Sie ist stärker als ihr alle. Stärker als ich. Nur mit ihr ist diese verfickte Scheiße, meine aussichtslose Zukunft, auszuhalten.

Autumn hält meine Hände in ihren kleinen und streichelt sie. Sie weiß, wie es ist, beschädigt zu sein. Sich unbrauchbar und nutzlos und verzweifelt zu fühlen.

Zane klopft sich auf die Oberschenkel und stößt sich hoch. »Ich geh dann mal, Leute«, sagt er, bleibt aber trotzdem stehen, seine hängenden Arme baumeln seitlich hin und her wie bei einem lausigen Schauspieler, der seinen Text vergessen hat. Er ist eindeutig überfordert mit einem schwachen, deprimierten Cole. Normalerweise bin ich immer gut gelaunt, mache in jeder Situation lieber dumme Witze, als auch mal ernst zu bleiben. Aber hierbei ist nichts witzig. Gar nichts. Ich bin dabei, das zu verlieren, was mit das Wichtigste in meinem Leben war.

Und ich bin auf Hilfe angewiesen, was ich überhaupt nicht leiden kann. Ich hasse es, von anderen abhängig zu sein.

»Tut mir leid, das mit deinem Knie«, fügt Zane leise hinzu.

»Ich weiß«, sage ich, sehe ihn aber dabei nicht an. Er schnauft tief, dreht sich dann um und geht.

Autumn

Es zerreißt mir das Herz, den großen, starken und immer positiven Cole so zu sehen. Zusammengesunken kauert er auf der Couch, alle Kraft und Freude scheinen ihn verlassen zu haben. Er wirkt so verletzlich und traurig, wie ich ihn noch nie erlebt habe. Mutlos. Und Hoffnungslos. Ich kann ihn so gut verstehen. Noch immer ist die Verzweiflung und Trauer ein treuer Begleiter, noch immer nagen die Angst und die Selbstzweifel und der Schmerz – körperlich wie seelisch – an mir wie ein Biber. Es ist schwer, dem standzuhalten und nicht endgültig umzufallen wie ein abgenagter Baum.

»Soll ich dir ein Bad einlassen? Vielleicht tut dir das gut.« Ich weiß nicht, warum ich so leise rede, vielleicht befürchte ich, dass er durch zu laute Worte komplett zu Staub zerfällt.

Er schnaubt und lacht tonlos. »Bloß nicht. Ich hasse baden. Schrumpelhaut ist ätzend.« Unwillkürlich muss ich grinsen. Ganz verschwunden ist der lustige Cole wohl doch nicht. Gott sei Dank! »Aber duschen wär toll. Auch wenn du zu höflich bist, um dich zu beschweren, ich weiß, dass ich übel stinke. Nur Waschen reicht eben nicht.«

»Du durftest ja noch nicht duschen«, erinnere ich ihn. Dass er müffelt, war und ist mir egal. Dazu bin ich viel zu verliebt. Ich sehe mich im Wohnzimmer um. »Habt ihr einen Plastikstuhl, den man in die Dusche stellen kann? So lange stehen sollst du noch nicht.«

Er lächelt, dankbar und belustigt. »Balkon.« Mit dem Kinn zeigt er hin.

Ich hole einen der weißen Plastikstühle von dem winzigen Außenbereich, trage ihn ins Bad und platziere ihn in der Duschkabine. Aus dem Regal nehme ich ein Handtuch und lege es auf dem Waschtisch bereit. Zwar lässt sich Cole von mir hochhelfen, besteht aber darauf, ohne meinen Arm, alleine mit seinen Krücken, ins Bad zu humpeln. Dort setzt er sich auf den Deckel der Toilette. Sein Gesicht zeigt, dass er Schmerzen hat, das aber tapfer zu verbergen versucht.

»Willst du erst noch eine Schmerztablette?«

Er schüttelt langsam den Kopf. »Nein, die machen mich so müde. Ich will dich mit allen Sinnen bei mir haben.«

Wärme durchflutet mich, und kurz setze ich mich auf seinen gesunden Oberschenkel und schmiege mich an ihn. Er schlingt seine Arme um mich und lehnt seine Stirn gegen meine. Eine Weile verharren wir in dieser Stellung und atmen im Gleichklang. »Danke«, sagt er schlicht. Wofür genau ist nicht wichtig.

Ich stelle mich so vor ihn, dass sein gesundes Knie zwischen meinen Beinen ist. »Arme hoch!«, befehle ich, und er streckt grinsend die Arme in die Luft.

»Du weißt schon, dass ich mein T-Shirt selber ausziehen könnte, oder? Ich habe nur ein kaputtes Knie, alles andere funktioniert einwandfrei.« Er wackelt anzüglich mit den Augenbrauen und küsst erst meine eine Brust, dann die andere.

»So macht es aber mehr Spaß«, flachse ich und befreie ihn von seinem Oberteil. Ich liebe seinen Oberkörper. Muskulös und stark und nur wenig behaart. Affenartige Männerbrüste sind ekelhaft. Mit dem Zeigefinger kraule ich seine weichen Locken auf der Brust.

»Gefällt dir, was du siehst?«, flirtet er und schmunzelt.

»Mmh«, sage ich bloß. Dann löse ich mich von ihm, knie mich vor ihn und helfe ihm aus seiner Jogginghose und seinen Shorts. Sein erigierter Penis springt mir geradezu entgegen, was ihm in keiner Weise peinlich zu sein scheint. Hitze steigt mir ins Gesicht und flutet meinen Körper. Ich müsste mich lediglich ein wenig vorbeugen, um ihn in den Mund zu nehmen, meine Lippen darum zu schließen. Sicher schmeckt er dort genauso gut wie am restlichen Körper.

»Du starrst meinen Schwanz an«, stellt Cole nüchtern fest. »Aber mach nur, wenn's dir Spaß macht.« Auch ohne ihn anzusehen, weiß ich, dass er grinst.

Mit der Handfläche schlage ich ihm auf den nackten Oberschenkel. »Idiot!« Aber er lacht nur und packt mein Handgelenk, um mich zu sich zu ziehen. »Sei froh, dass ich dich nicht auf dein böses Knie gehauen habe. Pass auf, du bist mir völlig ausgeliefert.«

»Ich liebe es, dir ausgeliefert zu sein«, flüstert er und platziert mich wieder zwischen seinen Beinen. Mit beiden Händen fährt er von den Hüften aufwärts. Er legt seine Handflächen an die Unterseite meiner Brüste und reizt meine Brustwarzen durch den Stoff meines Shirts und meines BHs.

Ich räuspere mich und trete einen Schritt zurück. »Jetzt noch die Schiene.« Meine Stimme hört sich heiser an.

Unbeholfen fummle ich an der Schiene herum, bis ich es endlich schaffe, sie abzunehmen. Jetzt ist er komplett nackt. Nur das Pflaster, das die OP-Wunden verdeckt, stört den Anblick. Wie Gott oder wer auch immer ihn schuf sozusagen. Auf jeden Fall hat der, der es war, gute Arbeit geleistet. Ich kann es nicht verhindern, dass ich ihn staunend betrachte. Cole ist heiß, und in meinem Schritt fängt es an zu kribbeln.

Nur mit Mühe kann ich mich von seinem Anblick losreißen. Aus Verlegenheit und weil ich ihn sonst ungeniert betatschen würde, klatsche ich in die Hände. »So, dann wollen wir mal.«

Er stößt sich hoch, stützt sich auf mich und hüpft einbeinig die wenigen Meter zur Dusche. Mit einem erleichterten Stöhnen lässt er sich auf den Stuhl darin sinken. Barfuß schlüpfe ich zu ihm in die Duschkabine und hole den Duschkopf aus der Halterung.

»Du kannst auch endlich mit mir zusammen duschen«, schlägt Cole vor, grapscht nach meinem Po und knetet ihn.

»Jetzt bist du dran«, wehre ich ab und winde mich aus seinen Händen. Ich stelle das Wasser an und prüfe mit der anderen Hand die Temperatur. »Wie magst du's lieber? Lauwarm oder heiß?«

»Ich mag es richtig heiß, Baby.«

Ich schwanke zwischen Augenverdrehen und Geschmeicheltsein, entscheide mich fürs simple Ignorieren und halte den Strahl so dicht über seinen Kopf, dass das Wasser schwallartig über sein Gesicht rinnt. Er prustet und versucht, seinen Kopf freizubekommen. In einer Geschwindigkeit, die ich in seinem Zustand nicht erwartet hätte, schnappt er sich den Duschkopf und zielt auf mich. Ich kreische und bin innerhalb weniger Sekunden tropfnass. Wir albern herum und kämpfen um die Macht – den Duschkopf –, bis wir beide völlig außer Atem sind. Dass ich samt Klamotten komplett nass bin, ist mir egal. Stumm starren wir uns in die Augen. Auf einmal packt er mich, zieht mich rittlings auf seinen Schoß und küsst mich hungrig, seine Finger fahren rastlos meinen Körper rauf und runter, er stöhnt in meinem Mund. Sein Penis zuckt an meiner Hüfte. Ungeduldig zerrt er an meinen Klamotten. Um sie auszuziehen, muss ich kurz aufstehen, was er brummend kommentiert. Weil sie wegen der Nässe an meinem Körper kleben, schaffe ich es nicht komplikationslos, bleibe im Ausschnitt hängen und falle beinahe beim Hoseausziehen auf Cole. Belustigt beobachtet er, wie ich mich abmühe und pumpt dabei langsam seinen Penis. Selten habe ich etwas Erotischeres als diesen Mann gesehen, der sich selbst anfasst. Noch nie eigentlich.

Sobald ich ebenfalls nackt bin, presst er mich auf seine Erektion und bewegt mich vor und zurück, stimuliert uns beide, bis ich mir nur noch wünsche, ihn in mir zu spüren. Gleichzeitig saugt er an meinen Brustwarzen, umkreist sie mit seiner Zunge, streichelt meinen Rücken. Er ist überall. Und es fühlt sich einfach nur unfassbar gut an.

»Ich bin sauber, Baby, ich benutze immer Kondome. Aber dich will ich ganz, ohne Barriere. Bitte, bitte, sag, dass du die Pille nimmst.«

»Ich habe sie abgesetzt, als ich nach Tibet bin«, gebe ich zerknirscht zu.

Er schließt die Augen und stößt schwer Luft aus. »Mist!«, murmelt er und schluckt. »Dann lass uns ins Bett wechseln. Im Schlafzimmer hab ich Gummis. Für mein Knie ist es vermutlich eh vernünftiger, wenn ich liege.«

Schnell stehe ich auf. »Hast du Schmerzen?«

Er schüttelt langsam den Kopf und schaut mich nur an. »Du bist so wunderschön, Autumn Crystal. Ich liebe dich.«

Plötzlich verlegen bedecke ich meine nackten Brüste.

Sanft zieht er an meinen Armen und zwingt mich, sie zu senken. »Schäm dich niemals für deinen Körper, Baby. Er ist ein Geschenk. Eines, auf das ich mein ganzes Leben gewartet habe. Jetzt, wo ich es endlich auspacken durfte, will ich es nie mehr hergeben und nur immerzu anschauen. Am liebsten würde ich dich ins Regal stellen. Aber momentan fällt es mir schwer, dorthin zu laufen.« Für einen kurzen Augenblick blitzt Zweifel in mir auf, ob er solche Worte wohl zu allen seinen Eroberungen sagt. Aber sein Blick ist so weich und liebevoll, dass ich die negativen Gedanken beiseiteschiebe. »Genauso schwer, wie es mir momentan fällt, meine Hände von dir zu lassen und zu warten, bis wir diese Dinger zur Verhütung haben«, fährt er fort. »So scharf, wie ich auf dich bin, aber sorry, ein Baby wär gerade ganz schlecht.«

Da stimme ich ihm völlig zu. Schnell seife ich ihn ein und dusche ihn ab, anschließend vollführt er die gleiche Prozedur an mir. Danach greife ich seine Hand, helfe ihm hoch und reiche ihm seine Krücken. Sobald er sicher steht, beugt er sich vor und küsst mich erneut. Es ist wie ein Versprechen auf das, was nun folgen wird.

Nachdem wir uns schnell abgetrocknet haben, kuscheln wir uns in seinem Bett unter die warme Decke und drängen uns aneinander.

»Bist du bereit, Baby? Willst du es?«

Ja, ich will ihn, so sehr, dass es schmerzt. »Was ist mit deinem Knie?«, frage ich. Ich will ihn, aber ich will auf keinen Fall riskieren, dass wir irgendetwas kaputt machen. Oder Nähte aufplatzen oder er Schmerzen hat.

»Der Doc sagt, ich darf«, antwortet er grinsend. »Ich muss nur aufpassen und soll selbst nicht so viel machen. Hauptsache, das Knie wird weder abgeknickt noch belastet.« Er verschränkt die Arme hinter dem Kopf. »Also musst du leider die ganze Arbeit übernehmen.«

Ich rutsche ein Stück von ihm weg. »Du hast den Arzt gefragt, ob du Sex haben darfst?«

»Ja, klar. Ich will schon so lange so dringend mit dir schlafen, ich kann nicht noch länger warten.« Ist das jetzt ein Kompliment oder der Beweis, dass er mich nur ins Bett bekommen wollte? »Schau nicht so skeptisch. Wo ist das Problem? Ich bin wahnsinnig verliebt in dich, du bist wahnsinnig verliebt in mich, wir sind eindeutig heiß aufeinander. Sollen wir uns von einem doofen Knie aufhalten lassen? Das Einzige, was mich aufhalten könnte, ist ein Nein von dir. Allerdings müsstest du mich dann für ein paar Minuten alleine lassen, damit ich mich um den da kümmern kann.« Er deutet auf seinen Unterleib.

»Nein, ich will das«, sage ich, ohne lange zu überlegen, und weiß im gleichen Moment, dass es die Wahrheit ist. Ich will keine Zweifel mehr haben, ich will genießen, ich will glauben, dass er es ernst meint, dass er anders ist als der Verräter-Arsch Darren und die ganzen anderen.

Also schmiege ich mich wieder an ihn, überfalle ihn mit meinem Kuss und klettere auf ihn. Ich setze mich auf seine Oberschenkel, beuge mich vor und reibe meine Brust an seiner. Er stöhnt und reckt mir das Gesicht für einen Kuss entgegen. Ohne seine Lippen von meinen zu lösen, tastet er nach der Box auf seinem Nachtkästchen und kramt ein Kondom heraus. Ich lehne mich zurück und beobachte ihn fasziniert, wie er es hastig überrollt. Er ist so sexy, und ich bin so erregt, dass ich mich selbst nicht mehr wiedererkenne. Dann hebe ich meinen Po, senke mich auf Coles wartende Erektion und nehme ihn in mich auf. Er ist groß, aber nicht zu groß, füllt mich vollständig aus. Er fühlt sich fantastisch an. Gleichzeitig stöhnen wir laut auf. Langsam sinke ich immer weiter auf ihn, bis er einen Punkt tief innen erreicht, der mich aufschreien lässt.

»Geht es mit dem Knie?«, keuche ich.

»Nicht reden, mach bitte«, presst er hervor und stößt von unten zu. Ich beginne mich zu bewegen, reite ihn genüsslich, spüre, wie er in mir größer wird, wie ihn meine Muskeln umschließen, wir uns beide dem Höhepunkt nähern. Mit den Händen stütze ich mich auf Coles Brust ab.

Er hat seine Augen geschlossen, atmet stoßweise, sein Mund ist leicht geöffnet. So erregt sieht er unglaublich schön aus.

»Oh, Baby, ich komme gleich.« Dann haben wir ja etwas gemeinsam. Er stöhnt lang gezogen und tief. »Das ist so geil«, presst er hervor, und ich spüre, wie er sich heiß in mir ergießt.

Ich versteife mich. Nicht wegen meines eigenen Orgasmus. Der ist plötzlich wieder unerreichbar fern. Sondern wegen seiner Worte. *Das ist so geil.* Coles vor Lust verzerrtes Gesicht wird zu Darrens. Darren, wie er unter diesem Mädchen liegt. In dem Bett, in dem wir sonst gemeinsam lagen. *Das ist so geil.* Immer wieder stammelt er diesen Satz. *Das ist so geil.*

Ich rutsche von Cole herunter und setze mich an den Bettrand.

»Was ist los, Baby?« Er liegt immer noch auf dem Rücken, sein Penis bereits wieder halb erschlafft, feucht und glitschig von unseren Säften. »Baby, sprich mit mir! Habe ich etwas falsch gemacht?«

Doch ich antworte nicht. Meine Brust zieht sich zusammen. Bald wird Cole mit mir das Gleiche machen. Wie Darren. Und wie all die anderen. Wie Patrick, der mich bereits nach wenigen Wochen betrogen hat. Wie Jonas, der von Anfang an mehrgleisig gefahren ist – oder besser gesagt gefickt hat. Wie Koby, dem ich auch nicht genug war und der mich nach nur drei Monaten gegen eine unversehrte Blondine ausgetauscht hat. Die er natürlich schon während unserer Beziehung getestet hatte. Sie alle waren Sportler. Darren Footballer wie Cole und Gavin, sogar eine Zeit lang im gleichen Team, Patrick Baseballer, Jonas und Koby Basketballer. In sie alle war ich verliebt. Schlief mit ihnen, schenkte ihnen meinen Körper und ein Stück meiner Seele. Sie traten es mit Füßen. Immer wieder schaffte ich es, mich aufzurappeln. Den Glauben nicht komplett zu verlieren. Bis Darren kam. Er zerstörte alles, jeden Rest Vertrauen in mir. Mich, meine ohnehin schon geschundene Seele, er verhöhnte meinen Körper, verhöhnte mich, wenn ich eine meiner Panikattacken hatte.

In Cole bin ich nicht verliebt. Ihn liebe ich. Seinen Verrat zu ertragen, wird ungleich schwerer sein. Diesmal werde ich nicht überleben. Wortlos blicke ich mich um, suche meine Kleidung. Mist, die liegt ja nass im Badezimmer. Also stehe ich auf und schlüpfe in eines von Coles T-Shirts, das über einem Stuhl hängt. Sein Geruch steigt mir in die Nase. Es tut so weh. So verdammt weh.

Cole

Fuck! Sie war noch nicht so weit. Und ich Idiot habe sie zu sehr bedrängt.

»Baby, rede mit mir!«, flehe ich. Doch sie reagiert nicht, sondern zieht langsam und steif mein SFSU-Shirt über. Starrt stumm, mit ausdruckslosem Gesicht an die Wand. Wie ein Roboter.

Mühsam und unter Schmerzen hieve ich mich hoch und in die Senkrechte. Kurz schwanke ich, meine Krücken sind noch im Wohnzimmer, aber darauf kann ich jetzt keine Rücksicht nehmen. Einbeinig hüpfe ich zu ihr. Hebe meine Arme, lasse sie wieder sinken, weil ich nicht weiß, ob ich sie berühren darf oder nicht. Meine Hände hängen schlaff an meiner Seite herunter. Ihr Körper ist verkrampft, die Schultern hochgezogen, die Arme hat sie um sich geschlungen. Mein T-Shirt ist ihr viel zu groß, was sie noch kleiner und verletzlicher wirken lässt.

»Autumn, bitte sieh mich an!«

Und endlich, endlich dreht sie sich zu mir herum. Ihre Augen sind feucht, eine einzelne Träne rinnt herab. Ich lege vorsichtig meine Handfläche auf ihre Wange. Sie schließt die Augen und senkt den Kopf, entzieht sich mir aber Gott sei Dank nicht.

»Siehst du, wie kaputt ich bin?«, flüstert sie und lacht tonlos. Nichts ist zum Lachen. Mein Knie schmerzt höllisch, und ich kann kaum noch auf dem gesunden Bein stehen, trotzdem bleibe ich bei ihr, will ihr zeigen, dass momentan nur sie wichtig ist. Sie und das, was sie immer noch so belastet, dass sie, während wir miteinander schlafen, eine Panikattacke oder was auch immer das war, bekommt. Während des geilsten Sex meines verdammten Lebens. »Du wirst es auch tun«, sagt sie noch leiser. So leise, dass ich sie kaum verstehe.

Ich lege auch meine zweite Hand um ihr Gesicht und zwinge sie sanft, mich anzusehen. »Was werde ich tun?«

Sie atmet ein paarmal ein und aus, sieht mir in die Augen, aus denen Liebe und Schmerz und Hoffnungslosigkeit sprechen.

»Du wirst mich auch gegen eine andere austauschen.«

Was? »Wieso sollte ich das tun?« Ich greife ihre Hände, sie weicht nicht zurück, bleibt aber in Habachtstellung.

»Du solltest dich besser wieder hinlegen«, sagt sie, ohne meine Frage zu beantworten, und zeigt auf mein Bein. »Dein Knie.«

»Nicht ohne dich. Und nicht ohne dass du mir endlich sagst, was los ist.«

Sie kaut auf ihrer Lippe herum, ballt ihre Fäuste, entspannt sie wieder. Dann reibt sie sich über das Gesicht, vergräbt es in ihren Fingern und schluchzt einmal laut auf. »Ich halte das nicht noch einmal aus.«

»Was denn, verdammt?«, hake ich sanft nach und lege nun doch meine Arme um sie. Zaghaft und vorsichtig, um sie nicht zu erschrecken. Sie zuckt und versteift sich, lässt sich dann aber an mich sinken und weint leise an meiner Schulter. Ich würde sie gerne zurück ins Bett tragen, aber wegen meines verfluchten Beins ist das unmöglich. Deswegen muss ich mich darauf beschränken, sie zurück zum Bett zu führen, uns beide zuzudecken und sie weiter im Arm zu halten. Ihr Kopf liegt auf meiner Schulter, sie drückt sich an mich, klammert sich an mir fest und schluchzt immer heftiger. Während ich ihren Rücken streichle, lasse ich sie weinen, gebe ihr die Zeit, die sie braucht, um sich zu beruhigen und hoffentlich endlich zu öffnen.

Eine Ewigkeit liegen wir so. Mir ist kalt, und ich habe Schmerzen, aber ich weigere mich, aufzustehen und mir etwas anzuziehen oder Autumn zu bitten, mir zu helfen oder mir eine Schmerztablette zu holen. Ich will sie nicht loslassen. Allein die Vorstellung fühlt sich an, als würde ich sie verraten.

»Ich habe damals immer den Fehler gemacht, nicht darüber zu

reden«, sage ich in die Stille. Sie antwortet nicht, ihr Atem geht immer noch unregelmäßig und viel zu schnell. Immer wieder schnieft sie. Ich konzentriere mich auf meinen Körper, versuche, mich zu beruhigen, so wie ich es vor Spielen immer tue, um meinen Herzschlag zu senken und in meine Mitte zu kommen. Vielleicht kann ich dieses Gefühl ja auf sie übertragen. »Aber ich hätte es tun sollen«, fahre ich leise fort. »Reden befreit. Es hilft gar nichts, alles mit sich rumzuschleppen. Das frisst dich von innen auf. Wie ein Parasit. Du wirst innerlich ausgehöhlt, bis nur noch die Hülle übrig ist.« Sie zieht die Nase hoch. Von mir aus könnte sie ihren Rotz auch an mir abwischen. Hauptsache, sie ist hier bei mir und flüchtet nicht wieder. »Irgendwann wurde nämlich alles doppelt schwer«, fahre ich fort. »Durch meine Körperfülle und weil ich meinen Frust niemandem mitteilte. Du musst wissen, ich war nicht einfach dick. Meine Mom mästete mich geradezu. Ich war so fett, dass es zwangsläufig so kommen musste, dass ich verarscht wurde. Weil Kinder nun mal fiese Arschlöcher sein können. Und je mehr ich wegen meines Aussehens geärgert wurde, umso mehr stopfte ich in mich hinein.« Sie bleibt weiter stumm, und ich schlucke, weil mich die Erinnerung überrollt. »Ich erlebte das volle Programm. Krasseste Schimpfwörter, Kopf ins Klo stopfen, Klamotten verstecken, denk dir was Gemeines aus, mit mir haben sie es getan. Nur mich in den Spind stecken konnten sie nicht. Dazu war ich zu fett.« Ich stoße Luft durch die Nase aus. »Meine Eltern wussten nichts davon. Bis heute nicht. Was hätten sie auch tun sollen? Die anderen Kinder verprügeln? Mir ging es beschissen damals, zeitweise wollte ich nicht mehr in die Schule gehen, niemanden sehen.« Noch heute plagt mich manchmal das Gefühl von damals. Einer der Gründe, warum ich es verabscheue, andere Menschen willentlich zu verletzen. Autumn seufzt tonlos. »Erst in der Junior High änderte sich das. Als ich Zane und Ethan kennenlernte. Zane hatte aus unerfindlichen Gründen einen Narren an mir gefressen und beschützte mich. Nahm mich und Ethan unter seine Fittiche. Warum auch immer.«

Ich erzähle ihr alles. Davon, dass ich durch die Freundschaft mit diesen beiden so unterschiedlichen Menschen erst zu leben begonnen habe, davon, dass sie mir zeigten, dass ich es wert bin, geliebt zu werden – abgesehen von meiner Familie, die mich ohnehin liebte, wie ich war. Wie befreit ich mich plötzlich fühlte, weil ich jemandem mein Leid erzählen konnte. Berichte davon, wie ich mit dem Sport anfing, wie ich dadurch immer mehr abnahm, fitter und muskulöser wurde. Wie die Mädchen plötzlich auf mich flogen und wie ich das genoss. Wie ich nach und nach heilte, mich mit der Vergangenheit aussöhnte und zu dem Cole wurde, der ich heute bin. Einer, der in der Gegenwart lebt und versucht, diese mit allen Sinnen zu erfassen und auszukosten. Ein positiver Mensch.

Sie kommentiert meine Geschichte nicht, lässt mich einfach reden und meine eigenen Wunden an mir vorbeiziehen. Wir bewahren uns gegenseitig vor dem Auseinanderfallen.

Dann fängt sie plötzlich an. Erzählt, dass ihre Ex-Freunde sie alle – ausnahmslos – betrogen haben. Dass alle Sportler waren und sie deswegen so eine Abneigung gegen uns hat. Dass keiner nur mit ihr zusammen sein wollte, keiner zu ihr gestanden hat, weil sie diese Narben hat.

Nein, das lag nicht daran, Baby. Das lag daran, dass das alles verfickte Vollidioten waren. Aber ich kann mir vorstellen, dass sie das jetzt nicht hören will. Ihre Wunden sind zu tief. Ich kann ihr nur beweisen, dass ich nicht so bin. Dabei dachte ich, dass ich ihr bereits gezeigt habe, dass ich sie trotz ihrer Narben liebe. Dass es mir egal ist, wie beschädigt sie ist. Das ist ihr Begriff, nicht meiner. Für mich ist sie nicht beschädigt. Für mich ist sie perfekt.

»Als du vorhin diesen Satz gesagt hast …«, flüstert sie.

»Welchen meinst du, Baby?«

»Das ist so geil«, presst sie hervor. Habe ich das gesagt? Sorry, daran kann ich mich nicht erinnern. Mein Hirn war nämlich gerade ausgeschaltet, weil ich von einem gigantischen Orgasmus überrollt wurde. »Da kam alles hoch. Das mit Darren und …« Wieder stoppt sie.

Ich setze mich auf und streichle mit dem Daumen ihre Wangen. Sie schließt die Augen und schmiegt sich in die Berührung. »Du kannst mir alles sagen, Baby. Vertrau mir!«

Ein tiefes Schluchzen entfährt ihr, das ihren ganzen zarten Körper schüttelt. Dann senkt sie den Kopf. »Ich wollte ihn spontan besuchen, es war unser Jahrestag. Sogar ein kleines Geschenk hatte ich dabei. Ein Foto von uns beiden, von einem Ausflug in die Berge. Von damals, als wir noch glücklich waren. Dabei waren wir das vermutlich nie. Er hatte ein eigenes Zimmer im Wohnheim und nicht abgesperrt. Im Nachhinein denke ich, dass er das absichtlich getan hat. Er *wollte*, dass ich ihn erwische, wie er eine andere ...« Sie schluckt. »Er hat mich ganz sicher bemerkt. Denn er grinste mich an. Er grinste tatsächlich. So ein fieses, ekelhaftes Grinsen. Verstehst du?« Darren ist der größte Arsch unter der Sonne, weil er Autumn, meiner wunderbaren Autumn, so etwas Abartiges angetan hat. Ich schäme mich für die Männerwelt. »Die ganze Zeit sah er mir in die Augen, stöhnte immer wieder diesen einen Satz. *Das ist so geil*«, ätzt sie mit verstellter Stimme. »Ich musste mit ansehen, wie er unter ihr lag, wie sie sich hektisch bewegten, wie sie von ihm zum Orgasmus getrieben wurde und wie er ihren Namen schrie, als er kam. Ich hätte wegrennen sollen. Aber ich konnte mich nicht bewegen. Stand einfach nur wie gelähmt da, wie eine Statue, und sah zu, wie die Tussi stöhnte und wimmerte und sich auf ihm wand, seine Finger in ihre Hüften gekrallt.« Sie schließt die Augen, ihre Hände wandern an ihren Hals. »In ihre narbenlose Haut.« Sie holt tief Luft und stößt sie mit einem gequälten Laut wieder aus. »Sie war nicht die Einzige. Nur die Erste, von der ich wusste. Die ich quasi leibhaftig miterlebte. Er hat mich nie geliebt. Keine Ahnung, warum er überhaupt jemals mit mir zusammen war. Aus Mitleid? Aus dem kranken Fetisch heraus, mal eine Behinderte zu ficken? Weil es ihm egal war, in welche Frau er seinen Schwanz steckte? Weil er dachte, er könnte sich durch mich an Gavin, den Star-Quarterback, ranschleimen?« Sie entzieht sich mir und flüchtet aus dem Bett, als könnte sie durch Herumlaufen den Schmerz lindern. Ein paarmal tigert sie im Zimmer auf und ab. Hin und her. Sie macht mich ganz nervös. Am Fenster bleibt sie stehen, starrt mit herunterhängenden Armen hinaus. »Wie oft hat er mir versichert, dass er mich liebt?«, sagt sie zu der Scheibe. »Dass er mit mir, nur mit mir zusammen sein will, wenn er mal wieder fremdgeflirtet hatte. Selbst in meiner Gegenwart hielt er sich nicht zurück. Und ich war dumm genug, ihm zu glauben, dass er etwas für mich empfindet.«

Das ist alles so furchtbar. Ich wünschte, ich könnte ihre Vergangenheit auslöschen. »Komm zurück ins Bett, Baby«, sage ich zärtlich und strecke meine Hände nach ihr aus. Sie sieht mich verletzt, verschreckt, skeptisch und ängstlich an, alles gleichzeitig, dann setzt sie sich langsam in Bewegung und läuft mit winzigen Schritten zu mir. Ich lüpfe die Bettdecke, und immer noch verdammt zögerlich schlüpft sie darunter.

Auf den Ellbogen gestützt, beuge ich mich über sie, lege all meine Liebe in meinen Blick und streiche über ihr nach dem Weinen gerötetes, aber selbst jetzt noch wunderschönes Gesicht. Dann senke ich meine Lippen auf ihre und küsse sie, erst zart und vorsichtig, klopfe mit meiner Zunge an und warte darauf, dass sie mich hereinlässt. Nach kurzem Zögern heißt sie mich willkommen und küsst mich zurück, presst sich an mich, klammert sich an mich, als könnte ich sie tatsächlich im nächsten Moment verlassen.

»Ich bin da, Baby«, flüstere ich und küsse sie erneut. »Und ich werde nicht gehen. Ich will nur dich. Ich liebe nur dich.« Wenn sie mir nur glauben würde. Dasselbe haben ihr die ganzen Arschlöcher vorher auch gesagt.

Ich fummle an ihrem T-Shirt herum, streife es nach oben, bis ihr Oberkörper freiliegt und ziehe es ihr langsam aus. Dann fahre ich mit der freien Hand ihre rechte Seite vom Hals abwärts bis zu ihrem Schenkel. Immer wieder. Erkunde ihre Narben, streichle sie, huldige ihrem Körper, beweise ihr, dass ich alles an ihr liebe, auch die vermeintlich kaputten Stellen. Sie ist nicht schuld daran, dass sie betrogen wurde. Weder sie noch ihre Narben. Wie kann man ein wunderbares Wesen wie sie nicht lieben?

Je länger ich sie berühre, umso ungeduldiger wird mein Schwanz. Ihm reicht es nicht, sie nur zu streicheln. Aber er muss warten. Ich lasse meinen Fingern meine Zunge und meine Lippen folgen, küsse mich ihren Körper entlang nach unten, verharre bei jeder Rippe, arbeite mich zentimeterweise weiter, lasse mir alle Zeit der Welt. Sie schaudert, Gänsehaut bildet sich auf ihrem Bauch, ihre Nippel ragen spitz zwischen meinen Fingern hervor. Ihre Brust hebt und senkt sich, ich spüre ihr Herz schlagen, im Rhythmus meines eigenen. Im Raum ist es still, nur unser Atmen ist zu hören. Obwohl meine Berührungen harmlos sind, ist es das Intimste und Erotischste, was ich jemals erlebt habe. Die Tatsache, dass sie mir erlaubt, ihre am meisten verhassten Stellen zu erforschen und zu lieben, löst ein unbeschreibliches Glücksgefühl in mir aus. Ich bin so hart wie noch nie in meinem Leben.

»Magst du mir erzählen, woher die sind?«

Wenn wir schon bei Geständnissen und dem Aufdecken unserer Vergangenheit sind, dann will ich alles wissen.

Lange Zeit sagt sie nichts, aber ich dränge sie nicht. Sie soll selbst entscheiden, ob sie mir nach ihrer Geschichte mit den Betrüger-Dreckskerlen auch noch das erzählen wird. Ob sie überhaupt noch die Kraft dazu hat.

»Ich war sechs.« Ihre Stimme ist leise und vom Weinen rau. »Gavin und ich waren in unserem Baumhaus.« Sie schluckt. »Wir wussten genau, dass wir keine Kerzen mit reinnehmen durften. Aber wir wollten es uns doch gemütlich machen. Wie Mom, wenn sie abends Kerzen angezündet und uns was vorgelesen hat.« Abwesend spielt sie mit meinen Brusthaaren.

»Was ist passiert?«

»Gavin – er hat mir noch gesagt, wir tun nur so, als machten wir sie an. Nicht in echt. Er ist … manchmal denkt man, er ist verantwortungslos und dumm, aber das ist er nicht.« Sie lächelt schief. »Zumindest nicht immer. Er hat mir eingebläut, ich solle ja nicht die Kerze anzünden. Ich sei zu klein dafür und so. Dann ist er weg, er wollte nur kurz etwas holen. Aber er kam nicht wieder. Mir war so langweilig. Und dann habe ich das Feuerzeug gefunden. Keine Ahnung, wem das gehörte. Gavin oder vielleicht auch Lennon. Der hat sich manchmal ins Baumhaus verzogen, um allein zu sein und heimlich zu rauchen. Vielleicht auch Ocean. Oder Dad, der es beim Kiffen verloren hat. Ist auch egal.

Niemand ist schuld daran. Nur ich selbst.« Sie stoppt und krallt ihre Fingernägel in die Narben auf ihrer Schulter. »Es ging so schnell. Die Vorhänge brannten, der kleine Teppich, alles. Ich habe die Luke nicht aufbekommen. Ich habe es einfach nicht geschafft«, flüstert sie. »Meine Haare fingen Feuer. Meine Kleidung. Es tat so unglaublich weh.« Sie klingt panisch, als durchlebte sie alles noch einmal live.

»Es tut mir so leid.« Einen noch blöderen Satz kann man nicht sagen. *Gut gemacht, Cole!*

»Lennon hat mich irgendwann rausgezogen. Vermutlich waren es nur ein paar Augenblicke, in denen ich im Feuer war, aber es kam mir vor wie Stunden. So stellte ich mir immer die Hölle vor. Monatelang war ich im Krankenhaus, bekam Hauttransplantationen, musste x-mal operiert werden.« Sie verzieht das Gesicht, schmerzvoll, resigniert, traurig. »Und so bin ich zur Mangelware geworden. Jetzt weißt du alles. Von mir, von dem Unfall, von den Männern.« Sie lacht wieder tonlos, zieht die Decke bis zum Kinn hoch.

Ich will nicht, dass sie sich wieder vor mir verschließt. Deswegen rutsche ich so dicht an sie wie möglich und schlinge wieder meine Arme um sie. Küsse ihr Gesicht, ihren Hals, ihren Körper, ihre Narben, ihre Seele.

»Du bist keine Mangelware. Du bist der Hauptgewinn.« Sie seufzt. Glaubt mir nicht. »Bitte, lass mich dir helfen, die Erinnerungen zu vergessen«, sage ich und küsse sie wieder. So lange, bis sie in meinen Armen weich wird.

»Schlaf mit mir«, flüstert sie. Das habe ich zwar nicht direkt damit gemeint, als ich vom Vergessen gesprochen habe, aber das ist natürlich auch eine gute Methode.

»Bist du sicher?«, frage ich sie. Auch wenn ich schon wieder wahnsinnig Lust auf sie habe – trotz oder vielleicht auch wegen unseres Seelenstriptease –, will ich, dass sie versteht, dass ich mit ihr zusammen bin, weil ich sie liebe. Und nicht, weil ich nur Sex mit ihr will.

Als Antwort küsst sie mich erneut und holt ein frisches Kondom aus der Box. Einander seitlich zugewandt rolle ich es mir über. Sie legt ein Bein über meine Hüfte und rutscht zu mir. Wir halten uns aneinander fest, unterbrechen keine Sekunde den Augenkontakt, während ich langsam in sie eindringe. Sofort biegt sie sich mir entgegen, schließt für einen Moment die Augen und stöhnt lang gezogen, als ich mich zu bewegen beginne. Diesmal ist es weniger wild, dafür umso intensiver. Keine Geheimnisse mehr. Keine Grenzen. Nur noch wir. Hüllenlos in allen Facetten. Sie beißt mich leicht in die Lippe und saugt sich an mir fest. Ich greife unter ihr Knie und ziehe ihr Bein höher, sodass ich noch tiefer in sie hineingleiten kann.

»Ich werde dich nicht verlassen, Baby«, keuche ich. »Niemals.«

Plötzlich stoppt sie ihre Bewegungen und sieht mich an. »Ich bin etwas aus der Übung«, gesteht sie leise. »Ich hoffe, ich ...« Sie klingt verunsichert. »... ich enttäusche dich nicht ...«

Ich halte ebenfalls inne und fahre mit den Fingern ihren Oberschenkel hoch. »Alles, was du tust, fühlt sich unfassbar gut an, Baby. Du könntest mich nie enttäuschen.« Dann grinse ich frech. »Außerdem können wir zusammen üben.« Ich kneife sie in den Po und presse sie wieder an mich.

Auf einmal löst sie sich von mir. Kurz gerate ich in Panik, weil ich denke, sie entzieht sich mir wieder, hat eine weitere Panikattacke, doch sie drückt mich auf den Rücken und klettert wieder auf mich, immer darauf bedacht, mein kaputtes Knie nicht zu sehr zu belasten. Sie kniet sich zwischen meine Beine und sieht mich von unten an. Ich hoffe, sie tut gleich das, wonach es aussieht. Bevor ich zu Ende gedacht habe, senkt sie ihren Kopf und nimmt meinen wartenden Penis in den Mund. Ihre Lippen sind weich und warm, ihre Zunge umkreist meine Eichel, ihre Hand umfasst meine Hoden und drückt sie leicht. Ich kralle meine Finger in ihre Haare und dirigiere sie. Es fühlt sich unglaublich an, wie sie mir einen bläst. Noch besser wäre es natürlich ohne Kondom, aber ich will ohnehin schnellstmöglich wieder in sie. Ich will in ihr kommen, zusammen mit ihr. Also ziehe ich sie hoch, küsse sie, schmecke sie und einen Hauch Gummi. Dann schiebe ich sie weiter nach oben, bis sie mit gespreizten Beinen über meinem Gesicht sitzt und revanchiere mich, indem ich ihre Spalte mit festen Zungenschlägen lecke. Die Finger in ihre Hüften gekrampft, halte ich sie dort, wo ich sie haben will. Sie windet sich und stöhnt, stützt sich mit ausgestreckten Armen an der Wand hinter dem Bett ab, als ich abwechselnd Zunge und Daumen in sie hineinschiebe.

Zitternd klammert sie sich am Kopfende meines Bettes fest, bewegt ihren Unterleib ungeduldig hin und her. Wie kann man andere Frauen begehren, wenn man *so etwas*, wenn man *sie* haben kann? Sie schmeckt fantastisch, und ich bin mir sicher, dass ich allein davon kommen könnte. Noch einmal umkreise ich ihre Klitoris, dann spüre ich ihren Höhepunkt, wie sich ihre Muskeln um meine Zunge zusammenziehen und sie irgendetwas Unverständliches stammelt. Erschöpft sackt sie gegen das Kopfende, lacht und keucht gleichzeitig, schnappt nach Luft.

»Wow!«, stößt sie hervor.

Stimmt. Kurz gebe ich ihr Zeit, dann rutsche ich so weit nach hinten, dass ich mich anlehnen kann und setze sie auf meinen Schoß. Sie versteht, was ich brauche, lächelt frech und hebt ihren süßen, knackigen Po, nimmt mich erneut in sich auf und schlingt ihre Beine um mich. Offensichtlich gefällt ihr meine Ablenkung. Sie ist von ihren Säften und meiner Zunge so feucht, dass es schmatzt, als wir uns bewegen. Mit zurückgelegtem Kopf reitet sie mich und bringt mich mit jeder Bewegung näher an den Abgrund.

»Halt dich nicht zurück«, keucht sie. Aber ich will, dass sie noch einmal kommt. Also nehme ich meine Finger zur Hilfe und reize sie, bis sie erneut erschaudert und mich mitnimmt in den Orgasmus meines Lebens.

Als wir beide wieder zur Ruhe kommen, schauen wir uns an und grinsen. »Du hattest recht. Es hat doch was Gutes, mit einem Sportler zusammen zu sein«, sagt sie und küsst mich lachend auf den Mundwinkel.

»Warum?«

»Weil ihr wirklich gut zupacken könnt und zielstrebig seid.« Sie kichert, und als Beweis umgreife ich noch fester ihre Pobacken. Sie ruckelt hin und her und stöhnt. Dann prusten wir plötzlich los, ich immer noch in ihr. Wir lachen und lachen, und das Pulsieren ihres Körpers macht mich schon wieder hart. Schade, dass wir nicht sofort weitermachen können, weil ich dieses doofe Ding erst einmal loswerden muss. Seufzend hebe ich sie von mir herunter, befreie mich von dem Kondom und werfe es zusammengeknotet in den Abfall neben dem Nachtkästchen. Autumn sieht extrem süß aus, mit verstrubbelten Haaren, geröteten Wangen und bebenden Brüsten. Sie zu erobern war die beste Idee, die ich je hatte.

»Hast du auch so Hunger?«, frage ich, obwohl ich sie eigentlich nicht schon wieder loslassen will.

Sie nickt freudig. »Und wie!« Dann gähnt sie laut. Erschöpft ist sie offenbar auch. Der Höhlenmensch in mir ist stolz darauf, dass ich es bin, der sie so müde gemacht hat.

Weil unsere Klamotten immer noch im Bad liegen, werfe ich Autumn das SFSU-T-Shirt und eine meiner Shorts zu, ich will schließlich nicht, dass meine Mitbewohner mein Baby nackt sehen. Auch wenn es nicht die erste Frau wäre, die ohne Klamotten aus meinem Zimmer kommt. Aber es war noch nie Autumn.

Ich selbst schlüpfe nur in eine Jogginghose. Wie es schon zur Gewohnheit geworden ist, stütze ich mich auf Autumns Schulter und hüpfe einbeinig mit ihrer Hilfe ins Wohnzimmer.

Ethan sitzt mit Rose auf der Couch. Als wir erscheinen, nimmt er die Kopfhörer ab. »Seid ihr endlich fertig? Ihr wart so laut, dass ich es in meinem Zimmer nicht ausgehalten habe. Dabei muss ich dringend lernen.« Warum klingt er so genervt? Wie oft musste ich schon ihm und Claire beim Sex zuhören. Er tut ja gerade so, als hätte ich sonst nie Damenbesuch.

Autumn wird rot und flüchtet in die Küche, aber an mir prallt Ethans Gemotze einfach ab. Wer weiß, warum er mal wieder schlecht gelaunt ist. Eine Zwei in einer Klausur, Rose hat auf den Teppich gepinkelt, Claire hat ihre Tage, er musste mit Fremden reden, whatever. Dass mein Mitbewohner manchmal strange ist, weiß ich. Ihn zu ignorieren, ist in solchen Situationen die beste Strategie. Während Ethan sich wieder seine Kopfhörer aufsetzt und mit einem Textmarker bewaffnet in seinem Buch liest, schalte ich den Fernseher ein. Aus der Küche höre ich Autumn mit Töpfen und Tellern hantieren. Rose klettert über Ethan hinweg und mir auf den Schoß, wo sie sich mit den Vorderbeinen auf meiner Brust abstützt, mir das Kinn leckt und sich von mir kraulen lässt.

»Magst du auch was, Ethan?«, fragt Autumn, aber der reagiert nicht. Also stoße ich ihn an. Mit hochgezogenen Augenbrauen setzt er die Kopfhörer ab und schaut mich an.

»Autumn will wissen, ob du auch was essen willst.«

»Was gibt's denn?«

Ich zucke die Schultern. »Was gibt's denn?«, rufe ich über die Schulter in die Küche.

»Pfannkuchen.« Autumn klingt richtig gut gelaunt. Wegen mir. Ich bin stolz auf mich.

Woher weiß sie, dass Pfannkuchen eine meiner Lieblingsspeisen sind? Zanes übrigens auch. Vielleicht war aber auch einfach außer Bier und Milch nichts im Kühlschrank. Sehr wahrscheinlich sogar. Wenn Ethan nicht regelmäßig einkaufen würde, hätten wir oft gar nichts zu Hause.

»Dann ja, gern«, antwortet Ethan und beugt sich wieder über seine Notizen. »Die Klamotten sind übrigens im Trockner«, sagt er nach einer Weile. Zuerst kapiere ich nicht, was er will, dann fällt mir wieder ein, dass wir unsere Sachen im Bad auf dem Boden gelassen haben. Ethan hasst Unordnung. Nicht einmal eine Socke darf liegen bleiben, ohne dass er sich darüber aufregt. »Wenn man das nasse Zeug nicht gleich trocknet, gibt's Stockflecken.« Jaja, Superhausfrau. Stockflecken waren mir in dem Moment schlicht scheißegal.

Aus der Küche riecht es verdammt lecker, mein Magen knurrt. Ethan muss doch tatsächlich ein wenig lächeln. Er kratzt sich mit dem Stift unter der Nase und sieht mich über die Ränder seiner schwarzen Nerd-Brille an.

»Darfst du denn eigentlich schon?«

»Du bist doch sonst so schlau«, kontere ich. Er bläst die Backen auf und stößt genervt Luft aus, weil ich ihn schon wieder ärgere. »Ich bin nicht am Schwanz operiert worden, sondern am Knie. Also alles gut.« Ich zappe die Programme durch, aber nirgends kommt etwas, das mich anspricht. »Was interessiert dich das überhaupt?«

»Darf man sich neuerdings keine Sorgen mehr um seine Freunde machen?«, blafft er noch unfreundlicher als sonst.

Ich mache eine beschwichtigende Geste. »Relax mal, E-Man! Was ist denn mit dir los?«

Ethan grummelt vor sich hin, unterstreicht mit einem Kuli irgendwelche Sachen im Text, so fest, dass sicher der Abdruck auf den nächsten fünf Seiten noch zu sehen ist. Wozu hat er den Textmarker? »Ich weiß einfach, wie wichtig dir Football ist«, platzt er urplötzlich heraus. »So wichtig wie mir das Wissen und meine Philosophen und meine Bücher. Wenn ich mir vorstelle, dass das einfach so, von einem Tag auf den anderen ...« Er stoppt. Mir wird plötzlich kalt. Die meiste Zeit – vor allem mit Autumns Hilfe – kann ich es gut verdrängen, dass ich nun keine Zukunft mehr habe. Zumindest keine, die ich wollte. Mein Herz klopft, ich bekomme auf einmal keine Luft mehr. »Alles klar, Cole? Ich wollte dich nicht ...«

Ich schüttle den Kopf. »Nein, alles gut. Passt schon«, wiegle ich ab. Was soll ich auch sagen? Dass ich eine Scheißangst davor habe, wie es weitergeht? Dass ich es im Moment verfluche, wie gut mich einer meiner zwei besten Freunde kennt?

Autumn rettet mich mal wieder. Diesmal mit einem Teller, auf dem mindestens hundert Pfannkuchen zu einem Turm gestapelt sind. Den Teller stellt sie auf den Wohnzimmertisch, wuselt zurück in die Küche und kommt mit drei weiteren Tellern, Marmelade und Ahornsirup zurück. Obwohl sie vorher behauptet hat, einen Riesenhunger zu haben, isst sie selbst nur zwei Pfannkuchen, Ethan und ich dagegen jeder zehn oder vielleicht auch mehr. Auf jeden Fall schmecken sie fantastisch. Danach bin ich so müde, dass ich ins Bett gehe – um acht Uhr abends.

Oktober

Autumn

Langsam entwickelt sich eine Art Alltag. Jeden Tag kutschiere ich Cole zu seinen verschiedenen Terminen: zur Krankengymnastik, zum Arzt, ins Fitnessstudio, wo er mit leichten Übungen seinen sexy Oberkörper trainiert. Die restliche Zeit verbringen wir mit Dingen, auf die wir gerade Lust haben. Fernsehen, in der Gegend herumfahren, reden, kuscheln, lachen, uns gegenseitig ärgern. Und mit Sex. Viel Sex. Vor ein paar Monaten noch hätte ich es mir nie vorstellen können, dass ich irgendwann einmal zu einem Wesen mutiere, das quasi pausenlos mit seinem Freund schlafen will. Cole ist ein einfühlsamer Liebhaber, dem mein Vergnügen ebenso wichtig ist wie seines – wenn nicht sogar noch wichtiger. Noch können wir wegen seines Knies und seiner Bewegungseinschränkungen nicht alles ausprobieren, was wir wollen. Aber diesbezüglich sind wir sehr erfinderisch.

Eine Beziehung mit Cole zu führen, ist einfach. Ich lasse mich in seine Liebe und Unbeschwertheit fallen wie in ein weiches, kuscheliges Bett. Er ist ein fröhlicher und lebenslustiger Mensch, was mir als eher schwermütigem und pessimistischem Wesen unglaublich guttut.

Das heißt allerdings nicht, dass er seinen Unfall und die schwerwiegenden Folgen – auf unabsehbare Zeit nicht mehr spielen zu können – einfach so wegsteckt. Im Gegenteil. Ich merke, wie er sich verändert. Immer häufiger gibt es Momente, in denen er abwesend wirkt, grimmig, wütend auf sich und sein Schicksal, Momente, in denen er zutiefst traurig darüber ist, dass er das, was er liebt, verloren hat. In denen er kaum mehr Hoffnung hat, dass das irgendwann mal wieder anders wird und er vielleicht sogar wieder spielen kann. Er spricht nicht darüber, aber das muss er auch nicht. Mittlerweile kenne ich ihn gut genug, um zu wissen, wann ihn etwas belastet. Es fällt mir schwer, ihn leiden zu sehen.

Aber nicht nur ich bin es, die Hilfe leistet. Im Gegenzug cremt er mir jeden Tag zweimal hingebungsvoll meine Narben ein. Dabei geht er so behutsam und liebevoll vor, als wäre gerade mein Makel ein besonders kostbares Gut.

Heute ist einer der guten Tage. Vor sich hin pfeifend sitzt Cole neben mir im Auto, seine Hand liegt locker auf meinem Knie.

»Lass uns schwimmen gehen. Ian meint, ich kann langsam mit Schwimmen anfangen.« Ian ist Coles Krankengymnast.

»Ist das nicht zu heftig für dein Knie?«, frage ich besorgt.

Er schnauft. »Klar muss ich aufpassen. Brustschwimmen geht wegen der Knierotation noch nicht, aber Kraulen und Rücken müssten gehen. Und einfach im Wasser rumhängen sowieso.« Er sieht mich mit Hundeblick an. »Ich habe langsam keine Lust mehr, nur herumzusitzen. Ich muss mich bewegen, sonst dreh ich durch. Dieses Hantelgedöns und die Übungen an den Geräten im Studio reichen nicht.« Kann ich mir vorstellen. Schließlich ist er es gewöhnt, sich täglich mehrere Stunden auszupowern. »Ich werde schon fett«, jammert er. »Schau mal! Der Schwabbel kommt schon zurück.« Er zieht sein T-Shirt nach oben und kneift sich selbst in den Bauch. Ich weiß zwar nicht, woran er erkennen will, dass er zunimmt, denn sein Sixpack ist straff und hart und gut definiert wie immer. Aber er ist offensichtlich unzufrieden. Nur – muss es unbedingt ein öffentliches Schwimmbad sein?

»Ich geh nicht so gern schwimmen«, sage ich und reiße meinen Blick von seinem Bauch los, um keinen Unfall zu bauen. »Ich hasse es, wie mich alle anstarren. Wegen ... du weißt schon.«

Wieder langt er an mein Bein. »Halt mal an, Baby.« Sein Ton ist sanft. Ich steuere einen Parkplatz am Straßenrand an und stelle den Motor ab. »Sieh mich an!« Weil ich es nicht tue, hilft er nach und dreht mich am Kinn zu sich. Er legt seine Hand um mein Gesicht, vergräbt seine Finger in meinem Nacken, sein Daumen streift zärtlich über meinen Mundwinkel. Das tut er häufig. Und ich liebe es, wenn er mich auf diese Weise berührt. »Es ist völlig egal, was andere denken. Du bist wunderschön. Wie oft muss ich es noch sagen, bis du es endlich glaubst?« Ich schließe die Augen und zucke mit den Schultern. »Lass die Leute doch reden.«

»Ich habe keine Badesachen dabei«, widerspreche ich, obwohl ich selbst merke, was das für eine doofe Ausrede ist.

»Na und? Dann holen wir sie eben. Oder ich kauf dir was Schönes. So ein kleines Stoffdings kann ich mir gerade noch leisten.« Er grinst.

»Okay.« Aber ich werde mein T-Shirt anbehalten. Da muss er durch. Zu mehr bin ich noch nicht bereit.

Zwei Stunden verbringen wir im Bad zwischen spielenden Kindern, schwimmenden Rentnern und schwatzenden, im Wasser sitzenden Müttern. Ich beobachte Cole, wie er seine Bahnen krault und verliebe mich gleich noch einmal in ihn und seinen fantastischen, durchtrainierten Körper. Seine Muskeln am Rücken und den Armen straffen sich bei jedem Zug. Ein paar der Mütter schauen ihm verstohlen hinterher, als er an ihnen vorbeizieht, stecken die Köpfe zusammen und tuscheln. Er ist meiner, Mädels.

Ich sitze am Beckenrand, die Beine baumeln im Wasser, meine Hände sind hinter mit aufgestützt. Auf einmal taucht Cole prustend vor mir auf, streicht sich wie ein Model aus der Parfümwerbung die Haare aus dem Gesicht und stellt sich zwischen meine Beine. Sein Körper glänzt, Wasser rinnt an ihm herab, seine langen nassen Wimpern sehen aus wie Sterne, die seine Augen umrahmen. Er schlingt seine Arme um mich und legt seinen Kopf auf meine Brust. Ich halte ihn, kraule ihn zwischen den Schulterblättern und im Nacken. Er brummt wohlig. So verharren wir einen Moment.

»Was würde ich nur ohne dich machen?«, murmelt er an meinem Busen.

»Zane oder Ethan würden dich herumfahren. Oder deine Mom.«

Er hebt den Kopf und sieht mich von unten an. »Bloß nicht! Du weißt, ich liebe meine Mom, aber sie würde mich wahnsinnig machen. Zane und Ethan auch. Außerdem sind die alle nicht so sexy wie du.« Er löst sich ein wenig von mir, drückt mir einen Kuss auf den Bauch und stößt sich von meinen Knien ab. Dann streckt er mir seine Hand hin. »Komm, mir reicht's. Ich will nach Hause. Oder willst du noch bleiben?«

Energisch schüttle ich den Kopf. Wohl ein wenig zu heftig, denn Cole wirft den Kopf zurück und lacht. Während ich mich unbeholfen aufrapple, taucht Cole unter und schwimmt mit ein paar kräftigen Zügen zur Leiter. Einbeinig zieht er sich von Stufe zu Stufe. Selbst so eingeschränkt sieht er wahnsinnig souverän und athletisch aus. Ich wünschte, ich hätte wenigstens ein winziges Stückchen seines Selbstbewusstseins.

»Checkst du mich ab?«, fragt er schmunzelnd, als er aus dem Wasser ist, legt seinen Arm um meine Schultern und humpelt mit meiner Hilfe über die rutschigen Fliesen. Als Antwort küsse ich ihn auf den Hals und schiebe ihn in die Männerdusche.

Im Auto fällt Cole regelrecht über mich her, verschlingt mich hungrig und streicht hektisch mit seinen Händen meinen Körper auf und ab. »Lass uns schnell nach Hause fahren, Baby. Wenn du die ganze Zeit in deinem winzigen Bikini vor mir rumwackelst …« Er brummt. »Nächstes Mal lässt du gefälligst das T-Shirt weg.« Er verzieht die Lippen. »Oder vielleicht doch nicht, ich will nicht, dass alle deinen Hammerkörper anglotzen. Er gehört mir.«

Anglotzen werden mich wirklich alle. Aber nicht wegen meiner tollen Figur, sondern wegen meiner Frankensteins-Monster-Narben. Aber der Tag heute war so schön, dass mich nicht einmal der Gedanke an die Blicke der Leute runterziehen kann. Trotzdem rührt mich sein besitzergreifendes Gerede. Von mir aus könnte er ebenfalls den ganzen Tag in Badehose rumlaufen. Auch wenn es für ihn zuweilen peinlich werden könnte, wenn er – mal wieder – Lust auf mich bekommt. Was beinahe ständig passiert. Seit wir endlich miteinander geschlafen haben und vor allem seit wir uns alles aus unserer Vergangenheit erzählt haben, können wir nicht mehr die Finger voneinander lassen.

Lachend schiebe ich ihn ein wenig von mir weg, nur so weit, dass ich ihm in die Augen sehen kann. Sie sind dunkel vor Erregung, ein freches Grinsen breitet sich in seinem Gesicht aus. »Vorfreude ist die schönste Freude«, necke ich ihn, küsse ihn auf sein stoppeliges Kinn und lehne mich zurück. Es macht Spaß, ihn zu ärgern und so schmoren zu lassen. Betont langsam stecke ich den Autoschlüssel ins Zündschloss, starte den Motor und fummle unnötig lange am Gurt herum.

»Mach schon. Fahr los!«, knurrt er. Tja, ich fahre, ich habe die Macht. »Wird Zeit, dass dieses scheiß Knie wieder funktioniert. Ich will wieder selber fahren.« Er schiebt die Unterlippe vor und streichelt seufzend über das Lenkrad seines geliebten Golfs.

Zur Abwechslung hören wir mal nicht die übliche Kinderkassette, sondern stellen im Radio einen Countrysender ein. Lauthals singen wir alle Lieder mit, schunkeln im Takt hin und her und tun so, als schwenkten wir unsere Cowboyhüte über dem Kopf. Cole macht mit seinem Handgelenk eine drehende Bewegung, erst klein, dann immer größer, dann wirft er sein imaginäres Lasso über mich und zieht die Schlinge zu.

»Erwischt!«, jubelt er und macht ein übertriebenes Cowboy-Jihaaw.

»Muuuhhh«, antworte ich kichernd und wehre mich spielerisch. Hoffentlich bauen wir keinen Unfall vor lauter Herumalbern.

An der Ampel packt Cole meinen Ellbogen, zieht meinen Oberkörper über den Schalthebel zu sich und vergräbt sein Gesicht an meinem Hals. »Wusstest du, dass Cowboys die besten Küsser sind?«, murmelt er an meine Haut. Es kitzelt, und ein Schaudern läuft meinen Rücken hinunter bis zu meiner Scham.

»Wieso?« Ich kann kaum noch sprechen.

Bevor er antworten kann, hupt jemand hinter uns, und erschrocken registriere ich, dass es schon längst grün ist. Ich hebe meine Hand, entschuldige mich beim Hintermann und fahre schnell los.

»Glaubst du mir nicht?«, fragt Cole und schiebt gleichzeitig seine Finger mein Bein hinauf. Wenn er nicht bald aufhört, gibt es doch noch einen Crash. Ich schlucke, starre weiter geradeaus auf die Straße. »Soll ich es dir zu Hause beweisen?« Seine Stimme ist auf einmal tiefer. Ein deutliches Zeichen dafür, dass er mich verführen will. Braucht er gar nicht, ich schlafe ganz freiwillig mit ihm. Er wackelt mit den Augenbrauen und grinst. Ich lächle zurück und nicke.

Trotz seiner Gehhilfen schafft es Cole, mich beim Treppensteigen zu befummeln. »Aufpassen, dein Bein, lauf vorsichtig und konzentrier dich«, rüge ich ihn, ganz strenge Krankenschwester, doch er lacht nur und humpelt mir umso schneller hinterher, um mir mit seiner Krücke auf den Po zu klopfen.

Oben angekommen, dringen laute Musik und Gelächter aus der Wohnung. Nicht schon wieder Party. Auch Cole schnauft genervt, dabei liebt er es zu feiern. Aber offenbar bin ich ihm – oder seinem Penis – momentan wichtiger.

Cole

Sobald ich die Tür aufgesperrt habe, werden wir mit lautem Gejohle begrüßt. Zane zerrt mich am Arm ins Wohnzimmer. Mit einem Blick über die Schulter schaue ich zu Autumn. Sie folgt uns zwar, sieht aber nicht glücklich dabei aus. Ich wäre auch lieber mit ihr allein gewesen. Sofort wird Autumn von Claire in Beschlag genommen, die sie in eine andere Zimmerecke zieht und dabei gestikulierend auf sie einredet. Autumn sucht Blickkontakt mit mir, sie wirkt erschrocken, aber auch enttäuscht und ein wenig genervt. Eigentlich spiegelt sie genau das wider, was ich selbst gerade fühle. »Später«, forme ich lautlos mit den Lippen. Sie lächelt mich an und wendet sich dann ihrer Gesprächspartnerin zu.

Das Wohnzimmer ist von einer Milliarde Leuten belagert, außerdem ist beinahe die ganze Footballmannschaft da. Gavin steht in der Mitte einer Gruppe Teamkollegen und wedelt beim Sprechen mit seiner Flasche herum, dass das Bier herausspritzt und auf der Couch landet. Ethan wird ausflippen, wenn er die Flecken sieht. Einer klopft Gavin auf die Schulter, als lobte er ihn für irgendwas. Sie winken mich zu sich, und leicht widerwillig geselle ich mich zu ihnen. Ich lebe für mein Team, aber momentan will ich lieber nichts von den Spielen oder ihren Erfolgen hören. Denn all das passiert ohne mich. Noch sehr lange Zeit vermutlich.

»Es ist nicht dasselbe ohne dich«, bestätigt Marc ungefragt und schlägt mit der Faust gegen meinen Oberarm. Sofort bin ich frustriert.

»Wie läuft's denn mit der Reha? Wie lange brauchst du die noch?« Er deutet mit dem Fuß auf meine Krücken.

»Geht so«, brumme ich. »Zeitweise kann ich sie weglassen, ganz belasten geht noch nicht. Wird noch eine Weile dauern.«

Mac verzieht das Gesicht. »Ja, hab schon gehört, dass es vermutlich vorbei ist mit Football. Echt scheiße. Tut mir leid, Mann.« Er sieht tatsächlich so aus, als täte es ihm leid.

Ich zwinge meine Lippen zu lächeln und murmle ein kurzes »Danke«.

Zane drückt mir ein Bier in die Hand, und sofort stürze ich die Hälfte davon hinunter. Innerhalb kurzer Zeit ist es komplett leer. Irgendjemand versorgt mich ständig mit neuem Bier, sodass ich schnell betrunken werde. Gut. Die Anwesenheit und die Gespräche meiner Teamkollegen, besser gesagt Ex-Kollegen, verursacht mir massiv schlechte Laune. Sie sollen alle verschwinden und woanders ihr tolles Footballparadies weiterleben. Oder mich wenigstens damit in Ruhe lassen. Ihr könnt mich alle mal am Arsch lecken mit eurer Karriere und euren Heldentaten.

»Salzstangenwettbewerb!«, brüllt Gavin und hebt eine Packung Salzstangen hoch. »Wer hat die Eier und tritt gegen mich an?« Keiner meldet sich. Ist auch schwer, gegen Gavin zu gewinnen, er kann schließlich sein Maul am weitesten aufreißen. Und damit auch am meisten Salzstangen auf einmal hineinstopfen. Irgendein Idiot hat diesen Contest vor ein paar Jahren mal angefangen, Zane vermutlich. Vielleicht auch ich selbst. Auf jeden Fall aus einer beschissenen Bierlaune heraus. Seitdem ist es ein regelmäßig stattfindendes Event bei Partys. Dabei muss man möglichst viele Salzstangen gleichzeitig in den Mund stecken, nicht quer, das wäre albern, sondern so, dass sie längs aus dem offenen Mund herausragen. An guten Tagen schaffe ich eine Menge, die ich nicht mehr zwischen Daumen und Zeigefinger einspannen kann. Der Verlierer muss fünf Shots hintereinander trinken. Wahlweise irgendwas anderes. Den Partygästen das nackte Hinterteil präsentieren zum Beispiel oder einen Typen küssen. Eigentlich genau die Art von

Humor, die ich liebe. Aber nicht heute. Nicht jetzt. Nicht in dieser Stimmung.

»Cole, Cole, Cole«, ruft einer, und andere stimmen mit ein. Auf den Scheiß habe ich momentan überhaupt keine Lust. Auf gar nichts hab ich Lust, je länger diese Scheißparty andauert. Ich ertrage die Gegenwart der verfluchten Sackgesichter heute nicht.

»Nö, keinen Bock«, maule ich. Autumn kommt zu mir herüber und setzt sich zu mir auf die Couch. Ihr weicher Körper schmiegt sich an meinen, ihre warme Hand ruht auf meinem kaputten Knie und reibt leicht darüber. Nicht einmal das kann mich aufheitern.

»Sei keine Pussy«, fordert mich Gavin lachend heraus.

»Er hat doch gesagt, er will nicht«, mischt sich Autumn jetzt ein und fängt an, mit ihrem Bruder zu diskutieren. Ich wische ihre Hand von meinem Bein, ich brauche niemanden, der für mich spricht. Ich kann immer noch allein entscheiden, was ich tue.

»Ich mach's. Gib die verdammte Packung her!«

Autumn schluckt und knetet ihre Hände. Gavin zögert kurz, dann reicht er mir eine Packung Salzstangen. Wir setzen uns gegenüber, die anderen bauen sich um uns herum auf. Dann fangen wir an, unsere Münder mit Salzstangen zu füllen. Zane zählt bei mir, Paul bei Gavin. Nach der achtundneunzigsten Salzstange geht nichts mehr. Beim besten Willen schaffe ich es nicht, noch mehr in mich reinzustopfen. Die äußersten beginnen schon wegzubröseln. Gavin dagegen steckt immer weiter fröhlich welche dazu, kein Ende in Sicht. Ist er eine verdammte Schlange, die ihren Kiefer aushängen kann oder was? Mit einem Ruck reiße ich die Salzstangen heraus und donnere sie auf den Boden. Wische mir plötzlich stocksauer die Reste von Lippen und Kinn und stoße einen frustrierten Schrei aus. Die Zuschauer lachen, und in Gavins Augen kann ich die Freude über seinen Sieg erkennen. Sagen kann er Gott sei Dank nichts, weil sein Mund von einer Tonne Salzstangen zugemüllt ist.

»Das ist doch alles Kinderscheiße«, brülle ich und hieve mich hoch, indem ich mich an der Seitenlehne abstütze. Aber ich rutsche ab und falle zurück auf das Polster. Ein scharfer Schmerz fährt mir ins Bein, und ich stöhne auf und fasse an mein Knie. Autumn eilt mit besorgtem Blick herbei, packt mich unter dem Arm und will mir hochhelfen, aber ich stoße sie weg. Ich brauche keine mitleidige Krankenschwester. Ich brauche ein gesundes Knie.

»Lass mich doch in Ruhe! Ich bin kein Invalide«, schreie ich sie an. Die Umstehenden drehen sich mit betretenen Gesichtern weg. Gavin lässt seine Hände sinken und starrt uns mit den Salzstangen im Mund an.

Autumn reißt erschrocken die Augen auf und zieht ihre Hände zurück, als hätte sie sich verbrannt. Sie murmelt eine leise Entschuldigung. Ich weiß, dass ich zu heftig reagiert habe, und ich weiß, dass es ungerecht ist, sie so zu behandeln. Aber im Moment hasse ich schlichtweg alles. Mein Knie, mein Leben, meine Teamkollegen, meine Freunde, sogar meine große Liebe. Sie können alles machen, was sie wollen. Sie sind nicht dazu verdammt, untätig herumzulungern und darauf zu warten, dass diese verfickten Bänder zusammenwachsen. Sie haben eine Zukunft. Eine selbst gewählte.

Diesmal schaffe ich es, mich aufzurappeln. Meine Krücken stehen im Gang, deswegen humple ich ohne sie in mein Zimmer, ziehe die Tür hinter mir zu und sperre ab. Dann sinke ich auf mein Bett, vergrabe das Gesicht in meinen Händen und kralle meine Fingernägel in die Kopfhaut. Natürlich hilft das nichts. Nicht einmal mir meine Kopfhaut aufzureißen, könnte mich ablenken und den Schmerz und die Wut mildern. Ich hasse mein Leben! Ich hasse es, hasse es, hasse es!

Die Musik und die Partygeräusche dringen gedämpft durch die Tür meines Schlafzimmers. Sie haben Spaß, freuen sich auf das, was das Leben ihnen noch bietet. Ihr kotzt mich so an!

Es klopft. »Cole?«, höre ich leise. Autumn. Egal, wie eklig ich zu ihr bin, sie bleibt bei mir und hat Verständnis. Keine Ahnung, wie ich das finden soll. Ein normaler Mensch würde sich das doch nicht gefallen lassen. »Kann ich reinkommen?« Ich antworte nicht. Ich will einfach alleine sein.

»Alter, sperr die verdammte Tür auf, sonst brech ich sie auf!« Zane. Auch auf ihn reagiere ich nicht. Er ist ohnehin nicht stark genug, seine Drohung umzusetzen. Außer er besorgt sich einen Rammbock.

»Ich glaube, er will lieber seine Ruhe«, mischt sich eine dritte Stimme ein. Ethan war schon immer der Schlauste von uns allen und kapiert, dass sie besser verschwinden sollten.

»Aber er braucht doch Freunde.« Eine weitere weibliche Stimme. Claire vermutlich. »Er kann diese Krise nicht alleine durchstehen.« Ja, das ist eindeutig Claire. Sorgt sich immer um andere.

Eine Weile diskutieren die Stimmen miteinander. Was sie reden, ist mir egal. Ich habe auf Durchzug gestellt. Ich wünschte, Rose wäre hier. Aber vermutlich ist sie bei Claire zu Hause, wie meist, wenn hier eine Party stattfindet.

»Ich trete jetzt die Tür ein«, beschließt Zane, und schon donnert er dagegen. Ein lautes Stöhnen folgt. Ich sagte doch, dass er das nicht schafft. Seufzend stehe ich auf und wanke zur Tür. Ich will ja nicht, dass noch jemand zum Krüppel wird, nur weil er sich berufen fühlt, mich Actionheld-mäßig zu befreien.

Vor der Tür warten Zane, Ethan mit Claire und eine weinende Autumn. Sobald sie mich entdeckt, stürmt sie auf mich zu und hängt sich an meinen Hals. »Ich habe mir solche Sorgen gemacht.« Sie übersät mein Gesicht mit Küssen. »Wir alle haben uns Sorgen gemacht.« Das bezweifle ich, dass es alle waren, aber wenn sie mit alle die hier Anwesenden meint, dann soll sie das denken.

»Alter, was geht bei dir ab?«, fragt Zane. »Willst du drüber reden?« Ich schüttle den Kopf. Er schaut mich ernst an.

»Das solltest du aber«, rät Ethan. Das sagt der Richtige. Er ist doch der, der sich lieber philosophische Texte auf Altgriechisch anhört und wie ein Irrer durch die Gegend rennt, statt über seine Probleme zu reden. Aber damit rät er mir das Gleiche wie ich vor ein paar Wochen noch Autumn.

»Wenn er nicht will, sollten wir ihn lassen«, sagt Claire, lächelt mich an und drückt einmal kurz meine Hand. »Aber wir sind da, wenn du uns brauchst.«

Ich weiß. Deswegen nicke ich.

»Alles klar, Bro?«, fragt Zane und kratzt sich am Nacken. Ihm wird dieses Gefühlsgedusel zu viel. Ich kenne ihn. Trotzdem bleibt er. Wie immer seit wir uns das erste Mal begegnet sind.

»Ich lebe noch, also könnt ihr weiterfeiern.«

Beinahe sofort dreht sich Zane um und flüchtet in die Richtung, aus der die Stimmen und Lacher kommen. Ethan und Claire tauschen einen tiefen Blick und führen ein stummes Gespräch, dann bewegen sie sich gleichzeitig, greifen nach der Hand des anderen und verschwinden im Nebenraum, Ethans Schlafzimmer.

»Soll ich auch gehen?« Autumns Stimme bricht. Ich kann ihren sehnsüchtigen Blick nicht erwidern.

»Mir egal. Mach, was du meinst.« Ich drehe mich um und gehe zurück zu meinem Bett.

Doch auch diesmal bleibt sie. Ich an meiner Stelle würde »Leck mich am Arsch« sagen, wenn man mich so behandelt. Sie nicht. Sie liebt mich, in jeder Situation. Selbst wenn ich *so* bin, was momentan eher die Normalität als die Ausnahme ist.

»Alles gut?«, fragt sie besorgt. »Hast du Schmerzen?«

»Mir geht das so extrem auf die Eier, dass mich alle auf mein Knie und auf den Football und meine verfickte Zukunft ansprechen. Woher soll ich denn wissen, was jetzt wird? Denken die, es macht mir Spaß, behindert zu sein?«, fauche ich sie an. Sie hat es nicht verdient, dass ich meinen Frust an ihr auslasse, aber ich brauche ein Ventil.

»Du bist nicht behindert. Nur vorübergehend eingeschränkt«, versucht sie mich aufzuheitern und lächelt tapfer.

»So wie du, oder? Dein *vorübergehend eingeschränkt* dauert bereits dreizehn Jahre. Du willst mir erzählen, dass es nur eine Phase ist? Gerade du? Du hast keine Ahnung, wie man so was überwindet, tust aber so, als müsste ich mich nur ein wenig zusammenreißen und warten, und dann wird alles wieder gut? Einen Scheiß wird es! Und das weißt du genauso wie ich. Bei jeder Erinnerung daran, und sei sie noch so klein, kriegst du eine Panikattacke, weil du Flashbacks von diesem Feuer hast. Du hasst deinen Körper so sehr, dass du nicht mal ohne Rollkragen oder Schal das Haus verlässt, geschweige denn dich ohne Shirt ins Schwimmbad traust. Vielleicht waren das deine Ex-Freunde einfach leid. Komm mal drüber weg! Es ist Jahre her! Ewig! Länger als Benjamin auf der Welt ist! Verdammt noch mal! Bei mir ein paar Wochen! Darf man da nicht auch mal schlecht drauf sein? Warum versteht das niemand? Warum? Alle habt ihr nur gute Ratschläge.« Ich fahre mir durch die Haare und versuche, Atem und Puls zu beruhigen. Hitze steigt mir ins Gesicht, gepaart mit einer Wut, von der ich nicht wusste, dass sie in mir steckt. »*Es wird alles wieder gut*«, ätze ich mit verstellter Stimme und wackle dabei mit dem Kopf. »*Du musst nur geduldig sein und deine Übungen machen.*« Ich schnaufe pumpend. Mein Hals pulsiert. Autumn weicht zurück und drückt sich an die Wand, als würde sie Angst haben. »Und dann? Was ist dann? Ich warte ein paar Wochen und gehe brav zum Onkel Doktor und zur Reha und dann, Hokuspokus, bin ich wieder der Alte? Nehme meinen alten Platz als Quarterback neben Gavin ein und werde Profi? Gewinne die NFL? Werde reich und berühmt? Pah! Ihr alle wisst, dass das nicht passieren wird. Verlogenes Pack! Ich bin ein Krüppel! Daran wird sich so schnell nichts ändern. Du weißt das am besten!« So schnell es mein Knie erlaubt, springe ich auf und flüchte aus dem Zimmer und von ihr. Sie, die eigentlich die Einzige ist, die mich von meinem Trip herunterholen könnte. Aber ich kann nicht. Will nur noch weg.

»Cole«, ruft sie mir hinterher. Doch ich drehe mich nur kurz um und winke ab. Sie folgt mir nicht.

Erst als es schon fast wieder hell ist, komme ich nach Hause. Ich habe ein wahnsinnig schlechtes Gewissen, dass ich so ausgerastet bin. Mein Knie tut höllisch weh. Es hat schon Gründe, warum ich noch nicht Auto fahren soll. Aber in dem Moment war mir alles egal. Mein Knie und die Folgen, meine Freunde, die Party, die anderen Gäste, selbst Autumn. Ich war unfair. Hätte sie nicht so anbrüllen dürfen. Sie kann nichts für meine Situation. Im Gegenteil. Sie ist die, die mich aufrecht hält und verhindert hat, dass so etwas wie heute Abend nicht schon früher passiert ist. Ich habe so eine verfluchte Angst. Vor der Zukunft. Dass mein Knie nie wieder richtig heilt. Man hört und liest ja so viel von Leuten, die nach einer Knie-OP ihr Leben lang Probleme haben. Und letztendlich habe ich Angst, dass Autumn nach meinen Vorwürfen nichts mehr mit mir zu tun haben will.

Als ich sie schlafend in meinem Bett finde, bin ich unendlich erleichtert. Obwohl ich so ein Arsch war, ist sie geblieben. Sie hat die Beine an die Brust gezogen und die Arme darum geschlungen, als würde sie frieren sie. Oder als bräuchte sie dringend Halt. Ich sollte ihn ihr geben. Ihr nicht vorwerfen, dass sie weniger recht hat zu leiden als ich.

Im Stehen ziehe ich mich bis auf die Shorts aus. Vorsichtig, um sie nicht zu wecken, schlüpfe ich neben sie und ziehe die Decke vom Bettende über uns, bemühe mich aber, sie nicht zu berühren. Eine lange Weile beobachte ich sie beim Schlafen und spüre der Liebe nach, die ich für sie empfinde. Ich darf sie nicht verlieren. Wir brauchen uns. Nur gemeinsam sind wir vollständig. Zusammen sind wir das perfekte Team. Sie ist besser als alle NFL-Siege zusammen.

Mit einem leisen Geräusch regt sie sich und öffnet die Augen. Sieht mich an und faltet die Finger unter ihrer Wange. Ihre langen Haare fallen ihr ins Gesicht. Langsam strecke ich meine Hand aus und streiche sie beiseite.

»Wo warst du so lange?«, flüstert sie mit verschlafener Stimme. Sie klingt unsicher und ängstlich.

Stundenlang rumgefahren und danach im Stadion. Habe auf der Tribüne des Footballfelds gesessen und mich in Selbstmitleid vergraben. »Nirgendwo Bestimmtes. Ich brauchte Zeit zum Nachdenken«, sage ich stattdessen. Ihren Gesichtsausdruck kann ich nicht deuten. »Es tut mir leid, Baby. Ich wollte dich nicht anschreien. Du bist nicht erbärmlich. Ich wollte dich nicht verletzen. Du bist wunderbar und stark und bewundernswert. Ich ...«

Sie legt mir ihren Zeigefinger auf den Mund. »Lass es bitte einfach. Ich will jetzt nicht darüber reden. Du hast mich wirklich verletzt. Eine simple Entschuldigung reicht da nicht.«

Sie hat so recht. Ich bin das Letzte. »Bist du mir noch böse?« Ich erkenne meine Stimme kaum wieder.

Sie antwortet nicht, dreht sich um und kehrt mir ihren Rücken zu. »Ja, das bin ich«, sagt sie nach einer Weile. Verständlich. Ich wäre stinksauer auf mich. Schließlich habe ich mich wie ein Arschloch verhalten. Ich habe sie gar nicht verdient. »Aber ich liebe dich trotzdem.« Sie klingt jedoch nicht, als glaubte sie es selbst. Hoffentlich habe ich es nicht verbockt. Aber weil sie noch da ist – in meinem Bett – und mich auch nicht hochkant rausgeschmissen hat, habe ich Hoffnung, dass es sich wieder einrenkt. Jedes Paar streitet schließlich einmal. Leider passiert uns das in letzter Zeit häufiger, als mir lieb ist. Und all das ist nur meine Schuld, weil ich meine Gefühle nicht unter Kontrolle habe.

Ich rutsche ein Stück nach vorn und dränge mich an sie. Ihr Po an meinem Unterkörper, ihr Rücken an meiner Brust. Wie perfekt wir zueinanderpassen. Ich brauche ihre Nähe zum Überleben. Nichts erscheint mir momentan wichtiger, als sie in meinen Armen zu halten. Zwar erwidert sie meine Berührung nicht, entzieht sich mir aber auch nicht. Die Stille zwischen uns ist bedrückend. Das laute Ticken meines Micky-Maus-Weckers wie Folter.

Als ich schon denke, sie ist wieder eingeschlafen, streicht sie sanft meinen Arm. »Wir stehen das gemeinsam durch, hörst du?«

Ich nicke, aber weil sie das nicht sehen kann, bestätige ich: »Danke!« Dann küsse ich sie auf den Nacken und ziehe sie noch weiter an mich, bis wir zu einer einzigen Person verwachsen. Sie lässt sich wie eine Puppe herumdrehen, ihr Körper ist schlaff. Ich drücke meine Nase an ihren Hals und knabbere an ihrem Schlüsselbein, reibe meinen Unterleib an ihrer Hüfte.

»Hör auf«, sagt sie und windet sich heraus.

Aber ich lasse sie nicht los. »Alles gut zwischen uns?« Sie nickt. Viel zu zögerlich. »Baby ...«, flehe ich.

Doch sie stoppt mich, indem sie ihre Hände auf meine Brust legt und mich ein Stück von sich schiebt. »Ich will duschen. Ich brauche ein bisschen Abstand, okay?«

Nein, nichts ist okay, wenn ich nicht sicher bin, dass sie mich noch liebt. »Ich liebe dich«, wiederhole ich deswegen.

Wieder nickt sie nur und sieht mich mit unergründlichem Blick an. Dann dreht sie sich wortlos um und holt sich eines der Shirts und einen Slip, die sie bei mir deponiert hat, aus der Kommode. Sie klemmt beides unter den Arm und öffnet die Tür zum Flur. Ich sehe ihr nach, wie sie im Bad verschwindet und hinter sich abschließt. Dann höre ich das Wasser rauschen.

Dezember

Autumn

»Alles Gute zum Viermonatigen!« Cole streckt mir grinsend einen Strauß Gänseblümchen hin. Meine Lieblingsblumen. Die hat er mir auch an unserem ersten und zweiten und dritten Monatstag mitgebracht.

Es ist schön, ausnahmsweise mal wieder den alten Cole begrüßen zu dürfen. Die letzten Monate, vor allem sein Ausraster auf der Party, haben eine Wunde in unserer Beziehung hinterlassen, die noch nicht ganz verheilt ist, obwohl Cole sich seitdem wirklich viel Mühe gibt. Trotzdem, die letzten Wochen der Untätigkeit, die Schmerzen an seinem Knie, die Ungewissheit, was sein wird, nagen an ihm. Er ist immer noch empfindlich, wird schnell ungeduldig und pampig. Meist streiten wir über Kleinigkeiten, aber auch wiederholt über uns. Ich wünsche mir mehr Aufmerksamkeit und den fröhlichen, unbeschwerten, positiv denkenden Cole, er sich mehr Verständnis für seine Situation. Bis jetzt haben wir uns immer wieder ausgesprochen und versöhnt, aber manchmal habe ich Angst, dass unsere Beziehung an den vielen Problemen zerbrechen könnte. Es genügt schon, dass *ich* so viel mit mir herumschleppe. Dazu noch seine Sorgen. Wie viel hält eine so junge Beziehung aus?

Auf keinen Fall will ich ihn verlieren. Denn trotz seiner Veränderungen liebe ich ihn. Macht er mich glücklich. Meistens zumindest. Deswegen will ich mich einfach nur auf den heutigen Tag freuen und hoffen, dass es ab sofort aufwärtsgeht.

Ich schlinge meine Arme um seinen Hals und küsse ihn stürmisch.

Mit der freien Hand drückt er mich an sich, hebt mich hoch und schiebt hungrig seine Zunge in meinen Mund. Ich liebe es, dass er so stark und leidenschaftlich ist.

»Ihr seid so wunderbar zusammen«, seufzt Mom, die gerade mit einem Wäschekorb im Flur auftaucht. Sie legt den Kopf schief und lacht liebevoll.

Gavin, der ebenfalls zu uns stößt und sich seine Jacke anzieht, macht lediglich ein Würgegeräusch. »Nehmt euch ein Zimmer! Ich will nicht sehen, wie du meine Schwester fickst.«

Ich kichere und rutsche langsam an Cole herunter. Sein Arm liegt noch immer auf meiner Schulter. »Hi, Mrs Green«, begrüßt er höflich meine Mom. »Hi, du Opfer«, fügt er zu Gavin gewandt hinzu. Der verdreht die Augen, schnappt sich seinen Rucksack und schlüpft an uns vorbei aus der Tür.

»Sieh lieber zu, dass du wieder ins Team kommst«, motzt er über die Schulter. Cole zuckt zusammen und versteift sich neben mir. Nichts würde er lieber wollen, als wieder mit Football anzufangen, aber der Arzt hat ihm weitere Schonung verordnet. Zumindest für Extremsport. Alles andere, wie Laufen ohne Krücken, kontrolliertes Abknicken des Knies, Autofahren und leichtes Training sind mittlerweile erlaubt. Er leidet darunter. Sehr sogar. Mein Bruder ist ein Arsch, weil er Cole so fies unter die Nase reibt, dass er nicht mehr im Team ist.

»Lass ihn«, rufe ich meinem Bruder hinterher, doch der ist bereits in seinen Wagen gestiegen und hört mich nicht mehr.

»Passt schon«, murmelt Cole seine übliche Antwort. Nein, es passt eben nicht. Von einer Sekunde auf die andere ist er wieder schlecht gelaunt. Tröstend drücke ich seine Finger. Dann kuschle ich mich an ihn, schiebe meine Hände in seine hinteren Hosentaschen und knete unauffällig seinen Po. Er stöhnt leise in mein Ohr und reibt seinen Ständer an mir.

Mom stellt den Wäschekorb auf der Kommode ab und lehnt sich an die Wand. »Und, was habt ihr zwei Süßen heute noch vor?« Mit einer Handbewegung gibt sie Cole zu verstehen, dass er ihr die Blumen geben soll. Wortlos tut er es. Mom nimmt eine Vase aus dem Regal und stellt den Strauß hinein. Die Vase ist viel zu groß, sodass die kleinen Gänseblümchen beinahe ganz darin verschwinden. Ich nehme mir vor, später die Vase auszutauschen.

»Überraschung«, antwortet Cole breit grinsend und küsst mich auf die Nase.

Mom zwinkert. Es sieht so aus, als führten sie ein stummes Gespräch, dessen Sprache ich nicht verstehe. »Na dann viel Spaß bei was auch immer!«

»Hast du alles?«, fragt er und lässt mich los.

Handy, Geldbörse, Jacke. Ich nicke. Cole ergreift meine Hand, verflicht seine Finger mit meinen und führt mich hinaus, meiner Überraschung entgegen.

Eine Stunde später halten wir an einem kleinen Parkplatz am Meer. Diesen Küstenabschnitt kenne ich nicht, aber er gefällt mir sofort. Es ist recht felsig, die Wellen branden über die Steine an den Strand, der Wind fährt uns in die Haare, als wir aussteigen. Außer uns sind nur vereinzelte Surfer in der Ferne zu erkennen. Ich ziehe meine Jacke fester um mich und schmiege mich an meinen Freund, der nie zu frieren scheint. Auch heute trägt er nur einen Kapuzenpulli, aber keine Jacke. Umso mehr Wärme strahlt er aus. Cole – meine private und stets verfügbare Heizung. Noch dazu völlig klimaneutral.

»Komm, wir gehen ein Stück.« Hand in Hand schlendern wir den Strand entlang, beobachten Möwen, schmeißen Kiesel ins Meer und genießen die Anwesenheit des anderen.

Nach einer Weile werden mehrere kleine Holzhäuschen sichtbar. Umkleidekabinen oder so etwas in der Art. Zielstrebig führt mich Cole zu einem von ihnen. Mit einem plötzlich schüchternen Lächeln öffnet er die Tür. Ein winziger Raum mit einer schmalen Bank und einer kleinen Ablage kommt zum Vorschein. Darauf ist auf einem roten Tuch ein Körbchen mit Erdbeeren – mein Lieblingsobst – und eine Flasche Johannisbeersaft – mein Lieblingssaft –drapiert. Die Bank wurde mit kuscheligen Kissen und einer Decke dekoriert. Der Boden mit unzähligen Gänseblümchenblüten übersät. Im Eck steht ein Heizlüfter. Mit einer einladenden Geste lässt er mich eintreten und schaltet die kleine Heizung an. Sie summt und verströmt beinahe sofort eine behagliche Wärme.

»Wow, das ist wunderschön«, hauche ich und küsse ihn überwältigt.

Ohne Vorwarnung schnappt er sich mich und nimmt mich auf die Arme. Vor Schreck quietsche ich und klammere mich an seinen Hals. Mit seinen Lippen auf meinen trägt er mich über die Schwelle und bettet mich auf die Liegefläche. Eigentlich ist es als Sitzfläche gedacht, wenn man sich umziehen will, aber ich will jetzt nicht sitzen. Ich will keine Erdbeeren essen. Durst habe ich auch keinen. Am Kragen seines Pullis ziehe ich Cole über mich. Meine Finger wandern unter sein T-Shirt, streicheln seinen Rücken. Dann fahre ich in seine Jeans und verharre auf seinen Pobacken. Ich liebe seinen Po, er ist fest und muskulös und hat genau die richtige Größe, und vor allem ist er nicht behaart. Es macht mich unheimlich an, wie sich seine Muskeln dort verändern, wenn er sich in mir bewegt.

»Es tut mir leid, wie ich dich in letzter Zeit behandelt habe. Das hast du nicht verdient. Es ist nur ...«

Ich weiß schon. Und auf keinen Fall will ich jetzt unsere Beziehung diskutieren. Ungeduldig zerre ich an seinem Hoodie. Er hilft mir, greift sich in den Nacken und zieht beide Oberteile zusammen aus und lässt sie auf den Boden fallen. Anschließend befreit er mich von meiner Jacke und den restlichen Klamotten, bis ich nur noch in Unterwäsche vor ihm liege. Obwohl es draußen heute nicht sehr warm ist und der Heizlüfter noch nicht die ganze Luft erwärmt hat, friere ich nicht. Meine Nippel stellen sich aus einem anderen Grund auf. Ich lege meinen Kopf in den Nacken und keuche, als Cole mit seiner rauen Zunge meine Brüste liebkost. Ich fühle seine Härte an meiner Hüfte. Seine Lippen lecken sich weiter hinab bis zum Rand meines Slips, stoppen dann aber und kehren zu meinem hungrigen Mund zurück.

»Ich liebe dich so sehr«, brummt er. Wir küssen uns lange und zärtlich, sagen uns wortlos, was wir füreinander empfinden. Seine Finger liegen in meinem Nacken, seine Daumen umschließen meinen Hals und streicheln mein Schlüsselbein. Langsam löst er sich von mir und sieht mich liebevoll an. Seine Lippen glänzen verführerisch. »Vertraust du mir?«, flüstert er. Ohne nachzudenken, nicke ich. »Zieh dein Höschen aus und schließ die Augen!« Aufgeregt befolge ich seine Anweisungen. »Nicht spicken«, ergänzt er. Ich kann hören, wie er schmunzelt. Schnell schüttle ich den Kopf. Er entfernt sich von mir, es raschelt, und kurz darauf spüre ich seinen warmen Körper. Mittlerweile hat er sich auch ausgezogen, reibt seinen nackten, pochenden Penis an meinem Schenkel. Kurz frage ich mich, ob er mit seiner Eichel meine Narben fühlen kann, doch dieser Gedanke ist schnell wieder weg, als er seine Hand auf meine Scham legt. »So schön«, wispert er. Ein gequältes Stöhnen folgt. Plötzlich ist seine Hand fort. Ich will schon meine Augen öffnen, aber er brummt: »Zulassen, sonst muss ich dir die Augen verbinden.«

Auf einmal spüre ich etwas Hartes auf mir. Plastik glaube ich. Behutsam teilt Cole mit zwei Fingern meine Schamlippen und ruckelt mit dem Ding ein wenig hin und her, bis es auf meiner Klitoris liegen bleibt. Ein leises Brummen folgt. Zuerst ist es nur ein leichtes Vibrieren und Saugen. Dann klickt es mehrmals, und urplötzlich hebt sich mein Becken von der Bank. Meine Klitoris pulsiert, explodiert beinahe, ich keuche und winde mich, will mehr, was auch immer das ist.

»Schsch!«, mahnt Cole. »Schön liegen bleiben! Wenn du dich nicht bewegst, saugt es sich besser an und ist intensiver.« Obwohl es mir schwerfällt, biege ich mich Cole und seinem Spielzeug lediglich ein wenig entgegen, halte aber sonst still, kralle mich in die Decke unter mir. Es dauert nur wenige Augenblicke, bis mich ein unglaublicher Orgasmus überrollt. Gleich danach ein weiterer. Das Gefühl ist so intensiv, dass es schmerzt. Meine Klitoris ist so empfindlich sensibel und gereizt, dass ich das Gerät wegschiebe. Nach Luft schnappend öffne ich meine Augen.

Cole grinst mich an, ich kann ihn nur verschwommen sehen. »Willkommen zurück, Baby!« Er drückt seinen Mund auf meinen. Seine Erektion ist so hart und zuckt, dass ich mich frage, wie er sich noch beherrschen kann.

Mein Mund ist trocken, mein Herz klopft immer noch in einer Geschwindigkeit, als wollte es einen Rekord aufstellen. »Was war das denn?«

Er zeigt mir ein rosafarbenes Gerät, dessen Form mich an einen Pinguin erinnert. Am Kopf hat es einen Ring, an der Hinterseite mehrere Knöpfe.

»Ein Klitorisstimulator. Funktioniert mit Unterdruck.« Er hebt die Augenbrauen und grinst breiter. »Hat's dir gefallen?« Ich kann nur träge nicken, woraufhin er lacht.

»Woher hast du den?« Für einen kurzen Moment fürchte ich, dass er ihn nur von Zane oder so ausgeliehen hat. Oder dass er so etwas bei all seinen Eroberungen benutzt.

»Internet«, sagt er mit einem Schulterzucken. »Extra für mein Baby besorgt.« Er legt das Ding beiseite und streicht mit den Fingern über meine immer noch pochenden Schamlippen. »Weißt du, dass es mich wahnsinnig macht, dir zuzusehen, wie du kommst?«

Ich greife nach seinem Penis und streiche mit dem Daumen über seine feuchte Spitze und seine prallen Hoden. Zischend zieht er die Luft ein. »Ich kann es mir vorstellen«, sage ich leise und pumpe ein paarmal mit meiner Faust seinen Schaft. Er knurrt, kniet sich über mich und teilt mit dem Knie meine Beine. »Pass auf dein Bein auf«, warne ich.

»Scheiß auf das verdammte Knie. Wenn ich nicht sofort in dich komme, kann ich für gar nichts garantieren.«

Er senkt sich auf mich und dringt mit einem Stoß in mich ein. Gut, dass ich seit ein paar Wochen wieder die Pille nehme. Ohne Kondom, so Haut an Haut, ist der Sex mit ihm noch schöner. Obwohl ich erst kurz zuvor zwei heftige Orgasmen hatte, steigert sich meine Erregung bereits nach wenigen Stößen ins Unermessliche. Das Gefühl unserer beiden vereinten Körper ist so intensiv, dass ich beinahe zu weinen anfange. Ich schlinge meine Beine um ihn, fixiere ihn über mir, presse ihn an den

Pobacken in mich. Rastlos und ohne erkennbaren Rhythmus bewegt er sich in mir, das Gesicht vor Lust verzerrt, zieht sich langsam zurück, um dann umso härter wieder zuzustoßen. Dabei trifft er jedes Mal einen Punkt tief in mir, der mich einem erneuten Höhepunkt immer näher bringt. Er schiebt eine Hand auf meinen Bauch und reibt meine Klitoris, reißt mich mit in einen Orgasmus, der meinen gesamten Körper flutet und mich unaufhaltsam durchschüttelt.

»Ja, jaaa, verdammt!«, brüllt Cole und ergießt sich heiß in mich. Sein Höhepunkt scheint gar nicht enden zu wollen. Immer weiter pumpt sein Penis in mir, verlängert damit meine eigene Lust.

Keuchend bricht er auf mir zusammen und begräbt mich unter seinem schweren Körper. Immer noch zuckt er in mir, nur langsam erschlafft er. Als ich mich unter ihm herauswinde und mich aufsetze, weil ich nun doch schrecklichen Durst habe, läuft sein Sperma aus mir heraus.

Er schluckt hart. »Ich wusste nicht, dass es mich so geil macht, mein Sperma auf dir zu sehen.«

»Du bist ekelhaft.« Im Spaß boxe ich ihn gegen den Oberarm.

Ein Grinsen breitet sich auf seinem Gesicht aus. »Beste Idee ever, dir wieder die Pille verschreiben zu lassen. Ich liebe es, ohne Kondom mit dir zu schlafen.« Endlich sind wir uns mal wieder uneingeschränkt einig. Er sieht mich liebevoll und reumütig an. »Und ich bin froh, dass du mich noch nicht verlassen hast. Es tut mir leid, Baby. Ab sofort geht es nur noch aufwärts.« Er streichelt mein Gesicht, so zart, wie man ihm es mit seinen großen Händen nicht zutrauen würde. »Hilfst du mir dabei?«

Ich nicke, und er bedankt sich mit einem langen Kuss, der mir wieder einmal zeigt, dass wir gemeinsam alles überstehen können.

Irgendwann lösen wir uns voneinander, füttern uns mit den Erdbeeren und trinken den Saft. Aneinandergeschmiegt laufen wir den Weg am Strand zurück zum Auto. Zwischenzeitlich ist es ziemlich kalt geworden, selbst Cole zittert ein wenig. Nachdem er mich noch zum Essen ausgeführt hat, fährt er mich nach Hause. Es ist schon spät, aber wir wollen unser eigenes kleines Universum nicht verlassen. Die Welt, die endlich wieder in Ordnung zu sein scheint. Deswegen sitzen wir im dunklen Auto, die Heizung läuft auf vollen Touren, halten uns an den Händen und betrachten die Sterne. Über den Schaltknüppel zwischen uns klettere ich zu ihm und kuschle mich auf seinen Schoß. Er vergräbt seine Nase in meinen Haaren.

»Ich hatte noch nie für jemanden solche Gefühle wie für dich«, sagt er leise. Es kitzelt.

»Geht mir genauso.«

»Ich vermisse dich jetzt schon. Musst du unbedingt mit deinem Bruder auf diesen dämlichen Kongress fahren?«

Ich seufze. »Ich werde dich ebenfalls vermissen. Aber es ist auch eine Chance, die ich nicht verpassen will. Jetzt, nachdem ich endlich weiß, was ich machen will.«

»Tiermedizin studieren, ich weiß.« Er seufzt auch. »Ich freue mich ja für dich, dass du einen Plan hast. Aber wie soll ich es so lange ohne dich aushalten? Bitte komm schnell wieder!«

»Ich bin nur eine Woche weg. Du wirst es schon schaffen.«

»Wer weiß …« Er knabbert an meinem Ohr herum und rückt hin und her. Echt jetzt? Er ist schon wieder hart?

»Vielleicht sollten wir besser reingehen«, schlage ich vor. Er nickt und schiebt mich von sich herunter. Wie kann ein einziger Mann so fit sein?

Cole

Ich muss so dringend pissen. Meine Morgenlatte tut verdammt weh und drückt hart gegen die Matratze. Mein Knie pocht schlimmer als frisch nach der OP. Der Geschmack in meinem Mund ist ekelhaft, und ich stinke wie ein Schwein, nach Schweiß und altem Alkohol. Ich liege auf dem Bauch, das Gesicht zum Fenster. Draußen ist es fucking hell, die Sonne verarscht mich, scheint mir in meine brennenden Augen. Kein Plan, warum ich die Rollläden nicht runtergelassen habe. Mein Körper und ich fühlen uns scheiße, also gehe ich davon aus, dass ich mich gestern habe volllaufen lassen. Erinnern kann ich mich allerdings an nichts.

Erst als ich mich auf die Seite drehe, um aufzustehen, bemerke ich die Hand auf meiner Hüfte. Im ersten Moment denke ich, es ist Autumn. Und dass sie früher von ihrem Trip mit Lennon zurückgekommen ist und sich unbemerkt zu mir ins Bett geschlichen hat. Möglich wäre es, weil ich ihr in der Zeit, als ich mich kaum bewegen konnte und Betreuung brauchte, einen Schlüssel zur Wohnung gegeben habe.

Aber es ist nicht mein Mädchen. Autumn lackiert sich nie die Nägel, und würde sie es, dann sicher nicht grellpink. Mit Glitzer. Außerdem sind ihre Finger zarter. Plötzlich wiegt der fremde Arm eine Tonne. Fuck! Was habe ich getan? Angeekelt wische ich die Hand von mir und rutsche aus dem Bett. Beim Aufsetzen fährt mir ein heftiger Schmerz ins Bein, aber das ist mir egal. Ich muss hier weg.

Im Stehen erkenne ich Grace. Die Bitch. Was macht sie in meinem Bett? *Blöde Frage, Cole.* Wir sind beide nackt und klebrig verschwitzt.

Auf dem Nachtkästchen liegt eine Kondompackung. Leer. Panik kriecht meinen Rücken hinauf. Wie betrunken war ich denn? Ich würde Autumn doch nie betrügen. Erst recht nicht mit Grace!

Verzweifelt rubble ich mir mit den Handflächen übers Gesicht und kralle meine Nägel in die Kopfhaut. Was ist passiert? Verdammte Scheiße! Ich Vollidiot! Habe ich tatsächlich das getan, wovor Autumn die ganze Zeit Angst hatte? Das, was die anderen Kerle ihr ebenfalls angetan haben? Nein, das kann nicht sein! Niemals! Ich habe noch nie jemanden betrogen. Wenn ich mit jemandem zusammen bin, bin ich treu. Oder *war*? Denn die Situation spricht dafür, dass ich es nicht mehr bin. Dass ich möglicherweise die größte Scheiße meines Lebens fabriziert habe. Gerade bei dem Mädchen, das ich liebe wie nichts sonst auf der Welt. Sie, die Eine, die es als einziger Mensch schafft, dass ich nicht komplett verzweifle. Die mich weiter auf eine gute Zukunft hoffen lässt, auch mit diesem verfickten Verräterbein. Nein, ich kann nicht glauben, dass ich das getan habe. Ich bin mir sicher, dass ich Autumn nicht so hintergehen würde. Trotzdem ...

Grace regt sich, schlägt die Augen auf und lächelt mich verschlafen an. Sie sieht eindeutig durchgefickt aus. Wieder reibe ich mein Gesicht und drücke mit beiden Zeigefingern meine Nasenwurzel.

»Morgen, Orgasmusmeister!« Sie setzt sich auf, die Decke rutscht von ihr herunter und entblößt ihre falschen Titten.

»Verschwinde!«, blaffe ich. »Was machst du überhaupt hier?« Sie zwinkert und leckt sich die Lippen, fährt mit ihren Händen ihren Körper herab und spielt mit ihren Nippeln. Mein Schwanz zuckt. Arschloch!

»Was denkst du denn, was wir getan haben?«

»Sicher nicht gefickt. Ich liebe Autumn und würde ihr das nie antun!«

Sie zuckt die Schultern. »Wenn du meinst ...«

Verdammte Schlampe! Obwohl ich mir eigentlich sicher bin, dass ich brav war, regt sich Zweifel in mir. Grace in meinem Bett, leere Kondompackung, was soll das sonst bedeuten? Kenne ich mich selbst so schlecht? »Ich geh pissen. Wenn ich wiederkomme, bist du gefälligst weg!«

Sie verzieht in übertrieben gespielter Enttäuschung ihre aufgespritzten Lippen. »Willst du nicht noch einen Morgenfick?«, fragt sie und wandert mit ihrer Hand unter die Decke. Nein, will ich nicht. Ich will nur, dass sie geht. »Komm schnell wieder«, flötet sie, bevor ich ins Bad verschwinde.

Die Wohnung ist still, nur aus Zanes Zimmer höre ich Schnarchen. Zurück in meinem eigenen ist Grace natürlich immer noch da. Lasziv räkelt sie sich in meinem Bett und winkt mich mit dem Finger zu sich. Ich gehe zu ihr, nicht, um ihrem Verführungsversuch nachzugeben, sondern weil ich sie – da sie offensichtlich nicht von selbst abhaut – mit Gewalt rausschmeißen werde. Grob packe ich ihr Handgelenk und zerre daran.

In diesem Moment öffnet sich die Tür.

Mein Kopf ruckt herum, und ich entdecke Autumn. Mit schreckgeweiteten Augen und offenem Mund steht sie wie versteinert im Türrahmen und starrt uns an. Registriert, wie ich – nackt und verschwitzt – an einer anderen herumfummle. Was ich nicht tue, aber anders kann man die Situation nicht interpretieren. Mit einem aggressiven Ruck ziehe ich meine Finger von Grace weg. Autumns Blick huscht zum Nachtkästchen und der darauf liegenden Verpackung, Erkenntnis erscheint auf ihrem Gesicht. Dann schnappt sie nach Luft und schlägt die Hände vor den Mund.

»Es ist nicht, wie es aussieht«, stammle ich. Blöder geht's nicht. Je nüchterner ich werde, umso sicherer bin ich mir, dass ich nicht mit dieser Schlampe geschlafen habe. Zwar weiß ich noch nicht, warum sie hier ist und derart zerzaust aussieht, aber das ist momentan egal. Ich habe Autumn nicht betrogen. Niemals könnte ich sie so verletzen. Ich trete einen Schritt zu ihr, doch sie weicht zurück.

»Du hast mir versprochen, mich nie zu verlassen, mir nie so etwas anzutun«, keucht sie. »Ich wusste es von Anfang an, dass du wie alle anderen bist.«

Nein, bin ich nicht! Aber sie will mich nicht anhören, hält sich die Ohren zu und schüttelt den Kopf.

Grace grinst gehässig, verschränkt die Arme im Nacken und räkelt sich, als würde sie sich für einen verdammten Pornokalender bewerben. »Tja, er wollte eben nicht immer nur dich hässliche Tussi ficken.« Sie leckt sich über die Lippen. »Und es war fantastisch. Dein Liebster hat mich rangenommen, bis ich nicht mehr laufen konnte. Immer wieder. Hat mich zum Schreien gebracht und mir einen Orgasmus nach dem anderen verschafft.«

Autumns Gesicht ist voller Tränen, ungehindert laufen sie ihre Wangen herab, sie atmet hektisch.

»Halt's Maul!«, brülle ich Grace an. »Halt einfach dein dreckiges Maul!«

Ich mache einen Schritt auf Autumn zu, aber sie zuckt zurück, als wäre ich ein Axtmörder, der sie brutal ermorden will. »Ich habe nicht ...«, stammle ich.

»Fahr zur Hölle!«, zischt sie nur.

Dann dreht sie sich auf dem Absatz um und rennt hinaus. Ich spurte ihr hinterher, durch die Haustür, die Treppen hinunter auf die Straße. Dass ich nackt bin und mein Knie höllisch schmerzt, ist mir scheißegal. »Autumn, warte!«, flehe ich immer wieder, aber sie hält nicht an, reißt die Tür eines gerade anhaltenden Taxis auf und steigt hinein.

Passanten starren mich an, schütteln den Kopf, weil ich nackt wie ein Exhibitionist in der Kälte auf der Straße herumlungere. Sollen sie glotzen oder die Cops rufen. Mein Mädchen ist weg. Ich habe sie verloren. Wie soll ich das wieder hinbekommen? Wie kann sie mir glauben, dass nichts passiert ist, wenn sie mich nicht einmal anhören will?

Jetzt sitze ich in Shorts und T-Shirt, die ich beide aus dem Dreckwäschebehälter gefischt habe, auf der Couch, kaue auf den Fingernägeln, wackle wie ein Psychopath mit dem Oberkörper hin und her und überlege krampfhaft, was ich tun soll. Aber mein Gehirn funktioniert nicht. In der Zwischenzeit habe ich geduscht und mir den ganzen Gestank sowie Grace vom Körper geschrubbt, als wäre ich radioaktiv verseucht. Genau so fühle ich mich auch. Grace ist immer noch da. Schläft wie selbstverständlich in meinem Bett, schert sich nicht darum, dass sie eine weitere Beziehung zerstört hat. Auf meine tausend Nachrichten und Anrufe reagiert Autumn nicht.

Gavin kommt aus Ethans Zimmer, offenbar hat er hier gepennt. Und fast gleichzeitig mit ihm kommt eine nur in ein dünnes Laken gehüllte Grace aus meinem. Zwar sieht Gavin ziemlich verkatert und müde aus, trotzdem checkt er innerhalb von Sekunden, was es bedeutet, dass eine andere Frau als seine Schwester mein Zimmer verlässt. In eindeutigem Zustand. In wenigen Schritten ist er bei mir, und bevor ich reagieren kann, donnert er seine Faust in mein Gesicht.

»Du verdammter Drecksack!«, brüllt er und prügelt weiter auf mich ein. Ich wehre mich nicht. Blut läuft aus meiner Nase und tropft auf mein Shirt und das Sofa. »Was hast du meiner Schwester angetan?«

Aus dem Augenwinkel sehe ich, dass Grace erschrocken an die Wand zurückweicht und dass Zane aus seinem Zimmer torkelt.

»Was'n hier los? Müsst ihr so rumbrüllen?«, brummt er. Dann registriert er, wie sich Gavin schnaufend und stocksauer über mir aufgebaut hat, stürzt zu ihm und zieht ihn von mir weg. »Was soll denn das?«

»Cole hat Grace gefickt! Ich bring ihn um!«

»Hab ich nicht!«, schreie ich zurück.

Zane runzelt die Stirn und sieht zwischen Gavin, Grace und mir hin und her. »Du bringst in meiner Wohnung niemanden um«, widerspricht er. »Komm runter, Mann, er hat wirklich nichts getan.«

»Sie kam aus seinem Zimmer. Schau mal, wie sie aussieht, total durchgefickt. Und sie stinkt nach Sex. Natürlich hat er was getan! Ich bin doch nicht blöd!« Er versucht, Zane abzuschütteln, schafft es auch, weil er schlichtweg ein verfluchtes Tier aus Muskeln ist und hebt erneut seinen Arm.

»Hör auf!« Diesmal brüllt Zane auch. »Denkst du wirklich, Cole würde deine Schwester betrügen? Er vergöttert sie! Noch dazu mit *der*?« Er wedelt in Grace' Richtung.

Sie reden über mich, als wäre ich gar nicht anwesend. Aber zum Widersprechen bin ich zu erschöpft. Jetzt, nachdem das Adrenalin meinen Körper verlassen hat, sitze ich nur paralysiert und zitternd da und bin zu keinerlei Reaktion fähig. »Was hast du getan, Grace?« Zanes Stimme ist gefährlich leise und ruhig. Sie hebt das Kinn und zuckt arrogant mit den Schultern, gibt Zane aber keine Antwort. »Du gehst jetzt besser.« Sie bewegt sich nicht. »Verschwinde!«, wiederholt er lauter, doch sie steht nur mit verschränkten Armen da, das Kinn trotzig nach vorn geschoben. »Das gestern war ein Riesenfehler. Du bist so erbärmlich, Grace. Hau einfach ab! Und lass dich nie wieder blicken! Nicht bei mir und schon gar nicht bei Cole.« Nun wirkt sie doch etwas unsicher. Ihre Unterlippe zittert, sie wickelt das Laken fester um sich und schluckt. »Bist du taub, Bitch? Ich schwör dir, wenn Autumn wegen dir meinen besten Freund verlässt, bist du tot!«

»Sie weiß es schon«, sage ich leise und resigniert.

»Was?« Zane reißt die Augen auf. Auch Gavin glotzt mich entsetzt an.

»Sie kam vorhin ins Zimmer und hat Grace und mich nackt erwischt.« Ich ringe meine Hände. »Fuck!«

Zane stapft in sein Zimmer, kommt mit Klamotten im Arm zurück und wirft sie Grace zu. »Anziehen und abhauen!«

Hastig schlüpft sie in ihre Sachen und verlässt endlich unsere Wohnung.

»Kannst du jetzt mal endlich damit rausrücken, was los ist?«, drängt Gavin. Damit spricht er aus, was ich denke.

»Du hast Autumn nicht betrogen«, wiederholt Zane und setzt sich neben mich auf die Couch. »Ja, du warst in letzter Zeit ein richtiges Arschloch, zu uns allen. Aber so weit würdest du nie im Leben gehen.« Obwohl ich das schon vorher wusste, bin ich erleichtert, dass Zane mir mein Gefühl bestätigt. »Du hast dich dermaßen abgeschossen, dass ich dich ins Bett tragen musste. Sogar ausgezogen hab ich dich.« Er verzieht angeekelt das Gesicht. »Nur rumgejammert hast du. Wie ’ne verdammte Pussy.« Er verdreht die Augen. »*Oh, ich vermisse Autumn so. Ich war so gemein zu ihr. Ich liebe sie so. Ich kann nie mehr Football spielen. Buhu!*«, imitiert er mich. Meine Stimme ist nicht so piepsig. »Hast nur gesoffen. Den ganzen Abend. Irgendwann bist du vornüber umgekippt, wie in einer Komödie, und hast nur noch rumgebrabbelt. Zu dritt mussten wir dich hochhieven. Du bist ja schwerer als ein verdammter Laster. Selbst wenn man eine Frau mit der Möse direkt über deinem Schwanz an dich gebunden hätte, wärst du garantiert zu gar nichts mehr in der Lage gewesen. Schon gar nicht zum Ficken.« Er hebt die Augenbrauen.

»Warum war Grace dann in meinem Bett?«

»Was weiß denn ich, was die Schlampe wollte? Dich zurückhaben, vermutlich. Hat irgendwas geredet von wegen, dass sie dich so liebt und so 'n Quatsch. *Ich* habe mich gestern hinreißen lassen, sie zu poppen. Hat mich förmlich angefleht. Mir einen geblasen und mich dann quasi vergewaltigt. Was sollte ich denn machen?«

Nein sagen, zum Beispiel? Er grinst entschuldigend. Hat er ein schlechtes Gewissen? Hoffentlich! Ersticken soll er daran! Wenn er es nicht so nötig gehabt hätte, wäre Grace gar nicht geblieben. Vielleicht hat sie sogar alles von Anfang an geplant, nur um Autumn und mich auseinanderzubringen.

»Aber das hat sich nicht gelohnt. Grace ist schrecklich. Als ich aufgewacht bin und sie weg war, dachte ich, sie sei nach Hause gegangen. Konnte doch keiner ahnen, dass sie zu dir rüber ist.«

Das ändert nichts an der Tatsache, dass Autumn überzeugt ist, dass ich sie betrogen habe. Weil alle Indizien gegen mich sprechen.

»Du musst es Autumn sagen!«, bettle ich. »Mir wird sie nicht glauben. Klingt ja auch wie eine schlechte Ausrede.« Ich klammere mich an meinen Freund und quetsche seine Hand.

»Aua, Mann, brich mir nicht die Finger!«, jammert er. Ich löse meinen Griff, und sofort zieht er seine Hand weg und schüttelt sie mit schmerzverzerrtem Gesicht.

»Gavin, du hast es doch auch gehört. Ihr müsst mir helfen. Bitte!«

»Ich bezweifle stark, dass sie irgendjemandem glauben wird. Mir schon gar nicht. Sie wird denken, wir stecken alle unter einer Decke.

Zane und ich sind für sie nicht gerade die vertrauenswürdigsten Zeugen«, merkt Gavin an. Vermutlich stimmt das, aber deswegen kann ich doch nicht schon vorher alle Hoffnung aufgeben.

»Bitte!«, wiederhole ich dringlicher. Gleich fange ich noch an zu heulen. Aber ich darf Autumn nicht verlieren. Das stehe ich nicht durch. Ich liebe sie. Und ich brauche sie zum Überleben.

Sofort schreibe ich ihr eine Nachricht.

Können wir reden?

Es war ganz anders, als es ausgesehen hat. Ich habe dich NICHT betrogen. Du musst mir glauben. BITTE!

Ich liebe dich!

Autumn

Ich muss ihm glauben ... Gar nichts muss ich. Ich *will* gar nichts. Nie wieder. Er hat mich hintergangen, belogen, betrogen, verarscht, wie alle anderen auch. Es hat diesmal nur etwas länger gedauert, bis ich es herausgefunden habe.

Es war ganz anders ... Wie denn? Hat sie ihn etwa vergewaltigt? Wer's glaubt ...

Ich habe mich in meinem Bett vergraben und die Decke bis zum Kinn hochgezogen. Trotz der dicken Decke und der Klamotten friere und zittere ich. Mein Gesicht ist heiß und fühlt sich geschwollen an, meine Augen brennen. Im Taxi, auf dem Weg nach Hause, weg von ihm, von dem Schmerz und von dem Anblick von Grace' nacktem perfektem Körper in dem Bett, in dem er mich unzählige Male geliebt hat, bin ich endgültig zusammengebrochen. Habe geheult und gewimmert, konnte mich gar nicht beruhigen. Der Taxifahrer fragte mich sogar, ob er mich in ein Krankenhaus bringen solle. Als könnte ein Arzt die Wunde heilen, die Cole mutwillig aufgerissen hat.

Jetzt kann ich nicht mehr weinen. Liege nur wie ein Embryo mit angezogenen Beinen unter meiner Decke und starre ins Nichts. In das Nichts, in das ich mich gerne auflösen würde. Bin wütend über mich selbst, weil ich mich so habe täuschen lassen und glauben wollte, dass er tatsächlich anders ist.

Wenn ich Idiot ihn nicht so vermisst hätte und meinen Bruder überredet hätte, vorzeitig nach Hause zu fahren und mich gleich bei Cole abzusetzen, hätte ich nie erfahren, was er in meiner Abwesenheit so alles treibt. Sogar entschuldigen wollte ich mich, weil ich so wenig Verständnis für seine Stimmungsschwankungen und ständige schlechte Laune hatte. Er hat seinen Lebenstraum verloren. Natürlich ist man da schlecht drauf. Aber es gibt einem nicht das Recht, deswegen wild in der Gegend herumzuvögeln. Oder den Arsch, der man eigentlich schon die ganze Zeit war, aus sich herauszulassen. Ich werde es nicht entschuldigen, egal wie schlimm seine momentane Situation gerade ist oder war. Nichts kann wiedergutmachen, was er mir angetan hat. Egal aus welchem Grund.

Irgendwo tief in meinem Inneren drängen Zweifel an die Oberfläche. Mich so zu behandeln, passt nicht zu dem Cole, den ich liebe. Aber vielleicht waren mein Gehirn und mein Herz nur zu vernebelt, um die Wahrheit hinter seiner Fassade zu erkennen. Deswegen schiebe ich diese Gefühle dorthin, wo sie hingehören – in meinen imaginären Papierkorb.

Eine Nachricht trifft ein. Weil das Handy mit dem Display nach oben liegt, sehe ich, dass sie von Zane stammt. Ich muss sie gar nicht öffnen, um zu wissen, dass er für Cole lügen will. Dass er mir irgendwelche Geschichten erzählen will, von wegen, Cole sei unschuldig oder anderen Blödsinn. Eindeutiger als die Situation in Coles Schlafzimmer geht es nicht. Ungelesen lösche ich die Nachricht. Ebenso wie die Dutzenden anderen, die abwechselnd von Cole und Zane in sekündlichen Abständen eintreffen. Entschlossen schalte ich das Handy aus und stopfe es ganz unten in meine Sockenschublade.

Ich habe ihm vertraut. Habe ihn in mein Herz gelassen, ihm alles geschenkt, was mich ausmacht. Meine Vergangenheit, meine Gegenwart, meine Zukunft. Ich dachte, er liebt mich auch. Vielleicht hat er das sogar. Aber offenbar nicht genug. *Ich* war nicht genug. Und werde es nie sein. Für keinen Mann dieser Welt. All das Kümmern, die Liebesbeteuerungen, der Ausflug zum Strand, die Berührungen, der Sex – warum? Um mich später umso stärker verletzen zu können? Ist das irgendein perverses Spiel? Ein Wettbewerb, wer das beschädigte naive Mäuschen am gründlichsten zerstört?

Nach einer Ewigkeit, ich weiß nicht, ob nach Stunden oder Tagen oder auch Wochen, schäle ich mich aus dem Bett. Ich fühle mich tot. Wie ein Zombie. Käme jetzt zufällig ein anderer Zombie vorbei, könnte er gerne mein Gehirn essen. Dann müsste ich wenigstens nicht mehr nachdenken. Dann müsste *er* sich mit den Bildern von Cole und Grace herumschlagen.

Als wäre ich plötzlich völlig knochen- und muskellos, wanke ich durch unser Haus. Eine leere Autumn-Hülle, gefüllt mit schwerem, gallertigem Gehirnpudding. Unwillkürlich muss ich kichern, als ich mir mich als kackbraunen Wackelpudding vorstelle, der wie Lava durch die Räume kriecht. Ob ich bei Hitze zerfließen würde? Oder bei Kälte gefrieren?

Wieder einmal ist keiner zu Hause. Ich bin froh darüber, dann will niemand wissen, warum ich mich in einen ekligen Gelee-Alien verwandelt habe. Am Kühlschrank klebt ein Zettel mit Moms geschwungener, ausladender Handschrift.

Hallo, Schätzchen! Schön, dass du wieder zu Hause bist. War's denn schön mit Lenny auf dem Kongress?
Bin mit Dad auf einem Kurzurlaub in Mexiko. Eva wohnt derweil bei Shannon. Die zwei freuen sich schon so darauf. Kommen erst nächste Woche wieder. Hab dich lieb. Mom

Mom weigert sich standhaft, sich endlich ein Smartphone zuzulegen, geschweige denn so etwas wie WhatsApp zu benutzen. Immer noch telefoniert sie mit ihrem Motorola-Knochen von vor hundert Jahren. Zum Kommunizieren sind bei uns deswegen immer noch die guten, alten Post-its angesagt.

Ich seufze, fahre mit dem Zeigefinger über den Klebezettel und verziehe meine Lippen. Zwar bin ich froh, mit niemandem reden zu müssen, trotzdem vermisse ich Mom und ihre unvergleichliche, tröstend liebevolle Mom-Energie.

Jemand klingelt Sturm. Auch das ignoriere ich. Ich habe keine Lust auf fadenscheinige Ausreden. Stattdessen fülle ich den Wasserkocher, warte, bis der Inhalt blubbert, und gieße mir einen Kamillentee auf. Mit der Tasse verziehe ich mich ins Wohnzimmer und schalte den Fernseher ein. So laut, dass das Klingeln übertönt wird. Trotzdem höre ich, wie Cole brüllt: »Lass mich rein, Baby! Du musst mir zuhören. Bitte! Gib mir wenigstens die Chance, alles zu erklären.«

Ist ihm aufgefallen, dass er sich wiederholt? Ich will keine Erklärungen. Was bitte schön will er denn erklären? Dass Grace zufällig nackt neben ihm im Bett lag? Dass er mit seinem Penis direkt auf sie draufgefallen ist? Für wie dumm hält er mich? Nach einer Weile hört das Klopfen und Sturmklingeln auf. Gut. Ich schließe die Augen und versuche, meinen vorläufigen Sieg zu genießen. Aber kein Triumph will sich einstellen. Stattdessen breitet sich eine noch größere Leere in mir aus.

Auf einmal stürzt Cole in den Raum, dicht gefolgt von Gavin. Die Schlüssel hat mein Verräterbruder noch in der Hand. Vor der Couch sinkt Cole auf die Knie. Er soll sein Bein doch noch nicht komplett abknicken. Aber das ist nicht mehr mein Problem. Ein Schmerzenslaut entfährt ihm. Gut so. Leiden soll er! Trotzdem bleibt er standhaft vor mir auf dem Boden hocken. Er sieht genau so aus, wie ich mich fühle. Aber da ihn ein Hauch alten Alkohols umweht, gehe ich davon aus, dass er nicht meinetwegen so fertig ist, sondern weil er gestern zu viel getrunken und anschließend eine anstrengende Nacht mit und in Grace verbracht hat. So etwas zehrt eben an einem. Er greift nach meinen Händen, aber ich ziehe sie weg, umklammere meine Tasse und beachte ihn nicht. So wie er mich und unsere Liebe missachtet hat.

»Bitte, Baby«, jammert er. Erbärmlich. »Bitte, hör mir zu! Grace ...« Mit einer einzigen Handbewegung stoppe ich ihn.

Stumm trinke ich meinen Tee. Gavin steht ein paar Meter von uns beiden entfernt und beobachtet uns. »Hör ihm doch wenigstens kurz zu«, sagt er zu mir. Doch auch ihn ignoriere ich. »Er hat dich nicht betrogen. Grace hat das alles nur inszeniert«, fügt er hinzu.

Na klar! Wenn wir noch eine Großmutter hätten, könnte er ihr das erzählen. Ich schnaube und zappe durch die Programme, als wollte ich den Schnellschaltcontest gewinnen.

»Baby«, wimmert Cole immer wieder. »Gavin hat recht ...«

Er packt meinen Oberschenkel und drückt so fest, dass ich bestimmt einen blauen Fleck behalten werde. Ich rutsche ein Stück weg, um ihn abzuschütteln. Nicht einmal dass ich seine Hände mit meinen wegwische, hat er verdient. Keine Berührung mehr von meiner Seite aus hat er verdient. Soll er sich doch wieder von Grace anfassen lassen.

»Natürlich gibt Gavin dir ein Alibi«, sage ich mit betont neutraler Stimme, sehe aber weder Cole noch meinen Bruder dabei an. »Weil ihr Kumpels seid. Und Männer. Männer halten immer zusammen, wenn es ums Ficken geht.«

»Wie redest du denn auf einmal?« Gavin scheint entsetzt. Tja, Bruderherz, so wird man, wenn man immer wieder von Arschlöchern seelisch niedergeschlagen wird.

Langsam drehe ich meinen Kopf zu meinem Ex-Freund, von dem ich dachte, er sei endlich der, für den ich die Einzige bin. »Ich möchte, dass du jetzt gehst.« Wieso ist er überhaupt noch hier? Warum will er sich erklären? Er will doch ohnehin nicht weiter mit mir zusammen sein.

»Baby, ich werde nicht gehen, bis du mich angehört hast. Ich liebe dich.«

Wenn er nicht geht, muss ich es eben tun. Deswegen stehe ich auf, schlängle mich an ihm und meinem Bruder vorbei, der mit dümmlichem Gesichtsausdruck seine Schlüssel umklammert, und fließe mit meinem Puddingkörper in mein Schlafzimmer. Hinter mir sperre ich ab, damit keiner der beiden Idioten hereinkommen kann. Sollen sie sich doch weiter verbrüdern und gegenseitig decken. Aber nicht mehr mit mir. Arme Frauenwelt. Wobei, mit Grace habe ich kein Mitleid. Sie ist eine Schlampe. Mit einem Mann zu schlafen, der vergeben ist, ist das Allerletzte.

In meine Handtasche packe ich wahllos ein paar Slips und T-Shirts und eine Wechseljeans.

Ich schreibe dem einzigen Menschen, den ich momentan ertragen kann.

Kann ich ein paar Tage bei dir wohnen?

Lennon antwortet sofort.

Klar. Bin zu Hause. Was ist passiert?

Ich spare mir eine Antwort, schalte das Handy wieder aus und öffne die Tür. Wie vermutet wartet Cole und versperrt den Türrahmen. »Baby«, fleht er wieder. Hat er vergessen, ganze Sätze zu sprechen? Ich bin nicht mehr sein Baby. Seine Lügen interessieren mich nicht.

Ich drängle mich an ihm vorbei, schaffe es aber nicht, weil er schlichtweg zu breit ist. »Bitte lass mich durch«, sage ich zu unseren Füßen. Ihm in die Augen sehen kann ich nicht. Ich habe Angst, dann schwach zu werden und zuzulassen, dass er mir die männerüblichen Lügen auftischt.

Er reibt sich übers Gesicht, schnauft tief, stöhnt gequält. Seine Hände fassen zart meine Unterarme und wandern den Arm hinauf. Die gewohnte Gänsehaut überrollt mich. Wie immer, wenn er mich berührt, egal ob sanft und zärtlich oder wild und hart.

»Bitte«, flüstere ich nun auch und hebe meinen Blick. Seine Augen sind voller Schmerz und Verzweiflung. Kurz zögere ich. Vielleicht war ja doch alles ganz anders ... Einen langen Moment sehen wir uns nur an, versinken in den Augen des anderen. Dann lässt er mich los, tritt einen Schritt zur Seite und lässt mich durch. Auch Gavin versucht nicht, mich aufzuhalten, als ich an ihm vorbeischleiche. Er kann sich ohnehin denken, wohin ich flüchte. Wortlos überreicht er mir seinen Autoschlüssel, aber ich lehne ab. Ich will weder mit Cole noch mit ihm etwas zu tun haben, nicht einmal indirekt über einen Wagen.

Lennon wartet bereits. Stumm nimmt er mich in die Arme und hält mich, während ich weine. Stumm führt er mich in die Küche und platziert mich auf einem Stuhl. Stumm kocht er mir heiße Schokolade. Stumm drapiert er Sahne obendrauf, stumm stellt er mir das Getränk hin. Immer noch stumm betrachtet er mich, wie ich mit gespitzten Lippen in die heiße Flüssigkeit puste und vorsichtig trinke.

Dann durchbricht er die Stille.

»Was ist los, kleine Schwester?« Er ergreift meine Hand und streichelt mit seinem Daumen meinen Handrücken.

Leise und mit gesenktem Kopf erzähle ich ihm und der heißen Schokolade von Cole und Grace und in welcher eindeutigen Situation ich sie erwischt habe.

»Hm ...« Lennon kratzt sich am Kinn. »Cole wirkte auf mich gar nicht so, als ob er so was machen würde.«

»Hat er aber«, stelle ich fest und wische mir Sahne von der Oberlippe.

Lennon seufzt. »Warum willst du dir nicht wenigstens anhören, was er zu sagen hat? Was, wenn es stimmt, und du hast die Situation falsch interpretiert?« Er verzieht seinen Mund und atmet tief ein und aus. »Du liebst ihn doch, oder?« Ich schüttle den Kopf. Dann nicke ich. Dann zucke ich mit den Schultern. »Also ja«, fasst er zusammen.

»Was gibt es da falsch zu interpretieren, wenn sie nackt in seinem Bett liegt?«, fauche ich, obwohl Lenny es nicht verdient hat, dass ich zu ihm so garstig bin. Schließlich bietet er mir nicht nur ein Heim, sondern auch Trost, brüderlichen Beistand und Rat.

»Du solltest nicht sofort wieder dichtmachen und etwas auf ihn projizieren, was er vielleicht gar nicht getan hat.«

»Auf welcher Seite stehst du eigentlich?« Aus Versehen und weil ich so sauer bin, landet ein Schoko-Spucketröpfchen auf seinem Hemd. Kommentarlos wischt er es mit dem Geschirrtuch weg.

»Auf deiner natürlich, Schwesterchen. Trotzdem will ich, dass du glücklich bist. Und du warst noch nie so glücklich wie mit ihm. Das kannst du nicht einfach so wegwerfen.«

»Er wirft doch alles weg, indem er mit der Schlampe geschlafen hat. Es reicht ja noch nicht, dass er mich wochenlang mies behandelt hat«, widerspreche ich. Ich brauche etwas Härteres als Schokolade. Also haste ich zum Kühlschrank, greife mir die offene Rotweinflasche und gieße mir etwas davon in meine Tasse. Rotwein-Schokorest-Mix. Genau das, was jetzt hilft. Gierig trinke ich einen großen Schluck.

»Und? Hat er dich wirklich betrogen?«

»Ja, hat er!«, kreische ich und exe die Tasse, bevor ich sie erneut vollfülle.

»Es sind nur Indizien, keine Beweise, Autumn. Er bestreitet es, Gavin bestreitet es ...«

»Bist du jetzt auf einmal Vorsitzender von einem Verein für zu Unrecht Angeklagte, oder was?« Er regt mich auf. »Lass mich doch einfach in Ruhe!«, brülle ich noch lauter und stürme aus dem Raum. Die Tür vom Gästezimmer knalle ich hinter mir zu. Ich weiß, Lennon will mir nur helfen. Aber mit seinem Moralapostel-Gerede, dass man unschuldig sei, bis das Gegenteil bewiesen ist, kommt er bei mir auch nicht weiter. Ich habe mir eigentlich gewünscht, dass er mich unterstützt und mit mir über die verdammte verlogene Männerwelt schimpft, stattdessen macht er mir ein schlechtes Gewissen, weil ich Cole nicht anhören wollte.

Den restlichen Tag verschanze ich mich im Gästezimmer und sehe mir bei YouTube auf Lennons altem Computer Pumuckl-Folgen an. Da ich nicht wusste, wie man es schreibt, hat es ein wenig gedauert, bis ich die entsprechenden Videos gefunden habe. Und nun sitze ich hier, sehe die elfte Folge *Pumuckl* auf Deutsch mit englischen Untertiteln und grüble, ob Lennon recht hat oder ich. Soll ich Cole anhören? Ich weiß es nicht.

Januar

Cole

Weihnachten und Silvester musste ich ohne Autumn verbringen und meinen Eltern eine erfundene Geschichte auftischen, warum ich dieses Jahr nicht zu ihnen gefahren bin. Aber ich wollte nicht weg, es hätte ja sein können, dass Autumn doch noch zurückkommt und dann vor verschlossener Tür gestanden wäre. Zane und Ethan haben mir in meinem Frust und meiner Trauer Gesellschaft geleistet, mit mir getrunken, mich beim Zocken gewinnen lassen und sich mit mir Splatterfilme reingezogen. Und regelmäßig versucht, Autumn zu überreden, mit mir zu reden. Aber sie hat mich aus ihrem Leben gestrichen. Sie reagiert nicht. Seit drei Wochen nicht. Weder auf meine Anrufe noch auf Nachrichten. Sogar einen Brief habe ich ihr geschrieben, der ungeöffnet wieder zurückkam. Auch mit Zane oder Ethan will sie nicht sprechen, nicht einmal mit Claire oder Gavin. Alle wollen mir helfen, das ist auch wirklich sehr nett, aber nichts fruchtet. Es kann doch nicht sein, dass ich ihr nicht einmal erzählen darf, was wirklich passiert ist? Ich werde bald wahnsinnig. Zu Hause ist sie nicht, bei Lennon macht sie nicht auf oder lässt sich verleugnen, egal zu welcher Tages- oder Nachtzeit ich es versuche.

»Sorry, Alter, sie blockt total ab«, ist das Einzige, das ich jedes Mal von Gavin zu hören bekomme. Wenn nicht einmal er als Bruder an sie rankommt …

Aufgeben werde ich nicht. Dazu liebe ich sie zu sehr. Aber je länger sie weg ist, umso klarer wird mir, was ich ihr angetan habe. Nicht das mit Grace, das habe ich ja gar nicht getan. Sondern mein Verhalten in den letzten Wochen. Meine ständige, sich täglich steigernde Unzufriedenheit über meinen Zustand. Mein Genöle, mein Aufbrausen ihr und anderen gegenüber. Dass sie die ganze Zeit zu mir gehalten hat, mich unterstützt hat, mich trösten wollte, mich gepflegt und umsorgt hat, zeigt, wie sehr sie mich liebt. Und ich habe ihre Liebe mit Füßen getreten. Kein Wunder, dass sie denkt, ich wollte sie ersetzen. Als würde ich das jemals wollen. Niemals will ich eine andere als sie. Ich vermisse sie mehr als das Footballspielen. Mehr als ein gesundes Knie. Mehr als irgendetwas anderes.

Ich vernachlässige alles. Körperpflege, das Studium, meine Übungen. Nur weil mich Ethan und Zane zwingen und abwechselnd hinbringen, gehe ich überhaupt noch zur Krankengymnastik oder ins Fitnessstudio. Die restliche Zeit bleibe ich zu Hause und verschanze mich vor dem Fernseher oder in meinem Bett. Nicht einmal zum Onanieren kann ich mich aufraffen.

Ethan schmeißt mich vor dem Gebäude meines Physiotherapeuten raus, bevor er weiter zu Claire und seinem verfickten glücklichen Leben abdampft. Zum Abhauen bin ich zu faul, also schleppe ich mich hinein. Normalerweise muss ich vor der Behandlung nicht warten. Doch heute gibt es irgendwelche Verzögerungen, weshalb ich gezwungen bin, in dem zugigen, nach alten Menschen und gebrauchten Socken riechenden Wartezimmer herumzulungern. Die Sprechstundenhilfe versucht mit mir zu flirten, klimpert mit ihren Wimpern und wackelt mit ihrem kleinen, festen Po vor mir herum. Tut so, als müsste sie etwas unglaublich Wichtiges im obersten Fach des Regals suchen, streckt sich und präsentiert mir ihre Brüste. Doch ich ignoriere sie, greife demonstrativ nach einer der Zeitschriften und blättere laut darin herum. Langweiliges Zeug und esoterischer Quatsch auf beinahe jeder Seite. Wunderheilungen, mystische Pilgerstätten, Reiki, Quantenheilungen, Schamanismus, es scheint, als wäre in diesem Heft alles Unglaubwürdige zusammengetragen. An diesen Scheiß glauben die Leute tatsächlich? Kopfschüttelnd will ich die Zeitschrift weglegen, da fällt mein Blick auf ein Bild. Sieben bunte Punkte untereinander. Wie auf Autumns Zeichnung, die sie mir als Hinweis auf ihren Namen gegeben hat. Es kommt mir vor, als wäre das hundert Jahre her.

Chakra-Heilung, Chakras und Krankheiten, Zuordnung der Organe in der Chakra-Therapie ist der dazugehörige Artikel überschrieben. Mein Herz stolpert und setzt dann wieder in doppelt so schnellem Tempo ein. Das ist es!

Schnell ziehe ich mein Handy aus der Hosentasche und gebe *Chakra als Name* in die Suchleiste bei Google ein. Nach nur wenigen Klicks finde ich es. *Sanskrit für Sonne und Energie*, steht da. Das passt ja. Autumn ist meine Sonne und die einzige Energie, die ich brauche.

Die Seite mit dem Artikel und dem Foto reiße ich aus der Zeitschrift und stecke sie gefaltet in meine Hosentasche. Endlich habe ich wieder Hoffnung.

Die folgende Physiotherapie-Einheit erledige ich mechanisch und fahrig. Ich will schnellstmöglich damit weitermachen, Autumn zurückzuerobern. Leider wird das nicht ohne Hilfe funktionieren. Hoffentlich kann ich ihn überzeugen, er scheint der Einzige zu sein, dem Autumn uneingeschränkt vertraut.

Weil ich ohne das eigentlich erforderliche Tier im Wartezimmer eines Tierarztes sitze, starren mich sämtliche andere Menschen unverhohlen an. Man kann geradezu die Denkblasen über ihren Köpfen erkennen. Zwei Frauen gegenüber von mir tuscheln und sehen immer wieder verstohlen zu mir herüber. Die eine hat ein winziges Hündchen mit rosa Schleife auf dem Schoß, die andere einen Transportkorb zu ihren Füßen, aus dem es immer wieder jämmerlich maunzt. Warum habe ich nicht daran gedacht, Rose mitzunehmen? Dann würde ich nicht ganz so auffallen. Außer mir ist nur ein einziger Mann hier, ein runzliger Opa mit einem ebenso runzligen Hund, der aussieht, als wäre ihm seine Haut fünf Nummern zu groß. *Doktor Green*, höre ich die Damen wispern und *schwul* und *ein Verlust für die Frauenwelt*. Fragen sie sich, ob ich der aktuelle Liebhaber von Lennon bin? Sollen sie doch denken, was sie wollen. Ich will nur Autumn zurück. Und wenn ich dafür für homosexuell gehalten werde, weil ich darauf warte, von einem schwulen Tierarzt empfangen zu werden, ist mir das auch egal.

»Sie sind dran«, säuselt die Sprechstundenhilfe und zwinkert zweideutig. Im Vorbeigehen steckt mir eine der Hundefrauchen etwas in die Hosentasche. Ohne zu prüfen, was darauf steht, ziehe ich den gefalteten Zettel heraus und werfe ihn in den nächsten Abfall.

»Was kann ich für Sie tun?« Lennon steht mit dem Rücken zu mir am Waschbecken und trocknet sich die Hände ab. Anschließend desinfiziert er sie, dreht sich herum und streckt mir die Hand zum Gruß hin. Als er mich erkennt, zieht er die Hand zurück. Mit verschränkten Armen fixiert er mich und sieht dabei nicht besonders freundlich aus. Sicher hat Autumn ihm alles erzählt. Ihn muss ich als Erstes überzeugen, dass ich unschuldig bin, denn nur er kann mir helfen, Autumn zurückzubekommen.

»Was willst du hier? Da du keinen Patienten dabeihast, vermute ich, es geht um das, was zwischen dir und meiner Schwester vorgefallen ist.«

Ich nicke. »Ich brauche deine Hilfe.«

»Vergiss es!« Er schüttelt den Kopf und drückt einen Knopf am Telefon. »Natalie, du kannst den Nächsten reinschicken, ich bin hier fertig«, sagt er ins Mikrofon.

»Nein!«, stoppe ich ihn viel zu laut und zu ruppig. »Bitte, hör wenigstens du mir zu!«

Er seufzt. »Sie will dich nicht sehen. Mit dir zu sprechen, würde bedeuten, ihr in den Rücken zu fallen.«

»Ich weiß. Aber sie kennt die Wahrheit nicht.« Ich trete einen Schritt näher an ihn heran. Wenn es sein muss, falle ich vor ihm auf die Knie. »Bitte«, flehe ich. »Ich liebe sie!«

Lennon kaut auf seiner Unterlippe herum, während er mich eine Weile mustert. Die Tür öffnet sich, und eine Frau mit einem riesigen Fellmonster betritt den Behandlungsraum. Mit einer Handbewegung hält Lennon sie auf, und ein breites Lächeln überzieht sein Gesicht, das sicher schon viele Frauen umgehauen hat. So ein Lächeln kenne ich von

Zane und Gavin, und auch ich selbst habe es oft eingesetzt, um Frauen rumzukriegen. Bevor ich Autumn begegnet bin.

»Einen kleinen Moment bitte noch, Mrs Cooper, ich bin gleich bei Ihnen.« Sie sieht ein wenig gekränkt aus, zieht sich aber brav zurück und schließt die Tür von außen. Dann wendet er sich mir zu. Wieder verschränkt er die Arme, lehnt sich an den Behandlungstisch und zieht die Augenbrauen nach oben. »Also, du hast zwei Minuten. Überzeug mich!«

Zwei Minuten, das müsste zu schaffen sein. In kurzen Sätzen erkläre ich ihm, was mit Grace wirklich vorgefallen ist. Als ich zu der Stelle gelange, in der Zane sich von ihr einen blasen lässt, schnappt er kurz nach Luft und schluckt, kommentiert aber meine Ausführungen nicht weiter. Seine Reaktion ist nicht mein Problem. Er soll mir helfen, sonst nichts.

»Warum sollte jemand so etwas inszenieren?«, fragt er, nachdem ich mit der zugegeben sehr unglaubwürdigen Geschichte fertig bin.

»Weil sie ein fieses Aas ist«, brumme ich. »Was ist jetzt? Glaubst du mir?«

Er legt den Kopf ein wenig schief und nickt langsam. »Seltsamerweise tue ich das. Und es deckt sich mit Gavins Version. Frauen sind echt komisch«, murmelt er noch, eher zu sich selbst als zu mir. Womit er recht hat, schwul werde ich deswegen trotzdem nicht. Außerdem machen Männer sicher auch Beziehungsstress. Er stößt sich vom Tisch ab und verstaut die Hände in den Taschen seines Oberteils. »Was nichts daran ändert, dass Autumn von etwas völlig anderem überzeugt ist.«

Wieder öffnet sich die Tür, und die Sprechstundenhilfe steckt ihren Kopf herein. »Ähm, draußen ... Die Patienten ...«

Er winkt ab. »Jaja, schon gut. Schick Mrs Cooper wieder rein.« Und an mich gewandt. »Wir reden später weiter. Hol mich um acht ab, dann bin ich hier fertig.«

Eine andere Wahl habe ich ohnehin nicht, also verlasse ich kommentarlos die Praxis.

Autumn

Wie immer in den letzten sechs Wochen lungere ich auf Lennons Sofa herum und sehe fern. Die Katzengang wuselt im Wohnzimmer herum. Sie sind unglaublich gewachsen, essen längst Nassfutter und benehmen sich auch sonst wie normale Katzen. Bob, einer von Lennons alten, dicken Katern, liegt auf seinem Lieblingsplatz am Fenster und lässt sich durch seine neuen Mitbewohner nicht vom Dösen abhalten. Dabei rasen sie über ihn hinweg, als wäre er ein Sofakissen. Lennys anderer Kater Goofy, der sich schneller stressen lässt, ist, seit die Kleinen hier eingezogen sind, fast durchgehend unterwegs. Pumuckl, der schnell zu meinem besten Freund geworden ist, klettert mein Bein hinauf und tritt schnurrend gegen meinen Bauch. Ich konnte Lennon überreden, wenigstens ihn zu behalten, die anderen sind bereits vermittelt und werden uns demnächst verlassen.

»Du wirst mich nie betrügen, stimmt's?«, flüstere ich Pumuckl zu. Er schaut mich mit großen dunklen Augen an, beißt mich leicht in die Hand und stupst mit seinem Köpfchen gegen meinen Bauch. Ihm ist es egal, was die Menschen tun, Hauptsache, er bekommt sein Futter und seine Streicheleinheiten. Ich wünschte, mir wäre auch alles egal.

Während ich den kleinen Kater kraule, betrachte ich das Geschehen auf dem Bildschirm. Irgendeine Reportage über Gemüseanbau auf begrünten Dächern in Großstädten. Obwohl es wirklich langweilig ist, schalte ich nicht um. Stattdessen lasse ich mich weiter berieseln und stopfe nebenbei abwechselnd Chips und Gummibärchen in mich hinein. Zugenommen habe ich die letzten Tage auch, ich fühle mich aufgeschwemmt und fett. Das hat man davon, wenn man Liebeskummer mit Junkfood vertreiben will.

»Man könnte meinen, du seist schwanger«, sagt Lennon schmunzelnd und zeigt auf meine Verpackungen. Dass er nach Hause gekommen ist, habe ich nicht gehört. Er trägt noch seine Praxiskluft und riecht nach nassem Hund und Desinfektionsmitteln.

»Pfff!«, antworte ich bloß und greife erneut in die Tüte. Ich kann gar nicht schwanger sein, wir haben immer ein Kondom benutzt. Und ich nehme die Pille. Auf einmal wird mir so schlecht, dass ich aufspringe, ohne auf Pumuckl zu achten, der von mir herunterpurzelt und empört maunzt. Ich schaffe es gerade noch ins Bad, wo ich mich über die Kloschüssel beuge und alles von mir gebe, was ich heute zu mir genommen habe. Danach sinke ich zurück auf die Fliesen und lehne mich schwer atmend an die Badewanne. Lennon kauert sich mit besorgtem Gesichtsausdruck neben mich und reicht mir ein Feuchttuch. Dankbar wische ich mir das verschwitzte Gesicht ab.

»Das war eigentlich ein Witz vorhin mit dem Schwangersein.« Er lacht tonlos. Witzig finde ich das nicht. Er kratzt sich am Ohr und zieht mich in seine Arme. Erschöpft lehne ich mich an ihn und lausche seinem beruhigenden Herzschlag. »Ich weiß, ich bin nur Tierarzt und außerdem dein Bruder, aber ich muss das jetzt fragen: Wann hattest du deine letzte Periode, Schwesterchen?«

Ich zucke die Schultern. Tatsächlich weiß ich es nicht. Durch die Trennung von Cole hatte ich wirklich andere Probleme als meinen Zyklus.

»Ich nehme doch die Pille«, jammere ich.

»Hast du sie auch zuverlässig genommen?«, fragt er vorsichtig.

»Natürlich habe ich das!«, blaffe ich viel zu unfreundlich. Er kann ja nichts dafür. »Holst du mir mal mein Handy?«, bitte ich Lennon versöhnlicher. Um selbst aufzustehen, fühle ich mich zu schwach. Der nickt, lässt mich los und läuft ins Wohnzimmer. Mit dem Smartphone in der Hand kommt er zurück und reicht es mir. Mit zittrigen Fingern öffne ich meine Zyklusapp. Das Handy fällt mir aus den Fingern und landet mit einem Scheppern auf dem Boden. Geschockt schließe ich meine Augen und vergrabe das Gesicht in meinen Händen. Vier Wochen! Ich bin seit vier Wochen überfällig! Warum habe ich das nicht bemerkt? Ich bin gerade mal neunzehn Jahre alt und erwarte ein Baby von einem Typen, der mich betrogen hat. Der ein unzuverlässiger, lügnerischer, manipulativer Arsch ist.

Lennon hebt das Smartphone auf und schaut auf das Display. Er seufzt nur, zieht mich auf seinen Schoß und wiegt mich wie ein Kleinkind hin und her. Wie groß ist überhaupt die Wahrscheinlichkeit, trotz Pille schwanger zu werden? Verdammt gering vermutlich. Offensichtlich sind Coles Jungs ebenso fit und hartnäckig wie er selbst. Oder ich hatte schlichtweg verdammtes Pech und gehöre zu den Frauen, bei denen die Pille versagt.

»Was soll ich denn jetzt machen?« Meine Stimme bricht. Touchdown würde ich sagen. Haha!

»Ich bin für dich da, egal wie du dich entscheidest«, versichert er und küsst mich auf den Kopf. Seine Hände streicheln meinen Rücken, ich drücke mich an ihn und heule sein Hemd voll. »Wir machen erst einmal einen Test. Vielleicht hat sich ja nur alles wegen des Stresses verschoben.« Er klingt nicht besonders zuversichtlich.

Eine Stunde und drei Schwangerschaftstests später ist es amtlich. Ich bin schwanger. Was für eine verdammte Kacke! Zusammengesunken kauere ich auf meinem Bett und starre die Wand an. Lennon hält meine Hand. Gut, dass er nicht versucht, mich zu trösten, oder so blöde Sachen sagt wie »Alles wird wieder gut«. Was soll hier noch gut werden? Ich habe nicht einmal eine Ausbildung oder einen Job, wie soll ich ein Kind ernähren? Allein. Ich kriege ja schon mein eigenes Leben nicht auf die Reihe.

»Du musst es ihm sagen.« Muss ich? Keine Ahnung. »Er hat es verdient, mit in die Entscheidung einbezogen zu werden.« Er hat gar nichts verdient. Nicht mehr. »Cole war heute bei mir in der Praxis«, ergänzt er und klingt dabei nicht einmal, als ob er ein schlechtes Gewissen hätte.

»Du hast mit ihm geredet? Ich dachte, du bist auf meiner Seite!«, kreische ich. Niemand kann von mir erwarten, dass ich meine Emotionen im Griff habe. Mir wird schon wieder schlecht, aber diesmal kommt außer Würgen nichts aus mir heraus. Als ich aus dem Bad zurückkehre, wartet Lennon bereits mit einer Tasse Tee. Melisse. Ich hasse Melissentee, aber ich zwinge mich, wenigstens einen Schluck zu trinken, um meinen Magen – und mich – zu beruhigen. Valium wäre jetzt vermutlich wirksamer.

»Ja, ich habe mit ihm geredet«, beantwortet er meine Frage von vorhin. »Im Gegensatz zu dir habe ich ihm die Chance gegeben, seine Version der Geschichte zu erzählen.« Er sieht mich an, als prüfte er, ob ich gleich wieder ausflippe. Aber dazu habe ich im Moment keine Kraft. Mein T-Shirt klebt unangenehm auf meiner verschwitzten Haut, der Geschmack in meinem Mund erinnert mich an saure Milch, und ich rieche auch nicht besser. Mir egal. Ich bin ungewollt schwanger. Das ist schlimmer als ungewollter Körpergestank.

»Er hat dich nicht betrogen, Autumn.« Nicht Lennon auch noch. Wie schafft es Cole nur, alle einzuwickeln? »Er hat nicht gelogen. Zane und Gavin ebenfalls nicht.«

»Bist du jetzt ein Lügendetektor oder was?«, fauche ich. Um ihn nicht weiter zu beleidigen, trinke ich von meinem Tee.

Lennon schaut mich mitleidig und liebevoll an. Großer-Bruder-Blick. Den halte ich nur schwer aus, deswegen starre ich stur in meine Tasse. »Er liebt dich wirklich.«

»Wenn das so wäre, dann hätte er mich erstens nicht so furchtbar behandelt, und zweitens hätte er mich nicht mit dieser schrecklichen Grace betrogen.«

Lennon legt seine Hand auf meinen Unterarm. »Erstens ist es durchaus verständlich, dass er nicht die ganze Zeit himmelhoch jauchzend durchs Leben spaziert. Schließlich kann er nicht mehr Football spielen. Zumindest nicht auf dem Niveau von vorher. Ich finde, wenn man gezwungen ist, das, was man liebt, aufzugeben, seine komplette Zukunft neu zu planen und sich nicht mal mit Sport auspowern und abreagieren kann, ist es erlaubt, auch mal schlecht drauf zu sein.«

Auf einmal hat er einen unglaublich traurigen Ausdruck im Gesicht. Als erinnerte er sich an ein eigenes Erlebnis.

Ich hasse es, wenn mein Bruder recht hat. Trotzig schiebe ich meine Unterlippe vor, greife mir die Schokolade aus der Süßigkeitenschale und stecke mir einen ganzen Riegel auf einmal in den Mund. Ich bin schwanger, ich darf das.

»Zweitens«, fügt er hinzu und schiebt die Süßigkeiten aus meiner Reichweite, »hat er dich nicht betrogen. Und wenn du weiter so stur bist und nicht endlich selbst mit ihm redest – vor allem in Hinblick auf die neueste Entwicklung.« Er deutet auf meinen Bauch, und unwillkürlich lege ich meine Hände darauf. »Also wenn du nicht endlich über deinen Schatten springst, dann sperr ich dich mit ihm zusammen in den OP meiner Praxis und lasse euch so lange drin schmoren, bis du ihm zugehört hast.« Er verschränkt die Arme vor der Brust.

»Nein«, rufe ich schnell aus. Nicht in diesen Raum. Er ist eng und stinkt und hat nicht einmal Fenster. Ich will nirgends eingesperrt sein, wo sonst Hoden abgeschnitten werden.

»Ja, die anderen Typen haben dich betrogen. Ich verstehe, dass du da extrem vorbelastet bist, was Vertrauen angeht.« Er redet sich richtig in Rage. »Aber Cole ist nicht Darren oder einer der anderen. Er ist fertig mit der Welt. Er liebt dich wahnsinnig. Das sagt er nicht nur so. Er leidet! Ich weiß, dass es dir genauso geht. Und jetzt bekommt ihr gemeinsam ein Kind, verdammt noch mal! Da wird es doch möglich sein, sich wie Erwachsene zusammenzusetzen und vernünftig miteinander zu sprechen!«

»Warum schreist du mich an?«

»Ach, Schwesterchen …« Lennon seufzt, umrundet die Theke und zieht mich in eine Große-Bruder-Umarmung. Lange Zeit verharren wir so, Lennon gibt mir wortlos Halt, ich zeige ihm stumm, dass ich ihm nicht wirklich böse bin. »Er hat mir etwas für dich mitgegeben.« Sanft schiebt er mich von sich und fummelt einen Zettel aus seiner Hosentasche. Zuerst will ich ihn nicht nehmen, aber dann strecke ich doch meine Hand aus. Vielleicht hat Lennon recht, ich muss mich ein wenig öffnen, muss Cole eine Chance geben, unserem Baby zuliebe. »Geh ins Bett, Autumn, und schlaf dich aus. Morgen sehen wir weiter.«

In meinem Zimmer sinke ich aufs Bett, den Zettel in der Faust zerknüllt. Ich traue mich nicht, ihn auseinanderzufalten. Schließlich reiße ich mich zusammen, presse meine freie Hand gegen meinen Unterleib und flüstere: »Dann wollen wir mal sehen, was Daddy uns da geschickt hat.«

In seiner krakeligen Handschrift hat er geschrieben:

Du schuldest mir noch ein Date, Autumn Crystal CHAKRA xxx.
Der Name passt so gut, denn du aktivierst alles in mir, alle
Chakren leuchten und pulsieren, wenn du bei mir bist.
Den vierten Namen werde ich auch noch herausfinden. Wenn
du mich lässt …

CHAKRA hat er farbig eingekreist und ein Herz danebengemalt. Er hat wieder ein Rätsel gelöst. Ich fahre mit den Fingern durch meine Haare, ziehe daran, bis es wehtut, und falle dann seitlich aufs Bett. Soll ich mich freuen oder doch lieber wegrennen?

Cole

Es dauert volle fünf Tage, bis ich endlich ein Lebenszeichen von Autumn erhalte.

Heute um drei in der Hütte am Strand.

Sonst nichts. Wieso dort? Es ist Januar, eigentlich viel zu ungemütlich für einen längeren Aufenthalt draußen. Aber mir ist alles recht, wenn sie mich nur endlich anhört.

Natürlich ist sie noch nicht da, als ich ankomme. Klar, ich bin ja auch fast eine halbe Stunde zu früh, vor lauter Angst, sie zu verpassen. Ich bin nervös und laufe unruhig auf und ab. Vor ein paar Minuten hat es angefangen zu regnen, ekelhafte kalte Fäden beißen mir ins Gesicht, der Wind fährt mir unter die Klamotten. Ich ziehe den Reißverschluss meiner Jacke höher, setze die Kapuze auf und vergrabe meine Hände in den Taschen.

Da entdecke ich sie. Dick eingemummelt mit Schal und Mütze kämpft sie sich durch den Regen und den Wind. Ihre Arme hat sie um sich geschlungen, als hätte sie Bauchweh. Sie sieht klein und verletzlich aus. Soll ich ihr entgegengehen? Ich entscheide mich dagegen, ich will sie nicht verscheuchen. Als sie näher kommt, sehe ich, wie blass sie ist. Tiefe dunkle Augenringe liegen unter ihren sonst so strahlenden, lebendigen Augen. Als wäre etwas in ihr gestorben. Wir leiden beide sehr unter der Situation. Umso besser, dass sie endlich bereit ist, mit mir zu sprechen. Sie muss mir einfach glauben. Sie *muss*. Sonst weiß ich nicht, wie ich weiterleben soll. Jetzt, da sie so schutzlos vor mir steht und mich mit großen Augen ansieht, überflutet mich die Liebe zu ihr so heftig, dass ich schwanke.

»Hi«, begrüße ich sie tonlos.

»Hi«, antwortet sie leise. Sie klingt gebrochen, als hätte sie jegliche Hoffnung und alles Positive verlassen. Überhaupt wirkt sie allgemein verändert. Ich kann nicht sagen, was es ist, aber irgendetwas ist anders. Hoffentlich ist es nicht, weil sie mich nicht mehr liebt.

»Danke, dass du gekommen bist«, sage ich. Sie lächelt, aber es sieht gequält und nicht ehrlich aus. »Sollen wir uns reinsetzen?«

Sie nickt.

Der Boden der Hütte ist noch mit den vertrockneten Gänseblümchen unseres letzten Besuchs übersät. Im weitmöglichsten Abstand voneinander setzen wir uns auf die harte Bank. Denkt sie an das Gleiche wie ich? Wie wir uns hier geliebt haben?

Sie schluckt. Wieder legt sie die Hand auf ihren Bauch und streichelt mit abwesendem Gesichtsausdruck darüber.

»Stimmt es, was Lenny erzählt hat?«, beginnt sie. Sie spricht so leise, dass ich sie kaum verstehe.

»Was hat er denn erzählt?«

Sie senkt den Kopf und zupft an ihrer Nagelhaut herum. »Dass Grace ... dass sie alles inszeniert hat. Dass du nie mit ihr geschlafen hast.«

Na endlich! »Ja, das ist die Wahrheit.« Die Stille in dem winzigen Raum ist unerträglich.

Sie hebt den Kopf und blickt mir in die Augen. »Warum?«

Ich zucke mit den Schultern. »Weil sie mich liebt. Behauptet sie zumindest.«

»Und du? Liebst du sie auch?« Sie knetet ihre Hände.

»Nein!«, stoße ich aus. So laut, dass es von den Wänden widerhallt. Sie zuckt zusammen. »Ich liebe nur dich«, füge ich leiser hinzu.

»Warum sollte ich dir glauben?«

»Weil all das, was zwischen uns in den letzten Monaten war, richtig war. Du und ich, wir gehören zusammen. Wir funktionieren nur zusammen. Zusammen sind wir perfekt. Erst zusammen leben wir wirklich. Das weißt du genauso wie ich. Denkst du tatsächlich, ich würde einfach so die Nächste vögeln, nur weil du mal ein paar Tage weg bist?«

Sie atmet tief aus. »Da wärst du nicht der Erste«, sagt sie abfällig und unendlich traurig.

»Ich liebe dich.«

»Du wiederholst dich«, sagt sie, den Blick stur auf ihre im Schoß gefalteten Hände gerichtet.

»Autumn«, flüstere ich und fasse sanft mit Daumen und Zeigefinger ihr Kinn. »Sieh mich an!« Viel zu langsam hebt sie ihren Kopf. Ihr Blick ist so verzweifelt, dass ich zu weinen anfange. »Bitte, ich brauche dich.«

Kaum merklich schmiegt sie sich in meine Hand. Ich kann mich nicht mehr zurückhalten, ziehe sie zu mir und nehme sie in den Arm. Zwar umarmt sie mich nicht zurück, doch langsam wird sie weich und lehnt sich an mich. Ich spüre ihren schnellen Herzschlag an meiner Brust, rieche ihren vertrauten, süßen Duft, spüre ihren wunderbaren weichen Körper an meinem.

Sie löst sich von mir und rutscht ein Stück weg. Nein, bleib da, verlass mich nicht sofort wieder!

»Weißt du, warum ich dich genau hier treffen wollte?« Sie schluckt mehrmals, fährt sich durch die Haare, als fiele es ihr unendlich schwer, mich das zu fragen.

»Weil hier die glücklichste Zeit unseres Lebens war?«, schlage ich vorsichtig vor. Hoffnung keimt in mir auf, dass sie mir damit sagen will, dass sie mich noch liebt und unser Leben von damals fortsetzen will. Es kommt mir vor, als wäre es Jahre her. Dabei sind es erst ein paar Wochen.

Sie schüttelt langsam den Kopf. »Ich bin schwanger«, presst sie hervor. »Hier ist es vielleicht passiert.«

Was? Hat sie gesagt, sie ist schwanger? Sie hat doch gesagt, sie nimmt die Pille. Ich habe selbst gesehen, wie sie sie schluckt. Ich springe auf, weil ich plötzlich nicht mehr sitzen kann und in diesem bedrückend engen Raum beinahe ersticke.

»Wie kann das sein?«, keuche ich. Ich dachte, sie wollte mich sehen, um sich mit mir auszusprechen, stattdessen knallt sie mir *das* vor den Latz. Ja, ich liebe sie. Aber wir sind beide jung und arm und ohne Perspektive.

»Manchmal wirkt die Pille eben nicht«, flüstert sie. »Ich bin darüber auch nicht glücklich. Aber es ist nun mal so. Ich habe das garantiert nicht geplant!« Sie funkelt mich an.

»Fuck, fuck, fuck!«, schreie ich. Ich balle meine Faust und schlage gegen das winzige Tischchen, das sich aus seiner Verankerung löst und auf den Boden knallt. Das zertrümmerte Tischchen kicke ich mit dem Fuß beiseite. Ich beuge mich vornüber, stütze meine Hände auf die Oberschenkel und versuche, zu Atem zu kommen. Sie sieht so erschrocken und verletzt aus, dass mir mein Ausbruch sofort leidtut. Schließlich ist sie nicht die Jungfrau Maria und unbefleckt schwanger geworden.

Mit der Handfläche rubble ich mir über die Nase und bemühe mich, tief ein- und auszuatmen. Ich weiß, ich sollte sie jetzt in den Arm nehmen und ihr versichern, dass wir eine Lösung finden werden, dass wir das gemeinsam schaffen werden. Nichts habe ich mir mehr gewünscht, als dass sie mir endlich glaubt und wir wieder zusammenkommen. Dass wir Eltern werden, damit habe ich nicht gerechnet.

»Und jetzt?«, frage ich.

Sie zuckt mit den Schultern und fällt in sich zusammen. Kurz zögere ich, dann trete ich zu ihr und breite meine Arme aus. Ich will sie halten, will gemeinsam mit ihr Hoffnung schöpfen, dass alles gut wird.

Doch sie verspannt sich und rutscht von mir weg.

»Ich denke, es ist besser, wenn wir uns beide Zeit zum Nachdenken nehmen.«

Sie schließt die Augen, atmet tief ein und aus, was sich so elend anhört, dass mir Tränen in die Augen steigen. Gerade jetzt sollten wir füreinander da sein, nicht uns gegenseitig aussperren.

»Ich dachte, du glaubst mir endlich«, flüstere ich.

Sie sieht mich nicht an; die Hand am Türknauf, verharrt sie. »Das tue ich.« Wo ist dann das verdammte Problem? Ja, ich bin geschockt, aber denkt sie wirklich, ich lasse sie in der Situation allein? »Leb wohl, Cole!« Sie spricht so leise, dass ich sie kaum verstehen kann. Dann öffnet sie die Tür und schlüpft hinaus in die Kälte.

»Scheiße!«, brülle ich immer wieder, den ganzen Weg nach Hause. Ob aus Verzweiflung, weil sie mich ein weiteres Mal verlassen hat, weil sie schwanger ist oder weil ich es nicht geschafft habe, ihr zu sagen, dass ich sie unterstützen werde, weiß ich nicht. Ich fühle mich leer und gleichzeitig voll Wut und Schmerz und Verwirrung.

Zu Hause knalle ich die Tür hinter mir zu, haste zum Schrank, in dem wir unsere Alkoholika aufbewahren und trinke gleich im Stehen einen großen Schluck aus der Wodkaflasche. Und dann noch einen. Die Wärme des Alkohols rinnt meine Kehle hinab und breitet sich in meinem Bauch aus. Fühlt sich Autumns Bauch auch so an, jetzt, da jemand darin wohnt? Ein Baby ... Unser Baby ... Ich trinke einen weiteren Schluck.

»Was ist denn mit dir los?«, fragt Zane, der gerade in die Küche kommt. Er läuft zum Fenster, öffnet es und zündet sich eine Zigarette an. »Sorry, mir ist draußen zu kalt.« Mit geschlossenen Augen zieht er, die Spitze glüht hell auf, er inhaliert tief und stößt mit einem befriedigten Laut den Rauch wieder aus. »Du säufst doch sonst nicht tagsüber.« Er nimmt einen weiteren Zug und bläst den Rauch aus dem Fenster. »Außerdem dachte ich, du triffst dich mit Autumn. Ist wohl nicht so gut gelaufen?« Blitzmerker. »Und ich dachte, dein Besuch bei Lennon hat geholfen, und sie glaubt dir endlich. Ich dachte, ihr kommt bestimmt wieder zusammen.«

»Du solltest nicht so viel denken«, antworte ich freudlos und seufze. »Kann ich auch eine haben?« Ich zeige auf seine Zigaretten. Er zieht die Augenbrauen hoch, kommentiert aber meine Bitte nicht und reicht mir wortlos Schachtel und Feuerzeug.

Nach zwei Zügen drücke ich die Zigarette wieder aus. Widerlich. Nicht einmal in meinem momentanen Zustand ertrage ich das.

Zane schnippt den letzten Rest Glut von der Kippe ins Waschbecken und wirft den Stummel aus dem Fenster. »Willst du drüber reden?« Er nimmt mir die Wodkaflasche weg und trinkt selbst einen Schluck.

Will ich reden? Keine Ahnung. Autumn bleibt so oder so schwanger. Und sie will mich nicht zurückhaben. Ich schüttle den Kopf, nicke, zucke die Achseln.

»Hast du jetzt einen Schlaganfall? Oder zappelst du einfach so mit deinem Kopf herum?«, hakt Zane nach und lacht. Sofort stoppt er aber und legt mir eine Hand auf die Schulter. »Im Ernst, Alter, was ist los?« Er hält mir die Flasche hin. Dankbar schütte ich weiteren Alkohol in mich hinein.

»Autumn ist schwanger.« Es auszusprechen, macht es noch realer. Mit der einen Hand kratze ich über mein Gesicht, mit der anderen presse ich mir die kühle Flasche an die Schläfe. Doch nichts davon bringt Linderung.

»Was?«, schreit Zane so laut, dass Ethan mit der kläffenden Rose aus seinem Zimmer gestürmt kommt. »Wie konnte das passieren, Mann?«

Ethan schaut verwirrt zwischen uns hin und her. Rose wuselt zu uns und springt an meinem Bein hoch. Ich nehme sie hoch und drücke sie an meine Brust. »Autumn ist schwanger«, wiederhole ich für Ethan.

»Mist!«, ist seine einzige Reaktion. Wie recht er hat!

Abwechselnd trinken wir aus der Flasche, und langsam beginnt der Alkohol zu wirken und ich ruhiger zu werden. Gut. Irgendwann ziehen wir auf die Couch um und sitzen stumm nebeneinander.

»Und jetzt?« Wer das gefragt hat, habe ich nicht mitbekommen. Ich habe ohnehin keine Antwort darauf. Ich muss erst einmal begreifen, dass ich … Vater werde. Hört sich seltsam an. Verfluchte Scheiße!

»Du kannst sie jetzt nicht alleine lassen«, mahnt Zane. Das weiß ich auch. Aber sie lässt mich ja nicht. »Habt ihr denn eigentlich nicht verhütet?«

Seufzend nicke ich. »Doch.« Mit Daumen und Zeigefinger drücke ich in meine Augen. »Immer mit Kondom. Und seit einiger Zeit nimmt sie die Pille.«

»Auch die Pille ist nicht zu einhundert Prozent sicher. Ihr PI, also der Pearl Index, liegt je nach Fabrikat zwischen 0,1 und 0,9. Das heißt, dass von tausend Frauen, die ein Jahr lang das gleiche Verhütungsmittel benutzen, immerhin eine bis neun trotzdem schwanger werden«, fängt Ethan an.

»Halt die Klappe!«, fährt ihn Zane an. »Dein schlaues Gerede kannst du dir sparen. Blöde Statistiken helfen ihm doch jetzt auch nicht.«

»Ich mein ja bloß«, brummelt Ethan, bleibt aber sonst still.

Lange Zeit sagen wir nichts, aber auch ohne Worte weiß ich, dass sie mir beistehen. Im Wohnzimmer ist es still. Kein Fernseher, keine Musik, sogar die Fenster sind geschlossen, sodass nicht einmal Geräusche von draußen hereindringen. Gut.

»Denkst du, sie will es behalten?« Ethan stellt wie immer die wirklich unangenehmen Fragen.

»Darüber haben wir nicht gesprochen. Sie will mich erst einmal nicht sehen.« Ich beuge mich vor, stütze meine Ellbogen auf die Knie und lasse den Kopf hängen. »Ich bin doch kein Dad, ich ...« Mir kommen die Tränen. Mir egal, ob meine Freunde denken, ich sei eine flennende Pussy. »Ich bin ein unreifer Idiot, der sein eigenes Leben kaum auf die Reihe kriegt. Der nicht mal mehr einen Plan für seine Zukunft hat.«

»Willst *du* es denn behalten?« Wieder Ethan. Zane trinkt währenddessen in lauten Schlucken aus der Flasche und beobachtet mich über deren Hals hinweg.

»Ja.« Und in dem Moment, in dem ich es ausspreche, weiß ich, dass es wahr ist. Ich will nicht, dass sie unser Baby wegmacht. Ich hieve mich hoch, falle aber wieder zurück. Mir ist schwindlig, und ich muss aufstoßen. Ekelhafter Wodkageschmack steigt in mir hoch. »Ich Arsch habe sie gehen lassen. Ich muss zu ihr!«

In meiner Hosentasche suche ich nach meinen Autoschlüsseln.

»Erstens bist du viel zu besoffen zum Fahren«, belehrt mich Ethan.

Zane nickt heftig und wedelt mit der Flasche herum als wollte er so seine Zustimmung ausdrücken. »Zweitens«, er hebt seinen Oberlehrerfinger, »muss sie erst einmal selbst mit der Sache klarkommen. Für sie ist es noch heftiger als für dich, schließlich wächst Leben in ihr. Und wie ich das sehe, ist sie immer noch sauer auf dich. Wegen der Sache mit Grace zum Beispiel. Gib ihr Zeit.«

»Nicht zu vergessen, dass du sie nach deinem Unfall zum Teil echt mies behandelt hast. Dabei war sie die ganze Zeit für dich da und hat dich versorgt«, mischt sich jetzt auch noch Zane ein.

»Ja, ich hab's kapiert, ihr Moralapostel! Als ob ihr die Beziehungsexperten wärt!«, brülle ich. »Ich hab's verbockt! Ich bin ein Wichser, ein Drecksack, sucht euch was aus!«

Zane schüttelt den Kopf. »Nö, tun wir nicht. Jetzt bist du dran. Bieg den Scheiß gerade! Wir wissen doch alle, wie sehr du sie liebst.« Ethan nickt, aber weil er auch schon einiges intus hat, sieht es eher so aus, als hätte er keine Kopfkontrolle. »Geh duschen, schlaf deinen Rausch aus, und dann hol sie dir zurück!« Er schaut mich mit zusammengezogenen Augenbrauen an. Soll wohl bedrohlich wirken, ist aber bloß lächerlich. Mittlerweile lallen wir alle drei nur noch. Trotzdem befolge ich seinen Rat, auch wenn ich nicht weiß, was duschen helfen soll, und wanke ins Bad.

Autumn

Lennon fühlt sich sichtlich unwohl, während wir im Wartezimmer meiner Gynäkologin sitzen. Um uns herum lauter Frauen verschiedenen Alters, manche davon sehr schwanger. Mein Bruder ist der einzige Mann, noch dazu ein junger, attraktiver, weshalb er natürlich interessanter ist als die ausgelegten Flyer über Verhütung und Beckenbodentraining. Einer Mittvierzigerin sieht man deutlich an, dass sie gerne mit *ihm* ihren Beckenboden trainieren würde, unverhohlen glotzt sie ihn an und zwinkert ihm grinsend zu. Unruhig rutscht Lennon auf dem rosa Plastikstuhl hin und her, blättert planlos in einer Zeitschrift herum und versucht krampfhaft, Blickkontakt mit der aufdringlichen Flirterin zu vermeiden. Er ist Tierarzt, er sieht noch viel ekligere Dinge als Frauen, warum also stellt er sich so an? Wir sind viel zu früh, weil wir erstaunlich schnell einen Parkplatz gefunden haben. Was gut ist, weil wir nicht so weit laufen mussten, aber auch bedeutet, dass wir eine halbe Stunde bis zu meinem Termin warten müssen. Armer Lenny.

»Sie können jetzt rein, Miss Green«, sagt die Sprechstundenhilfe endlich und deutet lächelnd auf eines der Zimmer.

»Was, jetzt schon?«, platzt Lennon heraus. »Aber Autumns Termin ist doch erst um fünf. Jetzt ist zwanzig vor.«

Hä, seit wann beschwert man sich, wenn man früher drankommt? Soll einer die Männer verstehen ... Trotzdem trottet er mir hinterher, als ich der Arzthelferin zum Behandlungszimmer folge.

»Machen Sie sich bitte schon mal frei und ziehen das bereitgelegte Hemdchen an. Frau Doktor Lopez wird Sie gleich untersuchen.« Während ich hinter einem Vorhang verschwinde und aus meinen Klamotten schlüpfe, höre ich, wie sie scheppernd irgendwelche Geräte bereitlegt. Ich hasse Untersuchungen beim Frauenarzt, ich finde es demütigend, vor allem diese schrecklichen Stühle, auf denen man so breitbeinig sitzen muss. Und die eiskalten Metallteile, mit denen man untersucht wird, ebenso. Aber solche Termine werde ich in nächster Zeit wohl öfter aushalten müssen. Denn auch wenn dieses Baby nicht geplant war, war ich mir vom ersten Augenblick an sicher, dass ich es behalten werde. Bisher weiß nur Lennon von meiner Schwangerschaft, Mom und Dad und dem Rest der Familie werde ich es erst eröffnen, wenn ich dafür bereit bin. Auch wenn ich nicht weiß, wann das sein wird. Momentan bin ich schlicht noch zu überfordert mit der ganzen Situation.

Nackt betrachte ich mich im Spiegel hinter dem Vorhang. Mein Körper beginnt sich bereits nach so kurzer Zeit zu verändern. Meine Brüste schmerzen und sind voller und schwerer geworden, meine Hüften wirken breiter und weiblicher, mein Gesicht runder. Selbst die Narben scheinen weicher. Das Strahlen in den Augen, das Schwangeren immer nachgesagt wird, fehlt jedoch. Vielleicht kommt das noch. Und mit ihm die Freude, die ich noch nicht empfinden kann, obwohl ich mein Baby jetzt schon liebe. Mein Bauch ist immer noch flach. Schwer vorstellbar, dass dort drin etwas wächst. Langsam streiche ich darüber und seufze lautlos.

»Hach, es ist so schön, wenn die Väter mit zu den Untersuchungen gehen. Vor allem die Ultraschalls sind so wunderbar«, sagt die Arzthelferin gerade zu Lennon.

»Ich bin nur der Bruder«, stellt der klar.

Die Dame macht ein Geräusch, das alles Mögliche bedeuten kann, auch so etwas wie »Das arme Ding muss wohl ganz allein die Schwangerschaft durchstehen«. Tja, ich hätte es auch gern anders gehabt.

In dem schrecklichen geblümten OP-Hemd trete ich hinter dem Vorhang hervor und setze mich auf den Untersuchungsstuhl, lasse meine Beine jedoch baumeln.

»Trotzdem viel Freude beim Ultraschall«, beeilt sich die Frau zu sagen und hastet mit mitleidigem Blick davon.

Mein Bruder lächelt mich entschuldigend an und hebt eine Schulter, dabei hat er am wenigsten Schuld an der ganzen Misere. Weder kann er etwas dafür, dass er für den Vater gehalten wird, noch dass der echte sich unsichtbar gemacht hat. Seit Tagen habe ich nichts von Cole gehört. Seit ich ihm gebeichtet habe, dass ich schwanger bin. Dabei befolgt er nur, worum ich ihn gebeten habe: mich in Ruhe zu lassen. Ich bin so wütend. Und traurig. Und resigniert. Über mich, weil ich ihm keine Chance gebe, an meinem Leben und dem hier teilzuhaben; über ihn, weil er nicht um uns kämpft; über das Leben, weil es bei mir einfach nicht glatt und unkompliziert laufen kann. Ich wünschte, *er* wäre hier statt Lenny. Denn so schlimm wie die letzten Monate waren, ich liebe ihn noch immer. Ich bin meinem Bruder wirklich dankbar, dass er mir beisteht, aber nicht *er* sollte das tun. Es fühlt sich einfach nicht richtig an.

Lennon greift meine Finger und drückt sie, zeigt mir so wortlos seine Unterstützung. Seine Hand ist feucht, immer wieder blickt er auf seine Armbanduhr und zur Tür. Er wirkt nervös. Wartet er auf etwas? Dass das hier endlich vorbei ist?

Die Tür geht auf. Doch statt der Ärztin erscheint derjenige im Türrahmen, den ich am wenigsten erwartet hätte.

»Da bist du ja endlich«, begrüßt ihn Lennon, löst sich von mir und ist in wenigen großen Schritten bei Cole.

Leise sagt er etwas zu ihm, aber ich kann nicht verstehen was. Auf jeden Fall muss es ernst sein, denn Lennons Gesichtsausdruck zeigt Ärger. Es wirkt, als würde er mit einem jüngeren Geschwisterkind ein Großer-Bruder-Gespräch führen. Coles Reaktion bestätigt das, denn er lässt den Kopf hängen und nickt. Er wirkt wie ein Hund mit eingezogenem Schwanz, den man ausschimpft, weil er auf den Teppich gepinkelt hat.

»Danke, Mann, dass du mir Bescheid gesagt hast«, brummelt Cole und sieht Lennon in die Augen.

Der klopft ihm auf den Rücken und lässt einen Augenblick seine Hand auf Coles Schulter liegen. Dann kommt er noch einmal zu mir zurück, küsst mich auf den Kopf und flüstert mir zu: »Bevor du fragst: Ja, ich habe ihm Bescheid gesagt. Er hat vor ein paar Tagen bei mir angerufen. Du hättest ihn ohnehin nicht sehen wollen, also habe ich ihn hierher eingeladen, weil du hier nicht wegkannst.« Er verzieht die Lippen zu seinem Entschuldigungsgesicht.

Obwohl ich sauer bin, dass er mich hintergangen hat und Cole ohne meine Zustimmung herbestellt hat, weiß ich, dass er es nur gut meint. »Gib ihm eine Chance! Hierfür.« Er streichelt über meinen Bauch. »Ihr gehört zusammen. Jetzt erst recht«, fügt er leise hinzu. Dann drückt er meine Hand und verlässt den Raum.

»Darf ich hierbleiben?« Cole sieht nicht nur unsicher aus, seine Stimme klingt auch so.

Ich ziehe tief Luft ein. Er ist der Vater, er hat ein Recht darauf, bei der Untersuchung dabei zu sein. Jetzt, da er hier ist, ich seine Anwesenheit in meinem Körper und in meiner Seele spüren kann, merke ich, wie sehr ich ihn vermisst habe.

Bevor ich antworten kann, betritt Doktor Lopez den Raum. Sie gibt freundlich lächelnd zuerst mir, dann Cole die Hand. Ich mag Frau Doktor Lopez. Obwohl sie sicher schon sechzig ist, ihre Haare komplett weiß und ihr Gesicht faltig, strahlt sie eine jugendliche Fröhlichkeit und professionelle Ruhe aus. Sie schafft es immer, dass sogar das Ausharren auf dem Untersuchungsstuhl erträglich wird.

»Was kann ich heute für Sie tun, Miss Green?«, fragt sie, setzt sich auf ihren Drehstuhl, zieht sich Gummihandschuhe an und faltet die Hände. Ihre ganze Aufmerksamkeit ist auf mich gerichtet. Noch ein Punkt, weshalb ich sie so als Ärztin schätze. Sie ist immer voll für den jeweiligen Patienten da. Zumindest vermute ich, dass sie nicht nur zu mir so nett ist.

»Ich bin schwanger«, platze ich heraus. Sollte es nicht leichter werden, je öfter man es ausspricht?

Cole versucht, meine Hand zu fassen, aber ich ziehe sie hastig weg, und er lässt seine wieder sinken.

»Vermuten Sie es, oder wissen Sie es? Ich habe Ihnen doch erst vor Kurzem wieder die Pille verschrieben.«

Die Ärztin und Cole sehen mich beide mit leicht seitlich geneigtem Kopf an, was ein wenig seltsam wirkt. Als übten sie für einen Synchronbewegungscontest.

»Ich habe mehrere Tests gemacht. Alle positiv.«

Doktor Lopez nickt. Anschließend stellt sie mir eine Menge Fragen über mein Sexleben, den potenziellen Befruchtungszeitpunkt, mögliche Beschwerden und noch viel mehr, worüber ich eigentlich nicht mit anderen Menschen spreche. Cole hört die ganze Zeit aufmerksam zu, hält sich aber aus dem Gespräch raus.

»Dann wollen wir mal nachschauen«, sagt die Ärztin schließlich und bittet mich, meine Füße auf die Stützen zu stellen und mich hinzulegen. Nach dem inneren und äußeren Tasten folgt der Ultraschall. Vorsichtig schiebt sie den Ultraschallstab in mich hinein und bewegt ihn hin und her.

»Macht man das nicht auf dem Bauch?«, fragt Cole überrascht.

»In so einem frühen Stadium kann man von außen noch nichts erkennen. Deswegen der innere Ultraschall«, erklärt sie ihm, während sie konzentriert auf den Bildschirm blickt. »Sie haben recht. Hier ist es«, verkündet sie und deutet auf einen kleinen schwarzen Fleck auf dem ansonsten grau-schlierigen Bildschirm. Sie misst die Größe in verschiedenen Ebenen und nickt zufrieden. »Scheint alles völlig in Ordnung zu sein. Wurde Ihnen schon Blut und Urin abgenommen?« Ich nicke. Sprechen kann ich momentan nicht, weil ich zu überwältigt bin.

»Das ist unser Baby?«, raunt Cole. Er klingt erstaunt und irgendwie ehrfürchtig. Diesmal erwidere ich seine Berührung, als er meine Finger sucht und sie umschließt. Hand in Hand starren wir auf das Ding, das einmal ein richtiger Mensch sein wird. Cole schüttelt den Kopf. »Unser Baby«, wiederholt er, als könnte er es nicht glauben. Mir geht es ähnlich.

»Unser Baby«, hauche ich zurück. Gleichzeitig legen wir unsere verschränkten Finger auf meinen Bauch und spenden unserem Kind die Liebe, die es verdient.

Doktor Lopez drückt auf ein paar Knöpfe und überreicht Cole das ausgedruckte Foto. »Für Sie.« Dann zieht sie den Stab aus mir heraus und gibt mir ein Papiertuch, damit ich mich säubern kann. Sie rollt mit ihrem Stuhl ein Stück zurück. »Haben Sie noch Fragen?« Weil keiner antwortet, steht sie auf und verabschiedet sich. »Dann sehen wir uns in vier Wochen. Die Damen am Empfang werden Ihnen noch Infomaterial mitgeben und den Mutterpass ausstellen. Alles Gute bis dahin!«

Ich registriere nur halb, dass Doktor Lopez weg ist. Immer noch liege ich breitbeinig auf dem Untersuchungsstuhl, meine Hand auf meinem Unterbauch. Cole tritt noch ein Stück näher und hält mir das Foto hin. »Unser Baby«, sagt er wieder, als könnte er nur noch diese zwei Worte sagen. »Darf ich es behalten?«

Ich zucke die Schultern. Soll er ruhig, ich trage es schließlich in echt die ganze Zeit mit mir herum. Er grinst breit, holt seinen Geldbeutel aus der Hosentasche und steckt das Bild hinein.

»Glaubst du, es wird ein Mädchen oder ein Junge?«

»Ich muss mich anziehen«, antworte ich, rutsche vom Stuhl und verziehe mich wieder hinter den Vorhang.

»Autumn?« Er klingt unsicher. »Sprichst du noch mit mir?« Weiß ich noch nicht. Deswegen sage ich nichts, schlüpfe in Unterwäsche, Hose und Oberteil und in meine Schuhe und versuche, sein Flehen zu ignorieren. Aber es gelingt mir nicht.

Fertig angezogen kehre ich zu ihm zurück. »Du kannst nicht einfach hier auftauchen und denken, damit sei alles gut. Es ist zu viel passiert.«

»Ich weiß. Und es tut mir alles so unendlich leid. Ich werde es wiedergutmachen. Diesmal werde ich es nicht verbocken. Gib mir eine Chance, es dir zu beweisen.« Er stockt und hebt die Arme, als wollte er mich an sich ziehen. An seinen großen, starken Körper, den ich so vermisse. Im letzten Augenblick stoppt er jedoch. Es scheint, als hätte ihn sämtliche Körperspannung verlasse. »Ich liebe dich. Ich will das alles so sehr. Dich. Und das Baby. Uns.« Sein Blick ist flehend.

Ich sehe ihm in die Augen, versuche darin eine Antwort zu finden auf all meine Fragen und auf all meine Zweifel.

»Kannst du mich nach Hause fahren?«, frage ich.

»Natürlich, alles, was du willst. Nur rede bitte endlich mit mir!«

Schweigend begleitet er mich zum Auto, öffnet die Tür und lässt mich einsteigen. Schweigend chauffiert er mich nach Hause und hält vor unserem Haus an.

Und plötzlich bricht alles aus mir heraus. Die Trauer und Unsicherheit und der Schmerz und die Wut und die Liebe. Die Tränen steigen in mir hoch und fließen ungehindert. Tropfen auf die Sitze von Coles Wagen, durchnässen mein T-Shirt.

Cole gibt einen erstickten Laut von sich, packt mich an der Taille und zieht mich auf seinen Schoß. Ich kann mich nicht mehr wehren. Nicht gegen seinen festen Griff, nicht gegen seine Arme, die mich festhalten und tröstend hin und her wiegen, nicht gegen sein Gesicht in meinem Haar. Nicht gegen seine Worte, die er flüstert, seine Entschuldigungen, seine Versprechen, seine Liebe, seine Macht über mich und meine Gefühle. Ich will ihn. Das ist die alleinige Wahrheit. Nur ihn.

»Ich habe dir nicht geglaubt«, schluchze ich und ziehe undamenhaft den Rotz hoch.

Mit dem Finger hebt er mein Kinn und sieht mir tief in die Augen. Ich kann die Liebe sehen, die stumm aus ihm spricht. »Ich hätte mir an deiner Stelle auch nicht geglaubt«, gibt er zu und zieht einen Mundwinkel hoch. »Tust du es denn jetzt?«

Ich nicke. »Ja, das tue ich«, unterstreiche ich meine Zustimmung mit Worten. »Ich will das hier auch.« Ich wedle zwischen uns hin und her. »Dich. Uns. Das Baby.«

Sein typisches Cole-Grinsen, das ich so vermisst habe, breitet sich in seinem Gesicht aus. Er drückt mich noch fester an sich, so fest, dass er mir alle Luft aus den Lungen presst. Aber genau wie er brauche ich unseren Körperkontakt. Hungrig suchen sich unsere Lippen, pressen sich aufeinander. Unsere Zungen begrüßen sich, empfangen den anderen zurück im Leben. Er wird unter mir hart, und ich bin ebenso scharf auf ihn. Zu lange waren wir ohneeinander.

»Kann ich mit reinkommen?«, keucht er.

»Wehe, wenn nicht«, antworte ich ebenso atemlos.

Wir schaffen es kaum, uns aus dem Auto zu schälen, weil wir uns nicht loslassen wollen. Küssen und fummeln im Laufen. Hoffentlich ist niemand zu Hause. Bevor ich aufsperren kann, stößt mich Cole gegen die Tür und verschlingt mich erneut. Ich klammere mich mit Armen und Beinen an ihm fest.

»Schlüssel«, verlangt er mit rauer Stimme. Mit zittrigen Fingern pfriemle ich ihn aus der Handtasche. Es dauert ewig, bis wir es gemeinsam schaffen aufzusperren. Kein Wunder, wenn ich an ihm dranhänge wie ein Affe und er wegen seiner Erektion und mir als Bauchtasche kaum stehen, geschweige denn laufen kann. Wir stolpern nach drinnen, wo mich Cole auf der Kommode im Flur absetzt und sich zwischen meine Beine stellt. Rastlos fährt er unter meine Kleidung, streicht über meine Haut nach oben über meine Rippen.

»Ich liebe dich«, brummt er und knetet mit genüsslichem Stöhnen meine Brüste. Er schiebt meinen Pulli hoch und senkt seine Lippen auf meinen Busen, umkreist mit der Zunge erst die eine, dann die andere Brustwarze, die sich ihm ungeduldig hart und spitz entgegenrecken. »Du machst mich fertig, Baby«, jammert er und reibt seinen harten Penis an meiner Mitte, die ebenso sehnsüchtig auf ihn wartet wie ich und mein restlicher Körper.

»Na endlich habt ihr's geschnallt. Aber könnt ihr euch nicht in eurem Zimmer versöhnen?« Gavin steht plötzlich neben uns. Vor lauter Aneinanderherumgrapschen haben wir offenbar vergessen, die Tür zu schließen.

»Halt's Maul!«, zischt Cole, lacht aber und vergräbt seine Nase an meinem Hals. Als er mich beißt, kreische ich auf.

»Mann, Leute, ich will das nicht sehen!«, beschwert Gavin sich, kickt seine Sneakers von den Füßen und läuft unter Kotzgeräuschen aus dem Flur.

»Lass uns umziehen. Ich will auch keine Zuschauer«, bestimmt Cole, hebt mich auf seine Arme und trägt mich in mein Zimmer.

Cole

Nach unserem stundenlangen, gigantischen Versöhnungssex liegen wir matt auf dem Bett. Autumns Kopf ruht auf meiner Brust, beide sehen wir an die Decke. Die Bettdecke haben wir irgendwann weggestrampelt, kalt ist mir trotzdem nicht. Autumn und ihre Liebe wärmen mich von innen und außen. Oh Mann, wird das jetzt immer so sein? Durch sie werde ich noch zum schnulzigen Weichei. Schnell spiele ich mit einem ihrer Nippel, um mich von meinem pathetischen gedanklichen Liebesgesülze abzulenken. Ich liebe sie wahnsinnig, aber man muss es mit den Beschreibungen ja nicht übertreiben. Schließlich bin ich kein Schriftsteller von Heimatromanen. Sie kichert, als ich anfange, leicht in ihre Brustwarze zu zwicken, und windet sich.

»Das kitzelt«, beschwert sie sich, hält mich aber nicht auf. »Seit ein paar Tagen sind sie sehr empfindlich.«

Ich nehme meine Finger beiseite, lasse sie aber auf ihrem Busen liegen. »Ist das gut oder schlecht?«, hake ich bezüglich ihres Nippelgeständnisses nach.

Sie legt den Zeigefinger auf ihre vom Knutschen geschwollene Lippe. »Hm. Könntest du das noch einmal testen?« Also komme ich ihrer Bitte nach und kneife in ihre Brustwarze. Sie zieht scharf die Luft ein und stöhnt. »Noch mal«, flüstert sie. »Ich bin mir immer noch nicht sicher.«

Ich schubse sie von mir herunter und rolle mich halb über sie. Dann rutsche ich ein Stück an ihrem nackten Körper hinab und lecke einmal kräftig über ihre linke Brust. Mit der rechten, die ich trotz ihrer Narben, noch mehr liebe, beschäftige ich mich besonders ausgiebig. Sauge mich an ihr fest und lasse meine Zunge kreisen. Es scheint ihr zu gefallen, denn sie gibt wohlige Geräusche von sich. Wie die, die sie macht, wenn ich in ihr bin.

»Ich liebe dich«, sagt sie leise, ohne mich anzusehen.

Meine Hände streicheln ihren Rücken. »Und ich liebe euch beide.«

Ein warmer Körper drückt sich an mich, eine Hand liegt auf meinem Bauch, nur knapp oberhalb meines Schwanzes, der ungeduldig darauf wartet, dass besagte Hand weiter nach unten wandert und sich um ihn kümmert. Autumn regt sich, kuschelt sich im Aufwachen noch stärker an mich und gibt ein wunderbares Geräusch von sich.

»Guten Morgen, Baby«, sage ich und will sie küssen. Zuerst erwidert sie meinen Kuss, dann macht sie sich plötzlich los, springt aus dem Bett und rennt aus dem Zimmer. Nackt. Gut, dass sie ein eigenes Bad besitzt. Ich höre sie würgen und stöhnen, kurz darauf die Spülung. Schnell schäle ich mich auch aus dem Bett und folge ihr ins Bad. Sie kniet auf dem Boden, die Unterarme auf die Klobrille gestemmt. Sie sieht elend aus, blass und verschwitzt. Sie atmet hektisch.

»Alles okay?« Blöde Frage, nichts ist okay. Ich setze mich zu ihr auf die kalten Fliesen und lege meinen Arm um ihre Schultern.

Sie lehnt sich an mich. »Ich habe das seit letzter Woche. Geht gleich vorbei.« Sie schluckt, beugt sich noch einmal über die Schüssel und würgt trocken. Arme Autumn. Mein Knie schmerzt. Vom vielen Sex gestern und vom unnatürlichen Auf-dem-Boden-Kauern.

»Kann ich irgendetwas tun?«

Sie schüttelt den Kopf, kneift dann die Augen zusammen und atmet tief ein und aus. »Du musst dir das nicht mit ansehen. Das ist eklig.«

»Ich lasse dich nicht mehr allein. Das kannst du vergessen.« Sie versucht ein Lächeln, aber es wirkt gezwungen. »Geht's wieder?«

»Ich denke schon«, krächzt sie und rappelt sich auf. Ich helfe ihr, führe sie zum Waschbecken, wo sie sich die Hände und das Gesicht reinigt und den Mund ausspült. »Kannst du mir bitte die Zahnbürste geben?«

Nachdem sie sich die Zähne geputzt hat, kehrt allmählich wieder Farbe in ihr Gesicht zurück, und weitere zehn Minuten später sieht sie schon fast wieder normal aus. Schwangere sind seltsam.

»Ich habe wahnsinnigen Hunger«, sagt sie, wie um meine Vermutung zu bestätigen. Wenn ich mir gerade die Seele aus dem Leib gekotzt habe, will ich garantiert nichts essen. Aber dann habe ich ja auch entweder einen Magen-Darm-Virus oder einen Kater. Ich lache, und nachdem wir uns angezogen haben, gehen wir in die Küche und frühstücken.

Autumn erzählt gut gelaunt von ihrer Familie und dass der Großteil davon gerade wieder einmal unterwegs ist, von Gavin und dass sie ihn lieb hat, auch wenn er ein Arsch ist, von Lennon, der ihr engster Vertrauter ist, von ihrer Kindheit, ihrer Schulzeit, von Tibet, dem Kongress. Wir plaudern zwanglos wie in einer normalen Beziehung. Wir *haben* eine normale Beziehung, Cole! Mit Extrabonus sozusagen. Bei dem Gedanken, dass sie endlich wieder die Meine ist, muss ich grinsen. Ich beuge mich zu ihr und küsse sie auf ihre nicht nur von der Marmelade süßen Lippen.

Sie lacht auf. »Wofür war das denn?«

Ich zwinkere ihr zu und trinke einen Schluck Kaffee. »Brauche ich einen Grund, um mein Baby zu küssen?«

Sie kichert und schüttelt den Kopf. »Hast du heute etwas vor?« Erneut verneint sie. Das ist gut. Als ich sie letzte Nacht beim Schlafen beobachtet habe, hatte ich eine Idee. Sie weiß nicht, dass ich ihren letzten Namen herausgefunden habe. Lennon hat mir freundlicherweise nicht nur den Ultraschalltermin mitgeteilt, sondern auch einen Hinweis gegeben. *Nimm sie ihr nicht komplett. Noch hat sie einen Funken davon*, hat er gesagt. Irgendwann werde ich ihm für seine Hilfe ordentlich danken. Aber momentan muss ich erst einmal dafür sorgen, dass Autumn auch wirklich bei mir bleibt. »Willst du mich zum Spiel heute Abend begleiten? Wenn du mich schon nicht anfeuern kannst, dann wenigstens deinen Bruder.«

Sie seufzt und sieht nicht besonders begeistert aus. »Ich war schon ewig bei keinem Spiel mehr.« Bitte sag Ja! »Okay«, stimmt sie trotzdem zu. Innerlich juble ich, äußerlich freue ich mich nur und ziehe sie in meine Arme.

»Vielleicht gefällt es dir ja besser, als du denkst.«

Sie zieht die Augenbrauen hoch und den Kopf zurück, antwortet aber sonst nichts. Sie wird sich noch wundern, was ich mich für sie ausgedacht habe. Wenn sie danach nicht vollständig und für alle Zeiten davon überzeugt ist, dass ich sie liebe, dann weiß ich auch nicht. Frauen stehen doch auf Liebesbeweise.

Ich räume unser Geschirr in die Spülmaschine und verabschiede mich von meiner kleinen Familie.

»Musst du schon los?« Sie ist sichtbar enttäuscht. Ich würde auch gerne bei ihr bleiben, ein weiteres Mal – oder zwei- oder dreimal – mit ihr Liebe machen, ihr bei ihren Geschichten lauschen, mit ihrem Bauch sprechen, aber ich muss noch eine Menge vorbereiten.

»Ich hole dich um fünf ab, Baby.« Sie nickt, stützt die Ellbogen auf den Tisch und bettet ihren Kopf auf ihre Hände. Ich streichle ihren Bauch und lasse meine gespreizten Finger für einen Moment liegen. »Pass gut auf unser Baby auf, Baby!« Ich grinse wieder, weil ich jetzt zwei Babys habe. Wahrscheinlich werde ich mein ganzes restliches Leben nicht mehr aufhören können zu grinsen.

Pünktlich um fünf stehe ich wieder vor ihrer Tür. Ohne sie hätte ich es sowieso keine Minute länger ausgehalten. Ich klingle, und beinahe sofort öffnet sie mir. Wir strahlen uns an, als wäre der andere der Hauptgewinn. So ist es ja auch. Sie ist besser als ein lebenslanger Quarterback-Vertrag in der Profiliga.

»Hi«, sage ich. »Lange nicht gesehen.«

»Hi auch!« Sie stürzt sich auf mich und übersät mich mit Küssen auf mein Kinn, meinen Hals, meine Wangen. Und endlich auch auf meinen Mund.

»Wir müssen los«, nuschle ich, will sie aber eigentlich nicht loslassen. Tatsächlich überlege ich, sie zurück in ihr Zimmer zu schleppen, mich mit ihr im Bett zu vergraben und Football Football sein zu lassen. Aber dann würde sie meine Überraschung verpassen.

»Wenn's sein muss« Sie löst sich von mir und tritt einen Schritt zurück. Ihr Gesicht ist gerötet, ihr Brustkorb hebt sich, und bei jedem Atemzug drücken sich ihre Brustwarzen gegen den Stoff ihres Oberteils. Erst da registriere ich, dass sie eines von Gavins Football-Shirts trägt. Es ist ihr viel zu groß, sodass es heruntergerutscht ist und ihre linke Schulter entblößt. Auch, dass sie keinen BH trägt, ist deswegen sichtbar. Zumindest keinen mit Trägern. Auf einmal ist mein Mund trocken, und ich schlucke, in der Hoffnung, mich konzentrieren zu können und sie nicht doch noch auf der Stelle zu vernaschen.

»Ich dachte, ich kleide mich passend zum Event.« Sie zwinkert mir tatsächlich zu. Die Frau bringt mich noch um. Football und Autumn, die zwei Dinge, die ich am meisten auf der Welt liebe, vereint in einer einzigen Person. Kann das Leben schöner sein?

Ich zupfe am Kragen ihres Shirts, bis die andere Schulter frei ist. Sie erstarrt und will automatisch die Narben verdecken, aber ich ergreife sanft, aber bestimmt ihre Finger und halte sie auf.

»Versteck dich nicht, Baby! Du bist wunderschön. Überall.« Sie wird rot und senkt den Kopf, lässt das Shirt aber an seinem Platz. Trotzdem löst sie ihren Zopf, dass ihre Haare weich über ihren Nacken fallen und die nackte Stelle ein wenig kaschieren. Sie hat noch einen langen Weg vor sich. Aber mit mir an ihrer Seite wird er weniger schwer sein. So wie sie meine Zukunft weniger beängstigend erscheinen lässt.

Mit dem Finger fahre ich ihren Hals entlang über ihr Schlüsselbein. Sie schließt die Augen und schwankt kurz. Mein Schwanz zuckt in meiner Hose, wird hart, will sie. Sie leckt sich die Unterlippe und sieht mich verlangend an.

»Geht's euch beiden gut?«, frage ich, um uns beide davon abzulenken, dass wir schon wieder Lust aufeinander haben.

»Redest du mich die nächsten Monate nur noch im Plural an? Ich bin nicht nur schwanger, sondern auch noch ein einzelner Mensch«, motzt sie. Sie hat ja recht. Aber seit ich unser Baby, den kleinen schwarzen Fleck, auf dem Bildschirm, gesehen habe, kann ich an nichts anderes mehr denken, als dass sie unser Kind in sich trägt. So ist ein Teil von mir immer in ihr, wenn ich es schon leider nicht immer sein kann.

»Was grinst du denn so?«, faucht sie. Mann, sind das die Hormone, vor denen immer gewarnt wird? Good Cop und Bad Cop in einer einzigen Person? Ich bemühe mich um einen ernsten Ausdruck, ziehe sie sanft an meine Brust und halte sie. Innerhalb kurzer Zeit wird sie in meinen Armen weich und schmiegt sich an mich, reibt ihren Unterkörper an meinem. Kann sie sich bitte entscheiden, wie sie drauf ist?

Ich trage ihre Handtasche zum Auto, in der sie neben mehreren Flaschen Wasser auch Cracker und Schokolade verstaut hat, außerdem eine Jacke und ein Sitzkissen. Und das sind nur die Dinge, die ich auf den ersten Blick erkennen konnte.

»Du weißt, dass es auf dem Footballplatz Getränke und Essen gibt? Und dass wir nicht nach Sibirien auswandern?«

Sie boxt mir gegen den Oberarm und schiebt mich weiter. »Ich bin eben gern auf alles vorbereitet«, sagt sie in einer Mischung aus Wut und Belustigung.

Ethan, Claire und Zane haben uns wie versprochen unsere üblichen Plätze in der dritten Reihe frei gehalten. Mit großen Augen blickt Autumn sich um, ihre Finger sind um meine gekrampft, als machten ihr die vielen Menschen und der Lärm Angst.

»Ich pass auf dich auf«, flüstere ich, und sie nickt kaum merklich.

»Setz dich neben mich«, ruft Claire und winkt mein Mädchen zu sich. Sobald wir nah genug sind, wird ihr Lächeln breiter. »Ich freue mich so für euch! Dass ihr wieder zusammen seid und dass ihr ein Baby bekommt. Ich kann es gar nicht glauben!« Sie klatscht in die Hände, umarmt Autumn und küsst sie auf beide Wangen.

Ich kann mir ein Augenverdrehen nicht verkneifen. »Konnte Ethan mal wieder sein Tratschmaul nicht halten?«

Der dreht sich um, zuckt die Schultern und legt seine Hand auf Claires Knie. »Ist doch nichts Schlimmes. Oder schämst du dich etwa?«

»Nein!«, beeile ich mich zu sagen. »Ich freue mich wahnsinnig.« Autumn scheint erleichtert. Traut sie mir immer noch nicht hundertprozentig? Dann ist es höchste Zeit für meine Aktion.

Ich lasse Autumn bei Claire, vergewissere mich, dass sie sicher ist, und mache mich dann auf, um etwas zu trinken zu holen und letzte Vorbereitungen abzusprechen.

Als ich zurückkomme, hat sich auch Lennon zu uns gesellt. Er ist mit Zane in ein Gespräch vertieft. Die beiden wirken seltsam vertraut, stecken ihre Köpfe zusammen und reden so leise, dass man nicht hört, worüber. Lennons Hand liegt auf Zanes unterem Rücken, was den aber nicht zu stören scheint. Wenn ich es nicht besser wüsste, würde ich fast glauben, dass sie gleich anfangen, sich zu küssen. Ich weiß, dass Lennon stockschwul ist, aber Zane ist davon so weit entfernt wie ich momentan von einer Profikarriere. Weniger schwul als Zane geht gar nicht. Titten und Muschis sind sein Leben. Wahrscheinlich interpretiere ich schlichtweg zu viel hinein. Ich nehme mir vor, später Autumn nach ihrer Meinung diesbezüglich zu fragen.

Während des Spiels gähnt Autumn immer wieder und lehnt sich an mich, bleibt aber tapfer sitzen und jubelt brav mit, wenn alle anderen jubeln. Wirklich Spaß scheint es ihr keinen zu machen. Vielleicht schaffe ich es ja irgendwann, sie mit meiner Begeisterung für diesen Sport anzustecken. Kurz habe ich eine Vision, wie ich mit einem Mini-Cole Football spiele. Dabei weiß ich noch nicht einmal, ob es überhaupt ein Junge wird. Aber selbst ich kann mich heute nicht richtig auf das Spiel meines ehemaligen Teams konzentrieren.

Dann sind endlich die beiden ersten Quarter vorbei, und die Halbzeitpause beginnt. Die Cheerleader tanzen, die Uniband spielt, Leute laufen herum. Das dauert alles viel zu lang.

Endlich ist es so weit. Der Coach gibt mir ein Zeichen, ich tippe Ethan an, dessen Aufgabe es ist, Autumn abzulenken. Er nickt mir kaum merklich zu und verwickelt sie sofort in ein Gespräch über Geburtsvorbereitungskurse und so ’n Quatsch. Auf ihn und sein Geschwafel ist eben Verlass.

»Ich geh mal kurz aufs Klo«, sage ich zu Autumn, die nur abwesend nickt und weiter Ethans Ausführungen über Gebärstellungen in verschiedenen Kulturen lauscht. Unglaublich, der Kerl. Zane und Lennon strecken ermutigend ihre Daumen nach oben, als ich mich an ihnen vorbeiquetsche. Alle sind eingeweiht, sonst hätte ich meinen Plan nicht durchführen können.

Unten auf dem Spielfeld angekommen, reicht mir der Sänger, der eben sein Solo beendet hat, das Mikro. Ich räuspere mich. Meine Beine zittern, ich schwitze wie ein Schwein. Nie hatte ich so viel Schiss wie jetzt in diesem Moment.

»Autumn«, sage ich laut ins Mikrofon. Und weil sie noch nicht reagiert, wiederhole ich: »Autumn Green.« Endlich richtet sie ihre Aufmerksamkeit in die Mitte. Als sie mich entdeckt, schlägt sie ihre Hand vor den Mund und reißt die Augen auf. Über ihrem Kopf kann man regelrecht das riesige Fragezeichen sehen. »Autumn, wir hatten einen Deal«, erinnere ich sie. »Wenn ich deinen letzten Namen herausfinde, gehst du mit mir aus. Das hast du mir versprochen. Nur leider ist es nie dazu gekommen. Über das Ausgehen sind wir längst hinaus. Unser Timing war vielleicht nicht das beste.« Zane lacht wiehernd. »Okay, nicht vielleicht, es war denkbar schlecht.«

Das Stadion ist totenstill. Die Situation ist zum einen unglaublich peinlich, weil mich alle anstarren, einige lachen und zeigen mit dem Finger auf mich. Andererseits ist es der Weg, mit dem ich Autumn endlich beweisen will, dass es nur sie gibt für mich. Für jetzt und für immer. Hier zu stehen, auf dem Platz, auf dem ich unzählige glückliche Stunden meines Lebens verbracht habe, gibt mir die Kraft, die ich brauche.

»Ich wollte dir alles geben, Baby. Doch das Wichtigste habe ich dir genommen. Immer wieder. Weil ich selbst keine mehr hatte. Aber du hast sie nie aufgegeben. Hast *mich* nie aufgegeben. *Uns* nicht aufgegeben. Lass mich sie dir zurückgeben!«

»Mehr Drama, Mann«, brüllt jemand von hinten und lacht schallend. Ich ignoriere ihn, schließe die Augen und gebe dem Coach ein unauffälliges Handzeichen. Wie besprochen geht er zum Computer, mit dem die Anzeigetafel gesteuert wird. »Weißt du, wie das Wort heißt, das uns die ganze Zeit verbunden hat? Was wir beinahe verloren hätten? Es ist dein Name. Passender geht es nicht.« Ein riesiges Wort leuchtet auf. HOPE. Hoffnung. »Ich liebe dich Autumn Crystal Chakra Hope. Du wirst mich nicht mehr los.«

Autumn sitzt nur steif da, den Mund geöffnet, die Augen mit den Händen verdeckt. Wie ein Kind, das sich verstecken will. Warum sagt sie nichts? Mein Herz klopft heftiger als nach einem anstrengenden Spiel.

»Küss ihn endlich! Wir wollen, dass das Spiel weitergeht!«, ruft irgendjemand von irgendwoher.

Langsam schüttelt Autumn den Kopf, löst die Hände von ihrem Gesicht und präsentiert mir ihr wunderbares strahlendes Lachen.

»Das ist so peinlich! Du bist ein Idiot«, ruft sie nach unten. Und ergänzt lautlos einen weiteren Satz. Trotzdem kann ich ihn von ihren Lippen ablesen. »Ich liebe dich.«

Ich werfe das Mikrofon beiseite, haste über die Tribüne zu ihr, reiße sie hoch und in meine Arme. Hebe sie hoch, bis ihr Gesicht auf Höhe des meinen ist und küsse sie stürmisch. Applaus und Johlen branden auf. Jemand klopft mir auf die Schulter. Sie erwidert meinen Kuss ebenso wild, schiebt ihre Zunge in meinen Mund und stöhnt. Ich muss hier weg. Schnell. Sonst kann ich für nichts garantieren.

Die Aktion war peinlich, wahrscheinlich auch zu dick aufgetragen, übertrieben pathetisch, zu viel Drama, zu kitschig, whatever. Vermutlich alles zusammen. Aber effektiv. Und das zählt. Mein Baby liebt mich. Ich habe selbst die Hoffnung nie aufgegeben, dass sie irgendwann ganz die Meine ist. Ihr Name ist ein Zeichen. Ein Zeichen dafür, niemals aufzugeben. Unser Zeichen.

Epilog

Acht Monate später

Cole

Autumn sitzt zusammengekauert auf dem Sofa und hechelt. Rose schwänzelt um sie herum, ebenfalls hechelnd. Doch aus einem anderen Grund.

»Wo ist die Tasche, verdammt?«, brülle ich und renne ins Schlafzimmer, dann zurück ins Wohnzimmer, dann ins Bad und in die Küche. Nirgends ist die verfluchte Tasche.

»Flur«, keucht Autumn und schreit kurz, aber dafür umso lauter und durchdringender auf und krümmt sich vornüber. So schnell, wie es gekommen ist, hört es auch wieder auf, und Autumn lehnt sich sichtlich erleichtert auf der Couch zurück.

»Sie braucht noch Schuhe«, sagt Zane, der wie ich aufgescheucht in der Wohnung herumläuft. Warum ist er so nervös? Es ist nicht sein Kind. Auch Ethan scheint angespannt, grapscht sich Rose und streichelt mit viel zu viel Druck ihren Rücken. Sie winselt und wehrt sich, aber Ethan merkt es nicht. »Atmen, Autumn, du musst atmen«, rät er ihr. Glaubt er etwa, bloß weil er im Nebenfach Biologie studiert, sei er plötzlich der perfekte Geburtshelfer?

»Schuhe«, keucht Zane und kommt mit Autumns Vans zurück. Er kniet sich vor sie auf den Boden, hebt zuerst den einen Fuß, dann den anderen auf seinen Oberschenkel und stülpt ihr die Sneakers über. Während er an ihr herumfummelt, überrollt sie die nächste Wehe. Laut stöhnend umkrampft sie ihren Bauch und beugt sich vor. Sofort stürzt Ethan zu ihr und drückt ihren Unterarm. Seine andere Hand tätschelt ihren Rücken.

»Du machst das gut, Autumn. Gleich ist es vorbei.«

Sie sollen beide ihre Finger von meinem Baby nehmen. Das alles ist meine Aufgabe. Aber statt ihr Beistand zu leisten, stehe ich wie paralysiert dumm in der Gegend herum und habe sogar vergessen, wie man atmet, oder renne wie irr hin und her. Fuck! Auf diesen Stress hat mich keiner vorbereitet. Ich bin dermaßen überfordert, dass ich gleich sterbe. Oder kotze. Oder beides.

»Jacke«, schreit Zane, steht auf und holt Autumns Jacke aus dem Flur. Kann hier keiner mehr normal reden? Grob stopft er sie hinein, aber sie beschwert sich nicht. Vermutlich hat sie momentan andere Probleme als einen unsanften Mitbewohner.

Während Zane mein Mädchen hin und her wuchtet und sie wie eine Puppe anzieht und ich zu gar nichts fähig bin, glotzt Ethan auf sein dämliches Smartphone. Was kann verdammt noch mal wichtiger sein als Autumn?

»Fünf Minuten zwischen den Wehen. Eigentlich müssten wir uns nicht beeilen«, informiert er uns ungefragt. »Bei Erstgebärenden dauert es normalerweise länger. Es kann bis zu zwanzig Stunden dauern, bis die Presswehen beginnen.«

So lange? Scheiße! Ich bin jetzt schon am Arsch. »Noch ist sie in der Eröffnungsphase. Der Muttermund beginnt sich gerade zu öffnen.« Er redet wie ein verdammter Frauenarzt. Woher will er denn wissen, wie der Muttermund meiner Freundin ist? Gleich fängt er noch an, sie abzutasten.

»Ist doch scheißegal!«, blaffe ich. »Seit wann bist du ihre Hebamme?«

Jetzt tippt Zane auch noch auf seinem Handy herum.

»Musst das gerade jetzt sein?«, brülle ich.

Doch er zuckt nur die Schultern und schreibt seelenruhig weiter. »Ich sag nur Lenny, dass wir losfahren. Autumn will sicher, dass er auch Bescheid weiß.« Es piept, und er liest die eingegangene Nachricht. Seine Wangen werden rot, und er lacht kurz auf, dann sieht er sich verstohlen um, räuspert sich und steckt hastig sein Handy in seine Hosentasche. Er kann froh sein, dass ich momentan ganz andere Sachen im Kopf habe, sonst müsste er endlich mit der Sprache rausrücken, was da seit Ewigkeiten zwischen ihm und Lennon läuft.

»Kann mich jetzt bitte endlich jemand ins Krankenhaus fahren?«, fragt Autumn in das Chaos. Sie klingt gleichzeitig stinksauer und unendlich hilfsbedürftig. Alle drei nicken wir, als hätten wir das Kind gemeinsam gemacht.

Nicht zwanzig, dafür gefühlt ebenso lange zehn Stunden später halte ich meine Tochter im Arm. Sie ist so winzig, dass ihr Kopf in meiner Hand beinahe verschwindet und ich sie auf meinen Unterarm betten kann. Liebe durchflutet mich, heftig wie ein Fieberschub, wie ein Tornado, der alles hinwegfegt, wie ein Bulldozer, der mich platt walzt. Nie hätte ich erwartet oder mir auch nur vorstellen können, dass Gefühle mit solch einer Wucht existieren. Es ist anders als die Liebe zu Autumn. Und ich weiß instinktiv, dass ich dieses kleine Wesen nie mehr loslassen will. Dass ich sie mein Leben lang aus tiefstem Herzen lieben werde. Dass ich sie immer beschützen werde.

Autumn ist verschwitzt und erschöpft, die Haare kleben ihr in der Stirn, ihre Augen sind rot und blutunterlaufen. Trotzdem ist sie die schönste Frau für mich. Und sie hat mir gerade das größte und wertvollste Geschenk gemacht. Die große Liebe meines Lebens kuschelt sich an mich, und gemeinsam bestaunen und streicheln wir die neue, zweite große Liebe meines Lebens. Dass Football jemals erst an dritter Stelle kommen würde, hätte ich mir noch vor einem Jahr nicht vorstellen können.

Ich weiß, dass vor Autumns Zimmer ihre gesamte Familie inklusive unserer Freunde wartet, dass meine eigene bereits im Flugzeug sitzt, um das neue Mitglied des Matthew-Clans zu begrüßen. Doch sie alle müssen warten. Dieser Moment gehört uns allein.

»Hallo, meine Kleine«, flüstere ich voller Ehrfurcht und küsse meine Tochter auf ihre winzige Stirn, auf ihren weichen blonden Flaum und auf ihr wunderschönes Näschen. Sie ist der Beweis, dass alles gut werden kann, auch wenn es noch so ausweglos aussieht. Sie ist perfekt. Genau wie Autumn. Wie unsere kleine Familie. Wie unsere Zukunft. »Willkommen im Leben, Hope!«

Danksagung

Liebe Leserinnen,
im Gegensatz zu Cole bin ich unheimlich unsportlich, vor allem Bälle sind mir ein Graus. Trotzdem konnte ich nachvollziehen, wie es für ihn sein musste, plötzlich nicht mehr spielen zu können. Nicht einmal Pumuckl kann da helfen. Umso glücklicher bin ich, dass sich Cole und Autumn gefunden haben und sich gegenseitig helfen, ihre Wunden zu heilen.

Und denkt immer daran: Schämt euch nie für das, was ihr seid, wie ihr ausseht oder was ihr tut. Ihr alle seid richtig so, wie ihr seid. Das klingt pathetisch, aber ich glaube tatsächlich daran.

Wer schon mehrere meiner Bücher gelesen hat, weiß, dass ich an dieser Stelle gerne meine Katzen nenne. Natürlich auch hier. Sie scheren sich nämlich auch nicht darum, was andere von ihnen denken, dass der eine eine schiefe Lippe hat und der andere regelmäßig halbe Mäuse auf der Terrasse liegen lässt. Egal, ob das eklig ist. Ich will damit nicht sagen, dass ihr nun nur noch machen sollt, was ihr wollt, ohne Rücksicht auf andere. Sondern dass ihr an euch und eure Träume glauben sollt.

Danke, dass ihr alle geholfen habt, meinen Traum vom Schreiben zu verwirklichen. Denn ohne euch würden die vielen Geschichten in der virtuellen Schublade vergammeln.

Danke auch wie immer an meine Familie und meine Freunde.

Danke an das gesamte Forever-Team. Ich liebe es, bei euch zu veröffentlichen.

Wer möchte, darf gern einen Kommentar auf der Plattform seiner Wahl hinterlassen oder mich kontaktieren. Ich freue mich immer, von euch zu hören.

Liebe Grüße!
Christiane Bößel